初岸
Chu an

与美同栖

# 名家读唐宋词

西渡——编

北京联合出版公司
Beijing United Publishing Co.,Ltd.

**图书在版编目（CIP）数据**

名家读唐宋词 / 西渡编．-- 北京 ：北京联合出版公司，2017.9

ISBN 978-7-5596-0736-2

Ⅰ．①名… Ⅱ．①西… Ⅲ．①唐宋词－诗歌欣赏 Ⅳ．① I207.23

中国版本图书馆 CIP 数据核字（2017）第 180206 号

名家读唐宋词

作　　者：西　渡

选题策划：北京时代光华图书有限公司

责任编辑：宋延涛

特约编辑：徐　泓　刘冬爽

封面设计：新艺书文化

版式设计：冉　冉

---

北京联合出版公司出版

（北京市西城区德外大街83号楼9层　100088）

北京晨旭印刷厂印刷　　新华书店经销

字数357千字　880毫米×1230毫米　1/32　15.5印张

2017年9月第1版　2017年9月第1次印刷

ISBN 978-7-5596-0736-2

定价：49.00元

---

# 前　言

宋词长期以来一直被视为中国古典诗歌发展史上与唐诗并峙的高峰，对它的阅读和传诵吸引了同样的热情。周汝昌甚至认为“词乃是汉语文诗文学发展的最高形式”。事实上，宋词取得这样的地位很大程度上得益于人们对“异味”的嗜好。对习惯了唐诗的读者，宋词词采的华美、字句的参差，以及由此形成的区别于唐诗的音韵之美带来了相当不同的审美感受。这种“不同”被模糊地当成宋词的独特创造接受下来，近代以来逐渐被夸大为足以与唐诗抗衡的美学特征，并随着文学史的传播逐渐扩散到大众的意识中。这一对词的文学史地位的大规模抬升过程大约肇始于王国维。王氏从“一代有一代之文学”的观念出发，大力推举宋词和元曲，将此前还被认为是文章“末技”“薄技”的词、曲定位于宋、元文学的代表。这一方面显然受了近代进化论的影响，另一方面也是受了西方近代文体观念的影响。

王氏对词、曲的推崇自有其进步意义。然而，就反映人性的丰富和深刻程度来讲，宋词比之唐诗以及唐以前的诗歌的确存在明显的差距。宋词反映的生活面和唐诗相比较狭小和局促。除了个别的作家，它所反映的情感基调也偏纤弱和萎靡，宋词的主要作家大都缺乏唐朝诗人那种健康饱满的热情，那种对生活的一往情深和专注。唐诗是不讲究任何主义的，只一任其生命的自然流露，行于所当行，止于所当止，无往而不成华采的文章。宋词却是唯美的，形式化的。从这个角度来说，宋词是一种近代化的艺术，它已经感染了近代艺术的颓靡之风。这很可能是它广受现代读者青睐的一个原因。与字句整齐一律的古诗和近体诗相比（不包括允许文字上略有参差的乐府诗），词在形式上的参差变化，提供了阅读上的一种解放感。但是这种解放感却是通过更加严格的格律限制来达到的。词在形式上的“散”是表面的，实际上它是一种更少通融的“齐”。换句话说，创造主体在这一形式中受到了更大的限制，因此，个人的创造在这里得到更少的鼓励，个人的特征在这里也更少得到表现的可能。形式上的这种严格规范，使得词的声音模式离口语越来越远。这是诗人的个性被形式贬抑的一个深层原因。古诗和近体诗虽然句式整齐，但还允许口语句法和个人语调的存在，诗人个性的表现还是得到了充分的鼓励，到了词，口语句法和个人语调存在的可能就很少了。也就是说，词所以吸引我们的也正是限制了它自身发展的。

词在过去称为“诗余”。这一称谓确实反映了词的某些本质特征。但是，现代的时髦观点是把词视为对唐诗的发展。我认为有失偏颇。对唐诗做出发展的与其说是宋词，不如说是宋诗。宋诗确实在唐诗的基础上往前迈出了一步，丰富了中国诗歌的表现领域和表现力。宋诗对唐诗而言是做了很多开疆拓土的工作的。而宋词更多地继承了唐诗特别是晚唐诗已有的表现方法，夸张一点说，它很大程度上不过是晚唐诗的一个变奏。一个从未到过绝域的内地居民对边疆将士开疆拓土的“武功”很难有清醒的意识，而对自己生活于其中的城池的修饰和美观却很容易产生“惊艳”的感觉。因而，宋词所做的虽然大抵都是这种装饰性的工作，在原创性和力量感上存在诸多欠缺，却获得了大众的好感，从而遮蔽了宋诗的地位而在一般读者的心目中成为宋代文学的代表——虽然宋诗无论从作者还是从作品的质和量上都要大大高于宋词。

当然，我在此指出宋词的局限并不是要将宋词推倒。相反，我自己也曾经是而且现在仍然是宋词的爱好者。我现在还清楚地记得自己第一次读到宋词时感到的激动。我只是想提醒读者在欣赏宋词的独特艺术魅力的时候，对它艺术上和内容上的局限也要有足够的认识，从而养成一种开放的心态，乐于接受其他在中国诗歌发展史上同样有着崇高地位和突出贡献的诗歌样式，譬如唐以前的古诗，譬如宋诗。

本书共选唐宋词家三十四家，词七十多首。读解文章的作者均为我国古典文学研究界的名家、大家，涉及作者三十多人。为使读者对唐宋词的发展脉络有一个总体了解，特从林庚先生的《中国文学简史》中选取了《宋词的盛衰》一章（略去了其中与词的关系稍远的“寒士文学向市民文学的过渡”一节）作为本书代序。此文实为唐宋词的总论，和书中各篇的释文对读，可为读者增加不少的阅读趣味。在综论唐宋词的诸家之作中，林庚先生的文章论述精微，见解独到，发他人所未发，具有不可替代的价值。相信对读者欣赏唐宋词独特的风味会有很好的启发。

**西　渡**

# 宋词的盛衰[①]（代序）

林　庚

## 以小令为先锋的五代宋初词

唐代诗歌在集大成之后，需要在诗歌语言上有新的突破，才能继续向前发展。于是，新兴的词便成为一个突破口。词是随着诗歌口语化的要求而兴起的，正如七绝是最口语化最富有抒情性的一种体裁，与七绝密切有关的词中的小令，也是纯抒情的一种诗歌体裁。最早流行的小令多是五、七言体，如《菩萨蛮》《浣溪沙》《玉楼春》《生查子》等等，而它的口语化更胜过七绝。由于句式的富于跳跃性，更容易从口语中吸取新鲜的血液，获得一种表现上崭新的力量。所以诗歌创作的高潮最终便从诗转而向词，而词在新兴之初，正是以小令为先锋的天下。

乐府里有长短句，不始于唐宋之际。即以《敦煌曲子词》而言，

① 林庚（1910—2006），现代诗人、古代文学学者、文学史家，历任厦门大学、燕京大学、北京大学中文系教授，著有《唐诗综论》《诗人屈原及其作品研究》《诗人李白》《中国文学简史》等古典文学研究专著及《春野与窗》《问路集》等新诗集。有《林庚诗文集》（清华大学出版社）九卷行世。本文节选自林庚《宋词的盛衰》，见《中国文学简史》，北京大学出版社 1995 年版。

其中最早的作品在隋代也已出现。但词之成为诗坛新的主角，则在晚唐五代间。词与诗的比较，除了句法的长短外，还有其更内在的不同。例如魏承班的《生查子》：

> 烟雨晚晴天，零落花无语。难话此时心，梁燕双来去。
> 琴韵对薰风，有恨和情抚。肠断断弦频，泪滴黄金缕。

顾敻的《玉楼春》：

> 月照玉楼春漏促，飒飒风摇庭砌竹，梦惊鸳被觉来时，何处管弦声断续。　惆怅少年游冶去，枕上两蛾攒细绿，晓莺帘外语花枝，背帐犹残红蜡烛。

都是五七言诗，而风味却截然不同。其实，词的长短句本来不过是将五七言以及乐府中出现过的四言、六言，随着音乐的变化，交替地组织起来，所以晚唐之际，仅温庭筠一人就创写出十几种词牌来，而其所以能够得心应手打出一个新局面来，原因乃是多方面的。

晚唐以来成为垂老诗坛一线曙光的有两方面：一是诗歌的彩绘笔触，打破了传统的表现方式；一是口语的接近，唤起了新的语言的诗化。这二者其实又是互为表里的，因为只有在口语里，才最没有传统的局限，也只有在表现的自由发展下，才能产生新的诗歌语言。这二者的合一，再加上长短句的自由，才促进了词的形成。

所谓长短句的自由，并不是指的字数而言。词的格律，或许竟是比诗更为不自由的。原来词与过去乐府的不同，在于它要求每个字唱起来都要合于四声，所以每个字就都有规定的平仄。因为平上去入本身就是可以画在五线谱上的声调。词的平仄的规定因此不是决定于诵读而是决定于乐谱，这与后来的曲谱是一路的，与诗中简便的平仄律却是两样的。然而它因为音乐节奏的关系，每个句子，都无妨自成片段。这在表现上便形成飞跃性的绝大自由。像李白的《秦楼月》[①]：

箫声咽，秦娥梦断秦楼月。秦楼月，年年柳色，灞陵伤别。　乐游原上清秋节，咸阳古道音尘绝。音尘绝，西风残照，汉家陵阙。

每句似乎都是突然间出现的。这种飞跃式的句法，使得彩绘时代所带来的幽深神秘的新鲜情调与象征性的手法，一变而顺理成章、谐和自然。非特长短句间如此，就是在整齐的句法上，也都有这样的特色。像温庭筠的《菩萨蛮》：

水精帘里玻璃枕，暖香惹梦鸳鸯锦。江上柳如烟，雁飞残月天。

前后两段间仿佛破空而来。就是更整齐些的像另一首《菩萨蛮》的下阕：

画楼音信断，芳草江南岸。鸾镜与花枝，此情谁得知？

---

① 通行版本作《忆秦娥》，编注。

四句中也换了几回意思，这乃是早期词里普遍的方式，在每一句子上似乎都闪动着一种全新的姿态，从而为这新的诗体打出了天下。“暝色入高楼，有人楼上愁”，我们能说它是诗的句子吗？“宝函钿雀金鸂鶒[①]，沈香阁上吴山碧。杨柳又如丝，驿桥春雨时。”处处带给我们的都是这飞跃的感知。然而我们并不觉得唐突，只觉得新颖，不觉得生硬，只觉得闪动，这便也又得力于那接近口语的好处。

中国文学史上民间的恋歌与爱情故事本来源远而流长，女主角非常活跃。从《国风》中的《静女》《氓》到汉乐府的《羽林郎》《陌上桑》《孔雀东南飞》，一直到吴歌和西曲中的《子夜歌》《莫愁乐》《西洲曲》等等，女性始终都居于主角的地位，并且是正面的形象。这在《敦煌曲子词》中也正是如此。但是传统的寒士文学中却从来很少以女性为主角，就是有，也多限于游子思妇及宫怨这一类主题，而宫怨又隐约地乃是含有兴寄的政治诗，因此，真正的爱情主题很少被涉及到。而词的产生，儿女风流乃成为一切时尚并以表现女性美的生活基调作为其主要内容。这是一个男性赞美女性的时代，男性的英雄气概在这里暂时不见了。生活的情调，便由关塞江湖的广大世界缩小到庭院闺阁之间。所谓“英雄气短，儿女情长”，便正是这时词的特色。爱情本来就总是和青春联系在一起的，而青春又总是那么短暂，于是一切围绕着将要消逝的青春而歌唱。词正是在这样的世界里找到了自己的主题，为诗歌开拓出一片新的绿洲。主题的范围既如此单纯，一切语言上的暗示性、象征性也就都可以意会，在这里浓烈的彩绘也就一化而为轻快明朗的笔触。

---

① 鸂鶒（xīchì）：一种像鸳鸯的水鸟。

文人词的发展，大体是来自浅出和深入两路：一路从民间来，如白居易的《杨柳枝》《竹枝》《忆江南》《长相思》，刘禹锡的《竹枝》《忆江南》等，属于浅出的一路。另一路从晚唐诗来。自韩孟诗派强调印象，李贺乃近于唯美，李商隐又深入象征，诗坛乃步步地趋于内向。内心世界的深细体味，使他们创造出一种完全脱离了外界事物表面现象的写法，呈现出一种秾艳、梦幻的色彩。词的意境也就由此派生出来，而词的成功更在于实际上是深入和浅出合流，形成清新流丽的基调。当然，这种内向基础上的外向力量，毕竟是有限的。“问君能有几多愁，恰似一江春水向东流”，这样的名句，虽然意境也颇阔大，但总还是缺少浑厚的气象，回想那“黄河之水天上来”“与尔同销万古愁”的诗句，真是不可同日而语了。寒士文学中海阔天空、气象万千的青春时代已经过去，词所表现的只能是对青春消逝的感伤，这便限制了词的境界和气派。然而词到底为诗坛创造了一次新的诗歌语言，从句式到语法到词汇都出现了再度诗化的新鲜感，正如五七言的山水诗把大自然人化，词则又把山水诗化，唤起一片相思，创造了画桥、流水、秋千、院落、小楼、飞絮、细雨、梧桐等一系列敏感的意象，支持了词长达百余年的一段生命。最后乃又被不可避免的程式化束缚了自身的发展，终于走向赋化的道路，而告一结束。

晚唐诗人已经开辟了词的园地，五代时期更以西蜀和南唐作为发展的基地，蜀人赵崇祚选编《花间集》，保存了五代中大部分的词章，全集共收十八家。唐二人：温庭筠、皇甫松；前蜀七人：韦庄、薛昭蕴、牛峤、张泌、魏承班、尹鹗、李珣；后唐二人：毛文锡、牛希济；后周一人：和凝；后蜀五人：欧阳炯、顾敻、鹿虔扆、阎选、毛熙震；南平一人：孙光宪。收入这一个集子的词人，便被称为“花间派”。

花间派以温、韦为首。温庭筠以词牌的创新、精致的描画，奠定了词坛的地位；韦庄在词上比温庭筠更富于抒情性，表现为五代词向北宋的过渡。他的词大半作于入蜀以后，也可以说乃是花间派的真正盟主。其余花间派词人，如牛峤有《江城子》：

鵁鶄飞起郡城东，碧江空，半滩风。越王宫殿，苹叶藕花中。帘卷水楼渔浪起，千片雪，雨濛濛。

牛希济有《生查子》：

春山烟欲收，天澹星稀少。残月脸边明，别泪临清晓。语已多，情未了，回首犹重道：记得绿罗裙，处处怜芳草。

欧阳炯有《南乡子》三首：

嫩草如烟，石榴花发海南天。日暮江亭春影渌，鸳鸯浴，水远山长看不足。

岸远沙平，日斜归路晚霞明。孔雀自怜金翠尾，临水，认得行人惊不起。

路入南中，桄榔叶暗蓼花红。两岸人家微雨后，收红豆，树底纤纤抬素手。

这些夺人心目的新鲜色调乃更丰富了词的园地。这词的起来，非特在爱好民间小调的诗人间流行着，便是皇帝们也都有衷心的爱好。唐昭宗有《菩萨蛮》：

登楼遥望秦宫殿，翩翩只见双飞燕。渭水一条流，千山与万丘。　野烟遮远树，陌上行人去。何处有英雄，迎归大内中？

这乃是一首具有政治内容的词，说明词已经真正地开始占领了诗坛。后唐庄宗有《如梦令》：

曾宴桃源深洞，一曲舞鸾歌凤。长记别伊时，和泪出门相送。如梦，如梦，残月落花烟重。

又《一叶落》：

一叶落，褰朱箔。此时景物正萧索。画楼月影寒，西风吹罗幕。吹罗幕，往事思量著。

后蜀孟昶相传也是一位能词的皇帝。然而真正可以与花间诸大家相提并论的，则不能不推南唐二主了。

词到了南唐，风格又转。从花间的鲜明，一变而为奔放。花间派是词的创始，不得不把全副力量用在追求表现上，便无形中停留在凝静与刻画。到了南唐，驾轻就熟，乃有了更多感情的直接流露。前者是比较近于描绘的，所以大体以赞美的对象为主，偏重抒写女性的柔情；后者则往往直抒胸臆，加进自我的表现。这是浪漫风格在较小范围内的复活。这都是新的情调，都是儿女情中自然的流露。不过前者更精致，后者更酣畅罢了。

中主李璟，以《浣溪沙》及《摊破浣溪沙》各二首最为知名。《浣溪沙》：

风压轻云贴水飞，乍晴池馆燕争泥。沈郎多病不胜衣。
沙上未闻鸿雁信，竹间时有鹧鸪啼。此情唯有落花知。

《摊破浣溪沙》：

手卷真珠上玉钩，依前春恨锁重楼。风里落花谁是主？思悠悠。　青鸟不传云外信，丁香空结雨中愁。回首绿波三峡暮，接天流。

比起花间景象，已觉辽阔。至于“菡萏香销翠叶残，西风愁起绿波间”“细雨梦回鸡塞远，小楼吹彻玉笙寒”，莫不在精致的感情中，赋予轻快的豪放。这诗风的转变，到了后主李煜手里，借着他独自的个性，乃更显然。他以尤可争辩的抒情性，掩尽前人，把词带到另一个阶段去。

后主的词以一气呵成的旋律性取胜，更近于自然流露，他似乎毫不经意表现的技巧，而字句天成，使得一切语言都化为音乐般的咏叹。他的流动的情感仿佛在那文字之外就感动了我们，如他有名的《浪淘沙》：

帘外雨潺潺，春意阑珊，罗衾不耐五更寒，梦里不知身是客，一晌贪欢。 独自莫凭栏，无限江山，别时容易见时难，流水落花春去也，天上人间！

又《相见欢》：

林花谢了春红，太匆匆，无奈朝来寒雨晚来风。 胭脂泪，相留醉，几时重，自是人生长恨水长东。

至如《忆江南》：

多少恨，昨夜梦魂中，还似旧时游上苑，车如流水马如龙，花月正春风。

这里不过是个亡国之君追忆往日的欢乐，有什么可读性呢？然而我们随着他的感情的流动而流动，似乎来不及思索其他，这证明他也还是可同情的。他实际上真是一个人间多余的君王，小令中的天之骄子，词坛上的宠儿，又《虞美人》：

春花秋月何时了，往事知多少。小楼昨夜又东风，故国不堪回首月明中。 雕栏玉砌应犹在，只是朱颜改。问君能有几多愁，恰似一江春水向东流。

这里使我们感觉到多少人生的惆怅。至于“金剑已沉埋，壮气蒿莱，晚凉天静月华开。想得玉楼瑶殿影，空照秦淮”，这正是一个“英雄气短，儿女情长”的诗潮席卷着整个词坛的时候，也只有在这样一个浪潮中，才会出现这样一个艺术天才的亡国之君，他即便是写闺情的，像《长相思》：

云一緺，玉一梭，澹澹衫儿薄薄罗，轻颦双黛螺。秋风多，雨相和，帘外芭蕉三两窠，夜长人奈何？

破空而来，绝尘而去，轻快流丽，略无沾滞，令人只可在追忆上留下一些怅惘。又像《捣练子》：

深院静，小庭空，断续寒砧断续风。无奈夜长人不寐，数声和月到帘栊。

《蝶恋花》：

遥夜亭皋闲信步，乍过清明，早觉伤春暮；数点雨声风约住，朦胧淡月云来去。

这样词才在多方面取代了诗的天下。所以胡应麟《诗薮》说他的“乐府为宋人一代开山。盖温韦虽藻丽，而气颇伤促，意不胜辞。至此君方为当行作家，清便宛转，词家王、孟”。王国维《人间词话》也说：“词至李后主，而眼界始大，感慨遂深，遂变伶工之词而为士大夫之词。”

与南唐二主作伴的还有冯延巳。他字正中，有《阳春集》，是词人的第一部专集，从此词遂从小调正式步入诗坛。他在质上没有后主的惊险，在量上却产生更多的影响。使词的发展更稳定地转入了另一阶段，他的代表作像《归自谣》：

寒山碧，江上何人吹玉笛？扁舟远送潇湘客。　芦花千里霜月白，伤行色，来朝便是关山隔。

更有名的是十几首《蝶恋花》：

六曲阑干偎碧树，杨柳风轻展尽黄金缕；谁把钿筝移玉柱，穿帘海燕惊飞去。　满眼游丝兼落絮，红杏开时，一霎清明雨；浓睡觉来慵不语，惊残好梦无寻处。

莫道闲情抛掷久，每到春来惆怅还依旧；日日花前常病酒，不辞镜里朱颜瘦。　河上青芜堤上柳，为问新愁何事年年有；独立小桥风满袖，平林新月人归后。

《蝶恋花》的出现，以七言取代了《菩萨蛮》中的五言，使词坛步入更为轻快豪爽的阶段。他的作品或与温韦诸人相混，或与晏殊、欧阳修相混，正是介乎花间与北宋间，承先启后的人物。《点绛唇》：

荫绿围红，飞琼家在桃源住。画桥当路，临水开朱户。柳径春深，行到关情处。颦不语，意凭风絮，吹向郎边去。

此外像："一钩初月临妆镜，蝉鬓凤钗慵不整，重帘静，层楼迥，惆怅落花风不定"（一说为李璟作）"风淅淅，夜雨连云黑。滴滴，窗下芭蕉灯下客"，都似与二主的情调更为一致。至于《应天长》：

> 绿槐阴里黄莺语，深院无人春昼午。画帘垂，金凤舞，寂寞绣屏香一炷。　碧天云，无定处，空有梦魂来去。夜夜绿窗风雨，断肠君信否？

或作韦庄词，或作欧阳修词，正是说明着他在当时整个诗坛上的广泛的代表性。

词到了北宋，作者盛极一时。花间派仿佛山里的清泉，后主词仿佛三峡的天险，北宋词则平波初下，一泻千里，正是恰到好处的时候。代表这时候的词人，首先是晏殊、欧阳修、张先、范仲淹。他们都以新鲜的语言，写成风流的词句。

晏殊字同叔，有《珠玉词》集。他的作风雍容闲雅。《青箱杂记》说："晏元献公，虽起田里，而文章富贵，出于天然。"所谓富贵天然其实就是从容不迫。像《踏莎行》：

> 小径红稀，芳郊绿遍，高台树色阴阴见。春风不解禁杨花，濛濛乱扑行人面。　翠叶藏莺，珠帘隔燕，炉香静逐游丝转。一场愁梦酒醒时，斜阳却照深深院。

又《采桑子》：

春风不负东君信，遍折群芳，燕子双双，依旧衔泥入杏梁。须知一盏花前酒，占得韶光，莫话匆忙，梦里浮生足断肠！

又《蝶恋花》：

槛菊愁烟兰泣露，罗幙轻寒，燕子双飞去；明月不谙离恨苦，斜光到晓穿朱户。　昨夜西风凋碧树，独上高楼，望尽天涯路；欲寄彩笺兼尺素，山长水阔知何处！

又《浣溪沙》：

一曲新词酒一杯，去年天气旧亭台，夕阳西下几时回？无可奈何花落去，似曾相识燕归来，小园香径独徘徊。

词乃伴着伤春的情调进入了生活的各个方面。

欧阳修字永叔，有《六一词集》，在北宋词第一期中，乃是最重要的作家。他的《蝶恋花》：

庭院深深深几许，杨柳堆烟，帘幕无重数；玉勒雕鞍游冶处，楼高不见章台路。　雨横风狂三月暮，门掩黄昏，无计留春住；泪眼问花花不语，乱红飞过秋千去。

这首词与冯延巳词相混。至于他独具一格的词风则以清远俊逸见长，如《玉楼春》：

别后不知君远近，触目凄凉多少闷，渐行渐远渐无书，水阔鱼沉何处问？　夜深风竹敲秋韵，万叶千声皆是恨。故欹单枕梦中寻，梦又不成灯又烬。

《踏莎行》：

候馆梅残，溪桥柳细，草薰风暖摇征辔。离愁渐远渐无穷，迢迢不断如春水。　寸寸柔肠，盈盈粉泪，楼高莫近危阑倚。平芜尽处是春山，行人更在春山外。

而《阮郎归》二首则尤为知名：

东风吹水日衔山，春来长是闲；落花狼藉酒阑珊，笙歌醉梦间。　春睡觉、晚妆残，无人整翠环；留连光景惜朱颜，黄昏人依栏。

南园春半踏青时，风和闻马嘶；青梅如豆柳如眉，日长蝴蝶飞。　花露重、柳烟低，人家帘幕垂；秋千慵困解罗衣，画梁双燕栖。

又《生查子》：

去年元夜时，花市灯如昼；月上柳梢头，人约黄昏后。今年元夜时，月与灯依旧；不见去年人，泪湿春衫袖。

这简直像一首令人难忘的单纯朴素的民歌了。至于他的名句像“小楼西角断虹明”“绿杨楼外出秋千”等，都是一向为人所称道的。

张先字子野，有《安陆集》词，他的作风飘忽纵意，一任所之。最有名的是《天仙子》：

> 水调数声持酒听，午醉醒来愁未醒。送春春去几时回？临晚镜，伤流景，往事悠悠空记省。　沙上并禽池上瞑，云破月来花弄影。重重帘幕密遮灯，风不定，人初静，明日落红应满径。

又《玉楼春》：

> 龙头舴艋吴儿竞，笱柱秋千游女并；芳洲拾翠暮忘归，秀野踏青来不定。　行云去后遥山暝，已放笙歌池院静；中庭月色正分明，无数杨花过无影。

又与他的《剪牡丹》中句：“柳径无人，坠轻絮无影”并为时人所称道，号曰“张三影”。陈廷焯《白雨斋词话》说：“张子野词，古今一大转移也。前此则为晏、欧，为温、韦，体段虽具，声色未开；后此则为秦、柳，为苏、辛，为美成、白石。发扬蹈厉，气局一新，而古意渐失。子野适得其中，有含蓄处，亦有发越处。但含蓄不似温、韦，发越不似豪苏、腻柳。规模虽隘，气格却近古。”

范仲淹字希文，有《丹阳集》。他乃是一位儒将。《渔家傲》：

塞下秋来风景异，衡阳雁去无留意；四面边声连角起，千嶂里，长烟落日孤城闭。　浊酒一杯家万里，燕然未勒归无计；羌管悠悠霜满地，人不寐，将军白发征夫泪。

他的作风属于豪迈一类。又如《苏幕遮》：

碧云天，黄叶地，秋色连波，波上寒烟翠；山映斜阳天接水，芳草无情，更在斜阳外。　黯乡魂，追旅思，夜夜除非，好梦留人睡；明月楼高休独倚，酒入愁肠，化作相思泪。

至于“真珠帘卷玉楼空，天淡银河垂地。年年今夜，月华如练，长是人千里”，都是享誉词坛的名句。

此外晏几道字叔原，有《小山词》。他是晏殊的幼子，但穷愁潦倒。冯煦称之为“古之伤心人”（《宋六十一家词选例言》）。陈廷焯赞他“工于言情”，“而措词婉妙，则一时独步”（《白雨斋词话》）。他的《临江仙》：

梦后楼台高锁，酒醒帘幕低垂；去年春恨却来时。落花人独立，微雨燕双飞。　记得小苹初见，两重心字罗衣；琵琶弦上说相思。当时明月在，曾照彩云归。

称为一时的俊语。

林逋字君复，称“和靖先生”。他虽不是专力为词的，而清高淡远，自然为词坛生色不少。《长相思》：

吴山青，越山青，两岸青山相送迎，谁知离别情。 君泪盈，妾泪盈，罗带同心结未成，江头潮已平。

又《点绛唇》：

金谷年年，乱生春色谁为主，余花落处，满地和烟雨。又是离歌，一阕长亭暮；王孙去，萋萋芳草，南北东西路。

他的《咏梅诗》“疏影横斜水清浅，暗香浮动月黄昏”，也都成为词坛的佳话。

王安石作词不多，但“瘦削雅素”，能“一洗五代旧习”（《艺概·词曲概》）。他的《渔家傲》：

平岸小桥千嶂抱，揉蓝一水萦花草，茅屋数间窗窈窕，尘不到，时时自有清风扫。 午枕觉来闻语鸟，欹眠似听朝鸡早，忽忆故人今已老，贪梦好，茫茫忘了邯郸道。

张昪（音 biàn —— 编者注）字杲卿，有《离亭燕》：

一带江山如画，风物向秋潇洒，水浸碧天何处断，霁色冷光相射。蓼屿荻洲，掩映竹篱茅舍。 云际客帆高挂，烟外酒旗低亚。多少六朝兴废事，尽入渔樵闲话。怅望倚层楼，寒日无言西下。

这些又都在词里，另开辟一方天地，并成为以后慢调的先河。

宋祁字子京，他的《玉楼春》：

东城渐觉风光好，縠皱波纹迎客棹；绿杨烟外晓寒轻，红杏枝头春意闹。　浮生长恨欢娱少，肯爱千金轻一笑；为君持酒劝斜阳，且向花间留晚照。

人因此称为“红杏枝头春意闹尚书”。

寇准字平仲，有《踏莎行》：

春色将阑，莺声渐老，红英落尽青梅小；画堂人静雨濛濛，屏山半掩余香袅。　密约沉沉，离情杳杳，菱花尘满慵将照；倚楼无语欲销魂，长空黯淡连芳草。

他的《江南春》《夜度娘》等诗也都曾被谱而为词。

司马光字君实，有《西江月》：

宝髻匆匆梳就，铅华淡淡妆成；青烟紫雾罩轻盈，飞絮游丝无定。　相见怎如不见，有情还似无情；笙歌散后酒初醒，深院月明人静。

词经过这一个时期，调子渐渐变长，同时由完全抒情，加入了铺叙的成分，便自然又产生了慢调。五代宋初词坛以小令为主的阶段也便逐渐地将要结束。

## 宋词的新阶段

词从产生时起，基本上是以抒情为主的小令的天下，这时乃渐与慢调平分春色。以柳永、苏轼、秦观为代表的宋词便开始进入了这一发展阶段。

柳永字耆卿，本名三变，终于屯田员外郎，有《乐章集》九卷。他的词流行最广。叶梦得《避暑录话》说“凡有井水处，即能歌柳词”。他儿女情长，因此在歌楼舞榭间，留下许多美好的传说。元人有《谢天香》杂剧，便是写他的浪漫生涯，他死后葬于枣阳县花山，远近的人，每过清明，多载酒肴饮于他的墓侧，谓之吊柳会。又说他死之日，家无余财，群妓合金葬之于南门外，每春月上冢，谓之吊柳七。所以王渔洋说：“残月晓风仙掌路，谁人为吊柳屯田。”他的为人所爱，正由于他的生活中即景生情，带有丰富伤感的抒情性。《雨霖铃》：

寒蝉凄切，对长亭晚，骤雨初歇。都门帐饮无绪，留恋处兰舟催发。执手相看泪眼，竟无语凝噎。念去去千里烟波，暮霭沉沉楚天阔。　多情自古伤离别，更那堪冷落清秋节！今宵酒醒何处？杨柳岸晓风残月。此去经年，应是良辰好景虚设。便纵有千种风情，更与何人说？

此外如《倾杯乐》《八声甘州》等，都给人以难忘的印象。《八声甘州》上阕：

对潇潇暮雨洒江天，一番洗清秋。渐霜风凄紧，关河冷落，残照当楼。是处红衰翠减，苒苒物华休；唯有长江水，无语东流。

深沉雄厚，正是词中不可多得的上品。这乃是一个抒情与铺叙调和得正好的时候，而一切形式上的虚饰又尚未形成，整个词坛因此正在全面发展中展开。

苏轼有《东坡词》。他虽然看不起柳永写歌妓生活的词，而他的《贺新凉》，相传也是记歌妓秀兰迟席献花的。词意虽然隐晦，而铺叙的成分却十分显然：

乳燕飞华屋，悄无人，桐阴转午，晚凉新浴。手弄生绡白团扇，扇手一时似玉。渐困倚，孤眠清熟。帘外谁来推绣户，枉教人梦断瑶台曲。又却是，风敲竹。　石榴半吐红巾蹙，待浮花浪蕊都尽，伴君幽独。秾艳一枝细看取，芳心千重似束。又恐被西风惊绿。若待得君来向此，花前对酒，不忍触，共粉泪，两簌簌。

散文成分的加多，一方面是铺叙，一方面便是说理。柳词之所以失之太俗，是因为倾向于市民文学的通俗化。苏词之所以常有不食人间烟火味，便因为他长于理趣。《水调歌头》：

明月几时有？把酒问青天。不知天上宫阙，今夕是何年？我欲乘风归去，又恐琼楼玉宇，高处不胜寒。起舞弄清影，何似在人间。　转朱阁，低绮户，照无眠。不应有恨，何事长向别时圆？人有悲欢离合，月有阴晴圆缺，此事古难全。但愿人长久，千里共婵娟。

苏轼的浪漫气质在封建文化走向保守的宋代，是尤其难能可贵的，然而因此它也就是更为孤独的。所谓“明月几时有，把酒问青天”，正是他的孤独。所谓“起舞弄清影，何似在人间”，正是不食人间烟火了。这感受事实上贯穿了苏轼很多的作品，它使我们真正接触到一种“遗世独立”的感情。这里是清高，也是冷清，是满腔的热情化为洁身自好的形象，而这些形象又往往是通过苏轼所特有的“理趣”而表现出来的。这里我们应当说《水调歌头》的上半阕的成就远远高过于它的下半阕。下半阕中的议论，其实就正是这上半阕中思维的脱口而出，然而那究竟只是脱口而出而已，诗人的全部议论是发不完的，千言万语仍然是蕴涵在那上半阕的诗句中。苏轼要把词的发展拉回到正统诗文的轨道上去，这里一方面固然能使得词从较小的生活领域中接触到正统诗文已经获得的广阔天地，而另一方面则究竟是一种文学史上保守的倾向，在这里有助于苏轼的则仍旧是他的浪漫气质；这浪漫气质使得苏轼又在一定程度上跳出了正统诗文的局限，与市民文学有了共同的基调；这在《念奴娇》一词中表现得最为明白：

大江东去，浪淘尽，千古风流人物。故垒西边，人道是，三国周郎赤壁。乱石穿空，惊涛拍岸，卷起千堆雪。江山如画，一时多少豪杰！　遥想公瑾当年，小乔初嫁了，雄姿英发。羽扇纶巾，谈笑间，樯橹灰飞烟灭。故国神游，多情应笑我，早生华发。人生如梦，一樽还酹江月。

《念奴娇》的主题是一个历史凭吊，而这个凭吊是通过对于“千古风流人物”的向往而表达的，而这个“风流人物”虽然还是继承了魏晋风流的传统，却又增加了新的东西，那就是特别强调“周瑜”这样“少年英俊”的人物，这就使得到了宋代已是保守的中年人的正统文化中得到了一分青春的活力。像“小乔初嫁了，雄姿英发”，这乃是正统诗文中所从来不重视的，而在词曲中则被广泛地歌唱着；这里诗人在古老的历史凭吊中弹出了新鲜的调子；它的风流豪放，与一个“周郎”这样的典型性格统一起来，也就是正统的诗文与新兴的词的统一。这里有着封建时代文学中浪漫气质的更为丰富的涵义。

此外，他的《醉翁操》是纪念欧阳修的：

醉翁啸咏，声和流泉。醉翁去后，空有朝吟夜怨。山有时而童巅，水有时而回川，思翁无岁年。翁今为飞仙，此意在人间，试听徽外两三弦。

与他的《水调歌头》《念奴娇·大江东去》，都是同一类的表现。这说理的成分，因为比较超然，便更近乎豪放，乃衍为后来苏辛的一派。至于小令，原以抒情为主，在这理趣的影响下，也便出现许多词中的警语。像他的《蝶恋花》：

花褪残红青杏小。燕子飞时，绿水人家绕；枝上柳绵吹又少，天涯何处无芳草！　墙里秋千墙外道，墙外行人，墙里佳人笑；笑渐不闻声渐悄，多情却被无情恼。

又《卜算子》：

缺月挂疏桐，漏断人初定；时见幽人独往来，缥渺孤鸿影。

惊起却回头，有恨无人省；拣尽寒枝不肯栖，寂寞沙洲冷。

这也就是前人誉之为“不食人间烟火”的代表作，而其所以如此，就正在于它的耐人寻味的“理趣”。这是一种说理的形象语言，他仿佛认识了生活中什么更深的道理，具有一种从一般概念中发人猛省的体会，一种洞彻心脾的观察力的实感，于是把千言万语都化为生动的形象；而从这些形象中，我们感受到诗人仿佛有多少议论正要脱口而说出！至于“公驾飞车凌彩雾，红鸾骖乘青鸾驭；却讶此洲名白鹭，非吾侣，翻然欲下还飞去”以及“梦破五更心欲折，角声吹落梅花月”，不都使我们为之泠然惊醒吗?

秦观，字少游，他出于苏轼的门下，以完美的天才为词坛主盟一时，有《淮海词》集。如《满庭芳》：

山抹微云，天粘衰草，画角声断谯门。暂停征棹，聊共引离樽。多少蓬莱旧事，空回首、烟霭纷纷。斜阳外，寒鸦数点，流水绕孤村。　　销魂，当此际，香囊暗解，罗带轻分。漫赢得青楼，薄幸名存。此去何时见也？襟袖上，空染啼痕。伤情处，高城望断，灯火已黄昏。

这首词流传一时，以至于被人称为“山抹微云君”。又《望海潮》：

梅英疏淡，冰澌溶泄，东风暗换年华。金谷俊游，铜驼巷陌，新晴细履平沙。长记误随车；正絮翻蝶舞，芳思交加，柳下桃蹊，乱分春色到人家。　西园夜饮鸣笳，有华灯碍月，飞盖妨花。兰苑未空，行人渐老，重来是事堪嗟。烟暝酒旗斜。但倚楼极目，时见栖鸦。无奈归心，暗随流水到天涯。

吴曾《能改斋漫录》引晁补之语曰：“近世以来，作者皆不及秦少游。如‘斜阳外，寒鸦数点，流水绕孤村’，虽不识字，亦知是天生好言语。”这都是慢调中的上乘。而秦观能以铺叙抒情，因此同时又是小令中的能手，乃成为这时期最完美的一位词人。他没有东坡说理的成分，没有柳永俚俗的倾向。蔡伯世说：“子瞻辞胜乎情，耆卿情胜乎辞，辞情相称者，唯少游一人而已”（《古今词话》引）。他是比较更近于纯诗的，他的抒情性浑成深厚，不可企及。像《踏莎行》：

雾失楼台，月迷津渡，桃源望断无寻处。可堪孤馆闭春寒，杜鹃声里斜阳暮。　驿寄梅花，鱼传尺素，砌成此恨无重数。郴江幸自绕郴山，为谁流下潇湘去？

据说，他逝世后，苏轼读到这首词时，不禁长叹道：“少游已矣，虽万身何赎！”其感人之深如此。又《忆王孙》：

萋萋芳草忆王孙，柳外楼高空断魂，杜宇声声不忍闻，欲黄昏，雨打梨花深闭门。

《忆仙姿》：

鹦嘴啄花红溜，燕尾剪波绿皱；指冷玉笙寒，吹彻小梅春透。依旧，依旧，人与绿杨俱瘦。

小令的抒情特长仍然不减当年。他的《临江仙》：

千里潇湘接蓝浦，兰桡昔日曾经；月高风定露华清，微波澄不动，冷浸一天星。　独倚危楼情悄悄，遥闻妃瑟泠泠；新声含尽古今情，曲终人不见，江上数峰青。

写静谧澄明的清江月夜之情，竟纯是诗的意境。至如“春去也，飞红万点愁如海”，正是词中不可企及的佳句。《四库全书总目提要》所以评论他：“情韵兼胜，在苏、黄之上。”他正是词坛上的理想人物。

黄庭坚有《山谷词》。他与秦观同出苏轼门下，所以人称秦七黄九，其实他是不以词见长的，《清平乐》是其词作中较出色的一篇：

春归何处？寂寞无行路；若有人知春去处，唤取归来同住。　春去踪迹谁知？除非问取黄鹂；百啭无人能解，因风飞过蔷薇。

他的好词不多，论者因此多以为他“匪独不及秦苏，亦去耆卿远甚”

（《白雨斋词话》）。这时的词人还有毛滂、贺铸等。

毛滂字泽民，有《东堂词》，他的《惜分飞》二首：

泪湿栏杆花着露，愁到眉峰碧聚；此恨平分取。更无言语空相觑。　短雨残云无意绪，寂寞朝朝暮暮；今夜山深处，断魂分付潮回去。

花影低回帘幕卷，惯了双来燕燕；惊散雕栏晚，雨昏烟重垂杨院。　云断月斜红烛短，望断真个望断；情寄梅花点，趁风吹过楼南畔。

轻快流畅，传说曾深受苏轼的赏识，成为一时佳话。

贺铸字方回，有《东山乐府》。《青玉案》一词乃是脍炙人口的：

凌波不过横塘路，但目送芳尘去；锦瑟年华谁与度？月台花榭，琐窗朱户，只有春知处。　碧云冉冉蘅皋暮，彩笔新题断肠句。借问闲愁都几许？一川烟草，满城风絮，梅子黄时雨。

他又喜用唐人的诗意谱词，像《定风波》：

墙上夭桃簌簌红，巧随轻絮入帘栊；自是芳心贪结子，翻使惜花人恨五更风。　露萼鲜浓妆脸靓，相映隔年情事此门中；粉面不知何处去，无奈武陵流水卷春空。

更明显的像《一落索》《小梅花》等，竟是全部采诗入词了。

北宋后期词人辈出，整个词坛的趋势，已转向慢调。但小令中仍有不少佳作，像张耒的《秋蕊香》：

帘幕疏疏风透，一线香飘金兽。朱栏倚遍黄昏后，廊上月华如昼。　别离滋味浓如酒，着人瘦，此情不及墙东柳，春色年年依旧。

赵令畤的《乌夜啼》：

楼上萦帘弱絮，墙头碍月低花，年年春事关心事，肠断欲栖鸦。　舞镜鸾衾翠减，啼珠凤蜡红斜，重门不锁相思梦，随意绕天涯。

王雱的《眼儿媚》：

杨柳丝丝弄轻柔，烟缕织成愁；海棠未雨，梨花先雪，一半春休。　而今往事难重省，归梦绕秦楼；相思只在丁香枝上，豆蔻梢头。

秦湛的《卜算子》：

春透水波明，寒峭花枝瘦；极目烟中百尺楼，人在楼中否？　四和袅金凫，双陆思纤手；拟请东风浣此情，情更浓于酒。

谢任伯的《忆君王》：

依依宫柳拂宫墙，楼殿无人春昼长，燕子归来依旧忙；忆君王，月照黄昏人断肠。

都说明这时北宋的词坛，依然还徘徊在慢调与小令之间。

## 词的赋化与小令余音

慢调盛行后，铺叙的成分加多，要长期维持诗的趣味，乃不能不从骈俪着手，于是这近乎赋的风致，便随着铺叙也走到词里来。柳永开慢调之始，虽然还是以抒情为主，但已有运用赋法写作的词。像著名的《望海潮》：

东南形胜，江吴都会，钱塘自古繁华。烟柳画桥，风帘翠幕，参差十万人家。云树绕堤沙，怒涛卷霜雪，天堑无涯。市列珠玑，户盈罗绮，竞豪奢。　重湖叠巘清嘉，有三秋桂子，十里荷花。羌管弄晴，菱歌泛夜，嬉嬉钓叟莲娃。千骑拥高牙，乘醉听萧鼓，吟赏烟霞。异日图将好景，归去凤池夸。

这首词全面罗列杭州的形胜、风光、人物之美，已将都市赋的格局引入词中。此后经过苏、秦几个时期，浪漫主义的高峰过去以后，词在各方面又渐渐形成典范。内容的空洞必然追求形式上的典雅。典范的形成难免锤炼上的凝重。代表这一转变的重要人物，就是周邦彦。

周邦彦字美成，号清真。有《片玉词》。周济《宋四家词选》说："清真集大成者也。"戈载《七家词》又说："其意淡远，其气浑厚，其音节又复清妍和雅，为词家之正宗。"他是以工力见称的一个作家。词也就在他手中开始赋化。赋的特点，是娱乐性、装饰性和消遣性的结合。诗重在表现，赋重在修饰。诗以抒情为本，赋则以娱乐为用。从两汉以来，"体物"便是赋的一大专长。周邦彦大量写作咏物词，讲究格律、音节等形式之美，正是赋化的典型特征。有名的《六丑》《花犯》《兰陵王》等都是以咏物为主的。《兰陵王·柳》：

柳阴直，烟里丝丝弄碧。隋堤上，曾见几番，拂水飘绵送行色。登临望故国，谁识京华倦客？长亭路，年去岁来，应折柔条过千尺。　闲寻旧踪迹，又酒趁哀弦，灯照离席。梨花榆火催寒食。愁一箭风快，半篙波暖，回头迢递便数驿。望人在天北。　凄恻，恨堆积！渐别浦萦回，津堠岑寂，斜阳冉冉春无极。念月榭携手，露桥闻笛。沉思前事，似梦里，泪暗滴。

又《六丑·蔷薇谢后作》：

正单衣试酒，怅客里光阴虚掷。愿春暂留，春归如过翼，一去无迹。为问花何在？夜来风雨，葬楚宫倾国。钗钿堕处遗香泽，乱点桃蹊，轻翻柳陌。多情为谁追惜？但蜂媒蝶使，时叩窗槅。　东园岑寂，渐蒙笼暗碧。静逸珍丛底，成叹息。长条故惹行客，似牵衣待话，别情无极。残英小，强簪巾帻，终不似，一朵钗头颤袅，向人欹侧。漂流处，莫趁潮汐；恐断红尚有相思字，何由见得。

这种缜密凝重的风格，也波及于他的小令。像《玉楼春》：

桃蹊不作从容住，秋藕绝来无续处。当时相候赤栏桥，今日独寻黄叶路。　烟中列岫青无数，雁背斜阳红欲暮。人如风后入江云，情似雨余粘地絮。

不愧是一首抒情的好作品，然而小令的风流也已为排比的凝重所取代，特别是像结尾的这样两句，在小令中乃是前所未有的。他的《少年游》：

并刀如水，吴盐胜雪，纤指破新橙。锦幄初温，兽香不断，相对坐调笙。　低声问相谁行宿，城上已三更，马滑霜浓，不如休去，直是少年行。

《贵耳集》说这是描写宋徽宗与李师师的，虽不一定可靠，却无疑是类似的写作。他的作风缜密凝重，婉媚深厚，像“马滑霜浓”，正是工力绝人，遂成为后代的楷式。《白雨斋词话》说：“词至美成，乃有大宗，前收苏、秦之终，后开姜史之始。”正说明他在宋词由浪漫抒情走向赋化过程中所起的推动作用。与他同时的词人像晁端礼、万俟雅言、吕渭老、方千里、杨泽民等，都有着同一的趋向。然而这作风真正的盛行，则还在南渡以后。

在北宋后期词坛赋化的趋势中，能以小令独标一帜的作家便只有李清照。李清照，号易安居士，有《漱玉词》，中国女作家中，能够在文学史上占一席地的，这是唯一的一个人了。词原是女性美的描写，她也正是以能够完成那自我表现而尽得风流，她的时代虽在南北宋之间，而她的作风竟是完全北宋的。她不愿随着当时一般的潮流，而专意于小令的吟咏，这在词坛上乃更觉得难能可贵。她的名作像《醉花阴》：

> 薄雾浓云愁永昼，瑞脑消金兽。佳节又重阳，玉枕纱厨，半夜凉初透。　东篱把酒黄昏后，有暗香盈袖。莫道不消魂，帘卷西风，人比黄花瘦！

又《如梦令》：

> 昨夜雨疏风骤，浓睡不消残酒。试问卷帘人，却道海棠依旧。知否，知否，应是绿肥红瘦。

至于佳句像："花自飘零水自流，一种相思两处闲愁""物是人非事事休，欲语泪先流"等名句，都是独树一帜的。所以陈廷焯说："李易安词，独辟门径"（《白雨斋词话》）。罗大经赞她："乃能创意出奇如此！"（《鹤林玉露》）然而整个词坛的趋势，已完全走向慢调，小令此后正如绝句，也只成为偶然的点缀，诗词的命运，似乎不可避免地又都走上了同一轨道。

南宋词坛继周邦彦之后，重心仍在于咏物的一面。主要代表词人姜夔，号白石道人，有《白石词》五卷。刘熙载说："姜白石词幽韵冷香，令人挹之无尽。拟诸形容，在乐则琴，在花则梅也。"又说："词家称白石曰：'白石老仙。'或问毕竟与何仙相似？曰：藐姑冰雪，盖为近之"（《艺概 · 词曲概》）。张炎说他："如野云孤飞，去留无迹"（《词源》）。董升说："白石词极精妙，不减清真，其高处，有美成所不能及。"他的作风，正是空灵而缜密、清滢而典丽的，乃成为一代词宗。与周邦彦一样也写了大量咏物词，与清真词不同的是，他不追求写物的具体形象，而注重所咏之物的意态神韵，并善于驱遣典故不落痕迹而务求格调高绝。《暗香》《疏影》两题便是他咏物词的代表作。《疏影》：

苔枝缀玉，有翠禽小小，枝上同宿。客里相逢，篱角黄昏，无言自倚修竹。昭君不惯胡沙远，但暗忆江南江北。想佩环月夜归来，化作此花幽独。　犹记深宫旧事，那人正睡里，飞近蛾绿。莫似春风，不管盈盈，早与安排金屋。还教一片随波去，又却怨玉龙哀曲。等恁时，重觅幽香，已入小窗横幅。

堆砌大量典故，本是赋的重要特点，乃终于也在词中出现。他的《惜红衣》：

枕簟邀凉，琴书换日，睡余无力，细洒冰泉。并刀破甘碧，墙头唤酒，谁问讯，城南诗客。岑寂，高柳晚蝉，说西风消息。

虹梁水陌，鱼浪吹香，红衣半狼藉。维舟试望故国，渺天北，可惜柳边沙外，不共美人游历。问甚时同赋，三十六陂秋色。

毛晋说他是：“裁云缝月之妙手，敲金戛玉之奇声。”冯煦说：“白石为南渡一人，千秋论定，无俟扬摧。”又说他：“天籁人力，两臻绝顶，笔之所至，神韵俱到”（《六十一家词选》）。像《淡黄柳》：

空城晓角，吹入垂杨陌，马上单衣寒恻恻，看尽鹅黄嫩绿，都是江南旧相识。　正岑寂，明朝又寒食，强携酒，小桥宅，怕梨花落尽成秋色。燕燕飞来，问春何在，唯有池塘自碧。

此外像“燕燕无心，太湖西畔随云去，数峰清苦，商略黄昏雨”，岂非又正与清真的《玉楼春》有异曲同工之妙吗？只是周词字字结实，白石则空灵飘逸。朱竹说：“词莫善于姜夔，宗之者张辑，卢祖皋，史达祖，吴文英，蒋捷，王沂孙，张炎，周密，陈允平，张翥，杨基，皆具夔之一体。基之后得其门者寡矣！”（《黑蝶斋诗余序》）可见姜夔一派词人之盛。

史达祖字邦卿，号梅溪，有《梅溪词》。姜夔称他：“邦卿词奇秀清逸，盖能融情景于一家，会句意于两得。”时人号为姜、史。他以《双双燕》一词最为姜所赏识：

过春社了，度帘幕中间，去年尘冷。差池欲住，试入旧巢相并。还相雕梁藻井，又软语商量不定。飘然快拂花梢，翠尾分开红影。　芳径，芹泥雨润。爱贴地争飞，竞夸轻俊。红楼归晚，看足柳昏花暝。应自栖香正稳，便忘了天涯芳信。愁损翠黛双蛾，日日画栏独凭。

此外《绮罗香》《东风第一枝》等，都具有同样的风韵。

高观国字宾王，有《竹屋凝语》一卷。他又与梅溪并称高史。《四库总目提要》："词自鄱阳姜夔，句琢字炼，始归醇雅，而达祖观国为之羽翼，故张炎谓数家格调不凡，句法挺异，俱能特立清新之意，删削靡曼之词。"《艺概》说："高竹屋词，争驱白石，然嫌多绮语。"《金人捧露盘》：

念瑶姬，翻瑶佩，下瑶池，冷香梦吹上南枝，罗浮路杳，忆曾清晚见仙姿，天寒翠袖，可怜是倚竹依依。　溪痕浅，云痕冻，月痕淡，粉痕微，江楼怨一笛休吹，芳香待寄，玉堂烟驿雨凄迷。新愁万斛，为春瘦却怕春知。

张辑字宗瑞，号东泽。他的代表作有《祝英台近》：

竹间棋，池上字，风日共清美。谁道春深，湘绿涨沙嘴。更添杨柳无情，恨烟颦雨，却不把扁舟偷系。　去千里，明日知几重山，后朝几重水。对酒相思，争似且留醉，奈何琴剑匆匆，而今心事，在月夜杜鹃声里。

吴文英字君特，号梦窗，有《梦窗甲乙丙丁稿》。词到了梦窗，便又渐渐学习北宋，他们开始由学姜进而学周。清真白石，同以工力典丽为主，原极相近，二人的关系正像少陵之于山谷，是一而二，二而一的。不过清真工力绝人，是格律的典范。白石更重色相，是晚唐的意象。所以词到梦窗，便重回到北宋的慢调。南宋词虽然局面较狭，在慢调上仍不失是一个新的发展，到此便也渐渐告一段落。周济说："梦窗奇思壮采，腾天潜渊，反南宋之清泚，为北宋之浓挚。"而张炎却说他："梦窗词如七宝楼台，眩人耳目，拆碎下来，不成片段"（《词源》）。这都是对于程式化的作品常有的毁誉。最好的《高阳台》：

宫粉雕痕，仙云坠影，无人野水荒湾。古石埋香，金沙锁骨连环，南楼不恨吹横笛，恨晓风千里关山。半飘零庭院黄昏，月冷栏干。　寿阳宫里愁鸾镜，问谁调玉髓，暗补香瘢，细雨归鸿，孤山无限春寒。离魂难倩招清些，梦缟衣解佩溪边，最愁人啼鸟清明，叶底清图。

他在小令上也偶有佳作。如《风入松》：

听风听雨过清明，愁草瘗花铭，楼前绿暗分携路，一丝柳，一寸柔情，料峭春寒中酒，交加晓梦啼莺。　西园日日扫林亭，依旧赏新晴，黄蜂频扑秋千索，有当时纤手香凝。惆怅双鸳不到，幽阶一夜苔生。

此外《唐多令》：

何处合成愁，离人心上秋，纵芭蕉不雨也飕飕，都道晚凉天气好，有明月、怕登楼。　年事梦中休，花空烟水流，燕辞归客尚淹留，垂柳不萦裙带住，漫长是、系归舟。

张炎评它“疏快不质实”。但这在南宋的小令中，已是不可多得了。

与吴文英齐名的，有王沂孙。他字圣与，号碧山，有《碧山乐府》。他的《高阳台》一首，字句轻快，极与《风入松》相似：

残雪庭除，轻寒帘影，霏霏玉管春葭，小帖金泥，不知春是谁家。相思一夜窗前梦，奈个人水隔天涯。但凄然满树幽香，满地横斜。　江南自是离愁苦，况游骢古道，归雁平沙，怎得银笺，殷勤与说年华。如今处处生芳草。纵凭高不见天涯，更消他几度东风，几度飞花。

此外像《齐天乐》《醉蓬莱》《庆宫春》等，作风也略近于北宋。然而张炎却说他：“琢语峭拔，有白石意度。”这些评论都说明南宋词坛已不出清真、白石，其走向的古典化愈陷愈深，距离结束自然也就不远了。

蒋捷字胜与，号竹山，有《竹山词》，以《一剪梅》一词最为知名：

一片春愁带酒浇。江上舟摇，楼上帘招。秋娘容与泰娘娇，风又飘飘，雨又萧萧。　何日云帆卸浦桥？银字笙调，心字香烧。流光容易把人抛，红了樱桃，绿了芭蕉。

这说明小令正如绝句在诗词中总是最有生命力的。正是这个缘故，清代所以还会出现纳兰性德。

张炎字叔夏，号玉田，有《山中白云词》八卷，又有《词源》二卷。他的《绮罗香》：

万里飞霜，千山落木，寒艳不招春妒。枫冷吴江，独客又吟愁句，正船舣流水孤村，似花绕斜阳芳树，甚荒沟一片凄凉，载情不载愁去。　长安谁问倦旅，羞见衰颜，借酒飘零如许，漫倚新妆，不入洛阳花谱，为回风起舞樽前，尽化作断霞千缕。记阴阴绿遍江南，夜窗听暗雨。

可称是他的代表作。戈载说：“玉田之词……是真词家之正宗，填词者必由此入手，方为雅音”（《宋七家词选·玉田词》）。所以周济说：“玉田近人所最尊奉”（《介存斋论词杂著》）。与他齐名的，还有周密。

周密字公谨，号草窗，有《苹洲渔笛谱》。周济说：“公谨敲金戛玉，嚼雪盥花，新妙无与为匹。”戈载说：“草窗词尽洗靡曼，独标清丽，有韶秀之色，有绵渺之思。”他编有《绝妙好词选》，去取精严，成为南宋词家的正宗。《高阳台》：

少雨分江，残寒迷浦，春容浅入蒹葭。雪霁空城，燕归何处人家。梦魂欲渡苍茫去，怕梦轻还被愁遮。感流年夜汐东还，冷照西斜。　凄凄望极王孙草，认云中烟树，鸥外春沙，白发青山，可怜相对荣华，归鸿自趁潮回去，笑倦游犹是天涯，问东风先到垂杨，后到梅花。

在作风上张炎与王沂孙比较相近，草窗则与梦窗比较相近，后人因此又号为二窗。此后词坛不出玉田二窗两派。而他们的典丽，事实上又同归于一途。至此词坛便和诗一样，逐渐落入了凝固的程式。

## 词的诗文化

宋词的发展，一方面是内容空洞而走向赋化，侧重在辞藻、格律上下功夫，这可以周邦彦、姜夔为代表；另一方面，则是诗文化的正统倾向，这可以苏轼、辛弃疾为代表。

南渡之际，朱敦儒以隐逸超脱见称。他字希真，有《樵歌》三卷。他说："我是清都山水郎，天教分付与疏狂。"又说："诗万首，酒千觞，几曾着眼看侯王。"他的《西江月》：

日日深杯酒满，朝朝小圃花开；自歌自舞自开怀，且喜无拘无碍。　　青史几番春梦，红楼多少奇才；不须计较与安排，领取而今现在。

他的词，虽然多数是吟风弄月，但也有不少是"忧时念乱，忠愤之致，触感而生"（王鹏运《樵歌跋》）。像《水龙吟》后半："回首妖氛未扫，问人间，英雄何处？奇谋报国，可怜无用。尘昏白羽，铁锁横江，锦帆冲浪，孙郎良苦。但愁敲桂棹，悲吟《梁父》，泪流如雨！"在词中抒写家国沦亡之痛，正是将词的狭小天地开拓到正统诗文的宽广境界，所以南宋爱国词人多少都带有使词诗文化的倾向。如岳飞的《满江红》：

怒发冲冠，凭栏处、潇潇雨歇。抬望眼，仰天长啸，壮怀激烈。三十功名尘与土，八千里路云和月。莫等闲，白了少年头，空悲切。　靖康耻，犹未雪；臣子恨，何时灭！驾长车、踏破贺兰山缺。壮志饥餐胡虏肉，笑谈渴饮匈奴血。待从头、收拾旧山河，朝天阙。

又张元幹的《贺新郎》：

梦绕神州路。怅秋风，连营画角，故宫《离黍》。底事昆仑倾砥柱，九地黄流乱注？聚万落千村狐兔。天意从来高难问，况人情易老悲难诉，更南浦，送君去。　凉生岸柳催残暑。耿斜河，疏星淡月，断云微度。万里江山知何处？回首对床夜语。雁不到，书成谁与？目尽青天怀今古，肯儿曹恩怨相尔汝！举大白，听《金缕》。

张孝祥，字安国，有《于湖集》词，以《念奴娇》一首最为人所称诵：

洞庭青草，近中秋、更无一点风色。玉鉴琼田三万顷，著我扁舟一叶。素月分辉，明河共影，表里俱澄澈。悠然心会，妙处难与君说。　应念岭海经年，孤光自照，肝胆皆冰雪。短发萧骚襟袖冷，稳泛沧浪空阔。尽吸西江，细斟北斗，万象为宾客。扣舷独啸，不知今夕何夕！

确不愧“英姿奇气”四字。他的《六州歌头》下阕：

念腰间箭，匣中剑，空埃蠹，竟何成！时易失，心徒壮，岁将零，渺神京。干羽方怀远，静烽燧，且休兵。冠盖使，纷驰骛，若为情？闻道中原遗老，常南望，羽葆霓旌。使行人到此，忠愤气填膺，有泪如倾。

《朝野遗记》说此词作于建康留守席中，当时北伐失败，宋金议和，都督江、淮兵马的张浚听此词后，为之罢席而入。《白雨斋词话》亦赞“张孝祥《六州歌头》一阕，淋漓痛快，笔饱墨酣，读之令人起舞”。

辛弃疾字幼安，号稼轩，有《稼轩长短句》十二卷。他少年时曾聚众二千起兵抗金，投入农民领袖耿京的义军，后耿京为叛徒所害。他亲领五十骑，于五万人的敌营中缚取叛徒，号召上万名士兵反正，带领他们投奔南宋。但并未受到南宋小朝廷的重视。他曾上《美芹十论》，提出北伐用兵的方案。又在两湖、江西安抚使任上，采取了许多强国利民的措施，但遭当权者疑忌，近二十年被弃置不用，晚年任镇江知府时，仍积极备战。最后又遭蜚语中伤，抑郁而死。所以他不同于一般的文人词客，正如黄梨庄所说：“辛稼轩为弱宋末造，负管、乐之才，不能尽展其用，一腔忠愤，无处发泄，观其与陈同父抵掌谈论，是何等人物！故其悲歌慷慨，抑郁无聊之气，一寄之于其词”（徐釚《词苑丛谈》）。他是南宋词坛最突出的词人，成为豪放一派的宗主。《破阵子》：

醉里挑灯看剑，梦回吹角连营。八百里分麾下炙，五十弦翻塞外声，沙场秋点兵。　马作的卢飞快，弓如霹雳弦惊。了却君王天下事，赢得生前身后名，可怜白发生！

又《菩萨蛮》：

郁孤台下清江水，中间多少行人泪！西北望长安，可怜无数山。　青山遮不住，毕竟东流去。江晚正愁予，山深闻鹧鸪。

正是“江南游子，把吴钩看了，栏干拍遍，无人会，登临意！”（《水龙吟》）又《摸鱼儿》：

更能消几番风雨，匆匆春又归去。惜春长怕花开早，何况落红无数。春且住，见说道天涯芳草无归路。怨春不语，算只有殷勤画檐蛛网，尽日惹飞絮。　长门事，准拟佳期又误。蛾眉曾有人妒。千金纵买相如赋，脉脉此情谁诉？君莫舞，君不见、玉环飞燕皆尘土。闲愁最苦。休去倚危栏，斜阳正在烟柳断肠处。

《永遇乐》：

千古江山，英雄无觅孙仲谋处。舞榭歌台，风流总被雨打风吹去。斜阳草树，寻常巷陌，人道寄奴曾住。想当年，金戈铁马，气吞万里如虎。　元嘉草草，封狼居胥，赢得仓皇北顾。四十三年，望中犹记烽火扬州路。可堪回首，佛狸祠下，一片神鸦社鼓！凭谁问：廉颇老矣，尚能饭否。

刘克庄说他：“公所作大声鞳鞳，小声铿锵，横绝六合，扫空万古。”他自己说：“不恨古人吾不见，恨古人不见吾狂耳！”真可算是词坛上千古一人了。他又常在词中发议论，随处说理。这乃是诗文化而散文化的一种自然趋势。像“杯，汝来前，老子今朝，点检形骸。……杯再拜，道：麾之即去，招则须来”（《沁园春》）。“嗟大小相形，鸠鹏自乐，之二虫又何知。”“火鼠论寒，冰蚕语热，定谁同异。”“庄周吾梦见之，正商略遗篇，翻然顾笑。”“谓我非逢子大方达观之家，未免长见悠然笑耳，此堂之水几何其，但清溪一曲而已！”（《哨遍》）简直是把庄子《秋水篇》谱入词了。刘熙载说：“稼轩词龙腾虎掷，任古书中理语、庾语，一经运用，便得风流，天姿是何夐异！”（《艺概·词曲概》）

与辛弃疾同时的诗人陆游，有《剑南集》词。刘克庄说：“放翁稼轩一扫纤艳，不事斧凿，但时时掉书袋，亦是一癖。”他们有同样的长处，也偶有同样的毛病，而其佳作则都是超尘出俗的。像《鹊桥仙》：

华灯纵博，雕鞍驰射，谁记当年豪举。酒徒一半取封侯，独立作江边渔父。　轻舟八尺，低蓬三扇，点断蘋洲烟雨。镜湖原自属闲人，又何必官家赐与。

又《卜算子·咏梅》：

> 驿外断桥边，寂寞开无主；已是黄昏独自愁，更着风和雨。
>
> 无意苦争春，一任群芳妒；零落成泥碾作尘，只有香如故。

至于他的《钗头凤》，传说为出妻唐氏而作：

> 红酥手，黄縢酒，满城春色宫墙柳。东风恶，欢情薄，一怀愁绪，几年离索，错错错！　春如旧，人空瘦，泪痕红浥鲛绡透。桃花落，闲池阁，山盟虽在，锦书难托，莫莫莫！

这首词及其有关的故事很容易使我们联想起唐人传奇《柳氏传》中的那两首赠答诗："章台柳，章台柳，昔日青青今在否？纵使长条似旧垂，也应攀折他人手。""杨柳枝、芳菲节，所恨年年赠离别；一叶随风忽报秋，纵使君来岂堪折。"这是有关一位诗人韩翃的传说。诗人与传说，文艺与人生，到此乃真是难分难解了。

刘过字改之，有《龙洲集》词，他可以算是辛派的嫡系。《山房随笔》说，辛弃疾帅浙东时，刘过求见，"公问能诗乎？曰能，时方进羊腰肾羹，辛命赋之，改之对寒甚。愿乞卮酒罢乞韵。时饮酒手颤，余沥流于怀，因以流字为韵。即吟云：'拔毛已付管城子，烂首曾封关内侯，死后不知身外物，也随樽酒伴风流。'辛大喜，命共尝此羹，终席而去。"他的《沁园春》：

> 斗酒彘肩，风雨渡江，岂不快哉！被香山居士，约林

和靖，与坡仙老，驾勒吾回。坡谓："西湖正如西子，浓抹淡妆临照台。"二公者，皆掉头不顾，只管传杯。　白言："天竺去来，图画里峥嵘楼阁开。爱纵横二涧，东西水逸，两峰南北，高下云堆。"逋曰："不然，暗香浮动，不若孤山先访梅。须晴去，访稼轩未晚，且此徘徊。"

可见其作风的豪放恣肆。又《唐多令》：

芦叶满汀洲，寒沙带浅流。二十年重过南楼，柳下系船犹未稳，能几日又中秋。　黄鹤断矶头，故人今在否？旧江山总是新愁。欲买桂花重载酒，终不似少年游。

此外陈亮、刘克庄都得辛词余味。陈亮与稼轩为友，"为人才气超迈，喜谈兵，议论风生"（《宋史·本传》）。词亦与辛词相似，而其"豪气纵横，稼轩几为所挫"（《白雨斋词话》）。他的《水调歌头》后半首："尧之都，舜之壤，禹之封，于中应有，一个半个耻臣戎。万里腥膻如许，千古英灵安在，磅礴几时通？胡运何须问，赫日自当中。"陈廷焯称其"精警奇肆，几于握拳透爪，可作中兴露布读，就词论则非高调"。

刘克庄是江湖诗派的重要作家，词有《后村长短句》。他更能作小令，像《卜算子》：

片片蝶衣轻，点点猩红小。道是天工不惜花，百种千般巧。

朝见树头繁，暮见枝头少，道是天工果惜花，雨打风吹了。

此外像“浅画镜中眉，深拜楼中月。人散市声收，渐入愁时节”，都颇得通俗的好处。然而这一派，毕竟随着诗文的衰歇，最后也终于失去了词的阵地。

# 目　录

## 晏几道



## 苏　轼

## 周邦彦



## 赵 佶



## 朱敦儒



## 李清照

# 李　白

李白（701—762），字太白。先世在隋末流徙于中亚，他出生在碎叶城（今吉尔吉斯斯坦伊塞克湖西北），五岁时随父入蜀，在绵州彰明县（今四川江油市）度过青年时代。二十五岁时离家出蜀，“仗剑去国，辞亲远游，南穷苍梧，东涉溟海”（《上安州裴长史书》）。后来又北上太原，西入京师，由于不屑“摧眉折腰事权贵”而遭到谗毁，在京不到两年便被皇帝“赐金放还”。以后长期飘泊在外。安史乱起，李白参加永王幕府，永王李璘被击败后，他亦受牵连入狱并长流夜郎（今贵州遵义市附近），后遇赦得还，不久死于当涂（今安徽当涂县）。

李白是唐代最负盛名的诗人，他对乐府民歌多所学习。《菩萨蛮》和《忆秦娥》相传为李白所作。宋代黄升认为这两首词是“百代词曲之祖”（《唐宋诸贤绝妙词选》）。

## 李白词二首

### 菩萨蛮

平林漠漠烟如织[1]，寒山一带伤心碧[2]。暝色入高楼[3]，有人楼上愁。　玉梯空伫立，宿鸟归飞急。何处是归程？长亭连短亭[4]。

【注释】

[1]漠漠：形容雾气。烟如织：指暮霭很浓密。这句说在高楼远望平野，林立的树丛被苍茫暮色笼罩。

[2]这句说远处的寒山，也呈现出使人凄然神伤的碧色。蜀人常以“伤心”形容程度之深，今如之。

[3]暝色：暮色。

[4]亭：一名“官亭”，设在大道上，便利旅客休息；各亭之间距离不一，所以有“长亭”“短亭”之称。庾信《哀江南赋》：“十里五里，长亭短亭。”连，一作“更”。

## 忆秦娥

箫声咽。秦娥梦断秦楼月[1]。秦楼月。年年柳色。霸陵伤别[2]。　乐游原上清秋节。咸阳古道音尘绝[3]。音尘绝。西风残照。汉家陵阙[4]。

【注释】

[1]咽：形容箫声凄凉。秦娥：长安是古秦地，秦娥泛指长安女子。两句暗用箫史教秦穆公女弄玉吹箫，引来凤凰的典故（见《列仙传》）。

[2]霸陵：在长安东郊，是汉文帝的陵墓，附近有霸桥，汉

唐人送旅人东行，到此折柳道别。霸，一作“灞”。

［3］乐游原：在长安城东南郊，地势很高，登上可望全城，是游览胜地。咸阳：秦代京城所在地，在长安西北，汉帝诸陵，都在长安与咸阳之间。音尘绝：即音信隔绝。

［4］残照：夕阳。陵阙：陵是帝王的坟墓。阙是宫殿门外的“观”。崔豹《古今注》：“阙，观也。古每门树两观于其前，所以标表宫门也。其上可居，登之则可远观，故谓之‘观’。”

# 李白词二首讲解[①]

浦江清

## 一

### 菩萨蛮

平林漠漠烟如织，寒山一带伤心碧。暝色入高楼，有人楼上愁。　　玉梯空伫立，宿鸟归飞急。何处是归程？长亭连短亭。

**考证**

此词相传李白作。南宋黄升《唐宋诸贤绝妙词选》及时代不明之《尊前集》皆载之，其后各家词选多录以冠首，推为千古绝唱。至近人则颇有疑之者。据唐人苏鹗《杜阳杂编》等书，《菩萨蛮》词调实始于唐宣宗时，太白安能前作？惟此说亦有难点，缘崔令钦之《教坊记》已载有《菩萨蛮》曲名，令钦可信为唐玄、肃间人也。

① 浦江清（1904—1957），著名古典文学专家，曾任教于清华大学、西南联合大学、北京大学。著有《浦江清文录》《浦江清文史杂文集》《中国文学史讲义（宋元部分）》《中国文学史讲义（明清部分）》《清华园日记·西行日记》等。本文节选自《名家析名篇》，浦江清《词的讲解》，见北京出版社1984年版。标题为编者所加。原文载1944—1945年《国文月刊》。

考此词之来历，北宋释文莹之《湘山野录》云：“‘平林漠漠烟如织，寒山一带伤心碧，暝色入高楼，有人楼上愁。玉梯空伫立，宿鸟归飞急，何处是归程，长亭连短亭。’此词不知何人写在鼎州沧水驿楼，复不知何人所撰，魏道辅泰见而爱之，后至长沙得古集于子宣内翰家，乃知李白所作。”（以上据《学津讨源》本。《词林纪事》引《湘山野录》，“古集”作“古风集”。）倘文莹所记可信，则北宋士大夫于此词初不熟悉，决非自来传诵人口者，魏泰见此于鼎州（今湖南常德）沧水驿楼，其事当在熙宁、元丰间（约1070），后至长沙曾布处得见藏书，遂谓李白所作。所谓《古风集》者，李白诗集在北宋时尚无定本，各家所藏不一，有自古风数十篇冠于首，或即以此泛指李白诗集而言（如葛立方《韵语阳秋》云“李太白古风两卷、近七十篇”云云），或者此“古集”或“古风集”乃如《遏云》《花间》之类，是一种早期之词集，或者此“古集”泛指古人选集而言，不定说诗集或词集，今皆不可知矣。

李白抗志复古，所作多古乐府之体制，律绝近体已少，更非措意当世词曲者。即后世所传《清平调》三章，出于晚唐人之小说，靡弱不类，识者当能辨之。惟其身后诗篇散佚者多，北宋士大夫多方搜集，不遑考信。若通行小曲归之于李白者亦往往有之。初时疑信参半，尚在集外，其后阑入集中。沈括《梦溪笔谈》云：“小曲有‘咸阳沽酒宝钗空’之句，云是李白所制，然李白集中有《清平乐词》四首，独欠是诗，而《花间集》所载‘咸阳沽酒宝钗空’乃云张泌所为，莫知孰是。”沈括与文莹、魏泰皆同时，彼所见李白集尚仅有《清平乐词》四首。此必因小说载李白曾为《清平调》三章，好事者遂更以《清平乐词》四首归之。其后又有“咸阳沽酒”“平林漠漠”“秦娥梦断”等类，均托名李白矣。至开元、天宝时是否已有《菩萨蛮》调，此事难说。观崔令钦之《教坊记》所载小曲之名多至三百余，中晚唐人所作词调，几已应有尽有，吾人于此，亦不能无疑。《教坊记》者乃杂记此音乐机关之掌故之书，本非如何一私家专心之撰述，自可随时增编者。崔令钦之为唐玄宗、肃宗间人，固属不诬，惟此书难保无别人增补其材料也。故其所记曲名，甚难遽信为皆开元、天宝以前所有。

明胡应麟《少室山房笔丛》，疑相传之《菩萨蛮》《忆秦娥》两词皆晚唐人作嫁名太白者，颇有见地。此词之为晚唐抑北宋人作，所不可知，惟词之近于原始者，内容往往与调名相应。《菩萨蛮》本是舞曲，《宋史·乐志》有菩萨蛮队舞，衣绯生色窄砌衣，冠卷云冠，或即沿唐之旧。《杜阳杂编》谓“危髻金冠，璎珞被体”，或亦指当时舞者之妆束而言。温飞卿词所写是闺情，而多言妆束，入之舞曲中，尚为近合。若此词之阔大高远，非“南朝之宫体”“北里之倡风”（此两句为《花间集序》中语，实道破词之来历，晚唐、五代词几全部在此范围之内），不能代表早期的《菩萨蛮》也。至胡应麟谓词集有《草堂集》，而太白诗集亦名《草堂集》，因此致误，此说亦非。词集有称为《草堂诗余》者乃南宋人所编，而此词之传为李白，则北宋已然。北宋士大夫确曾有意以数首词曲嫁名于李白，非出于诗词集名称之偶同而混乱也。

《湘山野录》所记，吾人亦仅宜信其一半。载有此词之《古风集》仅曾子宣有之，沈存中所见李白诗集即无此首，安知非即子宣、道辅辈好奇谬说。且魏道辅不曾录之于《东轩笔录》中，文莹又得之于传闻。惟赖其记有此条，使吾人能明白当时鼎州驿楼上曾有此一首题壁，今此词既无所归，余意不若归之于此北宋无名氏，而认为题壁之人即为原作者。菩萨蛮之在晚唐、五代，非温飞卿之“弄妆梳洗”，即韦端己之“醇酒妇人”，何尝用此檀板红牙之调，寄高远阔大之思，其为晚出无疑。若置之于欧晏以后，柳苏之前，则于词之发展史上更易解释也。

### 讲解

“平林”是远望之景。用语体译之，乃是“远远的一排整齐的树林”，此是登楼人所见。我们先借这两字来说明诗词里面的词藻的作用，作为最初了解诗词的基本观念之一。乐府、诗、词，其源皆出于民间的歌曲，但文人的制作不完全是白话，反之，乃是文言的词藻多而白话的成分少，不过在文言里夹杂些白话的成分，以取得流利生动的口吻而已。词曲是接近于白话的文学，但只有最初期的作品如此，后来白话的成分愈来愈少，成为纯粹文言文学。而且民间的白话的歌曲虽然也在发展，因为不被文人注意采集，所以我们不大能见得到。晚唐、五代词流传下来的也都是文人的制作，真正的民歌看不到多少。“平林”是文言，不是白话，是诗词里面常用的“词藻”。

在白话里面说“树林”，文言里面只要一个“林”字。何以文言能简洁而白话不能，因文字接于目，而语言接于耳，接于目的文字可以一字一义，如识此字，即懂得这一个字所代表的意义。接于耳的语言因为同音的“单语”太多，要做成双音节的“词头”，方始不致被人误解。如单说“林”，与“林”同音的单语很多，你说“树林”，人家就明白了。所以在白话里面实在以双音节的词头作为单位的。（关于这一点，我们仅就中古以来的中国语而言，上古的情形暂不讨论。）现在的问题是：在文言里面固然可以单用一个“林”字表达“树林”的意思，但是乐府诗词是摹仿民歌的，在民间的白话里既然充满了双音节的单位，那末[①]在诗词里面为满足声调上的需要，也应该充满双音节的单位的。文人既不愿用白话作诗词，他们在文言里面找寻或者创造双音节的词头，于是产生“春林、芳林、平林”等等的“词藻”。我们暂时称这些为“词藻”（古人用“词藻”两字的意义很多，这里暂时用作特殊的意义），假如科学地说，应该称为“文言的词头”。这些“词藻”和白话里的“词头”相比，音节是相同的，而意义要丰富一点，文人所以乐于用此者亦因此故。所以把“平林”两字翻译出来，或者要说“远远的一排整齐的树林”这样一句啰唆的话，而且也不一定便确切，因为当初中国的文人根本即在文言里面想，而不在白话里面想之故。

何以中国的文人习用文言而不用他们自己口说的语言创造文学，这一个道理很深，牵涉的范围太广，我们在这里不便深论。要而论之，中国人所创造的文字是意象文字而不用拼音符号（一个民族自己创造的文字，应该是意象文字，借用外族的文字方始不得不改为拼音的办法），所以老早有脱离语言的倾向。甲骨卜辞那样简短当然不是商人口语的忠实的记录。这是最早的语文分离的现象，由意象文字的特性而来，毫不足怪。以后这一套意象文字愈造愈多，论理可以作忠实记载语言之用，但记事一派始终抱着简洁的主张，愿意略去语言的渣滓。只有记言的书籍如《尚书》《论语》，中间有纯粹白话的记录。而《诗经》是古代的诗歌的总汇，诗歌是精练的语言，虽然和口头的说话不同，但《诗经》的全部可以说是属于语言的文学。所以在

① 那末，即“那么”。下同。

先秦的典籍里实在已有三种成分，一是文字的简洁的记录，二是几种占优势的语言如周语、鲁语的忠实的记录，三是诗歌或韵语的记录。古代的方言非常复杂，到了秦汉的时代，政治上是统一了，语言不曾统一，当时并没有个国语运动作为辅导，只以先秦的古籍教育优秀子弟，于是即以先秦典籍的语言作为文人笔下所通用的语言，虽然再大量吸收同时代的语言的质点以造成更丰富的词汇（如汉代赋家多采楚地的方言），但文言文学的局面已经形成，口语文学以及方言文学不再兴起。以后骈散文的发展我们且不说，乐府诗词的发展是一方面在同时代的民歌里采取声调和白话的成分，一方面在过去的文言文学里采取词藻的。文言的词汇因为是各时代各地方的语言的质点所归纳，所以较之任何一个时代一个地方的语言要丰富。历代的文人即用文言来表情达意，同时，真实的语言或方言，从秦汉到唐代一千多年，始终没有文人去陶冶琢磨，不曾正式采用作为文学的工具，所以停留在低劣和粗糙的状态里，不足作为高度的表情达意的工具的。宋元以后方始有小说家和戏曲家取来作一部分的应用。

文言的性质不大好懂。是意象文字的神妙的运用。中国人所单独发展的文言一体，对于真实的语言，始终抱着若即若离的态度。意象文字的排列最早就有脱离语言的倾向，但所谓文学也者要达到高度的表情达意的作用，自然不只是文字的死板的无情的排列如图案画或符号逻辑一样；其积字成句，积句成文，无论在古文，在诗词，都有它们的声调和气势，这种声调和气势是从语言里摹仿得来的，提炼出来的。所以文言也不单接于目，同时也是接于耳的一种语言。不过不是真正的语言，而是人为的语言，不是任何一个时代或一个地方的语言，而是超越时空的语言，我们也可以称为理想的语言。从前的文人都在这种理想的语言里思想。至于一般不识字的民众不懂，那他们是不管的。

词人的语言即用诗人的语言。不过词的最初是从宫体诗发展出来，到了两宋的词人虽然已把词的境界扩大，但到底不能比诗的领域，所以词人也只用了诗的词汇的一部分。此外词人又吸收了唐宋时代的俗语的质点，因为词的体制即是摹仿唐宋时代的民间的歌曲的。

上文说到白话里面充满了双音节的词头，所以诗词里面也充满了双音节的单位。我们不说“山”而说“高山”，不说“水”而说“流水”，不说“月”而说“明月”，那“高、流、明”等类字眼，在文法上称为形容词，或附属词，是加于名词之上以限制或形容名词的意义的。但如上面所举的例，它们限制或形容的意义是那样地薄弱，只能说帮助下一个名词以造成一个双音节的单位而已。“平”字也是帮助“林”字以造成双音节的，但意义上不无增加。假如我们要在“林”字上安放一个字而不增加任何意义，只有“树”字。如说“青林”就带来一点绿色，说“芳林”就带来一点花香。有些带来的意义我们认为是需要的，有些我们认为是不需要的。因此就有字面的选择。“平”字带来了“远远的、整齐的”的印象。此正是登楼人所见之景，亦即是词人所要说的话，所以我们说他用字恰当。

我们说他用字恰当，有两种意义。一是说作者看见远远的一排整齐的树林，很恰当地用“平林”两字表达出来。二是说他对于文字上有素养，直觉地找到这两个好的字面，或者他曾用过推敲的功夫，觉得“平林”远胜于别的什么“林”。这是两种不同的文艺创作的过程，前者是先有意境找适当的文字来表达，后者是以适当的文字来创造意境。读者或者认为前者是文艺创作的正当过程，后者属于文字的技巧，其弊必至于堆砌造作：写景必须即目所见，方为不隔的。但也未必尽然。以即目所见而论，诗人（我们说诗人也包括词人在内）看见一带树林，他可以有好几个看法，以之写入诗词可以有好几种说法。譬如着重它的名目，可以说“桃林、枫林”，着重它的姿态和韵味可以说“平林、远林、烟林、寒林”之类，着重当时的时令可以说“春林、秋林”。都是即目所见，但换一个字面即换一个意境，在读者心头换了一幅心画。诗人要把刹那的景物织入永久的作品中，他对于景物的各种不同的看法是必须有去取的。而字面的选择就是看法的去取。再者，诗人也不必完全写实的，我们应该允许他有理想的成分，他可以不注重“即目所见”，而注重诗里面的境界，不然贾岛看见那个和尚推门就说推，敲门就说敲，何必更要推敲呢？

以推敲字面而论，“平”字的妥当是显然的。“林”字上可安的字固然很多，例如“桃林、杏林、枫林”等是一组，但试问从楼上人望来何必辨别这些树的名目呢？“春林”“秋林”点醒时令，作者或者认为不必需。“烟林、寒林”都可以传神，但与下文关碍。“晓林、暮林、远林”等等另是一组，上面一个字面是仄声，而《菩萨蛮》的首句宜用“仄平平仄”起或“平平仄仄”起（读者可参看温庭筠韦庄诸作），若用仄平仄仄，声调上不够好（除非下面不用“漠漠”）。

而且上面那些字都不能比“平林”的浑成。什么叫做浑成？浑成就是不刻划的意思。像“芳林、烟林”等类，上面一个字的形容词性太多，是带一点刻画性的。有些地方宜于刻画，有些地方宜于浑成。譬如这一句，下面连用“漠漠烟如织”五个字来刻划这树林，那末“林”字上不宜更著一个形容词意味过多的字面，否则形容词过多，名词的力量显得薄弱，全句就失于纤弱。“平林”所以浑成的原因，因为这一个词头见于诗经，原先是古代的成语，是一片浑成的，不是诗人用一个形容字加上一个名词所造成的双音节的单位。照《诗经》《小雅》毛氏的训诂：“平林，林木之在平地者”，我们不知道这一个训诂正确不正确，也许原是古代的成语，汉人的解释是勉强的。即照毛氏的训诂，“平林”乃别于“山林”而言，也普遍地指一大类的树林，比“桃林、春林、暮林”等类要没有个别性和特殊性，意义含浑得多。就是我们望文生训地觉得它有远远的齐整的意义，那些意义也是内涵的而不是外加的，因为它原是成语。因为“平林”是一片浑成的十足的结合名词，所以即使下面连用五个形容词，这一句句子不觉得纤弱，还有浑厚的意味。

此词意境高远阔大，开始用“平林”两字即使人从高远阔大处想。“漠漠”不是广漠的意思，它和“密密、濛濛、冥冥、茫茫”等都是一音之转，所以意义也相近。翻成文言式的白话是“迷茫地、濛濛地”或“迷漫地”，说烟气。如考察它的语源，正确的翻译应是“纷纷密布”。陆机诗：“廛里一何盛，街巷纷漠漠”，谢朓诗：“远树暖阡阡，生烟纷漠漠”，皆以“漠漠”与“纷”连用，“漠漠”即是“纷”字的状词。即是《诗经》里面的“维叶莫莫”，也是茂密之意。烟的密布可以说“漠漠”，细雨的密布就说“濛濛”，雾的密布说“茫茫”（花的密布有人用“冥冥”的，例如杜诗：“树搅离思花冥冥”，苏诗：“芙蓉城中花冥冥”）。但彼此通用亦无不可，所以“花漠漠”“叶漠漠”“雾漠漠”“雨漠漠”乃至于街巷的“漠漠”都可以说。甚至于秦少游的“漠漠轻寒上小楼”说寒意的迷漫。王维的名句是：“漠漠水田飞白鹭”，我不知他的意思是说水田上的水气迷漫呢，还是说分布着的水田，若引证陆机的诗，应从后解。《千忠戮》《惨睹》折（俗称《八阳》）建文帝唱“历尽了渺渺程途，漠漠平林，垒垒高山，滚滚长江。”说分布着的平林未免不妥吧？作者就取用这《菩萨蛮》的词藻，但吃去了一个烟字，所以弄得意义含糊。

这一句七言就是谢朓两句五言古诗的紧缩。但“如织”两字是刻画语，谢朓诗里没有。古诗含浑，词则必须施以新巧的言语。虽写同样的景物，而意味不同。

第一句说远处树林里的烟霭纷织已足够引起愁绪，到第二句便径直提出“伤心”两字。山无伤心的碧，亦无不伤心的碧，这是以主观的情感移入客观的景物，西洋文论家所谓移情作用，中国人的老说法是“融情于景”。这一句句子原是两句话并合在一起说，一句话是那一带的山是碧色的，另一句话是那一带的青山看了使人伤心。在语序方面作者愿意前面一种说法，因为这地方仍是在写景，登楼人看见一带的远山到眼而成碧色，作者要顺着上面的一句句子写下；但他的主要的意思倒在后面一种说法，要把主观的感情表达出来。两句话同时夺口而出，要两全其美时，就做成这样一句诗句，把“伤心”作为状词，安在“碧”上，这是诗人的言语精采而经济的地方。那一带寒冷的山是看了使人伤心的青绿色的。

但“寒山”不一定是“寒冷的山”。“寒山”和“平林”一样是双音节的单位，可以作结合名词看。在诗人的词藻里除了“泰山、华山、小山、高山”以外，还有“寒山”。什么叫做“寒山”？“寒”字的形容词性比“平林”里面的“平”字要显著。“寒”字所带来的意义有两种：一是荒寒，说那些山是郊外的野山，并无人居，亦无亭台楼阁之胜。二是寒冷，此词所写的景恐是秋景，又当薄暮之际，山意寒冷。到底诗人指哪一种，或者是否两种意思兼指，他没有交代清楚。何以没有交代清楚？他认为不需要的，而且也想不到要交代清楚。我们在上面说过，那时候的诗人词人即在文言里思想，在他们的语言里有“寒山”这一个词头代表一种山，而在我们的语言里没有。所以也不能有正确的翻译。所以“寒山”只是“寒山”，我们译成“寒冷的山”或者“荒寒的山”只是译出它的一种意义。诗词里面的词藻往往如此，蕴蓄着的意义不止一层，要读者自己去体会。好比一个外国字我们也很难用一个中国字把它的意义完全无遗地翻译出来。没有两种语言是完全相同的。从前人说诗词不能讲，只能体会，这些个地方真是如此。但从前人说不能讲，因为不肯下分析的功夫，假如我们肯用一点分析的功夫，未始不可以弄明一点；不过说可以把一首诗、一句诗句、一个词藻的含蕴的意义完全探究明白是不大可能的。

即如“伤心碧”的“碧”字又是一例。我们译为“青绿色”也不一定对。它不一定是青色，绿色，青绿色。若问词人，“碧是什么颜色？”他的回答是：“碧是山的颜色。”此登楼人所见的一带远山，可以有几种颜色，例如青色，浅灰色，褐色等等，他其实不在讲究那些山的颜色，也并不因为山的青绿色而使他伤心。他只用一个碧字来了却这些山的颜色，因碧是山的正色，假如我们不要特写山的不同的几种颜色时，可以一个碧字来包括一切山的颜色，等于我们说“青山绿水”的“青”和“绿”一样。有一位学生，他认为这首词写的是春景，举青绿色的山为证，并且说这伤心包含有伤春之意。这完全是误解。这“碧”字不但不写草木葱茏的景象，而且倾向于黯淡方面，其实也不指明一种颜色。所以“寒山一带伤心碧”等于说“寒山一带伤心色”。不过“色”字是一个无色的字，而“碧”字有活跃的色感印到读者的心画上去，所以后者远胜于前者。

我们说“伤心”是移情作用，是“融情于景”，似乎说得太浅。“伤心”是否单属于人而不属于山呢？所谓以主观的情感移入客观的景物，其中必有可移之道。诗人善于体物，诗人往往以人性来体察物情，他给予外物以生命的感觉。辛稼轩词：“我见青山多妩媚，料青山见我应如是”，明说青山的妩媚。陶诗：“采菊东篱下，悠然见南山”，不但渊明悠然，他也看出南山的悠然。所以在此秋景萧瑟之际，这位登楼的词人看见这一片荒寒的山似乎愁眉不展地有伤心的成分。到底是他的郁郁的心境染于山呢？还是这些山的悲愁的气氛感于人呢？这其间的交涉不很清楚。所以我们与其说“融情于景”，不如说“情景交融”更为妥当。

“暝色入高楼”这一句更出色。暝色带来浅灰色的点染，最适合于这首词的意境。“入”字用得很灵活，是实字虚用法。倘是实质的东西进入楼中，不见入字的神妙，惟其暝色是不可捉摸的东西，无所谓入也无所谓出，但在楼中人的感觉，确实是外面先有暝色，渐渐侵入楼中，所以此“入”字颇能传神。并且这一个“入”也是“乘虚而入”，借以见楼中之空寂，此人独与暝色相对。凡诗人所写的真是人情上的真，是感觉上的真，非科学上的真也。

“有人楼上愁”，到此方点出词中的主人，知上面所说的一切，皆此人所见所感。诗词从人心中流出，往往是些没头没脑的话，但这首词的理路很清楚，从外面的景物说起，由远及近地说到楼中的人。这楼中的人便是作者自己。词有代言体和自己抒情体两种，如温飞卿的《菩萨蛮》写闺情，是代言体，此词是一旅客所作，说旅愁，是自己抒情体。词本是通行在宴席上的歌曲，即是自己抒情体也取人人易见之景，易感之情，使歌者听者皆能体会和欣赏作者原来的意境和情调。所以词人取刹那之感织入歌曲，使流传广远和永久，不啻化身千万、替人抒情。有这一层作用，所以用不到说出是姓张姓李的事，最好是客观的表达，这“有人”的说法是第一人称用第三人称来表达的一种方式。

“玉梯空伫立”，通行本作“玉阶”。《湘山野录》及黄升的《绝妙词选》均作“玉梯”，是原本。后人或因为“梯”字太俗，改为“玉阶”（《尊前集》已如此），颇有语病。第一，玉阶是白石的阶砌，楼上没有阶砌，除非此人从楼上下来，步至中庭，这是不必需的，我们看下半阕所写的时间和上半阕是一致的。第二，“玉阶”带来了宫词的意味，南朝乐府中有“玉阶怨”一个名目，内容是宫怨，而这首词的题旨却不是宫词或宫怨。诗词里面的词藻都有它们的正确的用法，或贴切于实物，或贴切于联想。因实物而用“玉阶”，普通指白石的阶砌，特殊的应用专指帝王宫廷里面的“玉殿瑶阶”。在联想方面则容易想到女性，这是因为“玉阶怨”那样的宫体诗把这个词藻的联想规定了之故。虽然不一定要用于宫词，至少也要用于“闺情”那一类的题目上面去的。而这首词的题旨既非宫怨，亦非闺情，那楼中之人，虽然不一定不是女性，也未见得定是女性，来这样一个词藻是不称的。若指实物，那末步至中庭，又是不必需的动作。《白香词谱》把这首词题作“闺情”，即是上了一个错误的改本的当！

“梯”字并不俗，唐诗宋词中屡见之。刘禹锡诗：“江上楼高十二梯，梯梯登遍与云齐，人从别浦经年去，天向平芜尽处低。”周邦彦词：“楼上晴天碧四垂，楼前芳草接天涯，劝君莫上最高梯。”这两处是以梯代层，十二梯犹言十二层，最高梯犹言最高层也。用

“玉梯”者，卢纶诗：“高楼倚玉梯，朱槛与云齐”；李商隐诗：“楼上黄昏望欲休，玉梯横绝月如钩”；丁谓《凤栖梧》：“十二层楼春色早，三殿笙歌，九陌风光好，堤柳岸花连复道，玉梯相对开蓬岛”；姜白石《翠楼吟》：“玉梯凝望久，叹芳草萋萋千里”。“梯”何以称“玉”？不一定是白石的阶梯。这一个词藻相当玄虚，疑是道家的称谓。古代帝王喜欢造楼台（如汉武帝造通天台之类），原本是听了道家方士的话，以望气，降神仙的。而道家好用“玉”字，如“玉殿、玉楼、玉台、玉霄、玉洞、玉阙”之类，梯之可称玉由于同一的理由，带一点玄虚的仙气。我们看曹唐诗“羽客争升碧玉梯”，与丁谓词“玉梯相对开蓬岛”就可以明了。现在这首词的作者登在一座水驿楼上与神仙道家一点没有关系，不过他拿神仙道家所用的字面来作为诗词中的词藻而已。同时也许他知道卢纶和李商隐的诗，摭拾这两个字眼。他说“玉梯空伫立”，和后来姜白石的“玉梯凝望久”一样，是活用，不是真的伫立在什么梯子上弄成不上不下的情景。其实这“玉梯”是举部分以言全体，举“梯”以言楼，犹之举“帆、橹”以言舟，举“旌旗”以言军马。他说“玉梯空伫立”等于说“楼中空伫立”。当然他也可以说“阑干空伫立”，举“阑干”以言楼亦是一样，或者他嫌阑干太普通，并且绮丽一点，他要求境界的高远缥缈所以用上“玉梯”，后来人因不懂而改做“玉阶”，反而弄成闺阁气，这是他所想不到的！

“玉梯空伫立”的“空”等于“闲”，即是说“楼中闲伫立”，与姜白石“玉梯凝望久”的“凝”字意味相似。当然“空”字有“无可奈何”之意，但这里的无可奈何是欲归不得，而不是盼望什么人不来。自从“玉阶空伫立”的改本出来，于是后人断章取义似的单看这一句，看成“思妇之词”，加上“闺情”的题目了。其实这首词里所说的愁是“旅愁”，也可称为“离愁”，是行者的离愁，不是居者的离愁。下面三句写得非常明白。

“宿鸟”是欲宿的鸟。这一句是比兴，鸟的归飞象征着人生求归宿。从宿鸟的归飞引起乡思，诗人词人常常用此。秦少游词：“但倚楼极目，时见栖鸦，无奈归心，暗随流水到天涯”，与此一般说法。

“宿鸟归飞急”这一句是比兴，从宿鸟归飞触起思乡的情绪，所以是“兴”以鸟比喻人，所以是“比”，假如我们仿效朱子的说《诗经》，这一句是“兴而比也”。下面两句“何处是归程，长亭连短亭”，是直抒胸臆，是“赋也”。诗词主抒情，但如只是空洞地说出那情感，作者固有所感，读者却不能领略那一番情绪。作者要把这情绪传递给别人时，必须找寻一个表达的艺术。假如他能把触发这一类情绪的事物说出，把引起这一类的情绪的环境烘托出来，于是读者便进到一个想象的境界里，自然能体验着和作者所感到的那个同样的情绪，所以诗词里面有“赋”、有“比”、有“兴”。这虽是一首短短的词，里面具备着赋、比、兴三种手法。从“平林漠漠”起到“暝色入高楼”是写景语，是烘托环境，是“赋”。“有人楼上愁”和“玉梯空伫立”是叙事，也可以说是“赋”。“宿鸟归飞急”虽然也是登楼人所见，也是写景，也是“赋”，但楼头所见的事物不一，何以要单提这些飞鸟来说，是它的“比兴”的意义更为重要。“何处是归程”两句也是“赋”，不过这是抒情语，和上面的写景语不同，古人说诗粗疏一点，除了比兴语外都算是“赋”，我们可以再辨别出“写景、叙事、抒情”等等各种不同的句法。

这结尾两句点醒上半阕“有人楼上愁”的“愁”的原因。这愁便是旅愁，是离愁，是游子思乡的愁。“长亭连短亭”把归程的绵邈具体地说出来，单说家乡很远是没有力量的。“亭”是官道或驿路上公家所筑的亭子，一名“官亭”，便旅客歇息之用，因各亭之间距离不一，是以有“长亭、短亭”之称。这是俗语，但这俗语已经很古，庾信《哀江南赋》：“十里五里，长亭短亭，”齐梁时已有此称谓了。“连”通行本作“更”（一本作“接”）。“连”写一望不断之景，“更”有层出不穷之意，前者但从静观所得，后者兼写心理上的感觉，各有好处，无分高下。大概原本是“连”，后人觉得在音调上此句可用“平平仄仄平”，所以改为“接”或“更”。其实《菩萨蛮》的结句，音调可以有几种变化，最好是“仄平平仄平”，第三字实宜于用平声。“平平仄仄平”是变格，因人习于五律内的句法，所以觉得谐和些。至于用“平平平仄平”者，亦不足为病，如温飞卿之“双双金鹧鸪”，韦端已之“还乡须断肠”“人生能几何”皆可为例。所以我们仍从原本，不去改。

此楼纵高，可望者不过十数里以内，今说“长亭连短亭”，一半是真实所见，一半是此人默念归路的悠远而于想象内见之，因此亦增添读者的想象，好像展开一幅看不尽的长卷图画。这样一句结句有悠然不尽的意味。

### 评

此词被推为千古绝唱，实因假托李白大名之故。但平心而论，它不失为第一流的作品。第一，这首词的意境高远阔大，洗脱《花间集》的温柔绮靡的作风，但也不像苏辛词的一味豪放，恰恰把《菩萨蛮》这个词调提高到可能的境界。第二，它的章法严密。上半阕由远及近，下半阕由近再及远，以“有人楼上愁”一句作为中心。上半阕以写景为主，下半阕以写情为主，结构完整，但并不呆板，在规矩中见出流动来。由远及近再从近推到远是一个看法，另一个看法，这首词由外物说到内心是一贯的由外及内的，而意随韵转，情绪逐渐在加强的。

以内容而论，登楼望远惹起乡思，这是陈旧的题材，从王粲《登楼赋》起到崔颢《黄鹤楼题诗》，中间不知有多少文人用过。但我们在上面已说过，词也者原取人人易见之景，人人易感之情以入歌曲，内容的陈旧是无法避免的，还是看言语是否新鲜脱俗。并且照现代的文艺批评家的说法，内容和形式是不能分离的，一个旧的题材当其采取了新的表现的方式时，同时也获得新的内容。所以这一首词到底不就是《登楼赋》，也不是崔颢诗，而是另有它的新的意境的。

这首词没有题目。早期的词都没有题目，原是盛行于倡楼歌馆、宴会酒席上的歌曲，无非是闺情旅思、四时节令、祝寿劝觞之类，当箫管嗷嘈之际，歌妓发吻之时，听懂也好，听不懂也好，用不到报告题目的。直到后来文人要借这一种体裁来写特殊的个人的经验时，方始不得不安放一个题目。假如我们要替这词补上一个题目，可以依据《湘山野录》，题为“驿楼题壁”。

作者不知何人，也不知是何等样人物。或是一位普通的文人，经过鼎州，留宿在驿楼上，偶有此题。也许是一位官宦，迁谪到南方，心中不免牢骚，他所说的归程，不指家乡而指国都所在。如此则有张舜民的“何人此路得生还，回首夕阳红尽处，应是长安”的天涯涕泪在其中，亦未可知。

# 二

## 忆秦娥

箫声咽。秦娥梦断秦楼月。秦楼月。年年柳色。霸陵伤别。　　乐游原上清秋节。咸阳古道音尘绝。音尘绝。西风残照。汉家陵阙。

**考证**

此词相传李白作。南宋黄升之《唐宋诸贤绝妙词选》载之，与《菩萨蛮》篇同视为百代词曲之祖。以后各家词集依之。《尊前集》录李白词，无此首。

明人胡应麟疑此为晚唐人作，托名太白者，颇有见地。北宋沈括之《梦溪笔谈》述及当时李白集中有《清平乐词》，未言有《忆秦娥》。惟贺方回之《东山乐府》有《忆秦娥》一首，其用韵及句法，似步袭此词，则北宋时当已有此。稍后，邵博《闻见后录》卷十九全载此词，邵氏云："'箫声咽，秦娥梦断秦楼月，秦楼月，年年柳色，霸陵伤别。乐游原上清秋节，咸阳古道音尘绝，音尘绝，西风残照，汉家陵阙。'李太白词也。予尝秋日饯客咸阳宝钗楼上，汉诸陵在晚照中，有歌此词者，一坐凄然而罢。"邵博为北宋末南宋初年人，知此时已甚传唱，且确定为太白词矣。

崔令钦《教坊记》载唐代小曲三百余，无《忆秦娥》。沈雄《古今词话》引《乐府纪闻》谓唐文宗时宫妓沈翘翘配金吾秦诚，后诚

发展，用了不同的艺术。这便是诗歌和散文的开始。一支歌谣是原始的诗词，一篇谈话是原始的散文。诗词和散文的源头不同，虽然以后的发展，免不了交互的影响，但也有比较纯粹的东西。那诗词里面接近于原始民歌的格式的东西，其中不含有散文的质点，不含有思想的贯串和逻辑的部分，只是语言和声音的自然连搭，只是情调的连属，这样的东西，我们称之为“纯诗”。这首《忆秦娥》是纯诗的一个好例子。中国人的词多半可以落在纯诗的范围里，不过其中也有程度的等差，例如那首《菩萨蛮》有很清楚的思想的线索，这首《忆秦娥》中间就没有思想的贯串，凭借于语言和声音的连搭更多，所以这《忆秦娥》是更纯粹的纯诗。

假如我们对于歌谣下一点研究功夫，对于诗词的了解上大有帮助。譬如韵的粘合的力量在民歌里面更显得清楚。“大麦黄，小麦黄，花花轿子娶新娘”，“阳山山上一只篮，新做媳妇许多难”，这里面除了叶韵以外没有任何思想的连属。苗瑶民族，男女递唱歌谣以比赛智慧时，也有并无现成的词句，要你脱口而出连接下去，思想的连贯与否倒在其次，主要的是要传递这个韵脚。柏梁台联句各说各的，无结构章法之可言，不过是一个韵的传递而已。那样的各人说各人自己的事，给人一种幽默感，实在不是一首高明的诗，然而我们也不能不承认它是诗。原来韵的力量可以使不连者为连，因为韵有共鸣作用，叶韵的句子自然亲近，好像有血统关系似的。所以有韵的语言和无韵的语言自然有些两样，无韵的语言不得不靠着那思想的密接，有韵的语言凭借了韵的共鸣作用，凭借了它的粘合力和亲近性，两句之间的思想因素可以有相当的距离而不觉其脱节。

这是当初诗歌的语言与散文的语言向着两个不同的方向发展的现

象。一边是认为这一种关联是巧妙的言语，一边是认为另外一种关联是有意义的言语。假如我们处处用散文的理致去探索诗词，即不能领略诗词的好处。因为思想的连贯是一种连串语言的办法，却不是唯一的办法，诗词的语言另外走了别条路子，诗词的句子，另外有几种连接法。

在散文，句和句的递承靠思想的连属，靠叙事或描写里面事物的应有的次序和安排。在诗歌里面另外有几种连接法。散文有散文的逻辑，诗词有诗词的逻辑，也可以说没有逻辑，是拿许多别的东西来代替那逻辑的。如果以散文的理致去探索诗词，那末诗词的句法，句和句之间距离比较远，中间有思想的跳越。

这“跳越”是诗词的语言的一种姿态。但绝不是无缘无故而跳，乃是在诗词里面存在着几种因素可以帮助思想的跳越。从“关关雎鸠，在河之洲”跳到“窈窕淑女，君子好逑”，其间不是逻辑而是比兴。比兴也是思想的一个跳越，是根据类似或联想以为飞渡的凭借，这是属于思想因素本身的，不关于语言的。比兴在诗词的语言里有代替逻辑的作用，比兴是诗词的思想的一种逻辑。从“潜虬媚幽姿”跳到“飞鸿响远音”，一句说天空，一句说池水，这是对偶。从“画省香炉违伏枕”跳到“山楼粉堞隐悲笳”，一句说京华说过去，一句说夔府说现今，这也是对偶。对偶也可以说是一种联想，但这是思想因素与语言文字的因素双方交融而成。用对偶的句法，两个思想单位可以距离得很远，但我们不觉其脱节，因为有了字面和音律的对仗，给人以密接比并的感觉。这是一方有了比并，有了个着实，所以在另一方能够容忍这思想的跳越的。假如你不跳，反显得呆滞了。在律诗和词曲里，音律的安排成为一条链子，成为一个图案，成为一个模型，思想的因素可以凭借这条链子而飞度，可以施贴到这图案上去，可以熔铸在这模型里，不嫌其脱节，不嫌其散漫，凡此都是凭借了一种形式上的格律，使散漫的思想能够熔铸而结晶的。所以律诗和词曲不容易翻译成另外一种语言，因为如果你拆去这条链子，拆去这个模子，于是乎只见散漫的思想零乱到不可收拾的地步，也许你能够另外找寻格律，想些另外连串起来的办法，但是在译文里所见的美必不是原文的美了。

《忆秦娥》的总题材是长安景物。作者挑选几处精彩的景物，凭借着语言的自然连串，蝉联过渡，这是一个纯粹歌曲的做法。主要的线索是一个韵的传递，中间又有三字句的重复，以加强音律的连锁性。“箫声咽”唤起“秦娥梦断秦楼月”，中间有联想。“秦楼月”再重复一句，在意义上并不需要，只是音调上的需要，对上句尽了和声的作用，同时却去唤逼出下面一个韵脚来，好像有甲乙两人递唱联吟的意味。这里面充满了神韵。上下两阕一共有四五幅景物画，我们可以细细讨论。但这一类的纯诗，不容易有确定的讲法，因为我们讲解诗词不免参入散文的思路，不同的读者即可以有不同的看法。所以下面的解释只能说是我个人的领会。

起句“箫声咽”是词中之境，亦是词外之境。词中之境下渡“秦楼”，词外之境是即物起兴。所以两边有情，妙在双关。说是词中之境者，这呜咽的箫声乃“秦娥”梦醒时所闻，境在词内，这一层不消说得。说是词外之境者，词本是唐宋时代侑酒的小曲，往往以箫笛伴着歌唱，故此箫声即起于席上。歌者第一句唱“箫声咽”，是即物起兴。听歌者可以从此实在的箫声唤起想象，过渡到秦楼上的“秦娥”，进入词内的境界。于是词内词外融合成一片，妙处即在这一句的双关，故曰“两边有情”。凡词曲多以春花秋月即景开端，亦同此理，因春花秋月是千古不易之景，古人于春日歌春词，秋令唱秋曲，取其曲中之情与当前之景能融合无间也。今此词以箫声起兴，为宴席随时所有，尤为高妙。在词里面，同于这个起法的，冯延巳的“何处笛，深夜梦魂情脉脉”，庶几似之。

从“箫声咽”度到“秦娥梦断秦楼月”，可分两层说。第一层是暗用弄玉的典故。《列仙传》云：箫史善吹箫，秦穆公以女弄玉妻之，日教弄玉吹箫作凤鸣，夫妇居凤台上，一旦皆随凤凰飞去。古人所谓台即今之所谓楼。这是箫声与秦楼的一层关联。但这词里的秦娥，并不实指弄玉，不过暗用此典，以为比拟，增加关联性而已。《忆秦娥》这词牌原来与弄玉有没有关系，因现存早期的作品太少，无从臆断。

第二层是实有这箫声，不只是用典。这开始两句说长安城中繁华的一角。“秦娥”泛说一长安女子。“秦楼”只是长安一座楼，与《陌上桑》的“日出东南隅，照我秦氏楼”的“秦楼”无关，倒是如后世小说里所谓“秦楼楚馆”的“秦楼”。这位长安小姐多分是倡楼之女，再不然便是“昔为倡家女，今为荡子妇”的一个身份。凡词曲的题材被后世题为“闺情”之类的东西，实在与真正的闺阁不相干，读者幸勿误会。唐代文人所交际的是李娃、霍小玉之辈，所以在文学上所表见的也是这一流人物。至少早期的词是如此，欧阳炯所谓“自南朝之宫体，扇北里之倡风”，一语破的。这位秦娥也非例外，秦楼所位正是长安的北里，乃冶游繁华之区。但是她蓦地半夜梦醒，见楼头之明月，听别院之箫声，从繁华中感到冷静。这是幅工笔的仕女画。作者泛说一秦娥，读者要当多数看亦无不可，中文里面多数与单数无别。诗词本在写意，并非写实，所以用中文写诗却有多少便利，意境的美妙正在这些文法不细为剖析的地方。此处写了月夜中的长安北里，作者的起笔已带来凄凉的意味，与全首词的情调相调和的。

作者说了秦娥，随即撇开，下面乃是另外一幅画。借“秦楼月”三字的重复叫唤出下面一韵，过渡到长安东郊外的霸陵景色，这里面路程跳过了数十里。“秦楼月”的重复固然只是构成音律的连锁作用，说在意义上有些过渡也未始不可。其意若曰：此照于少女楼头之明月亦照于长安东郊外的霸陵桥上，当晓月未沈之际，桥上已很有些人来往了，那是离京东去和送别的人。霸陵者，汉文帝的陵墓，在霸水经流的白鹿原上，离长安二十里。“霸”一作“灞”。程大昌《雍录》云：“汉世凡东出函潼，必自灞陵始，故赠行者于此折柳为别。”这折柳赠别的风俗，一直保存到唐代。唐时跨着霸水的桥有南北两座，均称为霸桥或霸陵桥，而且有“销魂桥”的诨名。

“年年柳色”是一年一番的柳色，虽不明说春天，含有柳色青青之意。所以在这幅画里点染的是春景。这一年一番的柳色青青，不知经多少离人的攀折，故曰：“年年柳色，霸陵伤别。”即使词人不比画家的必须着定颜色，他尽可以泛说年年的景色如此，而不确实点出一个时令，总之也不能说是秋。所以《白香词谱》把这首词题为“秋思”，是只顾了后面半阕，把这里暗藏的春色竟没有看出来，犯了个断章取义的毛病。

或曰，这两幅画合是一幅，楼头的少女所以半夜梦醒者，莫非要送客远行吧？或者见着这“杨柳月中疏”之景，因而想到昔年离别的人吧？这“霸陵伤别”是回忆，是虚写，不是另外一幅实在的景物。这样讲法是以秦娥作为词的中心，单在上半阕里可以讲得通，到了下半阕即难于串讲下去，因为至少像“西风残照，汉家陵阙”那种悲壮怀古的情绪很难再牵涉到秦娥身上。若说上半阕有一主人，是主观的写情，下半阕撇开这主人而是客观的写景，那末前后片的做法违异，真正没有统一性了。所以我们参照下半阕的作法，知道上半阕里应该有两幅画境，不必强为并合。至于这两幅画，一幅是月夜怀人，一幅是清晨送别，笔调很调和而一致。假如我们说作者由月色而过渡到杨柳，从杨柳而联想到霸陵送别，这样的说法是可以的，但不必把秦娥搬到后面来，因为这首词的作法是由语言的连串创造成画境的推移，同电影里镜头的移动差不多的。

“乐游原上清秋节”，单立成句，写景转入秋令。乐游原在唐代长安城中的东南角上，有汉宣帝乐游庙的故址。此处地势甚高，登之可望全城，其左近即曲江芙蓉园等游览名胜之区，每逢三月三日、九月九日，士女杂遝，倾城往游。“清秋节”即指九月九日而言。这是一幅人物众多的画，非常热闹，可是翻下一页，恰恰来了个冷静的对照。通咸阳的官道在长安西北，这一跳又是几十里路程。两句之间并没有三字句的重复，靠“节”“绝”两字的共鸣作用，以及排句的句法，作为比并式的列举。

“音尘绝”三字意义深远，有多种影子给我们摸索。一是说道路的悠远，望不见尽头，有相望隔音尘之意。二是说路上的冷静，无车马的音尘。总之，这三个字给我们以悠远及冷静的印象。有人说还有一层意思含蕴在里面，是音信隔绝的意思，因为西通咸阳之道，即是远赴玉门关的道路，有征人远去绝少音信回来之意。有没有这种暗示，很难确定地说。要是听歌者之中刚巧有一位闺中之思妇，那末这一层暗示她一定能强烈地感觉着的吧。

借“音尘绝”的重复再唤逼下面一韵，作用在构成音律的连锁，并不是意义上的需要。但是这三个字音，再重复一遍，打入我们的心坎，另外唤起新的情绪，新的意念。其意若曰：咸阳古道的道路悠远是空间上的阻隔，人从咸阳古道西去，虽然暂隔音尘，也还有个回来的日子。夫古人已矣，但见陵墓丘墟，更其冷静得可怕，君不见汉家陵阙，独在西风残照之中乎？这是古今之隔，永绝音尘，意义更深刻而悲哀。

原来汉帝诸陵，如高祖的长陵，惠帝的安陵，景帝的阳陵，武帝的茂陵，都在长安与咸阳之间，所以作者一提到咸阳古道，便转到这些古代帝王的陵墓上来，以吊古的情怀作结。映带着西风残照，这幅斑驳苍老的山水画便作了这本长安画集的压卷。“吊古”者，也不是替古人堕泪，乃是对于宇宙人生整个的反省。王静安云：“太白纯以气象胜，‘西风残照，汉家陵阙’寥寥八字，关尽千古登临之口”，对此推崇备至。夫西风乃一年之将尽，残照是一日之将尽，以流光消逝之感，与帝业空虚，人生事功的渺小，种种反省，交织成悲壮的情绪。胡应麟认为衰飒，未免门外。无论在情绪或声调上，这不是衰飒，而是到了崇高的境地。

此词原无题目。《白香词谱》题为“秋思”，断章取义，未窥全豹。如果要一题目，我们可借用初唐诗人卢照邻的诗题，题之曰：“长安古意”。细味此词，箫声与秦楼暗用弄玉的典故，是秦穆公时事，霸陵为汉文帝的陵墓，折柳赠别是汉代遗风，乐游原因汉宣帝的乐游庙而得名，咸阳是秦始皇的都城，古道是阿房宫的古道，不等到提出汉家陵阙，已无处不见怀古之意。作者挑选几处长安的景物，特别注重它们历史的意义。虽是一支小曲，能把长安的精神唱了出来。

一般人的见解认为词总比诗低一级，但如这首《忆秦娥》却在卢照邻的长篇七古之上。如以鲍防、谢良辅等人的“忆长安”比之，更不啻有霄壤之别。以《菩萨蛮》作为比较，则《菩萨蛮》是能品，《忆秦娥》是神品，《菩萨蛮》有刻画语，《忆秦娥》的音韵天成，《菩萨蛮》是有我之境，《忆秦娥》是无我之境。作者置身极高，缥缈凌空，把长安周遭百里，看了个鸟瞰，而且从箫声柳色说起，说到西风残照，不受空间时间的羁勒，这样的词真可说是千中数一，虽非李白所作，要不愧为千古绝唱也。

# 温庭筠

温庭筠（812? —? ），本名岐，字飞卿，太原祁（今山西晋中市祁县）人。极有才情，却由于傲视权贵而失意场屋，以致屡试不第。曾做过隋县尉、方城尉和国子助教。

温庭筠诗和李商隐齐名，词则与韦庄并称。《旧唐书·本传》称他“能逐弦吹之音为侧艳之词”，写了大量流行于市井歌场的文人词。其内容多写闺怨离愁，语言秾丽，用字严格而又讲究声律。他的十四首《菩萨蛮》，是风行一时的典型艳词。

五代时后蜀赵崇祚编《花间集》，以温庭筠为首，收其词六十六首。他的词风对于其他花间词人有着显著影响，故被称为“花间鼻祖”。在词的发展道路上，温庭筠是致力于填词的第一人，也是促使文人词走向成熟阶段的重要作家。温词的主要缺点是内容不出闺情范围，语言过分雕琢以致隐晦不明。

## 菩萨蛮（选五首）

### 一

小山重叠金明灭[1]，鬓云欲度香腮雪[2]。懒起画蛾眉，弄妆梳洗迟。　照花前后镜[3]，花面交相映[4]，新帖绣罗襦[5]，双双金鹧鸪[6]。

【注释】

［1］小山：指屏风。或以为指枕、指眉额。详见浦江清笺释。金明灭：忽亮忽暗，闪烁不定。

［2］鬓云：乌黑如云的鬓发。度：过，因“云”“雪”的比喻而来，是化静为动的写法。

［3］这句指梳妆时对镜簪花，用前后双镜。或以为“花”即指人而言。

［4］这句说在前镜后镜中看到人面与花交映生姿的情况。

［5］帖：通“贴”，即贴金。绣罗襦：绣花的罗袄。

［6］金鹧鸪：指罗袄上有金箔贴成的鹧鸪花纹。

二

水精帘里颇黎枕[1]，暖香惹梦鸳鸯锦。江上柳如烟，雁飞残月天。　藕丝秋色浅[2]，人胜参差剪[3]，双鬓隔香红，玉钗头上风。

【注释】

［1］李白《玉阶怨》“却下水精帘”，李商隐《偶题》“水纹簟上琥珀枕”，表示光明洁净的境界，和这句相类。“颇黎”即玻璃、玻璃。

[2] 藕合色近乎白，故说“秋色浅”，当指衣裳而言。

[3] 胜：花胜，以人日为之，亦称“人胜”。《荆楚岁时记》：“正月七日为人日，……剪彩为人，或镂金薄（箔）为人以贴屏风，亦戴之头鬓；又造华胜以相遗。”花胜男女都可以戴；有时亦戴小幡，合称幡胜。到宋时这风俗犹存，见《梦粱录》《武林旧事》“立春”条。

## 三

翠翘金缕双鸂鶒[1]。水纹细起春池碧，池上海棠梨[2]，雨晴红满枝。　绣衫遮笑靥[3]，烟草黏飞蝶，青琐对芳菲[4]，玉关音信稀[5]。

【注释】

[1] 翠翘：原指翡翠鸟的鸟尾，后以指钗饰。金缕：此当指鸟华丽的羽饰而言。鸂鶒（xīchì）：一种像鸳鸯的鸟。

[2] 海棠梨，即今海棠。

[3] 笑靥：笑时所形成的酒涡。靥，酒涡。

[4] 青琐：汉代宫中门窗之饰。门窗刻镂回文，傅以青绿之色，曰青琐。芳菲：花草的芳香。

[5] 玉关：玉门关的名称。

## 四

杏花含露团香雪，绿杨陌上多离别。灯在月胧明[1]。觉来闻晓莺。　　玉钩褰翠幕[2]，妆浅旧眉薄[3]。春梦正关情，镜中蝉鬓轻。

【注释】

［1］月胧明：月光朦胧。或以为“月胧明”乃唐时俗语，“胧”通“笼”，月光笼罩之意，则“月胧明”当为明月。

［2］此句谓以玉钩揭起翠幕。褰：撩起，揭起。

［3］旧眉：昨日所画之眉。

## 五

竹风轻动庭除冷，珠帘月上玲珑影。山枕稳秾妆，绿檀金凤凰[1]。　　两蛾愁黛浅[2]，故国吴宫远。春恨正关情，画楼残点声。

【注释】

［1］绿檀金凤凰：承上句“山枕”而言，指檀木所制，漆以绿色而有金凤凰装饰之山枕。山枕犹言高枕。

［2］两蛾：两眉。

# 评温飞卿《菩萨蛮》五首[①]

俞平伯

## 第一首

小山，屏山也，其另一首“枕上屏山掩”，可证。“金明灭”三字状初日生辉与画屏相映。日华与美人连文，古代早有此描写，见《诗·东方之日》《楚辞·神女赋》，以后不胜枚举。此句从写景起笔，明丽之色现于毫端。

第二句写未起之状，古之帷屏与床榻相连。“鬓云”写乱发，呼起全篇弄妆之文。“欲度”二字似难解，却妙。譬如改作“鬓云欲掩”，径直易明，而点金成铁矣。此不但写晴日下之美人，并写晴日小风下之美人，其巧妙固在此难解之二字耳。难解并不是不可解。

三、四两句一篇主旨，“懒”“迟”二字点睛之笔，写艳俱从虚处落墨，最醒豁而雅。欲起则懒，弄妆则迟，情事已见。“弄妆”二字，“弄”字妙，大有千回百转之意，愈婉愈温厚矣。

---

① 俞平伯(1900—1990)，中国白话诗创作的先驱者之一、著名散文家、红学家、文史学者。1919年毕业于北京大学。任教于清华大学、北京大学，讲授清词、戏曲、小说及中国诗歌等课目，对古典文学研究造诣极高。代表作有诗集《冬夜》，散文集《燕知草》《杂拌儿》《杂拌儿之二》，以及《红楼梦辨》《唐宋词选释》等。有《俞平伯全集》（花山文艺出版社）十卷行世。本文选自俞平伯《读词偶得·清真词释》，人民文学出版社2000年版。标题为编者所加。

过片以下全从“妆”字连绵而下，故于上片之末以“；”示之。此章就结构论，只一直线耳，由景写到人，由未起写到初起，梳洗，簪花照镜，换衣服，中间并未间断，似不经意然，而其实针线甚密。

本篇旨在写艳，而只说“妆”，手段高绝。写妆太多似有宾主倒置之弊，故于结句曰：“双双金鹧鸪”，此乃暗点艳情，就表面看总还是妆耳。谓与《还魂记·惊梦》折上半有相似之处。

## 第二首

以想象中最明净的境界起笔。李义山诗：“水精簟上琥珀枕”，与此略同，不可呆看。“鸳鸯锦”依文法当明言衾褥之类，但诗词中例可不拘。“暖香”乃入梦之因，故“惹”字妙。三四忽宕开，名句也。旧说“‘江上’以下略叙梦境”，本拟依之立说。以友人言，觉直指梦境似尚可商。仔细评量，始悟昔说之殆误。飞卿之词，每截取可以调和的诸印象而杂置一处，听其自然融合，在读者心眼中仁者见仁，知者见知，不必问其脉络神理如何如何，而脉络神理按之则俨然自在。譬之双美，异地相逢，一朝绾合，柔情美景并入毫端，固未易以迹象求也。即以此言，帘内之清秾如斯，江上之芊眠如彼，千载以下，无论识与不识，解与不解，都知是好言语矣。若昧于此理，取古人名作，以今人之理法习惯，尺寸以求之，其不枘凿也几希。

此二句固妙，若以入诗，虽平仄句法悉合五言，却病甜弱。参透此中消息，则知诗词素质上之区分。读者若疑吾言，试举二例以明之。大晏（殊）《浣溪沙》曰：“无可奈何花落去，似曾相识燕归来”，词中名句也；但晏尚有《示张寺丞王校勘》七律一首，其五六即用此两句。张宗橚曰：“细玩‘无可奈何’一联，情致缠绵，音调谐婉，的是倚声家语，若作七律未免软弱矣，并录于此，以谂知言之君子。”（见《词林记事》三）小晏（几道）《临江仙》曰：“落花人独立，微雨燕双飞”，亦词中名句也，而在他以前，五代时翁宏早有宫词（五律）一首，其三、四两句即此。是抄袭还是偶合？不知道。若就时间论，翁先而晏后也；若就价值言，翁创作而晏因袭也，而晏独传名，非颠倒也，侥幸也，以全作对比，晏盖胜翁多矣。此固一半由于上下文的关系，一半亦诗词本质不同之故。（翁作见《五代诗话》引《雅言系述》）

过片以下，妆成之象。“藕丝”句其衣裳也。温《归国谣》“舞衣无力风敛，藕丝秋色染”，可证。“人胜”句其首饰也。人日翦彩为胜，见《荆楚岁时记》。这是插在钗上的。温诗集三，咏春幡，“玉钗风不定，香步独裴回。”可见这是作者惯用的句法，幡胜亦是一类之物。“双鬓”句承上，着一“隔”字，而两鬓簪花如画，香红即花也。末句尤妙，着一“风”字，神情全出，不但两鬓之花气往来不定，钗头幡胜亦颤摇于和风骀荡中。曾有某校学生执“玉钗头上风”相询，竟不知所对。我说：“好就好在这个‘风’字上”，而他们说：“我们不懂，就不懂这个‘风’字。”

过片似与上文隔断，按之则脉络具在。“香红”二字与上文“暖香”映射，“风”字与“江上”二句映射，然此犹形迹之末耳。循其神理，又有节序之感，如弦外余悲增人怀想。张炎《词源》列举美成、梅溪词曰，“如此等妙词颇多，不独措辞精粹，又且见时序风物之盛，人家宴乐之同”，是知两宋宗风，所从来远矣。此点今不暇具论。点“人胜”一名自非泛泛笔，正关合“雁飞残月天”句，盖“人归落雁后，思发在花前”，固薛遭衡《人日诗》也。不特有韶华过隙之感，深闺遥怨亦即于藕断丝连中轻轻逗出。通篇如缛绣繁弦，惑人耳目，悲愁深隐，几似无迹可求，此其所以为唐五代词，自南唐以降，虽风流大畅而古意渐失，温、韦标格，不复作矣。

## 第三首

鸂鶒，鸳鸯之属，金雀钗也。上二首皆以妆为结束，此则以妆为起笔，可悟文格变化之方。“水纹”以下三句，突转入写景，由假的水鸟，飞渡到春池春水，又说起池上春花的烂缦来。此种结构正与作者之《更漏子》“惊塞雁，起城乌，画屏金鹧鸪”同一奇绝。“水纹”句初联上读，顷乃知其误。金翠首饰，不得云“春池碧”，一也，飞卿《菩萨蛮》另一首“宝函钿雀金鸂鶒。沉香阁上吴山碧。”两句相连而绝不相蒙，可以互证，二也。“海棠梨”即海棠也。昔人于外来之品物每加“海”字，犹今日对于舶来品，多加一“洋”字也。

上云“鸂鶒”，下云“春池”，非仅属联想，亦写美人游春之景耳。于过片云“绣衫遮笑靥”乃承上“翠翘”句；“烟草黏飞蝶”乃承上“水纹”三句。“青琐”以下点明春恨缘由，“芳菲”仍从上片“棠梨”生根，言良辰美景之虚设也。其作风犹是盛唐佳句。琐训连环，古人门窗多刻镂琐文，故曰琐窗，曰青琐者宫门也，此殆宫词体耳，说见下。

## 第四首

“杏花”二句亦似梦境，而吾友仍不谓然，举“含露”为证，其言殊谛。夫入梦固在中夜，而其梦境何妨白日哉。然在前章则曰：

“雁飞残月天”，此章则曰：“含露团香雪”，均取残更清晓之景，又何说耶？故首二句只是从远处泛写，与前谓“江上”二句忽然宕开同，其关合本题，均在有意无意之间。若以为上文或下文有一“梦”字，即谓指此而言，未免黑漆了断纹琴也。以作者其他《菩萨蛮》观之，历历可证。除上所举“翠翘”“宝函”两则外，又如“凤凰相对盘金缕。牡丹一夜经微雨。”殆较此尤奇特也。更有一首，其上片与此相似，全引如下：“牡丹花谢莺声歇，绿杨满院中庭月。相忆梦难成，背窗灯半明。”一样的讲起梦来，既可以说牡丹，为什么不可以说杏花？既可以说院中杨柳，为什么不可以说陌上杨柳呢？吾友更曰，飞卿《菩萨蛮》中只“闲梦忆金堂，满庭萱草长”，是记梦境。

“灯在”，灯尚在也，“月胧明”，残月也；此是在下半夜偶然醒来，忽又朦胧睡去的光景。“觉来闻晓莺”，方是真醒了。此二句连读，即误。“玉钩”句晨起之象。“妆浅”句宿妆之象，即另一首所谓“卧时留薄妆”也。对镜妆梳，关情断梦，“轻”字无理得妙。

## 第五首

“竹风”以下说入晚无憀，凭枕间卧。“隐”当读如“隐几而卧”之隐。“绿檀”承“山枕”言，檀枕也；“金凤凰”承“浓妆”言，金凤钗也；描写明艳。“吴宫”明点是宫词，昔人附会立说，谬甚。其又一首“满宫明月梨花白，”可互证。欧阳炯之序《花间》曰：“自南朝之宫体，扇北里之倡风”，此二语诠词之本质至为分明。温氏《菩萨蛮》诸篇本以呈进唐宣宗者，事见《乐府纪闻》，其述宫怨，更属当然。末二句不但结束本章，且为十四首之总结束，韵味悠然无尽。画楼残点，天将明矣。

# 谈温庭筠的两首词[①]

废　名

我们且来观察温庭筠的词怎样现得一种诗体的解放罢。胡适之先生在国语文学史里说温庭筠的词“却有一些可取的”，他以为可取的，却正不是温词的长处，他所取的是“梳洗罢，独倚望江楼，过尽千帆皆不是，斜晖脉脉水悠悠，肠断白蘋洲”两三首近乎“元白”的诗玩意儿。我并不是说这些不可取，在温庭筠的词里总不至于这些是可取的。如果这个问题与我们今日的新诗风马牛不相及，我们也就可以不谈，据我看这个问题又很关乎新诗的前程。我前说，温庭筠的词简直走到自由路上去了，在那些词里所表现的东西确乎是以前的诗所装不下的，问题便在这里。我们应不惜多费点时间来多考察这件事情。温词为向来的人所不能理解，谁知这不被理解的原因，正是他的艺术超乎一般旧诗的表现，即是自由表现，而这个自由表现又最遵守了他们一般诗的规矩，温词在这个意义上真令我佩服。温庭筠的词不能说是情生文文生情的，他是整个的想象，大凡自由的表现，正是表现着一个完全的东西。好比一座雕刻，在雕刻家没有下手的时候，这

① 废名（1901—1967），原名冯文炳，现代作家，其小说、散文、诗歌作品皆有独特风格。曾为语丝社成员，师从周作人，在文学史上被视为“京派文学”的鼻祖。代表作有小说集《竹林的故事》《莫须有先生传》《桥》《谈新诗》等。有《废名集》（北京大学出版社）六卷行世。本文节选自废名《已往的文学与新诗》，见废名《论新诗及其他》，辽宁教育出版社1998年版。标题为编者所加。

个艺术的生命便已完全了，这个生命的制造却又是一个神秘的开始，即所谓自由，这里不是一个酝酿，这里乃是一个开始，一开始便已是必然了，于是在我们鉴赏这一件艺术品的时候我们只有点头，仿佛这件艺术品是生成如此的。这同行云流水不一样，行云流水乃是随处纠葛，他是不自由，他的不自由乃是生长，乃是自由。我的话恐怕有点荒唐，其实未必荒唐，我们且来讲温庭筠的词，——不过在谈温词的时候，这一点总要请大家注意，即是作者是幻想，他是画他的幻想，并不是抒情，世上没有那样的美人，他也不是描写他理想中的美人，只好比是一座雕刻的生命罢了。英国一位批评家说法国自然主义的小说家是“视觉的盛宴”，“视觉的盛宴”这一个评语，我倒想借来说温庭筠的词，因为他的美人芳草都是他自己的幻觉，因为这里是幻觉，这里乃有一点为中国文人万不能及的地方，我的意思说出来可以用“贞操”二字。中国文人总是“多情”，于是白发红颜都来入诗，什么“好酒能消光景，春风不染髭须，为公一醉花前倒，红袖莫来扶”，什么“此度见花枝，白头誓不归”，这些都是中国文人久而不闻其臭。像日本诗人芭蕉俳句，“朝阳花呵，白昼还是下锁的门的围墙”本是东洋人可有的诗思，何以中国文人偏不行。温庭筠的词都是写美人，却没有那些讨人厌的字句，够得上一个“美”字，原因便因为他是幻觉，不是作者抒情。我们再来讲词，先讲《花间集》第一首：

小山重叠金明灭，鬓云欲度香腮雪。懒起画蛾眉，弄妆梳洗迟。　照花前后镜，花面交相映。新贴绣罗襦，双双金鹧鸪。

此词我以为是写妆成之后，系倒装法，首二句乃写新妆，然后乃说今天起来得晚一点，“懒起画蛾眉，弄妆梳洗迟，”其实这时眉毛已经画好了。下半又写对了镜子照了又照，总是一切已打扮停当了。“小山重叠金明灭，鬓云欲度香腮雪，”上句是说头，温词另有“蕊黄无限当山额”句，也是把山来说额黄以上。头上戴了钗头之类，所谓“翠钗金作股”者是，所以看起来“小山重叠金明灭”了。这一句之佳要待“鬓云欲度香腮雪”而完成，“鬓云”固然是诗里用惯了的字眼，在温词里则是想象，于发曰云，于颊上粉白则曰雪，而又于第一句“小山”之山引动来的，在诗人的想象里仿佛那儿的鬓云也将有动状，真是在那里描风捕影，于是“鬓云欲度香腮雪”矣。这是极力写一个新妆的脸，粉白黛绿，金钗明灭。然而我们要替他解说那“鬓”的状态，大约无能为力，用温庭筠自己的句子或者可以用“楚山如画烟开”这一句罢，因为这里要极力形容一个明朗的光景，如眉毛之于眼睛，要分得开开的，于是才现得粉颊儿是粉颊儿，鬓云是鬓云，于是“鬓云欲度香腮雪”矣。这正是描画发云与粉雪的界线，正是描画一个明净，而“欲度”二字正是想象里的呼吸，写出来的东西乃有生命了。温词《更漏子》：“花外漏声迢递，惊塞雁，起城乌，画屏金鹧鸪。”也是写静而从动势写。眼前本是“画屏金鹧鸪”，而“花外漏声迢递”，这个音声大概可以惊塞外之雁，起城上之乌，于是我们觉得画屏金鹧鸪仿佛也要飞了。到了《南歌子》：“手里金鹦鹉，胸前绣凤凰，偷眼暗形相，——不如强嫁与，作鸳鸯!”话更说得明白一点，把金鹦鹉与绣凤凰尽看尽看，于是欲静物而活了。不过把金鹦鹉与绣凤凰尽看尽看，还可以说是善于状女子心理，若“鬓云欲度香腮雪”决与梳洗的人个性无关，亦不是作者抒情，是作者幻想。他一面想着金钗明灭，华丽不过的事情，一面却又拉来雪与云作比兴，“鬓云”因为乱用惯了自然人人可以用，若与雪度相关，便不是偶然写来的。温词另有“小娘红粉对寒浪”之句，都足以见其想象，他写美人简直是写风景，写风景又都是写美人了。这还是就一句一字举例。我们再讲一首《菩萨蛮》，《花间集》第二首：

水精帘里颇黎枕，暖香惹梦鸳鸯锦。江上柳如烟，雁飞残月天。　藕丝秋色浅，人胜参差剪。双鬓隔香红，玉钗头上风。

此词开始写得像个水帘洞似的，然而“水精帘里颇黎枕”还要待“暖香惹梦鸳鸯锦”这一句乃好。于是“暖香惹梦鸳鸯锦”这一句真好。这一句是说美人睡。“暖香惹梦”完全是作诗人的幻想，人家要做梦人家自己不知道，除非做了一个什么梦醒来自己才知道。而且女人自家或者贪暖睡，至于暖香总一定已经鼾呼呼的。暖香或者容易惹梦，惹了梦，暖香二字却一定早已不在题目范围之内。总之这都是作诗人的幻想暖香惹梦罢了。梦见了什么他偏不说，这个不是梦中人当然不能知道，然而“暖香惹梦鸳鸯锦”，于是暖香惹梦鸳鸯锦比美人之梦还要是梦了。世上难裁这么美的鸳鸯锦。所以我说温庭筠的词都是一个人的幻想。试看《花间集》别人写梦的，都是戏台里人自家喝彩，无论是正面的写男角色做梦，如“昨夜夜半，枕上分明梦见，语多时，依旧桃花面，频低柳叶眉。”我们读者一看就知道不是做梦，是做文章。或者反面的写女梦，“子规啼破相思梦”也不是做梦是做文章。只有一个人写一点女梦，也不十分说明白梦见什么，只说是“倚着云屏新睡觉，思梦笑，”这个“思梦笑”的“笑”字与温词“鸳鸯锦”三字略相当，然而这还是局中人亲眼看见，温庭筠的词则都是诗人之梦，因此都是身外之物了。我们还是来讲“暖香惹梦鸳鸯锦”。写着“暖香惹梦鸳鸯锦”，该是如何的在闺中，却又想到“江上柳如烟，雁飞残月天”，真是令人佩服，仿佛风景也就在闺中，而闺中也不外乎诗人的风景矣。这样落笔，温词处处如此，上面说过的“惊塞雁，起城乌，画屏金鹧鸪”是，《菩萨蛮》十余首也多半是。像这样四句：“翠翘金缕双鸂鶒，水纹细起春池碧，池上海棠梨，雨晴红满枝”，首句是女子妆，下三句乃是池上，令我们读之而不觉。接着“绣衫遮笑靥，烟草粘飞蝶”两句，真是风景人物写一篇大块文章。其余如“杏花含露团香雪，绿杨陌上多离别，灯在月胧明，觉来闻晓莺”，在这个灯在月明之外，莺声之前，杏花杨柳在古今路上矣。我由“暖香惹梦鸳鸯锦”说到“绿杨陌上多离别”，那首词却还没有讲完。其实那首词只剩下“玉钗头上风”一句还应该讲几句，这一句又只有一个“风”字要讲，不讲大家已可触类旁通，他把一个“风”字落到“玉钗头上”去，于是就“玉钗头上风”了。温词无论一句里的一个字，一篇里的一两句，都不是上下文相生的，都是一个幻想，上天下地，东跳西跳，而他却写得文从字顺，最合绳墨不过，居花间之首，向来并不懂得他的人也说“温庭筠最高，其言深美闳约”了。我们所应该注意的是，温词所表现的内容，不是他以前的诗体所装得下的，从我上面所举的例子，大家总可以看得出，像这样，长短句才真是诗体的解放，这个解放的诗体可以容纳得一个立体的内容，以前的诗体则是平面的。以前的诗是竖写的，温庭筠的词则是横写的。以前的诗是一个镜面，温庭筠的词则是玻璃缸的水——要养个金鱼儿或插点花儿这里都行，这里还可以把天上的云朵拉进来。因此我尝想，在已往的诗文学里既然有这么一件事情，我们今日的白话新诗恐怕很有根据，在今日的白话新诗的稿纸上，将真是无有不可以写进来的东西了。有一件事实我要请大家注意，温庭筠的词并没有用典故，他只是辞句丽而密。此事很有趣味，在他的解放的诗体里用不着典故，他可以横竖乱写，可以驰骋想象，所想象的所写的都是实物。若诗则不然，律诗因为对句的关系还可以范围大一点，由甲可以对到乙，这却正是情生文文生情，所以我们读起来是一个平面的感觉。正因此，诗不能不用典故，真能自由用典故的人正是情生文文生情。因为是典故，明明是实物我们也还是纸上的感觉，所以是平面的，温庭筠的词则用不着什么典故了。

# 韦　庄

韦庄（836—910），字端己，京兆杜陵（今陕西西安市）人。出生没落官僚家庭，身世孤贫而才敏过人。昭宗乾宁元年（894）进士及第，任校书郎、左补阙（门下省谏官）等官职。六十六岁入蜀，节度使（管辖数州的地方军政长官）王建任他为掌书记。唐亡，王建自立为蜀帝，以韦庄为宰相。

韦庄是继温庭筠之后开创新风气的词人，他打破了词以雕琢艳丽为特色的陈规，改用白描手法抒写个人情感，得疏朗秀美之致。他虽名列花间，词风却迥异于温词及花间其他词作。他的词作对南唐李煜及宋代一些词人起过较大的影响。有《浣花集》，词散佚甚多。《花间集》收他的词四十八首。

## 菩萨蛮（五首）

### 一

红楼别夜堪惆怅[1]，香灯半卷流苏帐[2]。残月出门时，美人和泪辞。　琵琶金翠羽[3]，弦上黄莺语[4]，劝我早还家，绿窗人似花。

【注释】

[1] 红楼：即朱门，指富贵之家。别夜：离别之夜。

[2] 流苏：以五彩毛羽或丝绸做成的须带，称流苏。“苏”即“子”。这句是说灯光映照着半卷的挂有流苏的帐子（指人未入睡）。

[3] 金翠羽：指琵琶上的饰物。

[4] 黄莺语：指琵琶的乐声。白居易《琵琶行》：“间关莺语花底滑。”这句是说琵琶弦上弹出莺啼般的音乐声。

## 二

人人尽说江南好，游人只合江南老[1]。春水碧于天，画船听雨眠。　　垆边人似月，皓腕凝霜雪[2]。未老莫还乡，还乡须断肠。

【注释】

[1] 只合：只应。

[2] 垆：旧时酒店用土砌成放酒瓮卖酒的地方。《史记·司马相如列传》载司马相如妻卓文君长得很美，曾当垆卖酒：“买一酒舍沽酒，而令文君当垆。”皓腕凝霜雪：形容双臂洁白如凝聚的霜雪。

## 三

如今却忆江南乐，当时年少春衫薄，骑马倚斜桥，满楼红袖招[1]。　翠屏金屈曲[2]，醉入花丛宿[3]，此度见花枝[4]，白头誓不归。

【注释】

[1] 红袖：指妓女。

[2] 翠屏：翠色的屏风。屈曲：即屈戌，指屏风上的绞链或阖页。这里以翠屏代表娼家。

[3] 花丛：指娼家。

[4] 花枝：指妓女。

## 四

劝君今夜须沉醉，罇前莫话明朝事[1]，珍重主人心，酒深情亦深。　须愁春漏短[2]，莫诉金杯满。遇酒且呵呵，人生能几何。

【注释】

[1] 罇：樽的异体字。樽是古时一种酒器。

[2] 漏：古代滴水以计时的器具。

## 五

洛阳城里春光好[1]，洛阳才子他乡老，柳暗魏王堤[2]，此时心转迷。　　桃花春水渌[3]，水上鸳鸯浴。凝恨对残晖，忆君君不知。

【注释】

［1］韦庄四十七岁春离长安到洛阳，次年离开。

［2］魏王堤：是洛阳游览胜地。唐时洛水流过洛阳皇城端门，经尚善、旌善二坊之北，向南流注成池，太宗贞观中赐魏王泰，名魏王池，有堤与洛水相隔。

［3］渌：水清貌。

# 评韦端己《菩萨蛮》五首[①]

俞平伯

韦氏此词凡五首，实一篇之五节耳，而选家每割裂之：如张氏《词选》，周氏《词辨》，成氏《唐五代词选》，均去其“劝君今夜须沉醉”一首，大约以其太近白话，俚质不雅也。胡适之《词选》则一反其道，节取中间三首，又删去其首尾“红楼别夜堪惆怅”“洛阳城里春光好”二章，大约又嫌其太不白话也。此等任意去取，高下在心，在选家自属难免，不足深论。惟此词是一意的反复转折，今如此翦截，无乃枉费心力乎。

将本词各章串讲，原皋文之说也。皋文、复堂之说温飞卿《菩萨蛮》亦用串讲法，对于温氏之词我实在寻不出它们的章法来，所以尽管张、谭两家说得活灵活现，“此感士不遇也，篇法仿佛《长门赋》而用节节逆叙”（见《词选》一），“以《士不遇赋》读之最确”（谭评《词辨》卷一）却终不敢苟同。对于韦词，私心却以为旧说不无见地。此非两岐也，言各有当耳。温、韦各做各的词，原不妨用两种看法去看的。

惟皋文仍有可笑处，既曰篇章，则固宜就原词上探作者之意，斯可耳。今则不然，先割裂之而后言篇法章法，则此等篇法章法即使

① 选自俞平伯《读词偶得·清真词释》，人民文学出版社 2000 年版。标题为编者所加。

成立，是作者的呢，还是选家的呢？岂非混而不清？岂非削趾适屦？故任意割裂已误，任意割裂以后再言篇章如何的神妙，乃属误中之误。窃虽依附前人，对于此点，未敢苟同。

韦氏此词隐寓其生平。《词学季刊》一卷四号有夏承焘《韦端己年谱》，罗列行谊甚详，以为“人人尽说江南好”“如今却忆江南乐”诸首，中和三年客江南后作，“洛阳城里春光好”一首，客洛阳作，与旧说异。皋文当时似疏于考证韦氏之生平，而夏君之说亦有可商处，如“洛阳城里春光好”下句为“洛阳才子他乡老”，其非在洛阳作甚明，若曰“长安才子洛阳老”，始是客洛阳时之口吻也。夏君又曰：“时端己已五十馀岁，亦称年少（《黄藤山下闻猿》），盖词章泛语不可为考据”，是则弘通之论也。惟似与前说违异，今亦不得详辨。据夏谱，端己客江南已逾中年，其入蜀已在暮年，而诗词中辄曰“年少”，固不必拘泥，所谓“不以文害辞，不以辞害志”也。盖生活者，不过平凡之境，文章者，必须美妙之情也。以如彼美妙之文章，述如此平凡之生活，其间不得不有相当之距离者，势也。遇此等空白，欲以考证填之，事属甚难。此是一般的情形，又不独诗词然耳。如皋文说此词，谓“江南即指蜀”，良亦未必，但固不妨移用。彼虽曾客洛阳，而词中洛阳则明明非洛阳而是长安，端己固京兆杜陵人也，“《秦妇吟》秀才”，固一长安才子也。洛阳既可代长安，则江南缘何不可代蜀耶？——虽不能证实。故仅就词中之字面，有时不足断定著作之先后也。兹仍依张说立解，就文义而观其会通，辨其当否，在乎读者。端己词无专集，《全唐诗》有五十四，而《花间》得其四十八。

## 第一首

张曰："此词盖留蜀后寄意之作，一章言奉使之志本欲速归。"此言离别之始也，"香灯"句境界极妙，周清真曾拟之，说见另一文中。（《杂拌》二）"残月出门时"以普通语法言或费解，词中习见。"美人"句从对面说出，若说我辞美人则径直矣。下片述其初心。"早归"二字一章主脑。"绿窗人似花"，早归固人情也，说得极其自然。"琵琶"二句取以加重色彩，金翠羽者，其饰也；黄莺语者，其声也。琵琶之饰，在捍拨上，王建诗"凤皇飞入四条弦"，牛峤词"捍拨双盘金凤"是也。（今日本藏古乐器可证）此词殊妥贴，间间说出，正合开篇光景，其平淡处皆妙境也。王静庵《人间词话》，扬后主而抑温、韦，与周介存异趣。两家之说各有见地，只王氏所谓"画屏金鹧鸪，飞卿语也，其词品似之；弦上黄莺语，端已语也，其词品亦似之"；颇不足以使人心折。鹧鸪黄莺，固足以尽温、韦哉？转不如周氏"严妆淡妆"之喻，犹为妙譬也。

## 第二首

张曰："此章述蜀人劝留之词……中原沸乱，故曰'还乡须断肠'。"此作清丽婉畅，真天生好言语，为人人所共见。就章法论，亦另有其胜场也。起首一句已扼题旨，下边的"江南好"，都是从他人口中说出，而游人可以终老于此，自己却一言不发。"春水"两句，景之芊丽也；"垆边"二句，人之姝妙也。"垆边"更暗用卓文君事，所谓本地风光，"皓腕"一句，其描写殆本之《西京杂记》及

《美人赋》。“绿窗人似花”“垆边人似月”，何处无佳丽乎，遥遥相对，真好看杀人也。如此说来，原情酌理，游人只合老于江南，千真万确矣。他自己却偏说“未老莫还乡”，然则老则仍须还乡欤？忽然把他人所说一笔抹杀了。思乡之切透过一层，而作者之意犹若不足，更足之曰“还乡须断肠”。原来这个“莫还乡”是有条件的，其意若曰：因为“须断肠”，所以未老则不还乡；若没有此项情形，则何必待老而始还乡乎。岂非又把上文夸说江南之美尽情涂抹乎？古人用笔，每有透过数层处，此类是也。

## 第三首

张曰：“上云未老莫还乡，犹冀老而还乡也，其后朱温篡成，中原愈乱，遂决劝进之志，故曰‘如今却忆江南乐’，又曰‘白头誓不归’，则此词之作，其在相蜀时乎。”张氏之言似病拘泥穿凿，惟大旨不误。起句即承上文而来，当年之乐当年不自知，如今回忆，江南正有乐处也。上章“江南好”，好是人家说的；此章“江南乐”，乐是自己说的，故并不犯复。乐处何在？偏重于人的方面，更偏重人家对他的恩情——知遇之感。此章与下章皆从此点发挥，说出自己终老他乡之缘由，而早归之夙愿至此真不可酬矣。

下片说出一种决心，有咬牙切齿，勉强挣扎之苦。“屈曲”疑即屈戌，亦作屈膝。《邺中记》“石虎作金银屈膝屏风”是也。今北京犹有“屈曲”之语。“此度”两句，一章之主意。谭献曰：“意不尽而语尽。”此评极精。把话说得斩钉截铁，似无余味，而意却深长，愈坚决则愈缠绵，愈忍心则愈温厚，合下文观，此旨极明晰。若当时只作此一章，结尾殆不会如此，善读者必审之也。

## 第四首

上三章由早归而说到不早归，更说到誓不归，可谓一步逼紧一步，有水穷山尽之势。此章忽然宽泛，与上文似不称，故自来选家每删此使上下紧接，完成章法。平心论之，此等见解亦非全无是处，但削趾适屦，终嫌颠倒，窃谓不必。况依结构言，此章亦有可存之价值乎。

“醉”字即从上章“醉入花丛宿”来。此章醉后口气，故通脱而不凝炼，与前后异趣。端己在蜀功名显达，特眷怀故国，不能自已耳。此章写得恰好，自己之无聊与他人对己之恩遇，俱曲曲传神。“珍重”二句，以风流蕴藉之笔调，写沉郁潦倒之心情，宁非绝妙好词，岂有删却之必要哉。人之待我既如此其厚，即欲不强颜欢笑，亦不可得矣。上章未尽之意，俱于此章尽之，久留西川之故，至此大明。总之中原离乱，欲归则事势有所不能；西蜀遇我厚，欲归则情理有所不许；所以说到这里，方才真正到水穷山尽地位，转出结尾的本旨来。就章法言，又岂可删哉。“人生能几何”句，有将“年少”“白头”……种种字样一笔钩却气象。

## 第五首

张曰：“此章致思唐之意。”谭于“洛阳才子”句旁批曰：“至此揭出。”按，二家之说均是。以上列四章的讲释，读者或者觉得其词固佳，却有小题大做之嫌，岂狮子搏兔必用全力欤。其实端己此词，表面上看是故乡之思，骨子里说是故国之思。思故乡之题小，宜乎小做；怀故国之题大，宜乎大做。此点明，则上述怀疑可以冰释矣。更进一步说，不仅有故国之思也，且兼有兴亡治乱之感焉。故此词五章，重叠回环，大有“言之不足故长言之”之概。

上边四章，一、二为一转折，三、四为一转折，全为此章而发。此章全用中锋，无一旁敲侧击之笔。夫洛阳城里之春光何尝不好，只是才子老于他乡耳。“柳暗”句承首句而来，“魏王堤”即魏王池，唐贞观中以赐魏王泰，为东都游赏之地，犹昔日西京之曲江、乐游原，今日北京之海子也。（《白居易集》卷五五：“魏王堤下水，声似使君滩。”又卷六六，“踏破魏王堤。”）此句想象之景，下接曰“此时心转迷”，“迷”字下得固妙，“转”字衬托亦非常得力。综观全作，首章之早归，二章之待老而归，既为事实所不许，三、四两章之泥醉寻欢，立誓老死异乡矣，而一念之来，转生迷罔，无奈之情一至于此。情致固厚，笔力又实在能够宛转洞达，称为名作，洵非偶然。

下片是眼前光景，“春水”直呼应二章之“春水碧于天”，用鸳鸯点缀，在无意间。江南好，洛阳未始不好，洛阳好而江南也未始不好，迷之谓也，不但心迷，眼亦迷矣。结尾二句，无限低回，谭评“怨而不怒”，已得诗人之旨。此等境界，妙在丰神，妙在口角，一涉言诠便不甚好。谭评周邦彦《兰陵王》：“斜阳七字微吟千百遍，当入三昧出三昧。”其言固神秘，非无见而发，吾于此亦云然。说了半天，还是要想的；赌了半天咒，还是不中用；无家可归，还是要回家，痴玩得妙。夫痴玩者，温柔敦厚之别名也，此古今诗人之所同具也。

又按，用“魏王堤”更有一种暗示。王粲《七哀》曰：“南登霸陵岸，回首望长安。”说者以为出于三百篇之“念彼周京”（《诗·下泉》）；而杜牧之“乐游原上望昭陵”，说者又以为出于粲。端己长安才子，涉想洛阳，偏提起贞观往事来，殆亦此意耳。尺寸以求固可不必，惟古人诗词往往包孕弘深，又托之故实，触类引申，读者宜自得之。

# 鹿虔扆

鹿虔扆（yǐ），后蜀时登进士第，官至检校太尉，加太保。《花间集》收他的词六首。

## 临江仙

金锁重门荒苑静，绮窗愁对秋空[1]。翠华一去寂无踪[2]。玉楼歌吹，声断已随风[3]。　烟月不知人事改，夜阑还照深宫[4]。藕花相向野塘中[5]。暗伤亡国，清露泣香红。

【注释】

［1］金锁重门：指重重宫门都上了锁。杜甫《哀江头》说："江头宫殿锁千门，细柳新蒲为谁绿？"苑：帝王的园林。绮窗：有镂空花纹的窗子。这两句是说宫门锁闭，禁苑荒废。

［2］翠华：帝王仪仗中用翠色鸟羽装饰的旗子。这里用作帝王的代称。寂无踪：了无踪影。

［3］玉楼：指宫殿。歌吹：歌声和音乐声。这两句是说宫中的歌吹之声都已随风飘逝。

［4］夜阑：夜深。

［5］相向：相对。

# 说鹿虔扆《临江仙》[①]

吴小如

鹿虔扆是五代时后蜀人，事蜀主孟昶，官检校太尉，加太保，以擅写小词为孟昶所宠幸。这首词收入后蜀赵崇祚编选的《花间集》。据欧阳炯《花间集序》，题为蜀广政三年（公元940年）所作；则此集之成，大约也在这一年前后。是时距后蜀之亡尚有二十五年（公元965年，即宋太祖乾德三年），而鹿词已在集中。故鹿作此词当是为了凭吊前蜀王衍亡国而作。王衍亡于后唐，时在公元925年，下距934年后蜀孟知祥称帝，中间达十年之久，宫苑荒凉，自在意中。后世或以鹿此词“多感慨之音”，便说他“国亡不仕”（见《历代诗余词话》引《乐府纪闻》），其实是错误的，因为鹿虔扆是后蜀时的进士，在前蜀灭亡时，他还没有做官呢（参阅王国维《鹿太保词跋记》，见王氏所辑《唐五代二十一家词》）。

从词的本身来说，前人如元人倪瓒评之为“曲折尽变，有无限感慨淋漓处”（《历代诗余》卷一一三引），清人谭献说它“哀悼感愤”（周济《词辨》卷二谭氏评语），都比较确切。尤其在那专门选

① 吴小如（1922—2014），古典文学专家、戏曲评论家、历史学家、教育家。北京大学教授。先后就读于燕京大学、清华大学，1949年北京大学中文系毕业。著有《古典小说漫稿》《京剧老生流派综说》《吴小如戏曲文录》《古典诗词札丛》《古文精读举隅》等。本文选自吴小如《古典诗词札丛》，天津古籍出版社2002年版。

录“镂玉雕琼”“裁花剪叶”的艳冶之作的《花间集》中，这首词显得格调迥殊，宛如鹤立鸡群，更加引人注目。当然，词中感伤情调过于浓厚，也是一个缺点。

古人写诗词，有一种回环往复的表现手法。作者说的只是一件事或一个内容，却从不同角度加以描绘渲染，如《古诗十九首》第一首《行行重行行》就是如此。这里姑举开头六句为例：

行行重行行，与君生别离。相去万余里，各在天一涯。道路阻且长，会面安可知？……

这首诗写闺中思妇对离家日久的游子的怀念。通首只是一个意思。第一句说游子远行在外，越走越远；第二句说两人活生生地离别了；第三句说两人中间相隔的距离有万里之遥；第四句则说彼此各在天之一端；第五句与第三句意思大体相同，只是增加了“阻且长”（阻碍和遥远）这一状语；第六句又是第二句的反面说法。说法不同而说的只是一事，这就叫“回环往复”。这样的写法在抒情诗中还是必要的，而且比《诗经》中叠句重出的连章结构已有了很大进步（《诗经》中如“坎坎伐檀”“伐辐”“伐轮”，只是一个意思重叠三次，比汉代五言诗要单调多了）。鹿虔扆这首词也正是用了这种“回环往复”的手法来反复吟咏同一内容。整首词上下两片无非写池苑荒凉，殿宇空寂。可是由于作者从不同角度描写了不同事物，这就显得作者的“哀悼感愤”一层深似一层，从而也形成了倪瓒说的“曲折尽变”。这种把一层意思分做几层来说的艺术手法，是诗人把他所要表达的思想感情增加深度的一种手段（所谓“愈钩勒愈浑厚”），当然也就增强了对读者的感染力。

此词上下片各分两层，前两句为一层，后三句为一层，共四层，其实只是一意。上片头两句，“金锁”一作“金琐”，王逸《楚辞章句》：“琐，门镂也，文如连琐。”也就是雕镂在宫门上的金色连琐花纹。“绮窗”见于《古诗十九首》之五：“交疏结绮窗”。《文选》李善注引薛综说：“疏，刻穿之也。”善注又云：“《说文》：‘绮，文缯也。’此刻镂以象之。”而《后汉书·梁冀传》云：“窗牖者有绮疏青琐。”李贤注：“绮疏，谓镂为绮文。”则“绮窗”是指带有镂刻着花格子图案的窗。无论是“金锁重门”或“绮窗”，都是宫苑殿宇的代称，但这两句所写的角度不同。前一句是由外向内写：宫苑深闭重门，而苑内荒凉僻静；后一句则由内向外写：绮窗外一无所有，只对着一望无际的秋日晴空。上句着一“静”字，显得冷冷清清，荒凉得可怕；而下句在“对”字上用了个“愁”字，仿佛窗上那些镂空的花纹图案带着愁眉苦脸的神气，这就顿时把无情之物写得仿佛有情了。为什么“愁”呢？于是引出了第二层，即上片的后三句。第一句，“翠华”本是旗上的羽饰，司马相如《上林赋》：“建翠华之旗。”后乃引申为皇帝仪仗或车驾的代称。白居易《长恨歌》：“翠华摇摇行复止，西出都门百余里。”那是写唐玄宗避安禄山之乱仓皇逃出长安的情景。这里的“翠华一去寂无踪”，则指的是前蜀皇帝王衍被后唐庄宗李存勖的兵将征服，俯首出降，打从这重门深苑中一去之后再也没有踪影了。开头一句的“静”和这一句的“寂”，看似一样，却略有区别。“静”是当前实景；而“寂”却是在繁华尽散之后留下的一片沉寂。这就使读者隐约感到：当“翠华”在蜀时，宫中充斥歌管喧闹之声，也就是下文所说的“玉楼歌吹”（读去声），

# 冯延巳

冯延巳（903—960），又名延嗣，字正中，广陵（今江苏扬州市）人。他自幼跟随李璟，官至同平章事。史称冯“有辞学，多伎艺”，工诗词，“虽贵且老不废”。他不仅是南唐词坛存词最多的一个，在唐五代词人中也是一位大家。他在词中创造了一种“深美闳约”的艺术境界与“和泪试严妆”的新风格，对北宋早期词坛产生了直接的影响。冯词自编集《阳春录》早佚。今传《阳春集》是宋人陈世修辑编的。存词一百二十首，清末王鹏运补遗七首。但其中杂有温庭筠、韦庄、李煜、欧阳修诸人的作品。

## 鹊踏枝

梅落繁枝千万片，犹自多情，学雪随风转。昨夜笙歌容易散，酒醒添得愁无限。　　楼上春山寒四面，过尽征鸿，暮景烟深浅[1]。一晌凭栏人不见[2]，鲛绡掩泪思量遍[3]。

【注释】

[1]暮景：日暮之景，指黄昏景色。

[2]一晌：有两解，或作暂，或作久。此处当作“久”解。

[3]鲛绡：南海鲛人所织之绡（事见《述异记》）。

# 冯延巳《鹊踏枝》赏析[1]

叶嘉莹

此词开端“梅落繁枝千万片，犹自多情，学雪随风转”，仅只三句，便写出了所有有情之生命面临无常之际的缱绻哀伤，这正是人世千古共同的悲哀。首句“梅落繁枝千万片”，颇似杜甫《曲江》诗之“风飘万点正愁人”。然而杜甫在此七字之后所写的乃是“且看欲尽花经眼”，是则在杜甫诗中的万点落花不过仍为看花之诗人所见的景物而已；可是正中在“梅落繁枝”七字之后，所写的则是“犹自多情，学雪随风转”，是正中笔下的千万片落花已不仅只是诗人所见的景物，而俨然成为一种殒落的多情生命与象喻了。而且以“千万片”来写此一生命之殒落，其意象乃是何等缤纷又何等凄哀，既足可见殒落之无情，又足可见临终之缱绻，所以下面乃径承以“犹自多情”四字，直把千万片落花视为有情矣。至于下面的“学雪随风转”，则又颇似李后主词之“落梅如雪乱”。然而后主的“落梅如雪”，也不过只是诗人眼前所见的景物而已，是诗人所见落花之如雪也；可是正中

① 叶嘉莹（1924— ），号迦陵，加拿大籍古典文学专家，南开大学中华古典文化研究所所长，曾任教台湾大学、美国哈佛大学、密歇根大学及哥伦比亚大学、加拿大不列颠哥伦比亚大学等。著有《迦陵论诗丛稿》《迦陵论词丛稿》《汉魏六朝诗讲录》《杜甫〈秋兴八首〉集说》《唐宋词十七讲》《王国维及其文学批评》等。本文选自唐圭璋主编《唐宋词鉴赏辞典》，安徽文艺出版社 2000 年版。标题为编者所加。

之“学雪随风转”句，则是落花本身有意去学白雪随风之飘转，是其本身就表现着一种多情缱绻的意象，而不仅是写实的景物了。这里所写的不是感情之事迹而表达的却是感情之境界。所以上三句虽是写景，却构成了一个完整而动人的多情之生命殒落的意象。下面的“昨夜笙歌容易散，酒醒添得愁无限”二句，才开始正面叙写人事，而又与前三句景物所表现之意象遥遥相应，笙歌之易散正如繁花之易落。花之零落与人之分散，正是无常之人世之必然的下场，所以加上“容易”两个字，正如晏小山词所说的“春梦秋云，聚散真容易”也。面对此易落易散的短暂无常之人世，则有情生命之哀伤愁苦当然乃是必然的了，所以落花既随风飘转表现得如此缱绻多情，而诗人也在歌散酒醒之际添得无限哀愁矣。“昨夜笙歌”二句，虽是写的现实之人事，可是在前面“梅落繁枝”三句景物所表现之意象的衬托下，这二句便俨然也于现实人事外有着更深、更广的意蕴了。下半阕开端之“楼上春山寒四面”，正如后一首《鹊踏枝》之“河畔青芜”，也是于下半阕开端时突然荡开作景语。正中词往往忽然以闲笔点缀一二写景之句，极富俊逸高远之致，这正是《人间词话》之所以从他的一贯之“和泪试严妆”的风格中，居然看出了有韦苏州、孟襄阳之高致的缘故。可是正中又毕竟不同于韦、孟，正中的景语，于风致高俊以外，其背后往往依然还是含蕴着许多难以言说的情意。即如后一首之“河畔青芜堤上柳”，表面原是写景，然而读到下面的“为问新愁，何事年年有”二句，才知道年年的芜青、柳绿原来就正暗示着年年在滋长着的新愁。这一句的“楼上春山寒四面”，也是要等到读了下面的“过尽征鸿，暮景烟深浅”二句，才体会出诗人在楼上凝望之久与怅惘之深。而且“楼上”已是高寒之所，何况更加以四面春山之寒峭，则诗人之孤寂凄寒可想，而“寒”字下更加上了“四面”二字，则诗人的全部身心便都在寒意的包围侵袭之下了。以外表的风露体肤之寒，写内心的凄寒孤寂之感，这也正是正中一贯所常用的一种表现方式，即如后一首之“独立小桥风满袖”、此一首之“楼上春山寒四面”及《抛球乐》之“风入罗衣贴体寒”，便都能予读者此种感受和联想。接着说“过尽征鸿”，不仅写出了凝望之久与瞻望之远，而且征鸿之春来秋去，也最容易引人想起踪迹的无定与节序的无常。而诗人竟在“寒四面”的“楼上”，凝望这些飘泊的“征鸿”直到“过尽”的时候，则其中心之怅惘哀伤，不言可知矣。然后承之以“暮景烟深浅”五个字，暮景者，日暮之景色也，然日暮之景色究竟何有？则远近之暮烟耳。“深浅”二字，正写出暮烟因远近而有浓淡之不同，既曰“深浅”，于是而远近乃同在此一片暮烟中矣。这五个字不仅写出了一片苍然的暮色，更写出了高楼上对此苍然暮色之人的一片怅惘的哀愁。于此，再返顾前半阕的“梅落繁枝”三句，因知“梅落”三句，固当是歌散酒醒以后之所见，而此“楼上春山”三句，实在也当是歌散酒醒以后之所见；不过，“梅落”三句所写花落之情景极为明白清晰，故当是白日之所见，至后半阕则自“过尽征鸿”表现着时间消逝之感的四个字以后，便已完全是日暮的景色了。从白昼到日暮，诗人何以竟在楼上凝望至如此之久呢？于是结二句之“一晌凭栏人不见，鲛绡掩泪思量遍”，便完全归结到感情的答案来了。“一晌”二字，据张相《诗词曲语辞汇释》解释为“指示时间之辞，有指多时者，有指暂时者”，引秦少游《满路花》词之“未知安否，一晌无消息”，以为乃“许久”之义，又引正中此句之“一晌凭栏”，以为乃“霎时”之义。私意以为“一晌”有久、暂二解是不错的，但正中此句当为“久”意，并非“暂”意，张相盖未仔细寻味此词，故有此误解也。综观此词，如上所述，既自白昼景物直写到暮色苍然，则诗人凭栏的时间之久当可想见，故曰“一晌凭栏”也。至于何以凭倚在栏杆畔如此之久，那当然乃是因为内心中有一种期待怀思的感情的缘故，故继之曰“人不见”，是所思终然未见也。如果是端己写人之不见，如其《荷叶杯》之“花下见无期”“相见更无因”等句，其所写的便该是确实有他所怀念的某一具体的人，而正中所写的“人不见”，则大可不必确指，其所写的乃是内心寂寞之中常如有所期待怀思的某种感情之境界，这种感情可以是为某人而发的，但又并不使读者受任何现实人物的拘限。我之所以敢作如是说者，只因为端己在写人不见时，同时所写的乃是“记得那年花下”及“绝代佳人难得”等极现实的情事；而正中在写“人不见”时，同时所写的则是春山四面之凄寒与暮烟远近之冥漠。端己所写的，乃是现实之情事；而正中所表现的，则是一片全属于心灵上的怅惘孤寂之感。所以我说正中词中“人不见”之“人”是并不必确指的。可是，人虽不必确指，而其期待怀思之情则是确有的，故结尾一句乃曰“鲛绡掩泪思量遍”也。“思量”而曰“遍”，可见其怀思之情的始终不解，又曰“掩泪”，可见其怀思之情的悲苦哀伤。至于“鲛绡”，则用以掩泪之巾也。据《述异记》云，鲛绡乃南海鲛人所织之绡，而鲛人则眼中可以泣泪成珠者也。曰“鲛绡”，一则可见其用以拭泪之巾帕之珍美，再则用泣泪之人所织之绡巾来拭泪，乃愈可见其泣泪之堪悲，故曰“鲛绡掩泪思量遍”也。全词至此，原已解说完毕，只是我在前面一直都以主观自我叙写之口吻来解说此词，假如此词果为正中之自叙，则正中乃是一位男士，而末句“鲛绡掩泪”之动作，乃大似女郎矣。其实正中此词，如我在前面所说，原来它所写的乃是一种感情之境界，而并未实写感情之事迹，全词都充满了象喻之意味，因此末句之为男子口吻抑为女子口吻，实在无关紧要，何况美人、香草之托意，自古而然，“鲛绡掩泪”一句，主要的乃在于这几个字所表现的一种幽微珍美的悲苦之情意，这才是读者所当用心去体味的。这种一方面写自己主观之情意，而一方面又表现为托喻之笔法，与端己之直以男子之口吻来写所欢的完全写实之笔法，当然是不同的。

# 评南唐中主《浣溪沙》二首[1]

俞平伯

中主之词，流传甚少，或以宋人词厕杂其间，今据陈振孙《书录解题》，定此二词为中主作。调名《浣溪沙》而与通行之《浣溪沙》不同。《词谱》七："唐教坊曲名，一名《南唐浣溪沙》，《梅苑》名《添字浣溪沙》，《乐府雅词》名《摊破浣溪沙》，《高丽史·乐志》名《感恩多令》。此调即《浣溪沙》之别体，不过多三字两结句，移其韵于结句耳，此所以有'添字''摊破'之名；然在《花间集》和凝时已名《山花子》，故另编一体。"此据《花间》，另立《山花子》之名，其实殊未妥，观《花间》五，毛文锡词，其一多三字二结句，其一不然，而同名《浣溪沙》，可证《山花子》殆即《浣溪沙》之异名耳。《词谱》四于《浣溪沙》下又曰，"贺铸名《减字浣溪沙》"，可见宋人且有以此为《浣溪沙》之正格者矣。以无三字结句者为正，则以此为"添字""摊破"；以有三字结句者为正，则以彼为"减字"。实则在文字上固系两格，在音乐上只有一调，若以曲中衬字之法解释之，则豁然贯通，无所惑也。

① 选自俞平伯《读词偶得·清真词释》，人民文学出版社 2000 年版。标题为编者所加。

## 第一首

“真珠”二字《花庵词选》作“珠帘”。《漫叟诗话》：“李璟有曲云，‘手卷真珠上玉钩’，或改为‘珠帘’，非所谓知音。”今按“手卷真珠”可谓不词，“手卷珠帘”甚合文谊，而前人乃颠倒其说，必有故焉。《笺注草堂诗余》在此下引李白“真珠高卷对帘钩”，盖用古人成语耳，特太白之诗下有“帘钩”，意遂明晰，此并去“帘”字，遂令人疑惑。其实古人词中本常有此种句法的，温飞卿《菩萨蛮》“画罗金翡翠，香烛消成泪，”只云“画罗”，衾耶帐耶，不曾说也。此谓之小疵或可，谓为不通必不可也。况言“真珠”，千古之善读者都知其为“帘”，若说“珠帘”，宁知其为“真珠”也耶？是举真珠可包珠帘，举珠帘不足以包真珠也。后人妄改，非所谓知音；然哉然哉！

或疑古代生活即使豪奢，未必用真珠作帘，堆金积玉，毋乃滥乎？此泥于写实之俗说，失却前人饰词遣藻之旨矣。其用意在唤起一高华之景，与本篇一引温“水精帘里颇黎枕”事例相同，说为“没有”，固与词意枘凿，说为“必有”，亦属刻舟求剑也。关于词藻之用法，孰可孰否，事涉微细，此不得详也。

此总写幽居之子。珠帘手卷，郑重出之，庶睹夷旷，涤兹伊郁，然重楼深锁，春恨依前也。“锁”字半虚半实，锤炼精当，可以体玩。下文说到春风时作，飘转残红，“无主”二字，略略点出本意。结句三字，有愈想愈远，轻轻放下之妙。掩卷瞑想，欲易此三字，其可得乎。

下片较平实，遂少佳胜。“青鸟”出《山海经·海内北经》。

传云外信，丁香空结雨中愁’非律诗俊语乎？然是天成一段词也，著诗不得。”此亦说到诗词素质的不同，可与篇一参看。大概词偏于柔，曲偏于刚，诗则兼之。——自然也有例外。我近来颇觉前人以词为诗余的不错，特非本篇所宜论列耳。

“寄阑干”《花庵词选》作“倚”，疑亦为后人改笔。“寄”字老成，“倚”字稚弱，“寄”字与上衔接，“倚”字无根，固未可同日语也。吕本有注云，“《花间集》作‘倚’”。按《花间集》不登二主之作，殆《花庵》之误。《浣溪沙》本难在结句，此体因多了三字之转折更不易填。中主二词，上片结句均极妙，下片结句虽视前者略逊，亦俱稳当。但如依俗本作“倚阑干”，此便成芜累矣。是以一字之微，足重全篇之价，使千古名什得全其美，旧刊斯可珍矣。

# 李　煜

李煜（937—978），字重光，李璟第六子，习惯上称为南唐后主。李煜是这个偏安朝廷的最末一个国君，他精于书画，谙于音律，在文学方面具有特出的才能。在政治上他是既不甘心屈辱地应命入朝北宋，束手为阶下之囚，但也不能励精图治，谋划抵御之策，反而听信谗言，诛杀了敢于直言进谏的潘佑、李平等人。公元975年，南唐为北宋所灭，李煜肉袒出降，接着被押送到汴京（今河南开封市）。宋太祖赵匡胤因李煜曾守城拒降，便封他为“违命侯”。相传后为宋太宗赵光义毒死。他的行动受人监视，形同囚犯，且时刻有被夺去生命的危险。环境和身份的急剧转变，极为深刻地影响了李煜的思想和性格，使他产生了悔恨、怨痛、想挣扎而又无能为力的内心苦闷。这在他的后期词中有着充分的表现。

李煜词直抒胸臆，不事饰绘，而感人至深。他的出现既助成了词这一文体的成长，还对北宋晏殊、欧阳修、张先、苏轼、秦观等人起过一定影响。其词今存三十多首，收入《南唐二主词》。

## 虞美人

春花秋月何时了[1]，往事知多少。小楼昨夜又东风，故国不堪回首月明中[2]。　雕阑玉砌应犹在[3]，只是朱颜改[4]。问君能有几多愁？恰似一江春水向东流。

【注释】

[1] 何时了：什么时候了结。

[2] 故国：指南唐。

[3] 雕阑玉砌：即雕花的阑干和玉石砌成的台阶，这里泛指南唐宫殿。阑，一作“栏”。

[4] 朱颜改：暗指亡国。朱颜，即红颜，年轻的容颜。

# 释李煜《虞美人·春花秋月何时了》①

俞平伯

奇语劈空而下，以传诵久，视若恒言矣。日日以泪洗面，遂不觉而厌春秋之长。岁岁花开，年年月满，前视茫茫，能无回首，固人情耳。“小楼昨夜又东风”，下一“又”字，与“何时了”密衔，而“故国”一句便是必然的转折。就章法言之，三与一，四与二，隔句相承也；一二与三四，情境互发也。但一气读下，竟不见有章法。后主又乌知所谓章法哉，而自然有了章法，情生文也。

过片二句，示今昔之感，只是直说。其下二句，千古传名，实亦羌无故实，刘继增《笺注》所引《野客丛书》以为本于白居易、刘禹锡，直梦呓耳。胡不曰本于《论语》“子在川上”一章，岂不更现成么？此所谓“直抒胸臆非傍书史”者也。后人见一故实便以为“因在是矣”，何其陋耶。

《人间词话》：“画屏金鹧鸪，飞卿语也，其词品似之。弦上黄莺语，端己语也，其词品亦似之。”又曰，“梦窗之词余得取其词中之一语以评之，曰映梦窗凌乱碧。玉田之词余得取其词中之一语以评之，曰玉老田荒。”今效其语而补之曰：“恰似一江春水流，后主语也，其词品似之。”盖诗词之作，曲折似难而不难，唯直为难。直者

① 选自俞平伯《读词偶得·清真词释》，人民文学出版社 2000 年版。标题为编者所加。

何？奔放之谓也。直不难奔放亦不难，难在于无尽。“恰似一江春水向东流”，无尽之奔放，可谓难矣。倾一杯水，杯倾水涸，有尽也，逝者如斯，不舍昼夜，无尽也。意竭于言则有尽，情深于词则无尽。“言之不足，故长言之，长言之不足，故嗟叹之”，老是那么“不足”，岂有尽欤，情深故也。人曰李后主是大天才；此无征不信，似是而非之说也。情一往而深，其春愁秋怨如之，其词笔复宛转哀伤，随其孤往，则谓为千古之名句可，谓为绝代之才人亦可。凡后主一切词皆当作如是观，不但此阕也，特于此发其凡耳。

## 清平乐

别来春半，触目愁肠断。砌下落梅如雪乱，拂了一身还满。　　雁来音信无凭[1]，路遥归梦难成。离恨恰如春草，更行更远还生。

【注释】

[1] 这句是说北雁南归，没有带来音书，因此得不到故人消息。《汉书·李广苏建传》载“雁足传书”事：汉苏武出使匈奴，被扣留，宁死不投降，匈奴把他放在北海牧羊，而对汉使者说苏武已死，后来汉使者得知苏武未死，便故意说：“汉天子在上林苑射雁，雁足上系信，说苏武未死。”匈奴这才将苏武遣回汉朝。

# 释李煜《清平乐·别来春半》[1]

俞平伯

落梅雪乱，殆玉蝶之类也，春分固犹有残英。“砌下”二句，戏谓之摄影法。上下片均以折腰句结，“拂了一身还满”，二折也，“更行更远还生”，三折也。但如以逗号示之（胡适《词选》页四七，四八），便索然无味，虽不是黑漆断纹琴，亦就断纹以小洋刀深凿之耳。此二句善状花前痴立，怅怅何之，低徊几许之神，似画而实画不到，诗情而兼有画意者。梅英如霰，不着一语惜之何？亦似不暇惜落花矣。谭献以欧阳修《采桑子》拟之（见谭评《词辨》），夫彼语有做作气，曰“与此同妙”，似失。

“雁来”句轻轻地说，“路遥”句虚虚地说，似梦之不成，乃路远为之，何其微婉欤。读此觉赵德麟《锦堂春》“重门不锁相思梦，随意绕天涯”，便有伧夫气息，彼语岂不工巧，然而后主远矣。

于愁则喻春水，于恨则喻春草，颇似重复，而“恰似一江春水向东流”，以长句一气直下，“更行更远还生”，以短语一波三折，句法之变换，直与春水春草之姿态韵味融成一片，外体物情，内抒心象，岂独妙肖，谓之入神可也。虽同一无尽，而千里长江，滔滔一往，绵绵芳草，寸接天涯，其所以无尽则不尽同也。词情调情之吻

① 选自俞平伯《读词偶得·清真词释》，人民文学出版社 2000 年版。标题为编者所加。

合，词之至者也。后主之词，此二者每为不可分之完整，其本原悉出于自然，不假勉强。夫勉强而求合，岂有所谓不可分之完整耶？是以知其必出于自然也。无以言之，乃析言之，非制作之本也。

## 浪淘沙

帘外雨潺潺[1]，春意阑珊[2]。罗衾不耐五更寒。梦里不知身是客，一饷贪欢[3]。　　独自莫凭阑，无限江山。别时容易见时难[4]，流水落花春去也，天上人间。

【注释】

[1] 潺潺（chán）：小雨滴水的声音。

[2] 阑珊：残尽。指春光即将逝去。

[3] 饷（xiǎng）：通“晌”。一晌，即一会儿。

[4]《颜氏家训·风操》：“别易会难。”曹丕《燕歌行》：“别日何易会日难。”

# 释李煜《浪淘沙·帘外雨潺潺》[①]

俞平伯

词中抒情，每以景寓之，独后主每直抒心胸一空倚傍，当非有所谢短，亦非有所不屑（抒情何必比写景高），乃缘衷情切至，忍俊不禁耳。若此传诵最广之名作，其胜场何在，究亦难言。凡兹所说，亦不敢自是，管窥蠡测而已。试观全章，有一句真在写景物乎？曰，无有也。勉强数之，只一首句说雨声，未尝言见也。况依文法言此只一读，谓全章无一句写景，非过言也。此等写法，非情胜者不能。

上片系倒叙，由一晌贪欢而梦醒，由醒而觉得五更寒，由凄寒失寐而听雨声。“梦里”二句自然真切到极处，此人所共知者也。明明白白的好言语何待人说？然亦窃有说焉。夫后主之情之深，生活变化之骤，与处境之非人所堪，凡此种种，或非我辈所能想象体会者也，故欲明此二句之实味事属甚难，然不妨另设一相反之境而想象体会之。假如昨夜得梦，梦客他乡，穷极艰窘，几濒险难，瞑瞑啼叫中瞿然而寤，居然衾枕温馨，炉烟犹热，拭眼凝眸，尚疑家居实境为梦寐之甜甘，及展转寻省，此果实而彼果虚也，乃遂破涕为笑，怅惘之中杂有欢喜矣。此种境界，吾人恒见，作反面观，则此二句之俄空滋味遂隐约可会。古诗：“梦见在我旁，忽觉在他乡”，与此正相

① 选自俞平伯《读词偶得·清真词释》，人民文学出版社 2000 年版。标题为编者所加。

人间”也。词意分明，惟一口气囫囵地读下便觉含浑，此含浑之咎固不尽在作者也。

若泛论通篇，则谭仲修之言最善，其评曰：“雄奇幽怨乃兼二难，后起稼轩稍伧父矣。”雄奇不难，幽怨亦不难，兼之，难矣。凡此所录，如《虞美人》第一，《相见欢》，及本阕，皆可谓美尽刚柔者矣。阳刚阴柔之论，虽恍惚难征，而假以形况，何必非佳。夫雄奇，美之毗于阳刚者，幽怨，美之偏于阴柔者，历观唐、宋词家第一流，虽各致其美，犹不免有所偏胜（仲修以稼轩近伧，可谓知言，非贬稼轩也，直欲拥后主至峰极耳）。后主能兼之何耶？夫亦情深一往使之然，惟其深而不拔，乃郁为幽怨；惟其往而不返也，又突发为雄奇。王静安曰：“‘自是人生长恨水长东’，‘流水落花春去也，天上人间’，《金荃》《浣花》能有此气象耶？”又曰：“李重光之词神秀也”。固知古今虽远，赏契非遥，文章天下之公，岂不然欤。静安极崇后主，有极精至语，以通论全体，故兹不备列。

# 范仲淹

范仲淹（989—1052），字希文，吴县（今江苏苏州市）人。真宗时进士。仁宗时曾与韩琦同拒西夏。在参知政事（副宰相）任上提出过改革政治的措施。谥文正。他能以边塞风光入词，开宋代豪放词的先河。有《范文正公全集》。

## 渔家傲 秋思

塞下秋来风景异，衡阳雁去无留意[1]。四面边声连角起[2]。千嶂里，长烟落日孤城闭[3]。　　浊酒一杯家万里，燕然未勒归无计[4]。羌管悠悠霜满地[5]。人不寐，将军白发征夫泪。

【注释】

[1] 塞下：指边地的关口。衡阳雁：指南归之雁。湖南衡阳市南衡山七十二峰之首名回雁峰，相传雁到此不再飞，遇春就北回。柳宗元《春日过衡州》诗亦说：“正见峰头回雁时。”

[2] 边声：边地的角声、马鸣声等。角：古时军中乐器。长五尺，形如竹筒，本细末大。见《宋书·乐志》。古代军中以吹角

来表示昏晓。

[3]嶂：屏障一样并列的山峰。长烟：这里指暮霭。

[4]燕然：山名，即今蒙古人民共和国境内的杭爱山。东汉车骑将军窦宪等追击北单于，登燕然山，刻石纪功而回。见《后汉书·窦融传》。未勒：没有（战胜敌人）刻石纪功。

[5]羌管：羌笛。“羌”是我国古代西北地区的一个少数民族。悠悠：形容笛声悠扬。

# 苍凉悲壮的边塞号角[1]

## ——谈范仲淹的《渔家傲》

马茂元　王从仁

范仲淹（989—1052）是北宋著名的政治家、散文家，也是一位优秀的词人。他的词只有六首传世，其中以《渔家傲》最为脍炙人口。

宋仁宗康定元年（1040），范仲淹任陕西经略副使兼知延州（治所在今陕西省延安市），守边四年，这首词就是范仲淹在西北军中的感怀之作。

词的上片写塞外秋光。首句的“异”字很有分量，它包含着两个方面的内容：一是说边塞的风光与内地不同；二是讲秋天来临，边地景物也发生了变异。上片的写景，就是从“异”字生发开去的。

衡阳雁去，是雁去衡阳的倒文，是为了符合词的格律而颠倒词序的。衡阳即今湖南省衡阳市，旧城的南面有座回雁峰，相传大雁飞到这儿便不再南飞。“西风紧，北雁南飞”，出于动物的本能，无所谓留恋不留恋，作者却说“雁无留意”，实际上是写人的感受。雁犹如此，人何以堪！

---

① 马茂元（1918—1989），著名文艺理论家，上海师范大学教授，专于古典文学研究，是唐诗、楚辞研究领域名家。著有《古诗十九首初探》《晚照楼论文集》《马茂元说唐诗》《楚辞选》《唐诗选》等。王从仁，上海师范大学人文学院中文系教授。著有《王维和孟浩然》《楚辞研究集成》《中国禁毁小说漫谈》《中国茶文化》等。本文选自《古典诗词名篇鉴赏集》，中华书局 1984 年版。

后三句，作者着意描写边塞的苍凉景色。边声是指边地特有的声音，具有一种凄凉的情调，伪李陵《答苏武书》中有这样几句：“侧耳远听，胡笳互动，牧马悲鸣，吟啸成群，边声四起”，是极好的注脚。“四面边声连角起”，边声加上军营的号角声，凄凉以外，又渲染了悲壮的气氛。“千嶂”二句，极写边塞荒凉而又壮阔的景象。数不清的山峰犹如屏障一般耸立着。斜阳西沉，烟雾弥漫，在千山万壑之中，一座孤城紧闭。这三句叠用了许多名词，只用了三个动词，“连”“起”一开一合，“闭”字则显出戒备森严，透出局势的紧张，而这座“孤城”，则是处于战争的前线，遣词造句是丝丝入扣的。

下片转入抒情。“家万里”与“酒一杯”对举，形成强烈对比，一杯浊酒怎能浇万里思归之愁呢？其结果必然是“举杯消愁愁更愁”。然而，将士们之所以不得归去，其原因是“燕然未勒”。燕然，即今蒙古境内的杭爱山。勒，刻石记功。公元89年，东汉窦宪追击北匈奴，出塞三千余里，至燕然山勒石记功而回。燕然未勒是说没有建立破敌的大功。

“燕然”一句，说尽了作者矛盾、复杂的心情。他兼知延州，完全出于一腔报国热情。事情是这样的：宝元元年（1038）十二月，夏州地方割据势力头子李元昊反叛宋朝，第二年正月，李元昊上表请称帝改元。接着，大兴干戈，于康定元年（1040）正月带领西夏叛乱部队向延州进攻，包围延州整整七天，俘虏了北宋部队主要将领鄜延、环庆两路副都总管刘平和鄜延副都总管石元孙，“城中忧沮，不知所为”。还好赶上一场大雪，西夏才撤兵。延州城总算侥幸保住了。但一些贪生怕死的官吏却吓破了胆。新任延州知州张存久不到任，刚上任，就向新任陕西经略安抚副使的范仲淹提出两条理由：一是“素不知兵”，二是“亲年八十”，要求调到内地当官。在这种情况下，范仲淹不得不挺身而出，上表自请代张存知延州，主动挑起了这副保民卫国的重担。他希望能干出一番旋乾转坤的事业，永熄边烽。但是在积贫积弱的北宋时代，他根本不可能成为“勒燕然”的窦宪。主观愿望与客观现实的矛盾冲突达到高潮，因而在浓霜遍地的夜晚，随着悠悠羌笛之声，将军（作者自指）和征夫陷入了深沉的悲慨之中，久久未能入眠，流下了忧国思乡的热泪。

《渔家傲》的基调是低沉的，它给读者具体的感受，是悲愤而又惆怅不甘的低徊情绪，这是由作者所处的时代与政治环境所决定的。宋仁宗统治时期，表面上国内似乎处于相对的稳定状态，但北方辽和西夏的威胁日甚，形势十分紧张。然而敌国外患，丝毫没有改变这个王朝从开国以来苟且偷安的基本国策。时代环境是不景气的，它不同于封建社会蓬勃发展，国力充沛的盛唐时期，也不像民族矛盾暴露得特别尖锐，民族意识普遍高涨的南北朝之际，而是一个沉闷得令人窒息的时代。范仲淹到延州后，选将练卒，增设城堡，抚辑流亡，联络诸羌少数民族，深为西夏贵族集团所畏惮，称之为“小范老子（即范仲淹）腹中有数万甲兵”。然而，他也只能做到消极防御而已，不可能追奔逐北，收复国土。在词里，隐约可以看到这阴暗的时代的投影。

作者出身孤寒，登朝以后，就和统治集团的腐朽势力展开了激烈的斗争。《宋史》说他“每感激天下事，奋不顾身”，政治上是进步的。然而，北宋时期，王安石变法以前，政权完全掌握在大官僚、大地主手中，出身中下层的官吏在斗争中处于劣势。范仲淹等人的力量是单薄的，他们的斗争也是脆弱的。这一切也必然反映到他的词作中，带上感伤的色彩。

# 柳　永

柳永（980—1053），原名三变，后改名为永，字耆卿，福建崇安（今福建武夷山市）人。父亲柳宜，从南唐入宋做官。柳永少年时代在汴京，与“狂朋怪侣”过着“暮宴朝欢”的日子。他又“好为淫冶讴歌之曲，传播四方”（《能改斋漫录》）。他在考试落第后曾赋《鹤冲天》词，表现出由于落第而产生的不满情绪，因此被仁宗斥落，由是失意潦倒。直到景祐元年（1034）才登进士第。此后曾任睦州（今浙江建德县）推官（府属官吏）、定海（今浙江舟山市定海区）晓峰盐场盐官，终于屯田员外郎（工部屯田司的助理官吏），世称“柳屯田”，死于润州（今江苏镇江市）。

柳永有词集名《乐章集》，收词二百多首。其中十之七八是慢词，这些慢词很多是应教坊乐工之请而作，也即是为了配乐传唱，所配的是“因旧曲，创新声”（《宋史·乐志》）的“新腔”。

柳永词在当时影响极大，“凡有井水处，即能歌柳词”（《避暑录话》）。这主要是指教坊歌伎到处传唱的情形而言，而学士文人仍对之采取排斥的态度。事实上，由于柳永善于向民间词学习并且获得了很大的成就，因而在文人词的发展道路上，无论是内容、词体扩大和语言运用等方面，柳词都曾对苏轼、秦观、周邦彦直至辛弃疾、吴文英等词人起着很大的影响。

## 雨霖铃

寒蝉凄切，对长亭晚，骤雨初歇。都门帐饮无绪[1]，留恋处，兰舟催发[2]。执手相看泪眼，竟无语凝噎[3]。念去去千里烟波，暮霭沉沉楚天阔[4]。　多情自古伤离别，更那堪冷落清秋节[5]？今宵酒醒何处？杨柳岸晓风残月。此去经年[6]，应是良辰好景虚设。便纵有千种风情，更与何人说？

【注释】

［1］都门帐饮：在京师城门外搭帐幕设宴送行。无绪：即无情无绪，无精打采。

［2］兰舟：泛指质地精良的船只。

［3］凝噎：喉中气塞，说不出话来。

［4］暮霭沉沉：傍晚时候，云气浓厚，天色显得阴沉沉的。楚天：楚地的天空。战国的楚，在今鄂、湘、江、浙一带，这里泛指南方的天空。

［5］清秋节：金风送爽的清秋时节。

［6］经年：一年又一年。

# 谈柳永的《雨霖铃》[①]

詹安泰

## 一

柳永是北宋真宗、仁宗时（十一世纪上半期）一个杰出的词人。他继承并发展了民间和文人词的优良传统，超过了他以前和同时的词人所已经达到的成就，为宋词开辟了一条新道路，并给后代的词以相当大的影响。

柳永在年青的时候就喜欢写词。他精通音律，熟悉旧调，并能创制新调。他长期过着羁旅和冶游的生活，和歌妓、乐工们混在一起，他对有些歌妓还有真挚的感情。他为她们创作新词供她们歌唱，也可能从她们那里学习一些来自民间的曲子，因而他创制的词有许多新调子在别处是不易看到的。这一点在词的发展史上有很大的贡献。

反映都市的繁华面貌，体现市民阶层的思想意识，描写爱情生活的甜蜜，抒发离怀别感的痛苦，表现不幸妇女的遭遇和失意文人的感受，是他的作品的主要内容。其中爱恋歌妓和悲叹羁旅的思想情

① 詹安泰（1902—1967），著名古典文学学者、文学史家和书法家。中山大学教授、中文系主任。著有《詹安泰词学论稿》《离骚笺疏》《屈原》《李璟李煜词校注》《宋词散论》《温词管窥》《花外集笺注》等。有《詹安泰全集》（上海古籍出版社）六卷行世。本文选自詹安泰《宋词散论》，广东人民出版社 1980 年版。

感交织在一起的作品，如《雨霖铃》《八声甘州》《夜半乐》《临江仙引》等，是他作品中最突出的、最具有强烈的感染力的部分。其次写都市生活、锦绣河山的作品，如《望海潮》《抛球乐》《内家娇》《早梅芳》《木兰花慢》等，也给人较深刻的印象。而个别的蔑视统治阶级或触犯统治阶级的忌讳的作品，如《鹤冲天》《醉蓬莱》，则和他的出处进退有关[①]，也可以看出他在一定时期内的人生态度。

他的词的表现艺术主要是即事言情和融情入景。即事言情的较朴素，还渗透着一些口语方言，接近民间曲子词；融情入景的较清丽，还有一些相当高雅的。音律谐协，美妙动听，也是柳永词的特征。他的表现手法是善于铺叙，一气贯注，首尾完整[②]，即使表达曲折复杂的情景，也自然流转，毫不呆滞，而深入细致，清晰明朗，好像说出了人们的眼前景和心里话。这就使得他的作品在当时即“传播四方”[③]，“天下咏之”[④]，“凡有井水饮处即能歌柳词”[⑤]。还有人因为羡慕它而妄图超过它以相标榜，把自己的集子叫做《冠柳集》[⑥]；

---

① 柳永应试，因他曾写过《鹤冲天》词，里面有“忍把浮名，换了浅斟低唱”的句子，宋仁宗很不高兴，不准取录，叫他“且去填词”。由是他不得志，纵游倡馆酒楼间，无复检约，自称“奉圣旨填词柳三变”。见吴曾《能改斋漫录》卷十六和胡仔《苕溪渔隐丛话后集》卷三十九引《艺苑雌黄》。又，柳永曾因写《醉蓬莱》词，里面有“此际宸游凤辇”和“太液波翻”句，触怒仁宗，说他“不可仕宦”，遂不得做“京官”，见杨湜《古今词话》、胡仔《苕溪渔隐丛话》卷五十九引《后山诗话》。

② 王灼《碧鸡漫志》卷二说：“柳耆卿《乐章集》，世多爱赏该洽，序事闲暇，有首有尾，亦间出佳语，又能择声律谐美者用之。”刘熙载《艺概·词曲概》说：“耆卿词细密而妥溜，明白而家常，善于叙事，有过前人。”

③ 吴曾《能改斋漫录》卷十六《柳三变词》。

④ 陈师道《后山诗话》。

⑤ 叶梦得《避暑录话》卷下。

⑥ 王观的词集名《冠柳集》。赵万里《校辑宋金元人词》辑录十五首，又附录二首。

甚至一些平素鄙夷他的统治阶级的词人也不能不受他的词的影响[①]；到后来，除一些词人学习它以外，在讲唱、戏曲方面还起了不小的作用。

柳永是福建崇安人，字耆卿，宋工部侍郎柳宜的幼子。初名三变，字景庄，和哥哥三复、三接都有文名，号“柳氏三绝”。他在宋仁宗景佑元年（1034）中进士，曾做过睦州（今浙江建德）推官，定海（今浙江镇海）晓峰盐场官，最后做屯田员外郎。他的词集名叫《乐章集》，流传下来的有二百多首[②]。

## 二

这里谈谈《雨霖铃》。

> 寒蝉凄切，对长亭晚，骤雨初歇。都门帐饮无绪，留恋处，兰舟催发。执手相看泪眼，竟无语凝噎。念去去千里烟波，暮霭沉沉楚天阔。　　多情自古伤离别，更那堪冷落清秋节？今宵酒醒何处？杨柳岸晓风残月。此去经年，应是良辰好景虚设。便纵有千种风情，更与何人说？

这是描写他要离开汴京（开封）去各地飘泊时和他心爱的人难舍难分的痛苦心情。通过这种描写，十分真实地反映出封建社会中离别给予青年男女的爱情以多么深重的打击。这首词正是爱恋歌妓和悲叹

① 如秦观。见黄升《花庵词选》。

② 《乐章集》比较通行的有毛晋《宋六十家词》本、叶申芗《闽词钞》本、吴重熹《山左人词》本、朱孝臧《彊村丛书》本和唐圭璋《全宋词》本。

羁旅的思想情感交织着的作品，是柳永的代表作品之一。

这首词的上半阕主要是写临别时的情景，下半阕主要是写别后的情景。

开首三句，如果简单看成叙事，好像只从送别的时间、地点说起，而其实，既没像后面的“清秋节”明确指出时间，也没像后面的“都门”明确指出地点。如果简单看成写景，也好像只在对着长亭的当儿，听到寒蝉在叫，看到骤雨刚停，而其实，不仅声音、形象中有异样的情味，即呆对着的长亭也不是单纯的建筑物。可见这里着重的是在酿造一种足以触动离情别绪的气氛，先给人一种无可奈何的感受，打下情感的基础，以增强下面抒写情事的真实性和感染力。应该说，这主要是抒情，是融情入景，是即景抒情，从抒情写景中可以看出时间和地点，不能简单作叙事或写景理解。这是一个很好的“冒头”（开端）。柳永的词中像这类写法的是不少的，如《引驾行》的开头是：

虹收残雨，蝉嘶败柳长堤暮。

接着才是：

背都门，动消黯，西风片帆轻举。

《卜算子》的开头是：

江枫渐老，汀蕙半凋，满目败红衰翠。

接着才是：

楚客登临，正是暮秋天气。

或者写出有人在“对”，或者没写出，都是一样的写法。因为作品中的景物描写都是作者所看到、听到或想到的，总不能离开人。而这里的“长亭”也不是一个专有的地名，在送别的场合都用得着。如王褒《送别裴仪同》的“河桥望行旅，长亭送故人”，王昌龄《少年行》的“西陵侠少年，送客短长亭”，两首诗里的“长亭”和这首词里的“长亭”，当然不能看成是实指一个地名。但作为送别的所在是一样的。从下面的“都门”看，这词里的“长亭”应在汴河岸上。宋代的汴河两岸，多种杨柳，因此宋代词人写到“长亭”，往往和杨柳联系起来说（这词下面的“杨柳岸”和周邦彦的《兰陵王·柳》都可以证明）。柳和蝉是结不解缘的，柳树多的地方蝉总是特别多，因而词人往往把柳和蝉并用，从上引《引驾行》的“蝉嘶败柳”和《少年游》的“长安古道马迟迟，高柳乱蝉嘶”看来，柳永自己就一再这样用过。一阵骤雨过后，景色特别鲜明刺眼，周围都是凄切的蝉声，又正是暮色苍茫时分，对着这送别的长亭，这是多么动人愁思的境界啊！

“都门帐饮无绪”两句是实写不忍别又不能不别的情况。“都门”是指汴京门外。北宋自赵匡胤称帝那年（960）起就建都在汴京，即东京。“帐饮”是沿用向来搭起帐篷请行人吃酒的词语，不要呆看，在小馆子饯行也是同样的意义。“无绪”是当时心绪非常不安，不知所措的表现，这六个字明显地写出地点、动作和情绪，是高度压缩的精炼的写法。“留恋处，兰舟催发”，是说正在留恋不舍的当儿，舟子已经催促他出发了。“留恋处”，《花庵词选》作“方留恋处”，意更明显。“兰舟”是用木兰制成的船。从“催发”中可以看出他们是多么依依不舍。从这种依依不舍的情况中也可以更清楚地看出上句的“无绪”是已经达到了“黯然魂消”的程度。

“执手相看泪眼，竟无语凝噎”，进一步刻画两人难舍难分的形象。在这时候，真是纵有千言万语也给喉咙噎住说不出口了。只有紧握着手，泪眼相对而已。这一形象的刻画，看来似很简单，实则是情感的集中表现，是很真挚动人的。《红楼梦》第三十四回写宝玉受贾政鞭笞之后黛玉去看他时，有这样一段描写：“此时黛玉虽不是嚎啕大哭，然越是这等无声之泣，气噎喉堵，更觉利害。听了宝玉这些话，心中提起万句言词，要说时却不能说得半句，半天方抽抽噎噎的道：‘你可都改了罢！’”虽然后来黛玉终于说出了一句话，但这段描写正可以说明为什么会“无语凝噎”的道理。就这首词的思想情感的活动过程来说，这样集中地刻画这种形象是有必要的，因为作者主要情思的表现是放在后面的层层设想上，不可能在这方面作过多的描述。作者在另一首词《鹊桥仙》里也描写临别时的情况，我们不妨拿来对照说明一下：

届征途，携书剑，迢迢匹马东去。惨离怀[①]，嗟少年，易分难聚。佳人方恁缱绻，便忍分鸳侣。当媚景，算密意幽欢，尽成轻负。　　此际寸肠万绪，惨愁颜，断魂无语。和泪眼，片时几番回顾。伤心脉脉谁诉？但黯然凝伫。暮烟寒雨，望秦楼何处？

① 朱孝臧《彊村丛书》本无“离”字，这里从毛本。

这首词和《雨霖铃》一样是写别情，一样是从临别时的情景出发。然而实际情况不同：这首写的是陆程，《雨霖铃》写的是水程；这里写单身匹马赴征途，没有人“催发”，《雨霖铃》有“兰舟催发”。内容的广狭也不同：这首写的限于临别时的情景，仅下半阕结尾提到别后的去处，《雨霖铃》所写的，上半阕结尾已经提到别后的去处了，下半阕完全是别后情景的设想。可以说，这首词表现范围只抵得《雨霖铃》的上半阕。两首的创作思想已有所不同，表现手法就不能不和它相适应。这首词可以曲折详尽地写临别时的情景，《雨霖铃》就必须用三言两语抓住最能给人强烈印象的表达出来。从这里我们可以体会到对某种情景的或详或略的写法还是由具体内容决定的。

以上都是实写当时的情景。

“念去去千里烟波，暮霭沉沉楚天阔。”“念”字一直贯注到下半阕别后心情的描写。“去去”是越去越远的意思。“烟波”是波面像轻烟笼罩着，和“金波”相反，是愁人的景象。“暮霭”是傍晚的云气。“沉沉”是重重下压，极深邃的样子。从汴河南下是古代楚国的地方，所以说“楚天阔”。这两句是由当前情景过渡到以后情景的写法，也是融情入景、即景抒情的写法。时间接近黄昏，景色模糊了，而别离的情绪也是黯淡的。作者在这种景色中，那黯淡的情绪就变得越发黯淡了，更何况渺茫的前途？于是就把所有的景色都涂上了更加黯淡的色彩，复加以必要的扩张，说“千里”，说“沉沉楚天阔”。这么一来，给予读者的感受就不光是自然的景色，更深刻的是这种景色中充塞着的茫无边际的离愁别恨。

下半阕的“多情自古伤离别，更那堪冷落清秋节”两句是特提，是说道理，是把一时的、特殊的情况说成永恒的、普遍的情况。词学批评家刘体仁曾说过："中调、长调转换处，不欲全脱，不欲明粘[1]。"我们从这两句词中可以体会出这种道理。说全脱吗？不是。分明是说"伤离别"，又是"清秋节"，和这词的表现是一致的。说全粘吗？也不是。分明是说"自古"怎样怎样，不限于这个场合。这样的写法，用文艺理论上惯用的话来说，那就是作者有意识地把自己的私情作为具有典型意义的问题提出来了，说明在冷落的清秋的时候这种难堪的离情，凡是多情的人都会具有的。这种把个别的特殊的现象提高到一般的合情合理的现象，也就扩大了这首词的意义。

"今宵酒醒何处？杨柳岸晓风残月。"这是历来为人所传诵的句子。就词义看，是顶接上面"念去去千里烟波"两句而来，是深一层的想念，想到今夜酒醒的时候，不见心爱的人，只对着岸上的杨柳，晓风轻拂，残月微明，这情景是多么难受。这也是情景交融的写法。为什么特别为人们所爱赏，甚至有人拿这两句词来代表柳词呢[2]？这两句的好处怕还是在于集中了许多触动离愁的东西来表现他这次的愁怀。怎么说呢？离人饮酒，是作为麻醉剂来消减愁怀的，酒醒就无异愁醒。经过麻醉后再醒过来的愁，就越发使人感到无法排遣了。李璟《应天长》的"昨夜更阑酒醒，春愁过却病"，周邦彦《关河令》的"酒已都醒，如何消夜永？"都明显地说明这种情况。这是一。"晓风残月"是天还未亮时的景象，这时一切景象都特别凄清，难以感

---

① 《七颂堂词绎》。

② 宋泽元忏花庵丛书本《类编草堂诗余》卷五这首词的眉批，杨升庵批云："此词只是'酒醒何处'二句千古脍炙人口，柳词遂成第一，与少游'酒醒处，残阳乱鸦'同一景事，而柳犹胜。"贺裳《皱水轩词筌》说："柳屯田'今宵酒醒何处？杨柳岸晓风残月'自是古今俊句。"王士禛《真州绝句》："残月晓风仙掌路，何人为吊柳屯田？"运用"残月、晓风"，似乎也把这句代表柳词。

受。古代要赶远程的行人也往往在这个时候动身，因而也经常在这个时候送别。如温庭筠《菩萨蛮》的“江上柳如烟，雁飞残月天”，韦庄《荷叶杯》的“惆怅晓莺残月，相别”，都是把别情和这时候的景象联系起来说的（温词还提到“柳”）。这是二。至于杨柳和别情有关，自灞桥折柳的故事产生以后，历来都是这样看法，“年年柳色，霸陵伤别”[①]，杨柳和离别似乎已成为具有必然性的联系了。这是三。两句词里集中写了那么多最能触动离愁的东西，又写得异常鲜明生动。应该说，这是它感动了许多人的主要原因。（柳永这次离别虽是傍晚，但他这两句接触到一般的情况了，是可以这样理解的，不能认为他自相矛盾。）

“此去经年，应是良辰好景虚设。便纵有千种风情，更与何人说？”这四句是更深一层推想到离别以后惨不成欢的情况。只从“良辰好景”和“千种风情”这种特别美好的场合中来说明光景等于虚设，风情与谁共语，那平常日子的难捱就更不消说了。这是一种简炼的写法，在意（内容）不在笔（字句）。“良辰好景”是值得欣赏流连的，离开了相爱的人，也就没有心情去欣赏流连，这“良辰好景”不是等于虚设吗？作者在《慢卷䌷》里说：

对好景良辰，皱着眉儿，成甚滋味？

说明没和欢爱的人在一起，对着“好景良辰”的苦处。又在《应天长》里说：

---

① 见相传为李白写的《忆秦娥》。

**把酒与君说：恁好景佳辰，怎忍虚设？**

说明和欢爱的人在一起时，须及时行乐。这两种说法正可和《雨霖铃》的说法互相印证。“风情”是指男女风流一类的情事，和一般的情事不同。这样的情事就只有和欢爱的人可以尽情地说。现在已经离开欢爱的人了，即使有许多许多的风情，又能跟什么人仔细倾谈呢？这样地结束就包蕴了无限的意义。我们从这里联想得到，作者和他欢爱的人平日里是有说不完的欢乐情事的，因而这次的离别才会感到这么痛苦。

## 三

柳永这首词是宋元时期流行的“宋金十大曲”[①]之一，历来人们都爱赏它，认为是写别情的典范之作。就具体内容说，作者真实而深刻地反映了自己重复过若干次的实际生活（这从他集子里许多这类的词可以明显地看出来），而这种生活是各个历史时期的青年男女经常体验过的。这种揭开人们的心幕，大胆真率地说出人们心里话的作品，又怎能不为人们爱赏？就艺术技巧说，作者无论写当前的或者别后的内心活动，都通过具体鲜明的形象展示在人们的面前，运用语言精炼准确，描写手法又很生动自然，通篇血脉流贯，读起来十分顺畅，绝无饤饾呆滞的感觉。至于声调音节的美妙，使读者易于受它的

① 宋金十大曲：苏轼《念奴娇》“大江东去”，苏小小《蝶恋花》，晏几道《鹧鸪天》“彩袖殷勤捧玉钟”，邓千江《望海潮》，吴激《春草碧》，辛弃疾《摸鱼儿》“更能消几番风雨”，柳永《雨霖铃》，朱淑真《生查子》，蔡松年《石州慢》，张先《天仙子》。

感染，这是柳词所具有的特征，更不消说了。

作者抒写爱情的作品有许多是倾向于色情方面的，消极的、颓废的色彩较浓厚，这是应该批判的。但就这首词来说，思想情感还是相当健康的，艺术技巧更达到高度的成就。

## 蝶恋花

伫倚危楼风细细[1]。望极春愁，黯黯生天际[2]。草色烟光残照里。无言谁会凭栏意。　　拟把疏狂图一醉[3]。对酒当歌[4]，强乐还无味[5]。衣带渐宽终不悔[6]。为伊消得人憔悴[7]。

【注释】

[1]危楼：高楼。

[2]黯黯：迷蒙不明。

[3]拟把：打算。疏狂：粗疏狂放，不合时宜。

[4]对酒当歌：曹操《短歌行》：“对酒当歌，人生几何？”

[5]强（qiǎng）：勉强。强乐：强颜欢笑。

[6]衣带渐宽：指人逐渐消瘦。《古诗》：“相去日已远，衣带日已缓。”

[7]消得：消损。

# 柳永《蝶恋花》赏析[1]

叶嘉莹

“伫倚危楼风细细”，从眼前幽微的细小的风景写起。“风细细”，写得十分幽微清淡纤细。表面看来不沉重，但幽微平淡之中，有一种带有凄凉意味的感发的美。只有曾经对这种感受有深刻体会的诗人才能写出，也只是具有深刻体会之感性的读者才能理解。“伫”，久立的样子。“倚”，靠在楼栏干上。“危”，极言楼之高。明知面对凄凉，仍站在这里面对这一切，这是悲剧精神。李义山诗曾说：“此楼堪北望，拼命倚危栏。”当时义山在南方的幕府中，既怀念朝廷家乡，又满怀失意之悲，拼命也要上楼北望。柳永词中也是既有怀思又有悲慨，而伫倚危楼就更引发了此种情意。下面两句“望极春愁，黯黯生天际”，我们记得冯正中词曾说：“每到春来，惆怅还依旧。”也是春愁，但只写了一种惆怅的情绪，没写为什么惆怅。总之是春天的到来，唤起了诗人内心一种惆怅之情。李义山诗的“飒飒东风细雨来，芙蓉塘外有轻雷”，也是写春天生命的复活和感情的引发。北风变成了东风，冰雪变成了春花，是生命的觉醒。起蛰的惊雷，惊醒了冬眠的昆虫，美丽的芙蓉塘中，被轻雷唤醒的是荷花的美丽生命。“春愁”，可以说是与春天之生命一同苏醒的感情。正中

---

① 节选自叶嘉莹《柳永及其词》，见《古典诗词讲演集》，河北教育出版社 2000 年版。标题为编者所加。

词“河畔青芜堤上柳，为问新愁，何事年年有？”也是说随着河畔草青柳绿，人的感情生命也复活了。王昌龄诗：“闺中少妇不知愁，春日凝妆上翠楼。忽见陌头杨柳色，悔教夫婿觅封侯。”是写春日惊醒了春愁。当大自然的春日生机萌发之时，也往往会引起人类生命中的某种感情的苏醒。柳永倚在危楼之上，细细的一丝一丝的春风，把已经衰老的生命中某一种过去的感情唤起来。黯黯，迷茫沉重的样子。“生”字用得好，李白诗：“玉阶生白露，夜久侵罗袜。”“生”，是在慢慢增加的。作者的迷茫的沉重的感情随春风一点一点地生起来了。“天际”与“危楼”相呼应，看到天边，春愁渐起。“草色烟光残照里”，是写亲眼看到天色慢慢地黑下来，暗暗茫茫地昏暗下来。柳宗元《始得西山宴游记》说：“苍然暮色，自远而至。”写沉重迷茫的暮色好像是从远处压过来的。“草色”，是春天了，是生命生长的季节，草呈现出一片碧绿的颜色。“烟光”，草上的烟雾。青青的鲜明的草色和微暗的烟光的结合，是微妙的结合。杜甫诗“老去才难尽，秋来兴甚长”，是生命的衰老和内心的才能志意不甘死亡的结合，老了的身体和难尽的才情的矛盾，被秋天草木摇落的景象引发，产生了那么多感受。杜甫晚年又写过《江畔独步寻花》七首绝句，是写对于春天的无可奈何，衰老的生命怎能面对如此蓬勃的生机呢？所以他说：“引步欹危实怕春。”是写自己的衰老生命怕见春天，怕面对美好的时光那种强烈的矛盾的感情。柳永此处写大自然中草色和暮色的结合，正是深含着他自己老去的生命和春日生发的生命的一种难以述说的无可奈何的悲慨。面对苍茫暮色烟光残照中青青草色的景象，他“无言谁会凭栏意”，谁能体会我这种感情呢？我用什么话来述说这种感情呢？陶渊明说：“此中有真意，欲辨已忘言。”

是说自己的情意不能传达，也没有人可以对他传达。柳永这里说“谁会”，“会”，是理解，深刻的理解。“会”与“知”不同，“知”是理性的知道，“会”是心中的真正同感和共鸣，是从内心深处得到理解和体会。柳永说“无言谁会凭栏意”，这是一种无人相知的寂寞的悲哀。柳永平生蹉跎不得志，晚年无法排解，所以他说“拟把疏狂图一醉”，说我还想像少年时一样用浪漫的生活来解闷。“疏”，就是不细，就是放浪，不拘小节。“狂”，是狂放，不受拘束。柳永少年时疏狂放浪，不在乎。考试不中，他就说“忍把浮名，换了浅斟低唱”。别人看不起给乐工歌妓填词，他偏给他们填。他喜欢音乐，有填词的才能，他就投注到填词上。柳永在外表看来是被人认为有污秽的地方，有许多不符合士大夫道德的地方，可是他事实上不失为一个有真性情的人，是敢于表现他自己的这样一个人。因此他说，我过去用疏狂来淡忘了我失意的悲哀，现在我仍想再用饮酒听歌来排遣我的悲哀，可是“对酒当歌，强乐还无味”，虽然眼前还有酒，耳边还有歌。“当”，面对，面对着酒和歌，兴致却与当年不同了。以前真能沉醉到歌酒当中，饮酒听歌时真的有快乐。而在今天，我的兴致都消减了，生命衰老了，我想勉强作乐，却没有任何兴味了。最后两句，是脍炙人口的名句，“衣带渐宽终不悔，为伊消得人憔悴”。王国维在《人间词话》中说，古今成大事业大学问者，必经过三种之境界。这三种境界他都用词来象征。其中的第二种境界，就是“衣带渐宽终不悔，为伊消得人憔悴”，是说既然选择了理想和目的，就要为它付上代价。“衣带渐宽”，人的衣带宽松了，就是身体消瘦了。“伊”，就是她，指我所爱的人。王国维引用时，“伊”当然是指大学问大事业。柳永是说，为了她，我宁愿付出我的代价，憔悴消瘦也值得。“消得”，值得。前面柳永说面对歌妓酒女，但都不能安慰我，所以“强乐还无味”，那么这个“伊”从肤浅的表面上来理解，就是一个独一无二的人，是眼前的歌妓酒女所不能代替的一个人。这只是表面的解释，我看柳永未尝没有一种回首当年之意了。这个“伊”，未始不暗指他过去的生活，过去用他的劳力精神付上去追求的那些东西，他填写的那些词。柳永是敢于表现自己真感情的人，他这两句话无异于矢誓明志：你们举世的人都批评我鄙视我，使我在仕宦上受了多少挫折，但我现在回首当年，为了我所爱的（不管是女子也罢，音乐也罢，理想志意也罢），我付上这样的代价是值得的，是永远不会后悔的。

景色苍茫辽阔，境界高远雄浑。苏轼一向看不起柳永，然而对这三句，却大加赞赏，认为“此语于诗句不减唐人高处”。（见赵令《侯鲭录》）正因这几句词不但形象鲜明，使人读之如亲历其境，而且所展示的境界，在词中是稀有的。

六、七两句接写楼头所见。看到的装饰着大自然的花木，都凋零了，与《卜算子慢》“江枫渐老”三句同意。不过那首词先写“败红衰翠”，后写“楚客登临”，而这首词则反过来，先写了人已登楼，再写“红衰翠减”，结构按照全词的安排，所以各有不同。歇拍两句，写在这种自然界的变化之下，人是不能不引起许多感触的，但是，却并没有明说，只以“长江水无语东流”暗示出来。“惟有”两字，包含有不但“红衰翠减”的花木在外，也包含有“登高临远”的旅人更不在内的意思。古人每用流水来比喻美好事物的消逝。高蟾《秋日北固晚望》“何事满江惆怅水，年年无语向东流”，乃是柳词所本。（他如韩琮《暮春浐水送别》：“绿暗红稀出凤城，暮云宫阙古今情。行人莫听宫前水，流尽年光是此声。”黄季刚师又反韩意作词云：“流尽年光，流水何曾住？”都是此意。）江水本不能语，而词人却认为它无语即是无情，这也是无理而有情之一例。上片以这样一个暗喻作结，而不明写人的思想感情，是为下片完全写情蓄势。

下片由景入情。上片写到面对江天暮雨、残照关河，可见词人本是在“登高临远”，而换头却以“不忍”二字领起，在文章方面，是转折翻腾；在感情方面，是委婉深曲。“登高临远”，为的是想望故乡，但故乡太远，“爱而不见”，所闯入眼帘的，只不过是更加引起乡思的凄凉景物，如上片所描写的，这就自然使人产生了“不忍”的感情，而乡思一发，更加难于收拾了。

四、五两句，由想象而转到自念。怀乡之情虽然是如此的强烈和迫切，但是检点自己近年来还是落拓江湖，东漂西荡，究竟又是为了什么呢？这里用问句一提，就加重了语气，写出了千回百转的心思和四顾茫然的神态，表达出“归也未能归，住也如何住”，即“归思”和“淹留”之间的矛盾，含有多少难言之隐在内。究竟为什么“淹留”，词人自己当然明白，他在另外一首词《戚氏》中就说出了：“未名未禄，绮陌红楼，往往经岁迁延。……念利名、憔悴长萦绊。”从前的读书人，在没有取得功名之前，要上京应考；在已经取得功名之后，当上了官，也要在他乡任职。长期考不取，就或者是在京城住下来，准备下届再考，或者四处游谒地方长官，以谋衣食。这当中，是包含了许多生活经历中的酸甜苦辣在内的。问“何事苦淹留”，而不作回答，不过是因为他不愿说出来罢了。这样，就显得含蓄，比《戚氏》所直接抒写的同一心情，更其动人。

由于自己的思归心切，因而联想到故乡的妻子也一定是同样地盼望自己回家。自己在外边漂泊了这样久，她必然也想望得很久了。谢朓《之宣城郡出新林浦向板桥》云：“天际识归舟，云中辨江树。”谢诗是实写江景，柳词则借用其语，为怀念自己的妻子创造了一个生动的形象。他想象她会经常地在妆楼上痴痴地望着远处的归帆，而几次三番地误认为这些船上就载着她的从远方回来的丈夫。温庭筠《梦江南》：“梳洗罢，独倚望江楼。过尽千帆皆不是，斜晖脉脉水悠悠，肠断白蘋洲。”这是“想佳人”两句很具体的解释。

最后两句，再由对方回到自己。在“佳人”多少次的希望和失望中，肯定要埋怨在外边长期不回来的人不想家。因为“何事苦淹留”，有时连自己都感到有些茫然，则整天在“妆楼凝望”的人，自然更难于理解了。她也许还认为自己在外边乐而忘返，又怎么会知道我现在倚阑远望的时候，是如此愁苦呢?

本是自己望乡，怀人，思归，却从对面写“佳人”切盼自己回去。本是自己倚阑凝愁，却说“佳人”不知自己的愁苦。“佳人”怀念自己，出于想象，本是虚写，却用“妆楼凝望，误几回、天际识归舟”这样具体的细节来表达其怀念之情，仿佛实有其事。倚阑凝愁，本是实情，却从对方设想，用“争知我”领起，则又化实为虚，显得十分空灵。感情如此曲折，文笔如此变化，真可谓达难达之情了。这种为对方设想的写法，并非始自柳永，在他以前，如韦庄的《浣溪沙》“夜夜相思更漏残，伤心明月凭阑干，想君思我锦衾寒”，即是一例。但更著名的则是杜甫的《月夜》：“今夜鄜州月，闺中只独看。遥怜小儿女，未解忆长安。香雾云鬟湿，清辉玉臂寒。何时倚虚幌，双照泪痕干。”但柳词层次更多，更曲折变化（单就这一点说，不是比较这些作品整个的高下）。梁令娴《艺蘅馆词选》载梁启超评此词，认为它的境界很像温庭筠《菩萨蛮》中“照花前后镜，花面交相映”两句，就是指词中所写自己与对方的情景，有如美女簪花以后，前后照镜，镜中形象重叠辉映。

我们还应注意一下此词下片用的重字。说自己，是有难收的“归思”，说“佳人”，是盼天边的“归舟”。说“佳人”，是在妆楼“凝望”，说自己，是倚阑干“凝愁”。这里的“归”与“凝”，是故意重复，作强烈对照的，与一般因取其流畅自然而不避重字的不同。

结句倚阑凝愁，远应上片起句，知“对潇潇暮雨”以下，一切景物，都是倚阑时所见；近应下片起句，知“不忍登高临远”以下，一切归思，都是凝愁中所想。通篇结构严密，而又动荡开合，呼应灵活，首尾照应，如前人谈兵所云常山之蛇。

## 望海潮

东南形胜[1]，三吴都会[2]，钱塘自古繁华。烟柳画桥，风帘翠幕[3]，参差十万人家[4]。云树绕堤沙[5]。怒涛卷霜雪[6]，天堑无涯[7]。市列珠玑[8]，户盈罗绮，竞豪奢。

重湖叠巘清嘉[9]。有三秋桂子，十里荷花。羌管弄晴[10]，菱歌泛夜[11]，嬉嬉钓叟莲娃[12]。千骑拥高牙[13]。乘醉听箫鼓，吟赏烟霞[14]。异日图将好景[15]，归去凤池夸[16]。

【注释】

[1] 形胜：形势冲要的地点。

[2] 三吴：指吴兴郡、吴郡、会稽郡。见《水经注·浙水》。钱塘旧属吴郡。关于三吴，历来说法不一，大约不出江苏南部、浙江北部一带地区。

[3] 风帘翠幕：阻风的竹帘和绿色的帷幕。

[4] 参差（cēncī）：这里形容依山建造的房屋，高低不齐。《西湖老人繁胜录》：“回头看城内山上，人家层层迭迭，观宇楼台参差如花落仙宫。”

[5] 这句说绕着沙石江堤耸立着行行高树。

[6] 霜雪：形容雪白的浪花。

[7] 堑（qiàn）：壕沟。天堑：天然的沟，这里形容地势的险要。《南史·孔范传》：“隋师将济江，群官请为备防。……范

奏曰：‘长江天堑，古来限隔，虏军岂能飞渡？’”这句是说钱塘江江面宽阔、形势雄伟。

[8] 珠玑：泛指珍贵的珠宝饰物。玑，不圆的珠。

[9] 重湖：西湖中有白堤、苏堤，把湖面分成外湖、里湖。所以称为重湖。叠巘：重叠的山峰。清嘉：形容湖山的秀美。

[10] 羌管：羌笛。

[11] 菱歌：采菱曲。

[12] 钓叟：渔翁。莲娃：采莲女。

[13] 骑（jì）：骑马的卫士。千骑：泛指随从之多。高牙：以象牙做旗杆装饰的高大军旗。

[14] 烟霞：指山水风景。

[15] 异日：他日。图将：描画出来。

[16] 凤池：即凤凰池。本是皇帝禁苑中的池沼名。魏晋时中书省地近宫禁，掌管政治机要，故称“凤凰池”。后来凡是中书省机要位置也称“凤凰池”。这里凤池泛指朝廷。

# 柳永《望海潮》赏析[①]

沈祖棻

经过八十多年的休养生息，北宋王朝到了仁宗在位的时代（十一世纪二十至六十年代），人民生活已较安定，生产力有较大的发展，出现了国家富庶、经济繁荣的局面。在一些大城市，尤其显得突出。柳永，由于他在这个特定的时代中长期地过着都市生活，便很自然地在他的一些词中反映了这种景象。同时，由于他本来最善于用慢词（长调）的形式和铺叙的手法，写这类的题材，也就显得非常合适。这首词正可以代表他在这方面的成就。

据罗大经《鹤林玉露》的记载，这首词是词人写来献给当时驻节杭州的两浙转运使孙何的。但主要的内容仍然是咏叹杭州湖山的美丽、城市的繁华。上片一上来两个四字对句便点明了这两方面，指出杭州地理位置的优越，它既是祖国东南一带形势重要的地区，又是三吴（吴兴郡、吴郡和会稽郡的合称）最巨大殷实的名城。紧接着，第三句又交代了这个位置在钱塘江畔的名城，历史悠久，但一直保持着繁华，不曾衰落。这一起三句，入手擒题，以阔大的气势笼罩着全篇，就为以下就这两方面进一步交错地加以铺叙铺平了道路。

“烟柳”两句，又是一对。湖上架着彩色画饰的桥梁，桥边栽着含烟惹雾的杨柳，这是城外的观赏之地；窗上悬有挡风的帘，室前挂

① 选自沈祖棻《宋词赏析》，北京出版社 2003 年版。标题为编者所加。

着翠色的幕，这是城中的居住之区；而总以“参差”一句，就使人进一步体认到这个大都市物阜民康的面貌。

接着，词人要我们将注意力转向从城市东南流过的钱塘江。“云树”句，写入云的高树环绕着江堤的沙路，是江边。“怒涛”句，写奔腾的江涛翻卷着雪白的浪花，是水上。再接上“天堑”句，补足钱塘江的雄伟、广阔和险要。这就把这条大江的面貌完全刻画出来了。这三句是关于自然形胜的进一步描写。“市列”二句，则是关于社会繁华的进一步描写，它只拈出珠宝众多和服装精美两点，来形容这个消费城市的特色，其余自可想见。

下片分两层。“重湖”三句，就西湖本身写。“重湖”，指西湖兼有里湖、外湖之胜，就湖说；“叠巘”，指绕湖重重叠叠的峰峦，就山说；而总以“清嘉”二字赞之。“三秋桂子”，写桂子飘香之久，又和“叠巘”相应；“十里荷花”，写荷花种植之广，又和“重湖”相应。湖和山、荷花和桂子、夏季和秋季，参错交织，极见匠心。“羌管”三句，就湖上居民写。笛声在晴天荡漾，菱歌在夜空飘浮。钓鱼的老汉、采莲的姑娘都面带笑容，生活得很愉快。这里写的只是城市普通人民的生活，而且多少带有粉饰的成分，却也暗示了那些达官、贵人、地主、豪商的逸乐。这六句是一层，重点地描写了西湖。

“千骑”三句，是对孙何的称颂。成千的马队拥簇着高大的牙旗，只这一句，就形容出了他煊赫的声势；而这位高官在公退之余、醉酒之后，就听听音乐，欣赏和吟咏风景，则是写他日常行乐，从而烘托出当时太平无事的情况。最后的“异日”两句，是对孙何的良好祝愿。“凤池”即凤凰池，是唐、宋时代中央政府最高行政机关——中书省的美称。宋代实行中央集权政策，政治局势是内重外轻，所以祝愿他内调中央。但是，曾经住过杭州的人，即使高升了，又如何舍得这个美丽的城市呢？只好将它画了下来，带进京去，夸示于同僚了。这五句又是一层，虽是题中应有的应酬话，但仍归结到对于杭州的赞美，也就达到了《文心雕龙·熔裁篇》所谓“首尾圆合”的要求。

陈振孙《直斋书录解题》赞美柳词，说它“音律谐婉，语意妥帖，承平气象，形容曲尽”。这一论点有助于对此词的理解。有人认为，这类描绘太平景象的词“没有什么意义可言”。但封建社会历朝出现的短期太平景象，也是有其物质基础的，其物质基础就是由于广大人民的斗争，生产力获得某种程度的解放，又由于人民的勤劳和智慧，才创造了丰盈的物质财富，太平景象的出现才有可能。我们从对这些描写太平景象的作品中，正可以看出广大人民伟大的创造力和他们为祖国的物质文明和精神文明所作出的直接或间接的贡献。就这一方面来说，它是仍然有其认识作用的。

在这里，想说几句题外的话。

我们读了上面这几首柳词，很容易得出如下两点意见：第一，柳永是一位词人。第二，柳永爱写而且长于写羁旅行役、男欢女爱、别恨离愁。这是对的，但又不完全对。

今天我们说某一位古代作家是词人，究竟是什么意思呢？大概也不外乎两点：一是他只写词，不写其他样式的作品，或者虽然写过，但没有流传，我们所能看到的，只有他的词；二是他也写过其他样式的作品，我们也能看到，但认为只有词写得好，对于他来说，最有代表性。根据这两点，主要的是根据第二点，就称他为词人。

但是，这只是我们今天的看法，并不完全符合历史的真实。因为词在其还与音乐结合在一起，没有分离的时候，它既是一种抒情诗，又是一种流行歌曲的唱词，而后者，在当时是更其主要的、被重视的。在我国封建社会里，并没有现代这种专业作家。作家们绝大多数都是大大小小的官吏。他们的文学活动，必须从属于政治活动，首先要适应统治阶级的政治需要。任何被我们今天称之为作家的古人，都得把他的主要精力放在统治阶级所首先需要的正统文学样式上面。在宋代，被统治阶级重视的，仍然是骈散文、五七言诗。所以宋代作家们也得首先重视诗、文的写作，然后才以余力来作词。这就决定了，绝大多数人决不是只会作词，他们必然会作诗、文，而且把诗、文看得比词更重要。王灼《碧鸡漫志》赞美苏词“高处出神入天，平处尚临镜笑春，不顾侪辈”，但首先却要说：“东坡先生以文章余事作诗，溢而作词曲。”刘辰翁明明知道辛弃疾也会作诗，还知道他的诗远不及他的词，而在《〈辛稼轩集〉序》中，他却说：“稼轩胸中今古，止用资为词，非不能诗，不事此耳。”一个说，苏词乃其诗的余事，而诗又为其文章的余事。一个说，辛弃疾是不高兴作诗，否则，他的诗也会和他的词一样好。这不都正好说明词在宋人眼中的地位吗？因此，今天被称为词人的某些古代作家，除了少数一部分是只有词传世的之外，其余大多数的就完全依据我们的判断，我们断定他的词在其作品中最有代表性，就称之为词人，而不称他为诗人或散文家、骈文家。而据以判断的标准，又主要是艺术的，而非政治的。但是，目前我们的研究工作还停滞在搜集材料的阶段，而且也还做得很不够，至于整理材料，系统地研究文学现象的变化过程及其相互关系，就更需要不断地努力。已经出版的一些文学史，论述宋代文学，除了对像欧阳修、苏轼这类大家曾比较全面论及其文、诗、词之外，像陆游，就只论其诗、词而不谈他的散文了。对秦观、李清照，则只论其词，不仅是散文，就连其写得很好的诗都不提了。这就使青年人产生一种错觉，好像他们只会作词。这显然没有如实地反映文学历史的真实。

从上述这种错觉又导致了另外一种错觉，即认为某些作家的词既可以代表其全部创作，则其词的题材、主题，也就反映这些作家全部的或至少是重要的思想感情，从而据以对之进行全面评价。这可以说，是一个更严重的误会。这一误会的产生，一方面，是如上所述，由于没有将这些作家的现有全部作品加以考察，联系起来，全面研究；另一方面则是忽略了古代作家对于样式和题材、主题的关系，有他们传统的观点、处理的习惯。

词从中、晚唐以来，逐渐上升到文人手中以后，主要是当作流行的歌曲在酒筵中供妓女歌唱的。它与酒筵中行令有关。小词称为小令、令词，即表明其出于酒令。在那样一种场合里，安排了那样一种用途，就使它不适宜容纳本来也未尝不可以容纳的更为广阔和较为严肃的题材，而常常局限于男女相悦之情、相逢之乐、相别之恨。宋人在苏、辛以前，尤其是在辛以前，词人大体沿袭了这种传统，因而在词里所表现的，就往往只是这一些。如范仲淹是一位有抱负、有功业的政治家，在著名的《岳阳楼记》里，他曾宣布过“先天下之忧而忧，后天下之乐而乐”这种崇高的思想，而在其词里，却出现了什么“残灯明灭枕头欹，谙尽孤眠滋味”（《御街行》）和“酒入愁肠，化作相思泪”（《苏幕遮》）这一类的腔调。秦观的诗，早年就被王安石和苏轼赞赏（见《苕溪渔隐丛话》），晚年更是“严重高古，自成一家”（见《吕氏童蒙训》）；李清照的诗，具有极其强烈的反对民族压迫的感情和激烈喷薄的风格，更是有目共睹：都与其词完全不类。再就柳永而论，长久以来，由于流传的佚事和其词中所表现的内容，人们都把他看成了一个典型的风流浪子。然而他仅存的一首诗——《煮海歌》，却对苦难的盐业工人发抒了深刻的同情。这使我们知道，柳永也不完全是个对人民痛苦漠不关心，只知道谈情说爱的人；又使我们知道，在他的笔下，也出现过他在词中大加歌颂的仁宗时代太平盛世的阴暗面。叶梦得《避暑录话》说：“永亦善为他文辞，而偶先以是得名，始悔为己累。”可见这位词人不但不止工于词，甚至还认为工于词对他并不是一件好事。这些事实告诉我们，作家们将某些思想感情，例如男女悲欢离合之感，写入词中，只是因为词更适合于表现这一类的生活，并不是除了这一类的思想感情之外，就再也没有被他们关心和注意的、更广泛的、更有社会意义的、愿意反映的生活了。所以，仅仅根据作家们的词来对他们进行全面评价，往往是不全面的，因而也是有欠公正的。

总之，理解多数词人并非只是作词，而其词中所反映的又往往并非其全部的或最有社会意义的因而应当被认为是最重要的思想感情，对于全面地评价这些作家，决非是无关紧要的。鲁迅先生告诉我们，论人要顾及全面。他曾举陶渊明为例，这位作家除了《归去来辞》《桃花源记》以及“采菊东篱下，悠然见南山”的诗句之外，也还有《闲情赋》“愿在丝而为履，附素足以周旋，悲行止之有节，空委弃于床前”那种“大胆的”“胡思乱想的自白”，“也还有‘精卫衔微木，将以填沧海，刑天舞干戚，猛志固常在’之类的‘金刚怒目’式，在证明着他并非整天整夜的飘飘然”。他说：“这‘猛志固常在’和‘悠然见南山’的是一个人，倘有取舍，即非全人，再加抑扬，更离真实。”（《“题未定”草（六）》）在另外一篇文章里，他又说：“倘要论文，最好是顾及全篇，并且顾及作者的全人，以及他所处的社会状态，这才较为确凿。”（《“题未定”草（七）》）这些教导，是应当经常记住的。

# 张　先

张先（990—1078），字子野，湖州（今浙江湖州市）人。他登进士第较柳永早四年，二人创作活动的时间大致相同。稍后的晁无咎说："子野与耆卿齐名，而时以子野不及耆卿。然子野韵高，是耆卿所乏处。"（《能改斋漫录》卷十六）。晚年往来于杭州、吴兴一带，与苏轼等人有交往。

张先年龄虽长于晏殊、欧阳修，但仍然接受他们的影响，尤以晏欧一派的小令擅长。他善于锻炼字句，如《一丛花令》有"不如桃杏，犹解嫁东风"之句，被欧阳修称之为"桃杏嫁东风郎中。"（《过庭录》）宋祁又称他为"'云破月来花弄影'郎中。"（《渔隐丛话》引《遁斋闲览》）

张先本来以诗为专长，苏轼指出："子野诗笔老，歌词妙乃其余事。"（《子野词跋》）这与柳永专攻慢词又有不同。有《安陆集》一卷。

## 天仙子　时为嘉禾小倅[1]，以病眠，不赴府会

水调数声持酒听[2]。午醉醒来愁未醒。送春春去几时回？临晚镜，伤流景[3]。往事后期空记省[4]。　　沙上并

禽池上暝[5]，云破月来花弄影[6]。重重帘幕密遮灯，风不定，人初静，明日落红应满径[7]。

【注释】

[1] 嘉禾小倅（cuì）：嘉禾，宋代郡名，即秀州。宋仁宗庆历元年（1041）张先年五十二岁，任嘉禾（今浙江嘉兴市）判官。倅，副职。这里指判官，是知州掌管文书的佐吏。

[2] 水调：本是隋代民间曲子，到唐代极为流行。盛唐王昌龄有《听流人水调子》诗。晚唐罗隐有《席上歌水调》诗。

[3] 流景：似水流年。

[4] 省（xǐng）：悟，明白。后期，一作“悠悠”。

[5] 并禽：成双做对的鸟。暝：这里与眠同义。

[6] 陆游《入蜀记》说：“赴郡集于倅廨中，坐花月亭，有小碑，乃张先子野‘云破月来花弄影’乐章，云得句于此亭也。”廨（xiè）：官署。

[7] 落红：落花。

# 说张先《天仙子》[①]

吴小如

这是北宋词中名篇之一，也是张先享誉之作。而其所以得名，则由于词中有“云破月来花弄影”之句。据陈师道《后山诗话》及胡仔《苕溪渔隐丛话》所引各家评论，都说到张先所创作的诗词中以三句带有“影”字的佳句为世所称，人们誉之为“张三影”。今考作者的诗词，带“影”字的好句并不止三句，因而各家的说法也就不能一致。但值得注意者乃在于无论哪一种说法，这“三影”中的其它两句虽每有出入，而“云破月来花弄影”这一句却是一直被包括在内的。而且据宋人传说，宋祁、欧阳修都对这一句十分赞赏。可见此句之精彩，在当时已成定论。至于它究竟好在何处，下文自会谈到。

这首词是有标题的。《草堂诗余》题作“送春”，下面又注云：“一作‘春恨’。”这样的题目不过就词的内容撮要拟成，未必为原作所有。而《彊村丛书》本《张子野词》则另有一题云：“时为嘉禾小倅，以病眠，不赴府会。”这个标题在张词更早的版本或较早的选本中也出现过，显然是有所依据的。但近人沈祖棻先生在其遗著《宋词赏析》[②]中却说：“……词中所写情事，与题很不相干。此题

---

① 选自吴小如《古典诗词札丛》，天津古籍出版社 2002 年版。

② 上海古籍出版社 1980 年 3 月第 1 版。本文写成，受这本书的启发很多。特此声明，以示不敢掠美。只是沈先生已作古人，无由致谢了。

可能是时人偶记词乃何时何地所作，被误认为词题，传了下来。”（13页）实则原词第二句说“午醉醒来愁未醒”，正与“以病眠，不赴府会”的意思密切相关，足证“词中所写之事”并非“与题很不相干”。相反，我认为，这个短序似的标题倒更有助于对此词做较深入的理解。因此，有必要先把这个标题解释一下。

据唐圭璋先生《宋词三百首笺注》于“嘉禾小倅”下笺云：“张先为嘉禾（今嘉兴）判官时，在仁宗庆历元年（小如按：即公元1041年），年五十二岁。”至于“府会”，照我的理解应该是张设宴席，并以歌舞飨客娱宾的盛大宴会。这样的宴会往往从一天的下午开始，直至夜半始散，有时甚至通宵达旦地狂欢痛饮。而作者当时官位虽卑，却既是名士，又是诗人，这样的宴会是照例少不了他的。而他这一次却没有去。为什么没有去？因为他觉得寂寞空虚，有孤独之感。所谓“病”，不是指生病，而是由于一种淡淡的哀愁导致他感到倦怠疲沓，百无聊赖，对那种酣歌妙舞、坐起喧哗的热闹场合打不起精神，提不起兴趣，这才决定“不赴府会”，并且写了一首词把这种心情表达出来。这从词的本身一览而知，决不是笔者牵强附会硬加给作者的。

其实作者未尝不想借听歌饮酒来解愁。两宋士大夫在家里可以随时听歌赏舞，有些人家里就蓄有家伎。但在这首词里，作者却写他在家里品着酒听了几句曲子之后，不仅没有遣愁，反而心里更烦了，于是在吃了几杯闷酒之后便昏昏睡去。一觉醒来，日已过午，醉意虽消，愁却未曾稍减。睡在那里懒得起来，爽性连上司召赴的宴会也不去参加了。冯延巳《鹊踏枝》：“昨夜笙歌容易散，酒醒添得愁无限。”这同样是写“欢乐极兮哀情多，少壮几时兮奈老何”的闲愁。

只不过冯是在酒阑人散，舞休歌罢之后写第二天的萧索情怀，而张先则一想到笙歌散尽之后可能愁绪更多，所以根本连宴会也不去参加了（而稍晚于张先的秦观，则又发展了张词，在他的一首《满庭芳》里写道：“伤怀，增怅望，新欢易失，往事难猜。……漫道愁须殢酒，酒未醒，愁已先回。”则比张更说得明确细致了）。这就逼出下一句“送春春去几时回”的慨叹来。沈祖棻先生说：“这首词乃是临老伤春之作，与词中习见的少男、少女的伤春不同。”这话确有见地。但我还想补充一点。即张先临老伤春的感受虽与少年男女有所不同，他伤春的内容却依然是年轻时风流缱绻之事。理由是：一、从“往事后期空记省”一句微透出个中消息；二、下片特意点明“沙上并禽池上暝”，意思说鸳鸯一类水鸟，天一黑就双栖并宿，燕婉亲昵，如有情人之终成眷属。而自己则是形影相吊，索居块处。因此，“送春春去几时回”的上下两个“春”字。也就有了不尽相同的涵义，上一个“春”指季节，指大好春光；而下一个“春”字，不仅指年华的易逝，还蕴涵着对青春时风流韵事的凭吊和惋惜。这就与下文“往事后期空记省”一句紧密联系起来。作者所“记省”的“往事”并非一般的嗟流光的易逝或伤人事之无凭，而是有其具体内容的。只是作者说得十分含蓄，在意境上留下很多余地让读者自己去补充，不像秦观说“新欢易失，往事难猜”那种使人一望而知是旧欢再难重拾的意思。这大概就是所谓词尚“婉约”的特点吧。

“临晚镜，伤流景”二句，唐《笺》和沈《析》都引了杜牧的《代吴兴妓春初寄薛军事》诗：“自悲临晓镜，谁与惜流年。”沈《析》更进一步阐释道：“这里用杜诗而改‘晓镜’为‘晚镜’，一字之差，情景全异。”但张之所以反用小杜诗句，以“晚”易“晓”，主要还在于写实。因小杜是写女子晨起梳妆，感叹年华易逝，当然要用“晓”字；而此词作者则于午醉之后，又倦卧半晌，此时已近黄昏，总躺在那儿仍不能消愁解忧，便起来“临晚镜”了。这里“晚”既是天晚之晚，当然也隐指晚年之晚，这同上文两个“春”字各具不同涵义是一样的，只是此处仅用了一个“晚”字，而把“晚年”的一层意思通过“伤流景”三字给补充出来罢了。

难讲的倒是“往事后期空记省”一句。这句的“后期”一本作“悠悠”。有人认为“悠悠”更好一些，其实是各有千秋。这里我主张仍从《草堂诗余》和《彊村丛书》本作“后期”而不作“悠悠”，虽然张惠言的《词选》是特意选用了“悠悠”的。从词意含蓄看，“悠悠”空灵而“后期”质实，前者自有其传神入妙之处。但“后期”二字虽嫌朴拙，却与上文“愁”“伤”等词绾合得更紧密些。所谓“后期”，并非如沈《析》所谓“瞻望未来则后期无定”的意思，因为“将来”与“记省”相矛盾，对未来的事是不能用当追忆、反省讲的“记省”一词的。照我体会，“后期”有两层意思。一层是说往事过了时，即事过境迁或情随事迁，这就不得不感慨系之，故用了个“空”字；另一层意思则是指失去了机会或错过了机缘。从人们的生活经验看，所谓“往事”，可以是甜蜜幸福的，也可以是辛酸哀怨的。甜蜜幸福的往事固然在多年以后会引起人无限怅惘之情，而辛酸哀怨的往事则尤其使自己一想起来就加重思想负担。这个“往事”，明明是可以成为好事的，却由于自己错过机缘，把一个预先定妥的期约给耽误了（所谓“后期”），这就使自己追悔莫及，正如李商隐说的“此情可待成追忆，只是当时已惘然”。随着时光的流逝，往事的印象并未因之淡忘，只能向自己的“记省”中去寻求。但寻求到了，也并不能得到安慰甚且更增添了烦恼。这就是自己为什么连持酒听歌也不能消愁，从而嗟老伤春，即使府中有盛大的宴会也不想去参加的原因了。可是作者偏把这个原因放在上片的末尾用反缴的手法写出，乍看起来竟像是事情的结果。这就把一腔自怨自艾，自甘孤寂的心情写得格外惆怅动人，表面上却又似含而不露，真是极尽婉约之能事了。

上片写作者的思想活动，是静态；下片写诗人即景生情，是动态。静态得平淡之趣，而动态有空灵之美。由于作者未去参加府会，便在暮色将临时自己到小园中闲步，借以排遣从午前一直滞留在心头的愁闷。天很快就暗下来了，水禽已并眠在池边沙岸上，夜幕逐渐笼罩了大地。这个晚上原应有月的，作者的初衷未尝不想趁月色以赏夜景，才步入园中的。不料云满晴空，并无月色，既然天已昏黑，那就回去吧。恰在这时，意外的景色变化在眼前出现了。风起了，刹那间吹开了云层，月光透露出来了，而花被风所吹动，也竟自在月光临照下婆娑弄影（注意：这与含贬义的“搔首弄姿”的“弄”是截然不同的）。这就给作者孤寂的情怀注入了暂时的欣慰。此句之所以传诵千古，作者自己也认为这是神来之笔，我以为还不仅在于修词炼句的功夫而已，主要还在于诗人把经过整天的忧伤苦闷之后、居然在一天将尽时品尝到即将流逝的盎然春意这一曲折复杂的心情，通过生动妩媚的形象给曲曲传绘出来，让读者从而也分享到一点欣悦和无限美感。这才是在张先的许多名句之中唯独这一句始终为读者所爱好、欣赏的主要关键，前人对此句评价极高，如《草堂诗余》中沈际飞评云：“心与景会，落笔即是，着意即非，故当脍炙。”杨慎《词品》云：“景物如画，画亦不能至此，绝倒绝倒！”却仍嫌有些空泛，并未真正搔着痒处。

当然，即使只就遣词造句而言，这一句也还是大有可谈的。王国维《人间词话》云：“‘红杏枝头春意闹’，着一‘闹’字而境界全出；‘云破月来花弄影’，着一‘弄’字而境界全出矣。”这已是带权威性的评语。但从前也有人表示张先这一句并非独创，如吴幵《优古堂诗话》以为它出于古乐府“风动花枝月中影”，叶盛《水东日记》又以为它出于白居易《三游洞序》中“云破月出”，仿佛也不足为奇。唯沈祖棻先生则说：“其好处在于‘破’‘弄’两字，下得极其生动细致。天上，云在流；地下，花影在动。都暗示有风，为以下‘遮灯’‘满径’埋下伏线。”拈出“破”“弄”两字而不只谈一“弄”字，确有过人之处。我以前讲古典诗词的用字，始终认为把一句诗或词中的某一个字剔出来大讲特讲，总不免有割裂之嫌。即如王国维所举宋祁的“红杏枝头春意闹”，如果没有“红”“春”二词规定了当时当地情景，单凭一个“闹”字是不足以见其“境界全出”的。王安石《自金陵至丹阳道中有感》诗有“空场老雉挟春骄”之句，也是宋诗中向为众口传诵的。李壁注引《艺苑雌黄》，大讲“挟”字之妙，更引荆公“苍苔挟雨骄”句以证实之。我认为，两“挟”字固然下得很妙，倘下文没有那个“骄”字，这个“挟”也就黯然无色了。我曾写过一篇读诗札记谈及王安石的“春风又绿江南岸”（见1979年《学习与探索》创刊号），认为今人侈谈“绿”字修辞之妙，实际上只是洪迈《容斋续笔》个人的说法。今天传世的王安石全集，没有任何一种版本是作“又绿”的（包括作者另一诗下的自注也是如此），而原文乃是“自绿”。然则评论此“绿”字用得如何好，必须与上面的“自”字联系起来研究才行。正如张先的这句词，没有上面的“云破月来”（特别是“破”与“来”这两个动词），这个“弄”字就肯定不这么突出了。如果我们撇开词律的要求而不限字音的平仄，把这句词的“破”字换成“开”“移”“流”“散”等等，把“来”字改成“出”“照”“临”“现”等等，都没有现在的写法精彩。而“弄”之主语为“花”，宾语为“影”，特别是那个“影”字，也是不容任意更改的。其关键所在，除沈《析》谈到的起了风这一层意思外，还有好几方面需要补充说明的。第一，当时所在无月，乃云层厚暗所致。而风之初起，自不可能顿扫沉霾而骤然出现晴空万里，只能把厚暗的云层吹破了一部分，在这罅漏处露出了碧天。但云破处却未必正巧是月光所在，而是在过了一会儿之后月光才移到了云开之处。这样，“破”与“来”这两个字就不宜用别的字来代替了。在有月而多云的暮春之夜的特定情景下，由于白天作者并未出而赏花，后来虽到园中，又由于阴云笼罩，暮色迷茫，花的丰姿神采也未必能尽情表现出来。乃至天色已暝，群动渐息，作者也意兴阑珊，准备回到室内去了。忽然出人意表，云开天际，大地上顿时呈现皎洁的月光，再加上风的助力，使花在月下一扫不久前的暗淡而使其娇妍丽质一下子摇曳生姿，这自然给作者带来了意外的欣慰。难怪有人在张先作此词处为他筑亭立碑，永留纪念（见陆游《入蜀记》），这正是为张先的创作灵感作出的揄扬和称赞。

接下去诗人写他进入室中，外面的风更加紧了，大了。作者先写“重重帘幕密遮灯”而后写“风不定”，倒不是迁就词谱的规定，而是说明作者体验事物十分细致。外面有风而帘幕不施，灯自然会被吹灭，所以作者进了屋子就赶快拉上帘幕，严密地遮住灯焰。但下文紧接着说“风不定”，是表示风更大了，纵使帘幕密遮而灯焰仍在摇摆，这个“不定”是包括灯焰“不定”的情景在内的。“人初静”一句，也有三层意思。一是说由于夜深人静，愈显得春夜的风势迅猛；二则联系到题目的“不赴府会”，作者这里的“人静”很可能是指府中的歌舞场面这时也该散了罢；三则结合末句，见出作者惜花（亦即惜春、忆往，甚且包括了怀人）的一片深情。好景无常，刚才还在月下弄影的姹紫嫣红，经过这场无情的一夜春风，明晨恐怕要片片飞落在园中的小路上了。作者这末一句所蕴涵的心情是复杂的：首先是“林花谢了春红，太匆匆”，春天毕竟过去了；复次，自嗟迟暮的愁绪也更为浓烈了；然而，幸好今天没有去赴府会，居然在园中还欣赏了片刻春光，否则错过时机，再想见到“云破月来花弄影”的动人景象就不可能了。也正是用这末一句衬出了作者在流连光景不胜情的淡淡哀愁中所闪烁出的一星晶莹妍丽的火花——“云破月来花弄影”。

# 晏　殊

晏殊（991—1055），字同叔，抚州临川（今江西抚州市）人。七岁能写文章，十多岁时以神童召试，赐同进士出身。仁宗时官至宰相。范仲淹、韩琦、欧阳修等都出自他的门下。他很早就进入仕途，过着“花团锦簇”的贵人生活，词作内容多为吟风弄月、离愁别恨。

晏殊词主要为应歌而作，因此很注意字句的音韵节奏。词集名《珠玉词》。

## 浣溪沙

一曲新词酒一杯，去年天气旧亭台。夕阳西下几时回。

无可奈何花落去，似曾相识燕归来。小园香径独徘徊。

# 晏殊《浣溪沙》赏析[①]

叶嘉莹

中国有些诗人写诗作词，往往表现有一种激情烈响。像南宋的大词人辛弃疾《贺新郎》词："不恨古人吾不见，恨古人不见吾狂耳！"感情、口吻表现得慷慨激昂，很豪放。晏殊的词则不然，像这首《浣溪沙》，写得平淡疏朗，没有激言烈响，表面上也不争一字一句的奇巧。"一曲新词酒一杯"，首句是很平常的七个字，表面上没有给人耳目一新的字眼。中国古典诗词当中有不少好诗是因了那诗中的一字一句而获得生命力的。如《人间词话》中王国维所举引的张先的"云破月来花弄影"一句中的"弄"字，宋祁的"红杏枝头春意闹"一句中的"闹"字，都是以一字一句之精警见称的。但是晏殊词的妙处，却有时要在全篇的整个陪衬和对比之间才能看出来，只有把握全篇，你才能感受那其中深沉锐敏的感情，才能体会出全词所含蕴通达的哲理观照。即如"一曲新词酒一杯"一句不是很平常吗？你接下去看"去年天气旧亭台"，把两句连在一起，在互相映照、启发之中你自然见到好处。"一曲新词"是听歌，"酒一杯"是饮酒，而这饮酒听歌之间隐然就有一种感动。你要知道，中国的古代诗人在饮酒听歌的时候，常常会引发一种情绪上的感动。曹操《短歌行》：

---

① 选自叶嘉莹《晏殊词赏析》，见叶嘉莹《古典诗词讲演集》，河北教育出版社 2000 年版。标题为编者所加。

“对酒当歌，人生几何”是由听歌饮酒而引发了对人生的感慨；欧阳修《采桑子》词：“十年前是樽前客，月白风清。忧患凋零，老去光阴速可惊。　鬓华虽改心无改，试把金觥。旧曲重听，犹似当年醉里声。”也是听歌饮酒之间勾起了种种悲慨和怀思。总而言之，无论是曹操也罢，欧阳修也罢，或是另外的诗人词人也罢，在特定的时间、空间里，都可能会因饮酒听歌有所感动，而引发一己或是千古之悲慨，表达他对于人生、年华、宇宙的种种感情和感受。晏殊这里就是。他说我现在饮酒，我现在听歌，我现在所处身的时令、地点，都跟去年一样，依然是旧日一般的天气，依然是往昔的楼阁亭台。我去年不是同样的饮酒，同样的听歌吗？而今天仍在听歌，仍在饮酒，即便是景物依然，酒亦如故，我现在的心情就果然与去年一样吗？还不用说人常发生特殊的遭遇变故，就算你一帆风顺，你去年的年华不是已经逝去了吗？你看，“一曲新词酒一杯，去年天气旧亭台”，这样两句很平常的词在上下文的参照对比之下，便渗透出一种春秋代序、沧海桑田的情思来。这种从疏淡的叙写流露出深远之情致的表现，是晏词的一种独特的风格。

上片结句“夕阳西下几时回”，是变，是无常的进一步写照，也是晏殊从平淡疏朗的客观事物中，看到了深刻的宇宙哲理之后发出的慨叹。我们每天都看到夕阳西下，你固然可以说明天早上太阳还会在东方升起，但那却是明天的太阳了，今天的时光过去了，年华消逝了，永远也不再回来了。这里的情绪，有对失落的怅惘，有对消逝的留恋，应该说是极深沉的哀感在词人的胸中翻腾起伏，不可遏止，而理性词人的晏殊，却是以极轻松平淡的口吻叙述出来，以极疏朗的客观事物貌似无意地描绘出来，这不能不说是晏殊的特色所在。

接下去看“无可奈何花落去”，这是一句非常伤感的话。百花在一片片凋零，春天正一天天消逝，然而这是大自然的规律，人是无可奈何的。但是妙在下面晏殊却写了一句“似曾相识燕归来”，这其中便隐然有一种循环的、永恒的感受。“无可奈何花落去”，大自然不是循着自身的规律发展变化吗？所以李后主说：“流水落花春去也，天上人间”，春天去而不返了，然而晏殊却认为还有“似曾相识”的“燕”会归来，这实在是无常中的永恒，是对整个大自然宇宙生命的一种循环的、永恒的感受，是对大自然客观规律的一种通达的观照。苏东坡是个较达观而又有哲思的诗人，他曾经说：“盖将自其变者而观之，天地曾不能以一瞬；自其不变者而观之，则物与我皆无尽也……”（见苏轼《前赤壁赋》）晏殊这里正是既“自其变者而观之”，亦“自其不变者而观之”。变者，是花落春残；不变者，是燕子归来。这就是晏殊对于自然、人生的通达的看法，也是对现实生活的清澈澄明圆融的观照。

最后一句更妙：“小园香径独徘徊”。晏殊这里在小园香径中独自徘徊，当然有他的孤独寂寞和无常的哀感，但他并未完全如李后主沉入“自是人生长恨水长东”的哀感中去，他在独自徘徊之时，隐然似乎有一种思致存在。一个人独自徘徊，他的头脑里一定有一个意念在那里盘旋萦绕。晏殊这里正是由于他的圆融的达观，使感情与理性交融在一起，才形成了这首词的情中有思的境界。

说到晏殊的词，很多人都把晏殊富贵显达的身世据为口实，批评他的词的圆融平静的风格特色为不深刻，以为晏殊缺少一份诗人的沉挚深刻的感慨。这乃是由于中国传统诗论中有一种“穷而后工”的成见。太史公司马迁就认为古今的文学都是“圣贤发愤之所为作也”。而晏殊的身世生平，是人所共知的富贵显达，据《宋史·卷三百十一》载：晏殊，字同叔。抚州临川（今江西抚州临川县[①]）人，七岁能属文。张知白安抚江南，以神童荐。十四岁时，皇帝宋真宗召见殊，与进士千余人并试廷中。“殊神气不慑，援笔立成。帝嘉赏，题同进士出身”。从此，晏殊一帆风顺，官一直做到宰相，这是不错的。当然，一个人的身世中的忧愁患难，常常会使人变得深刻起来，但是，这要看他对忧愁患难怎样对待，也就是说，忧愁患难固然可以成就一个英雄豪杰，成就一位伟大而深刻的诗人，但也同样可能毁灭一个诗人，一个英雄豪杰。无论是成就或是毁灭，对于一个诗人而言，是否经历了忧愁患难，实在是没有什么必然关系的。只要你果然是一个诗人，那么你就应该具有诗人的锐感。况周颐说：“吾听风雨，吾览江山，常觉风雨江山之外有万不得已者在。”除非你天生不是诗人，若果然是一位诗人，那么就是大自然的风雨江山，花开花落，月圆月缺，夕阳残照，都能给你很深的感触，使你“悲落叶于劲秋，喜柔条于芳春”（见陆机《文赋》），使你有敏锐的感触，使你有深刻的见解，成为真正的诗人。晏殊就正是一位天生锐感的词人，他写过许多首小词，一直不被人注意，一般的选本也从不入选，以为没有什么深远的情思和意义。其实，在这些很平常的小词里，正呈现着晏殊那一份诗人的非常细微锐敏，而且非常富有诗意的感受。如其《诉衷情》上片：“芙蓉金菊斗馨香，天气欲重阳。远村秋色如画，红树间疏黄。”这几句小词所写的时令景物，就正是晏殊经过十分细密的观察、幽微的感受所得。你看他那欣赏大自然的眼光：秋天里，芙蓉花和黄菊花争妍竞放，时令将近重阳节，那远处的小村庄被一派

---

① 今抚州市临川区。

秋光秋色点染，如在画中一般；远远望去，村庄四野的树林里，片片红色的树叶间杂着稀疏的黄叶，清晰可辨……这是何等锐敏的感受，何等细微的观察和欣赏。另外如又一首《菩萨蛮》之“高梧叶下秋光晚，珍丛化出黄金盏”，“擎作女真冠，试伊娇面看”和又一首《破阵子》之“疑怪昨宵春梦好，原是今朝斗草赢，笑从双脸生”，不但感受深锐纤细，观察细密清晰，而且于欣赏中还有一种生活的情趣存在，可以看出晏殊作为一个词人所独具的锐感和善感的资质。第一首写黄色的菊花，先从梧桐树写起，一棵高大的梧桐树飘下落叶，梧桐树不仅本身高大，它的叶子也是很大的，这个形象很鲜明。从那样高大的树上，飘落下那样大的桐叶，“一叶惊秋”，马上使诗人意识到了“秋光晚”，产生了迟暮的情思。接着，晏殊看到了那美丽的花丛中，像变化出一盏盏黄金制的酒杯一样，开放着金黄色的菊花。他欣赏美丽的菊花，不禁动情，伸手摘下一朵像女道士（“女真”即女道士）们所戴的黄冠一样美的菊花，高举起来，与站在他眼前的美丽的女子那可爱的面庞相比，看看如果菊花是一顶真冠戴在女子头上，有多么美。这不仅有情，而且多么有趣！第二首写一个少女的神情，细腻而活泼：女孩子的微笑是慢慢从脸上展现出来的，而她之所以要笑，只是因为她早上刚刚赢了一场“斗草”的游戏，而诗人曾猜想“疑怪”她昨天夜里做了一个怎样美好的梦。这样细腻的描写中，不是流露着诗人晏殊的一种赏玩的情趣吗？

当然，晏殊若经过了真正的遭际变故会使他的词更开阔、博大、深厚，也不是不可能的，然而晏殊虽有他那样富贵显达的身世，不是依然对大自然的景色、对人生的情事，有着他独特的感受？而且是非常锐感、非常善感的吗？

## 破阵子 春景

燕子来时新社[1]，梨花落后清明。池上碧苔三四点，叶底黄鹂一两声。日长飞絮轻。　　巧笑东邻女伴，采桑径里逢迎[2]。疑怪昨宵春梦好[3]，元是今朝斗草赢[4]。笑从双脸生。

【注释】

［1］新社：即春社，指立春后第五个戊日，是祭祀土神的日子。这句是说燕子在春社时飞来。南宋杨万里《春晴怀故园海棠》诗中也有“一年过社燕方回”之句。

［2］径：小路。逢迎：彼此问候嬉戏。

［3］疑怪：怪道。

［4］元是：原来是。斗草：妇女在春天采百草为游戏。梁宗懔《荆楚岁时记》：“五月五日，四民并踏百草，又有斗百草之戏。”

# 释晏殊《破阵子》①

沈祖棻

这首词写的是古代闺阁中少女们春天生活的一个片段。词人用写生的妙笔，在读者面前展开了一幅仕女图，而美丽的春光则是它的背景。景色是那么鲜明，人物是那么生动，全篇充满着青春的欢乐气息。这在古代描写妇女生活的作品中是不多的。在封建社会中，妇女们都是受压迫的，就是上层社会的妇女也不例外，因而她们的苦难是特别深重的。许多作品反映了她们悲惨的遭遇和坚决的反抗，也就显示了她们对于生活的热爱，对于美好理想的向往。而少女们又是特别富有乐观精神的，尽管在重重压迫和束缚之下，其青春活力也不会完全被封建礼教势力窒息。这首词通过闺阁中日常生活的描绘，也从一个侧面证明了这一点。

词以上片写景，下片写人。它以一联对句开头，写景而兼点明季节。用燕子、梨花带出新社和清明两个节日。社日是祭社神——土地神的日子，有春、秋两社，新社即春社，是在春分前后的戊日。古代上层妇女是不劳动的，但平常也要做些针线活。每逢社日，就可以放下针线活，从事游玩。所以张籍的《吴楚歌词》说："今朝社日停针线。"清明在春分后十五日，是古代上坟祭祖的日子，也是妇女们可以出门踏青挑菜的日子。从春社到清明，都是春光最好的时候。词人

① 选自沈祖棻《宋词赏析》，北京出版社 2003 年版。标题为编者所加。

将人物安排在这个特定的时间里，就已经使读者感到春气的融和与春景的绚烂，仿佛置身在暖洋洋的春光中，看到燕子飞翔、梨花飘落一样了。如果我们对古代上层妇女在封建礼教压迫之下深闭幽闺的生活有所了解，体会到她们乍从闺阁走向园林、走向大自然的怀抱时，对于春天的美好和新鲜的感觉，以及得到暂时的精神解放后轻松愉快的心情，那么，我们就能够分享词中少女们的欢乐了。《牡丹亭》中杜丽娘游园时，不也是以“不到园林，怎知春色如许”这样充满惊喜的口吻开场么?

三、四两句仍用对偶，描绘出一个极其幽静的园子来。园中有个小小池塘，池边疏疏落落地点缀着那么几点青苔。在茂密的树林里，时时有黄鹂在枝叶的深处偶然啼叫那么几声，来打破这静寂的空气。歇拍（上片的结句）写春天的日子，在这幽静的环境里，更显得特别悠长。而在这寂寥的长日里，似乎一切都是静悄悄的，只有一些柳絮，在空中飘来飘去。这就将上面几句所写情景一起烘托了出来，有前人所说的“画龙点睛”之妙。

下片写人物，头两句的意思是从上片贯穿而来。在这样美好的春天、这样漫长的日子、这样寂寥的环境里，年轻人又怎么耐得住呢?于是，就想要到东边邻居家里去找女伴来游戏了。恰好，就在边走边采摘花草的小路上，那位姑娘也正带着笑容走了过来。“巧笑”，写出东邻那位姑娘笑眯眯地带着聪明而调皮的神气；“采香”，则暗示出下文有斗草的情事。

下面三句写两位姑娘斗草。斗草是古代妇女玩的一种游戏，体现出她们对于名花异草的知识和爱好。敦煌卷子中有《斗百草》四首，是唐代的大曲，可见这种游戏，唐时已盛行于民间。《红楼梦》

第六十二回中也曾有详细的描写。虽然宋代的斗草和清代的斗草的细节可能有所不同，但大体上总差不多，可以参看。斗草赢了邻居，使得这位少女充满了欢乐。她忽然想起：怪不得昨天晚上做了那样一个好梦，原来是今天斗草要赢的兆头啊！越想越高兴，脸上就显出得意的笑容来了。“笑从双脸生”，将笑写得非常自然天真。这是少女的毫无做作的笑，从内心深处发出的笑。仅仅为着赢了斗草，就这么高兴，这也只有感情纯洁得像水晶一样的少女才会这样的。

下片人物的活动，主要是斗草，然而作者却有意避开了对于斗草场面的正面描写，而只写了人物在斗草前后的活动和心情，因为抒情诗并不是小说，更不是一本指导如何玩斗草游戏的书。这个道理不用多讲。

这首词纯用白描，展示了古代少女的纯洁心灵。笔调活泼，风格朴实，与主题相称。

# 欧阳修

欧阳修（1007—1072），字永叔，晚号醉翁，又号六一居士。江西庐陵（今江西吉安市）人。他幼年丧父，由寡母教养成人。开始做谏官，有一定的政治见地。后来做参知政事。仁宗嘉祐二年（1057年），他做主考官时，推行诗文革新的主张，并能识拔人才，苏轼父子及曾巩、王安石都出其门下。

欧阳修在诗文创作方面有着突出的成就，至于词，在他是“吟咏之余，溢为词章”（罗泌《欧阳修近体乐府跋》）。他的词内容包括的方面较广，除写景、抒情，还有直接向民间词学习的鼓子词，也还有专写艳情、为歌伎传唱而作的慢词。

欧词受冯延巳影响较大，刘熙载《艺概》：“冯延巳词，晏同叔得其俊，欧阳修得其深。”晏、欧齐名，并都以小令见长，词风又都接近南唐，特别是接近李煜的明白如话与宛转天成的特色。但在内容的深度与广度上，欧词却较晏殊为胜，如他的述怀、咏史之作，已经不是花间、南唐的词风所能牢笼，而是在开辟新的疆土。所谓“疏隽开子瞻”（冯煦《六十一家词选例言》）也即指此而言。所作除全集外，有《六一词》。

## 阮郎归

南园春早踏青时，风和闻马嘶[1]。青梅如豆柳如眉，日长蝴蝶飞。　　花露重，草烟低[2]，人家帘幕垂。秋千慵困解罗衣[3]，画堂双燕栖[4]。

【注释】

［1］这句说日丽风和，游人车马众多，致有马声相闻。春早，一作“春半”。

［2］草地上低低地蒙着一层薄雾。草，一作“柳”。

［3］秋千慵困：打罢秋千感到倦困。

［4］画堂，一作“画梁”。

# 风和闻马嘶[①]

## ——欧阳修《阮郎归》

周汝昌

词中伤感悲凉之音多，愉悦荣和之境少。欧阳公独有自家擅长处，即如本篇正可为例。首句点明时序，芳春过半，踏青游赏，戏罢秋千，由动境而归静境，写其季节天色之气氛，闺阁深居之感受，读之如置身风和日丽之中，而“困人天气日初长”之意味，溢于毫端，中人如醉。

以吾所感而言，次句“风和闻马嘶”五字最为一篇关键，其用笔闲闲，不扬不厉，而造境传神，良不可及。然于青年学子，“风和”自不难解，“闻马嘶”即未必尽得其理。盖不知古时游春，车马并重，车则香车，马则宝马，雕鞍绣辔，骏足随花。读唐贤诗：“大道直如发，春来佳气多；王陵贵公子，双双鸣玉珂。”想象尔时骄马贵介，为一特色；此时此境，宝马之振鬣长嘶，乃是良辰美景之一种不可或少的“声响标志”。当风气晴和中，传来声声嘶马之音，顿觉春和游兴，加倍恋人矣。

时节已近暮春，青梅结子，小虽如豆，已过花时，柳尽舒青，如

---

① 周汝昌（1918—2012），著名红学家、古典文学研究家，并专于诗词创作及书法艺术。著有《红楼梦新证》《曹雪芹新传》《唐宋词鉴赏辞典：唐五代北宋》（与唐圭璋合著）《千秋一寸心：唐宋诗词鉴赏讲座》等。本文选自周汝昌《诗词赏会》，广东人民出版社 1987 年版。

眉剪黛；而日长气暖，蝴蝶自来，不知从何而至，翩翩于花间草际，是又为此一季节之“动态标志”。虽曰动态，而愈令人觉其动中静极，所谓“蝴蝶上阶飞，烘帘自在垂”，可以合看。

果然，过片即言“人家帘幕垂”，极写静境。然而“花露重，草烟低”，何也？岂亦与写静有关乎？正是，正是。花而觉其露重欲滴，草而见其烟伏不浮，非在极静之物境心境下，不能察也。学词之人，能知蝶飞帘垂，尚易；能写露重烟低，则难。难易之间，浅深之际，最要用心寻味。

写静已至精微处，再以动态一为衬染，然亦虚笔，而非实义。出秋千，似动态矣，然既日长气暖，只觉慵困，不欲多荡，可见未必真戏秋千。罗衣再减，已是归来之后。既归画堂，忽有双燕，亦似春游方罢，相继归来。不说人归，只说燕归，以燕衬人。然而燕亦归来，可知天色近晚，一切动态，悉归静境。结以燕归，又遥遥与开篇马嘶构成辉映。于是春景融融，芳情脉脉，毕现于毫端纸上。“状难写之景，如在目前；含不尽之意，见于言外。”古人佳作，皆到此境界，洵不虚也。

# 王安石

王安石（1021—1086），字介甫，江西临川（今江西抚州市人）。宋神宗时任宰相并实行变法。晚年退居金陵。在文学方面，王安石主张内容应为政治服务，因此反对宋初一味追求诗歌形式的“西昆体”的作品，并写下不少反映现实的诗歌。他并不以词著名，但《桂枝香·金陵怀古》一词，则历来评价甚高。词集名《临川先生歌曲》。

## 桂枝香

登临送目[1]。正故国晚秋[2]，天气初肃[3]。千里澄江似练[4]，翠峰如簇[5]。归帆去棹残阳里，背西风、酒旗斜矗[6]。彩舟云淡，星河鹭起[7]，画图难足[8]。　念往昔、繁华竞逐。叹门外楼头[9]，悲恨相续。千古凭高，对此谩嗟荣辱[10]。六朝旧事随流水，但寒烟、芳草凝绿[11]。至今商女，时时犹唱后庭遗曲[12]。

【注释】

［1］登临送目：登山临水，眺望远近景物。

［2］故国：指金陵（今江苏南京市），为六朝旧都。

［3］肃：肃杀。

［4］澄江似练：谢朓《晚登三山还望京邑》诗："余霞散成绮，澄江静如练。"练，白绸。

［5］簇（cù）：聚集，引申为簇聚之物（如山峰）。

［6］斜矗（chù）：斜竖着。

［7］星河：银河。这里借指长江。"彩舟云淡，星河鹭起"两句写作者登高眺望长江，只见远处的彩舟如被轻云缭绕，江上的白鹭飞向青天。

［8］这句是说金陵的晚秋景色是难以用图画充分表现出来。

［9］门外楼头：唐杜牧《台城曲》诗："门外韩擒虎，楼头张丽华。"（台城在今南京）是说隋将韩擒虎已攻到宫门外，而陈后主（叔宝）还和妃子张丽华等在楼头作乐。

［10］谩嗟荣辱：徒然感叹历朝的盛（荣）衰（辱）。

［11］六朝旧事：窦巩有《南游感兴》诗："伤心欲问前朝事，惟见江流去不回；日暮东风春草绿，鹧鸪飞上越王台。"此两句用其意。

［12］商女：酒楼茶坊的歌女。后庭遗曲：指陈后主所作的艳曲《玉树后庭花》。《隋书·五行志》："祯明初，后主作新歌，词甚哀怨，令后宫美人习而歌之。其辞曰：'玉树后庭花，花开不复久。'"后人把此曲看成亡国之音。杜牧《泊秦淮》诗就说："商女不知亡国恨，隔江犹唱《后庭花》。"这三句用杜牧诗意表达出作者的兴亡之感。"唱"，原作"歌"。

# 背西风、酒旗斜矗[1]

## ——王安石《桂枝香》

周汝昌

古来有学识、有抱负的文士，一旦登高望远，便引起了满怀愁绪，那愁又不是区区个人私情，而常常是日月之迁流，世途之坎，家国之忧患，人生之苦辛，……一齐涌上心头，奔赴笔下，遂而写成了名篇佳作，历久长新。此等例真是举之不尽，而王半山的这一阕《桂枝香》，实为个中翘楚。

作者这次是在南朝古都，金陵胜地，而时值深秋，天色傍晚，他在此景境之间，临江揽胜，凭高吊古。他开门见山，表明时地。试看他虽以登高望远为主题，却是以故国晚秋为眼目。一个“正”字领起，一个“初”字吟味，一个“肃”字点醒。笔力遒举，精神振敛，无限涵咏，皆从此始。

以下两句，已尽胜概，然而如此江山，如何刻画？不过一借六朝谢家名句，“解道‘澄江净如练’，令人长忆谢玄晖！”；一出自家随手拈举。即一个“似练”，一个“如簇”，形胜已赫然，全是大方家数，盖在此间容不得半点描眉画鬓。然后即遗山光而专江色，纵目一望，只见斜阳映照之下，数不清的帆风樯影，交错于闪闪江波之

---

① 选自周汝昌《诗词赏会》，广东人民出版社 1987 年版。

上。更一凝睛细审，却又见西风紧处，那酒肆青旗高高挑起，因风飘拂。帆樯为广景，为“宏观”；酒旗为细景，为“微象”；而皆江上水边之人事也。故词人之领受，自以风物为导引，而以人事为着落。然而，学文之士，却莫忘他一个“背”字，一个“矗”字，又是何等神采，何等警策！

写景至此，全是白描高手。为文采计，似宜稍稍刷色。于是乃有“彩舟”“星河”两句一联，顿增明丽。然而词拍已到上片歇处，故而笔亦就此敛住，以“画图难足”一句，抒赞美嗟赏之怀，仍归于大方家数，不肯入于镂镌饾饤一路；虽曰“刷色”，亦非外铄之比。即如“彩舟云淡”，写日落之江天；“星河鹭起”，状夕夜之洲渚；仍是来自实景，而非但凭虚想也。

词至下片，便另换一副笔墨，感叹六朝皆以荒乐而相继覆亡。其间说到了悲恨荣辱，空贻后人凭吊之资；往事无痕，惟见秋草凄碧，触目惊心而已。“门外韩擒虎（敌已逼门），楼头张丽华（犹恋美色）”，用古句以为点染，亦简净之法则所在。

词人走笔至此，辞意实已两尽。我们且看他王介甫又以何等话语收束全篇？不意他却写道：时至今日，六朝已远，但其遗曲，犹似可闻。“商女不知亡国恨，隔江犹唱《后庭花》！”此唐贤小杜于“烟笼寒水月笼沙，夜泊秦淮近酒家”时所吟之名句也，词人复加运用，便觉尺幅千里，饶有有馀不尽之情致，而嗟叹之意，于以弥永。

王介甫只此一词，已足千古，其笔力之清遒，其境界之朗肃，两宋名家竟无二手，真不可及也！

# 晏几道

晏几道（约1030—约1106），字叔原，号小山。晏殊幼子。他生长富贵之家，自己官职很小（曾监颍昌许田镇）。徽宗崇宁四年（1105年）间，为开封府推官。由于生平遭遇变故较大，因此在作品中经常流露出颓伤没落的感喟。陈振孙说："叔原词在诸名胜中独可追步花间，高处或过之。"（《直斋书录解题》）其实他的词接受南唐白描影响而又兼花间之长，这与晏、欧是有所不同的。

周济论小晏词说："晏氏父子，仍步温韦，小晏精力尤胜。"（《介存斋论词杂著》）温庭筠词精雕细琢、用色浓艳的特点，在小晏手里有所继承。他的词集名《小山词》。

## 临江仙

梦后楼台高锁，酒醒帘幕低垂。去年春恨却来时[1]。落花人独立，微雨燕双飞[2]。　　记得小苹初见[3]，两重心字罗衣[4]。琵琶弦上说相思[5]。当时明月在，曾照彩云归[6]。

【注释】

［1］却来：又来。

［2］两句套用五代翁宏《春残》诗："又是春残也，如何出翠帏；落花人独立，微雨燕双飞。"

［3］小苹：歌女名。

［4］心字罗衣：指衣领屈曲如心字。见沈雄《古今词话》。一说指心字香，范成大《骖鸾录》说番禺人有"心字香"，用素馨、茉莉、沉香等加工制成。

［5］这句指小苹弹琵琶时所传出的相思之情。可与韦庄"弦上黄莺语"（《菩萨蛮》）对看。

［6］彩云：指小苹。两句说当时照见小苹归去的明月还在，而人却已不在了。李白《宫中行乐词》八首之一："只愁歌舞散，化作彩云归。"

# 落花微雨燕双飞[①]

## ——晏几道《临江仙》赏析

周振甫

晏几道（约1030—约1106），字叔原，号小山，临川（今属江西）人，晏殊第七子。做过乾宁军通判、开封府推官。著有《小山词》。他在《小山词》的跋语里说："始时沈十二廉叔、陈十君龙家，有莲、鸿、苹、云，品清讴娱客。每得一解，即以草授诸儿。吾三人持酒听之，为一笑乐而已。而君龙疾废卧家，廉叔下世。""追惟往昔过从饮酒之人，或垅木已长，或病不偶。考其篇中所记悲欢合离之事，如幻如电，如昨梦前尘，但能掩卷怃然，感光阴之易迁，叹境缘之无实也。"这段话可以帮助我们理解他的词。夏敬观评《小山词》："晏氏父子嗣响南唐二主（李璟、李煜），才力相敌。盖不特词胜，尤有过人之情。叔原以贵人暮子，落拓一生，华屋山丘，身亲经历，哀丝豪竹，寓其微痛纤悲，宜其造诣又过于父。"这里指出他的词，风格同南唐二主一致。他是宰相晏殊的儿子，落拓一生，所以

① 周振甫（1911—2000）著名学者，古典文学专家，资深编辑家。著有《诗词例话》《文心雕龙注释》《中国修辞学史》等，有《周振甫文集》（中国青年出版社）十卷。经他审阅编辑的书稿有《管锥编》《管锥编增订》《李太白全集》《乐府诗集》《历代诗话》《历代诗话续编》《楚辞补注》《酉阳杂俎》等。本文选自《唐宋词鉴赏集》，人民文学出版社 1983 年版。

在词里还含有他的身世感触。这也有助于我们理解他的词。

这首词上片写他酒醒梦回时的感触。帘幕低垂，楼台高锁。“低垂”指下垂到地，“高锁”指楼台关闭，写出冷落凄凉情况。这同喝酒听歌，每作一词，交给莲、鸿、苹、云歌唱，为一笑乐的盛况完全不同了。也许陈君龙已经瘫痪，沈廉叔已经去世，几位歌唱新词的歌女也已经风流云散了。这个酒已经不是听歌把酒，是借酒消愁了。这个梦，可能是怀念听歌笑乐的梦境了。梦回酒醒又是春来，但今年的春天跟去年又不同了。“去年春恨却来时”，“却来”即再来，去年的春天到来时，带来春恨。什么春恨呢？“落花人独立，微雨燕双飞。”花落是春去，春去容易引起青春消逝的感叹，是春恨，这里可能包括好友的病和死，只有一个人独自在院子里，看到微雨中的燕子双飞。人的孤独同燕的双飞相对衬，更写出恨来。

“落花”一联一向被推崇为词中名句。这两句是从诗里借来的。五代翁宏《春残》：“又是春残也，如何出翠帏？落花人独立，微雨燕双飞。寓目魂将断，经年梦亦非。那堪向愁夕，萧飒暮蝉辉。”这两句在翁宏的诗里并不著名，为什么一借用到词里就成为千古名句呢？大概在翁宏的诗里，它的意境并不完整。他写春残，所以有落花燕飞，但他又说“萧飒暮蝉辉”，萧飒是秋景，曹丕《燕歌行》“秋风萧瑟天气凉”，与春残不合。《礼·月令》：“仲夏之月蝉始鸣。”春残也不是蝉鸣的季节。再说，“落花”两句的情景含蓄有味，诗里接着点明“寓目魂将断”，又有些点破，对它的含蓄写法不利。这两句含蓄而形象，用在这首词里形象地写明去年的春恨，非常贴切，所以成为名句了。这里也有诗和词的不同，尤其是像他的词，以婉转含蓄富有情味见长，这两句用在他的词里正恰到好处。

下片提到“记得小苹初见”，小苹正是他的跋中提到的莲、鸿、苹、云中的一位。“记得”当是呼应“梦后”的“梦”，正因为记得，所以入梦，也可能和“春恨”有关，在去年的春天，听歌笑乐已经过去了，小苹已经风流云散不知所归了，已经只留在记忆中了，所以从去年的春恨就联系到小苹初见了。初见正是听歌笑乐的时候，在莲、鸿、苹、云中，小苹给他的印象最深，所以词里提到她。初见时的印象，是“两重心字罗衣”，穿着薄罗衫子，上面印有两重心字的图案，心字指篆字，两重心字含有心心相印的意味。其次是听她奏乐，在琵琶弦上诉说相思，还在奏乐中表达出她的感情来。结尾写到明月照着彩云回去，就是小苹在月下归去。明月跟彩云联用，前人已有过，如李白《宫中行乐词八首》：“只愁歌舞散，化作彩云飞。”（其一）“莫教明月去，留着醉嫦娥。”（其四）但还不在一首诗里。这个彩云实际上是从宋玉《高唐赋》的“朝为行云”来的。把朝云改为彩云，是美化，这种美化也是从《高唐赋》来的，赋里写朝云的形状，“若姣姬扬袂鄣日而望所思”，既是姣姬，又是鄣日，所以称为“彩云”。把行云改为彩云同明月联系，写出了歌女的美貌，让明月作伴，就更美好纯洁了。这样初见的情景，在去年春恨时已经消失了，只有独自一人了。到今年春尽时，醉眠愁卧，意兴更为消沉。这时用过去初见时的好印象来作比，就显更难为怀了。

## 鹧鸪天

彩袖殷勤捧玉钟[1]。当年拚却醉颜红[2]。舞低杨柳楼心月，歌尽桃花扇底风[3]。　从别后，忆相逢。几回魂梦与君同。今宵剩把银釭照[4]，犹恐相逢是梦中。

【注释】

［1］玉钟：玉酒杯。

［2］拚（pàn）却：甘愿。

［3］两句形容舞姿歌喉。上句描写舞腰愈弯愈低，使她感到挂在柳梢、照到楼中的月儿也在随着下沉。下句歌喉愈来愈高而急促，使她觉得拿在手中的桃花扇也跟不上那快速的节拍了。扇底，又作“扇影”。

［4］银釭（gāng）：银制的灯。全句是说今晚拿着银灯照了又照。杜甫《羌村》诗：“夜阑更秉烛，相对如梦寐。”

# 论晏几道《鹧鸪天》词[1]

缪　钺

由来意境相通处，诗画相涵古所知。更见乐歌银幕趣，一齐融入小山词。

我曾经写过一篇总论晏几道词的《词说》，现在再就其所作《鹧鸪天·彩袖殷勤捧玉钟》一词略加评述，以见晏几道词艺之精湛。

文学与艺术意境是可以相通的。苏轼说王维“诗中有画”，“画中有诗”（《书摩诘蓝田烟雨图》）。这是说，诗与画的意境可以相通，读王维的诗时仿佛是欣赏一幅画，而观王维的画时又好像是吟诵一首诗。由此意推而广之，我在读古人诗词时，不但常是如同观画，而且有时仿佛是看到一幕电影，或者是聆听一曲乐歌。现在举晏几道的一首词为例以说明之。

晏几道有这样一首《鹧鸪天》词：

彩袖殷勤捧玉钟。当年拚却醉颜红。舞低杨柳楼心月，

① 缪钺（1904—1995），著名历史学家、文学家、教育家、书法家。曾任教于河南大学、广州学海书院、四川大学、浙江大学。精于先秦诸子及古典文学、魏晋南北朝史研究及词学研究。著有《诗词散论》《读史存稿》《冰茧庵论学书札》《冰茧庵丛稿》《杜牧传》《杜牧年谱》《三国志选注》等。有《缪钺全集》（河北教育出版社）八卷行世。本文选自《缪钺说词》，上海古籍出版社 1999 年版。

歌尽桃花扇影风。　　从别后，忆相逢。几回魂梦与君同。今宵剩把银釭照，犹恐相逢是梦中。

这首词是晏几道与一个相熟的女子久别重逢之作。这个女子可能是晏几道自撰《小山词序》中所提到的他的朋友沈廉叔、陈君龙家歌女莲、鸿、苹、云诸人中的一个。晏几道经常在这些朋友家中饮酒听歌，与这个女子是很熟的，离别以后，时常思念，哪知道现在忽然不期而重遇，又惊又喜，所以作了这首词。上半阕写当年相聚时欢乐之况，下半阕写今日重逢时惊喜之情。

上半阕用了许多漂亮的颜色字面，如“彩袖”“玉钟”“醉颜红”“杨柳楼”“桃花扇”等，写得非常绚烂，但这并不是作词时的当前情况，乃是追忆往事，似实而却虚，所以它并不像一幅固定的画图，而像一幕电影，在眼前一现，又化为乌有。

下半阕写久别重逢的惊喜之情，虽然从杜甫的《羌村》诗“夜阑更秉烛，相对如梦寐”两句脱化而出，但是表达得更为轻灵婉折。词中说，在离别之后，回想相聚时，常是梦中相见，而今番真的相遇了，反倒疑是梦中。并且能运用声韵配合之美，造成一种迷离惝恍的梦境。下半阕共计二十七个字，其中有十六个字是阳声（凡字尾带m、n、ng等鼻音者为阳声），即是“从”“相”“逢”“魂”“梦”“君”“同”“今”“剩”“银”“釭”“恐”“相”“逢”“梦”“中”等，而在这十六个阳声字中，收尾是ong韵母者有八个字，即是“从”“逢”“梦”“同”“恐”“逢”“梦”“中”。这八个ong韵母的字，分散在这几句中，反复出现，使我们读起来，仿佛是听一首谐美的乐曲，其中经常有嗡嗡的声音，引入一种似梦非梦的境界，恰与词中所要表达的情思相配合，而增强其感染力。

总之，晏几道这首词的艺术手法，上半阕是利用彩色字面，描摹当年欢聚情况，似实而却虚，宛如银幕上的电影，当前一现，倏归乌有；下半阕抒写久别相思不期而遇的惊喜之情，似梦而却真，利用声韵的配合，宛如一首乐曲，使听者也仿佛进入梦境。全词不过五十几个字，而能造成两种境界，互相补充配合，或实或虚，既有彩色的绚烂，又有声音的谐美，这就是晏几道词艺术高妙之处。

1982年9月写定

（原载《四川大学学报》1982年第4期）

# 苏　轼

苏轼（1037—1101），字子瞻，自号东坡居士。眉州眉山（今四川眉山市）人。仁宗嘉佑二年（公元1057年）中进士，受到欧阳修的赏识。王安石变法，苏轼表示反对，随即出任杭州、密州（今山东诸城市）、徐州等处地方官，又因写诗被指为“谤讪”朝政，在湖州被捕入狱，即所谓“乌台诗案”；接着被贬到黄州（今湖北黄冈市）。哲宗时召回为翰林学士。绍圣初年，新党再度执政，苏轼又被贬到广东惠州（今广东惠州市惠阳区），后远徙到昌化（今海南昌江黎族自治县）。徽宗立，赦还，死于常州。

在宋代文人词的发展道路上，苏轼的词作起着革新的作用。其主要成就是能在内容上突破传统束缚，“一洗绮罗香泽之态，摆脱宛转绸缪之度。”（胡寅《酒边词序》）在扩大题材的过程中，做到“无意不可入，无事不可言”（刘熙载《艺概》），但又能表现出自己鲜明的个性特征。正因为如此，苏词内容的丰富，题材的多样，远远超过以往的词人。

苏轼的诗、文、词和书法都有名于世。有《东坡词》，存词三百多首。

## 江城子　猎词[1]

老夫聊发少年狂[2]。左牵黄，右擎苍[3]。锦帽貂裘[4]，千骑卷平冈[5]。为报倾城随太守[6]，亲射虎，看孙郎[7]。

酒酣胸胆尚开张[8]，鬓微霜，又何妨！持节云中，何日遣冯唐[9]？会挽雕弓如满月[10]，西北望，射天狼[11]。

【注释】

[1] 傅藻《东坡纪年录》："乙卯（1075）冬，祭常山回，与同官习射放鹰作。"

[2] 老夫：作者自称。聊：姑且。

[3] 此两句说左手牵黄狗，右臂举苍鹰，准备出猎。《梁书·张克传》："值克出猎，左手臂鹰，右手牵狗。"

[4] 锦帽：锦蒙帽。貂裘：貂鼠裘。

[5] 千骑（jì）：形容随从乘骑之多。卷平冈：卷起平冈上的尘土。指千骑过处，卷起一片尘沙。

[6] 为报：为了酬答。倾城：全城的人。太守：指一州的行政长官，宋代以"太守"为"知州"的别称。

[7] 作者自比孙权，要亲自去射虎。《三国志·吴志·孙权传》："（建安）二十三年十月，权将如吴，亲乘马射虎于庱亭。马为虎所伤，权投以双戟，虎却废。"孙郎：即孙权。

[8] 这句说饮酒尽量，胸怀胆气都很豪壮。

［9］持节：拿着符节。云中：汉代郡名。今内蒙古自治区托克托县及山西西北一部分地区。冯唐：汉文帝时人。当时魏尚任云中太守，因事获罪，冯唐向文帝陈述魏尚阻击匈奴有功，不应因报功时虚报了杀敌数字而办他的罪。文帝便派冯唐“持节”去赦免魏尚的罪，并恢复他云中太守的职务，还任命冯唐为车骑都尉。见《史记·冯唐列传》。王勃《滕王阁序》亦有“冯唐易老，李广难封”之句。这里作者是以冯唐自比。

［10］会：将要。雕弓：雕着花纹的弓。满月：弓本为半月形，尽量拉开成为满月形。

［11］天狼：星名。《楚辞·九歌·东君》：“举长矢兮射天狼。”王逸注：“天狼，星名，以喻贪残。”《晋书·天文志》：“狼一星在东井（星）南，为野将，主侵掠。”这里以天狼喻西夏。

# 苏轼最早的一首豪放词《江城子·密州出猎》[①]

夏承焘

豪放派词，自北宋的范仲淹开其风，苏轼继之予以发扬光大。晁补之谓苏轼词“横放杰出，自是曲子内缚不住者”。“缚不住”三字，是指苏轼词从“曲子”（词的别称）内解放出来的意思。苏轼以“灵气仙才”（楼敬思语），开径独往，他敢于借用词——这种出自教坊里巷的文学形式，来抒写自己的性情抱负、胸襟学问。在他手中，凡是可以入诗的，都可以入词。所以陈师道说他“以诗为词”。自苏词出，创立了豪放派的词风，扩大了词的题材，对词境起了开疆拓土的作用，从而提高了词这种文学形式为社会服务的功能。

现在谈谈苏轼最早的一首豪放词《江城子·密州出猎》：

老夫聊发少年狂，左牵黄，右擎苍。锦帽貂裘，千骑卷平冈。为报倾城随太守，亲射虎，看孙郎。　酒酣胸胆尚开张，鬓微霜，又何妨！持节云中，何日遣冯唐？会挽雕弓

① 夏承焘（1900—1986），著名词学家，现代词学的开拓者和奠基人，曾任浙江大学、浙江师范学院、杭州大学教授。著有《唐宋词人年谱》《唐宋词论丛》《月轮山词论集》《读词常识》《姜白石词编年笺校》《天风阁学词日记》等。有《夏承焘集》（浙江古籍出版社、浙江教育出版社）八卷行世。本文选自夏承焘《唐宋词欣赏》，北京出版社 2002 年版。

如满月，西北望，射天狼。

这是苏轼四十岁（熙宁八年）在密州作的一首记射猎的词。苏轼写射猎的诗词不只是这一首，与此同时，他写了《祭常山回小猎》及《和梅户曹会猎铁沟》两首诗。此外，他集里还有《人日猎城南，十人……》《司竹监烧苇园……以其徒会猎园下》《将官雷胜得“过”字，代作》等诗。

这首词风格豪放。上片“老夫聊发少年狂，左牵黄，右擎苍”三句，是说自己有少年人的豪情，左手牵着黄狗，右臂举着苍鹰去打猎（《梁书·张充传》：充少时出猎，左手臂鹰，右手牵狗）。“锦帽”两句，写出打猎的阵容（“锦帽”是锦蒙帽。“貂裘”是貂鼠裘）。“为报倾城随太守，亲射虎，看孙郎。”是以孙权自比，说全城人都跟着去看他射虎。“孙郎”指孙权。孙权曾自射虎，马被虎伤，权用双戟掷过去，虎为倒退。见《三国志》。

下片都写自己的雄心壮志。“酒酣胸胆尚开张，鬓微霜，又何妨！”三句说自己虽然已经有了白发，但是尚有豪放开朗的心胸。“持节云中，何日遣冯唐”，是用《汉书·冯唐传》的故事。汉文帝时，云中太守魏尚获罪被削职，冯唐谏文帝不应该为了小过失罢免魏尚，文帝就派他持节去赦魏尚。苏轼是以魏尚自比，希望朝廷把边事委托他。末了“会挽雕弓如满月，西北望，射天狼”，是说为了抵抗西北的敌人，他要去参加战斗，把弓拉得如圆月一样。

与此词同时，苏轼写过一首《祭常山回小猎》，诗中云：“圣朝若用西凉簿，白羽犹能效一挥。”也说自己犹能挥白羽扇退敌（“西凉簿”，用西凉州主簿谢艾事，艾本书生，善用兵，故以此自比。见查慎行注苏诗引《乌台诗案》）。还有一首《和梅户曹会猎铁沟》诗，开头两句说："山西从古说三明，谁信儒冠也捍城。"（"三明"用《后汉书·段颎传》：颎字纪明，初与皇甫威明、张然明并知名显达。京师称为"凉州三明"）都是表示自己虽然是一个书生，也要为国戍边抗敌。

这首词一洗绮罗香泽之态，突破了晚唐以来儿女情词的局限。词中不但描写了打猎时的壮阔场景，同时也表现了他要为国杀敌的雄心壮志。

苏轼有《与鲜于子骏简》云："近却颇作小词，虽无柳七郎风味，亦自是一家。呵呵！数日前，猎于郊外，所获颇多。作得一阕，令东州壮士抵掌顿足而歌之，吹笛击鼓以为节，颇壮观也。"可见这首《江城子》可能是他第一次作豪放词的尝试。查朱孝臧先生的苏词编年，此词之前果然不曾见豪放之作。他的豪放词代表作如《念奴娇》《水调歌头》诸词，皆作于这首《江城子》之后。于此，我认为这首词可以说是苏轼最早的一首豪放词。从宋词的发展看来，在范仲淹那首《渔家傲》之后，苏轼这首词是豪放词派中一首很值得重视的作品。

# 水调歌头

丙辰中秋，欢饮达旦，大醉。作此篇，兼怀子由。[1]

明月几时有？把酒问青天[2]。不知天上宫阙[3]，今夕是何年？我欲乘风归去[4]，又恐琼楼玉宇[5]，高处不胜寒。起舞弄清影，何似在人间[6]。　转朱阁，低绮户，照无眠[7]。不应有恨，何事长向别时圆[8]？人有悲欢离合，月有阴晴圆缺，此事古难全。但愿人长久，千里共婵娟[9]。

【注释】

[1] 子由：即苏辙（字子由）。苏轼之弟，时在齐州（今山东济南市）。

[2] 这两句从李白《把酒问月》诗中化出："青天有月来几时，我今停杯一问之。"

[3] 天上宫阙：指月宫。"明皇游月宫，见膀曰'广寒清虚之府'。"（《天宝遗事》）

[4] 乘风：见《列子·黄帝篇》："列子乘风而归……随风东西，……竟不知风乘我耶？我乘风耶？"

[5] 琼楼玉宇：即月宫。《酉阳杂俎》前集卷二："翟天师名乾祐，峡中人。……曾于江岸，与弟子数千玩月。或曰：'此中竟何有？'翟笑曰：'可随我指观。'弟子中两人见月规半天，琼

楼金阙满焉。数息间，不复见。”

[6]“起舞”句用李白诗意：“我歌月徘徊，我舞影零乱。”（《月下独酌》）此两句说月下起舞、身影零乱，想想月宫高寒，还不如在人间吧。

[7]绮（qǐ）户：雕花的窗户。这三句说月光移动，转过了朱红的楼阁，又低低地照进了雕花的窗户，照到了那个不眠的人。

[8]这两句是说月儿不应该这样无情，为什么老是在人们分离的时候团圆呢？

[9]婵娟：美好的姿态，这里形容月亮。谢庄《月赋》：“美人迈兮音尘绝，隔千里兮共明月。”

# 苏轼《水调歌头·中秋》浅讲[1]

周汝昌

这首词是苏东坡在山东密州做官的时候写的。词前有个小序："丙辰中秋，欢饮达旦，大醉。作此篇，兼怀子由。"这个序告诉我们，"丙辰中秋"这一夜，他赏月赏得很高兴；他又喜欢酒，以致"欢饮达旦"，直到天明，喝得"大醉"，因而写下了这首词。所以一起头就乘着酒兴，对月抒怀——向月亮发出了一连串的问题。把酒的"把"，是个动词，是手里拿着的意思。苏东坡这时是手里端着酒杯，一边饮酒，一边问月。

第一个问题"明月几时有"和下面第二个问题"不知天上宫阙，今夕是何年"，意思上是连贯的，不过因为要照词调来安排，"把酒问青天"这话必须摆在第二句，因此就把这两个问句隔开了。"明月几时有"，并不是问月亮到几时才有；而是问，明月从多么远古的时候，就已经出现了。当然，苏东坡也并不是真要计算从月亮产生以来的宇宙年代，而是在抒发一种感想。在这里，我们想起了唐代大诗人李白一首题目叫作《把酒问月》的诗，开头说："青天有月来几时？我今停杯一问之。"李白和苏东坡的这两句表达了同样的感情，也可以说东坡的这两句是从李白那里脱胎来的。李白的诗随后又说："白兔捣药秋复春，嫦娥孤栖与谁邻？今人不见古时月，今月曾经照古

① 选自《阅读和欣赏——唐宋词选粹》，中国广播电视出版社 1999 年版。

人：古人今人若流水，——共看明月皆如此！……”那意思就是说，几乎是自有明月以来，——实际上是说，自有人类以来，人们就会见月生情，而从古至今，每逢这样的佳节，也就不知道曾有多少人在明月之下，当歌对酒了。我今天是在此时此地赏月，而往以前看，古人不见，明月长存；往以后看，将来的人，也正和我一样，后之视今，亦犹今之视昔。太白和东坡，在才华、气质、性情、遭际上，都有类似的地方，因此他们在对月当杯之时，就容易发生大略相同的感想。

看见明月，极其自然地就会想到月中的广寒宫殿、玉兔嫦娥这些美丽的神话，李白当日已是如此，东坡也毫不例外。但是东坡的肚子里满装着故事，比李太白的想象似乎更为丰富些。他想到了月宫里的嫦娥仙子。这嫦娥，不知可是真的？能不能会到？忽而又想起另外一桩神妙的传奇来。那是唐代小说《周秦行纪》里的情节，小说里托名牛僧孺有一次偶然走到一个地方，因请求借宿一宵，却无意中会到了古代的许多美人，如王嫱、绿珠、杨贵妃等等都在。美人们都作了诗，而且要牛僧孺也作一篇，于是他写道：“香风引到大罗天，月地云阶拜洞仙；共道人间惆怅事，——不知今夕是何年？”由此，我们就可以知道东坡诗里那句“不知天上宫阙，今夕是何年？”的来历了。牛僧孺的诗，本来是运用《诗经》里面“今夕何夕，见此良人”的词句，那意思并不是说忘记了看日历，所以不知道今儿晚上是哪一天，而是表达了作者的极为惊喜的感情的话，犹如说：今儿个不知是什么好日子，有了这般幸运的遭遇！读者们必须了解这些联系，才可以懂得苏东坡的那句词的真意思。他的本意是说：今天晚上，在月府宫阙那里，不知是个什么美好的日子，以致使得人间都成为这样一个美景良辰，得以有这样的赏心乐事！

正因为如此，东坡才接着说，是否可以像“香风引到大罗天”一样，我也要“乘风归去”，到月府里去看一下呢，那里真不知有多么美丽多么有趣啊！可是他忽然又犹豫起来：到月宫去，那太高了。我在地上赏月，到夜深还有些寒意，如果到达月宫，那不知更有多么寒冷呢！所以还是别去，就在地上欢乐欢乐吧。“胜”，应当念平声，“不胜”，就是禁受不住的意思。月亮里有“琼楼金阙”，也是出于唐代小说《酉阳杂俎》里，东坡换上一个“玉”字，便更能表现月亮的那种光明皎洁的境界。

但是，苏东坡并不“甘心”，他又进而大胆地想象。从唐代以来，人们总是传说，在月宫里大桂花树下，有许多素娥仙女，穿着白衣，跨着白凤，翩翩而舞。他想：你们在那种美妙的仙境里起舞，和我们人间的这些凡人，因赏月光而歌舞，两下里比一比，不知道究竟有怎么样的分别？——这就是这首词上半首最后两句的意思。应当注意的是：古代用“何似”这个词语，一般都是把两件事物拿来对比的意思，而不要理解为“哪里像”的意义。天上“何似”人间，就是说若论天上，倒不知比起人间来又是如何？并不是“天上哪里像人间”这种简单的话语。有人以为苏东坡在这里是鄙弃天上、赞美人间，我认为无论从当时的词语上讲，从东坡的思想上讲，都是不太恰合的。

词的下半阙，开头两句“转朱阁，低绮户”，便换了一副笔墨，变为深婉细致了。“转”，古时凡写光阴的暗暗地、缓缓地、令人不易察觉地移动前进，都用这个“转”字，例如写“更漏”，写“树影”，都说“转”。这里用了个“转”字，的确写出了赏月之间，时光暗暗地过去的神情。接着又用了个“低”字，更见出月已平西，渐渐斜下去，没下去了。仅仅两个小字眼，经济之极，却传神之极！而且又传达了赏月人的心情：刚才是当歌对酒的兴高采烈，渐渐地，随着夜深，豪兴已经收敛，转入到一种深沉的思绪里面去了。“朱阁”，就是红楼；“绮户”，是雕镂精美的窗扇。这里是说古代闺门秀女的居处。“照无眠”，只这一笔便把皎洁的美丽的月宫仙女和想象中的人间女郎，都融合在一起了。“无眠”，写出了女郎因心怀离别之情，她对此佳节良宵，辗转不寐，大睁着两眼，直望到月光低得平射进绮丽的窗户。有人以为，“无眠”是作者自己写自己的“欢饮达旦”。我想是不对的。欢饮达旦，绝不能用“无眠”这个词语来形容，再说作者也绝不会把他自己安插到“朱阁”“绮户”里面去的。东坡用这一笔，是泛写节日里有的人庆幸欢乐；有的人却对景伤情，正是古人所谓“每逢佳节倍思亲”的意思，而作者关切的，要写的，正是这后一种人。虽然他的原题里曾有“兼怀子由”的话，就是说，他在写诗时有怀念他弟弟苏辙的含意，但是，我们在他词里看到的，却不仅仅是那样一点兄弟之情，他的思想仍是一贯阔大的，绝不是一个小小的个人的形象。由此，这才转到他的最后一个问题：明月啊，你心中是没有什么愁恨的人了吧？可是为什么你却总是在人们离别的时候，反而清光越发皎洁呢？难道你不能使人间没有离别，而在亲密的人们团圆的时候，再凝辉飞彩，能这样那不是更好吗？作者在这里，表现了他的伟大的愿望，但愿人间都无愁恨，所有人们都是幸福快乐的。

但是，这在当时是不可能的，苏东坡也深深知道这只是一种空想的善良的愿望罢了。自古以来，人有悲欢离合、苦乐辛酸；月有阴晴圆缺、天时不定，哪里能有都永远配合得尽如理想的条件呢？愿望既然难以实现，那我们就只有从对事理的认识上去解决吧。他想起了李白《把酒问月》的结句："古人今人若流水，共看明月皆如此，——惟愿当歌对酒时，月光长照金樽里！"又想起古人谢庄《月赋》的名句："美人迈兮音尘阙，隔千里兮共明月！"于是他写下了自己的看法："但愿人长久：千里共婵娟！"这意思是说，我们只愿亲密的人永远都活着，纵然不能在佳节里得到团聚，那么千里虽遥，但能共同仰望这一轮明月，享受这种美好的境界，也就非常满足了。

这篇名作，写得挥洒如意，笔如转环，有美丽的想象，有细致的刻画，有豪爽的兴致，有深沉的哲理，交织为一，不单一，不肤浅，有情有味。苏东坡的哲理，或者说他的人生观，从我们今天看来，也许不都是正确的，但他的感情比较健康，思想比较阔大，给人的思想上和艺术上的感受还都是舒畅的。他的乐观精神，也给读者以安慰，以鼓舞。在古代词人的作品里，这样的作品实在不多，千百年来人们一直极为喜爱它，是有原因的。在《水浒传》那样一部描写英雄人物的小说里，写到中秋，也都想到"苏学士"这首名作，拿来作为艺术上的配合、托衬，可见它在人们心目中的地位了。

最后说明一下，我不同意把这首词理解为苏东坡在写他的政治心情，写他怀念皇帝的感情。我们并不否认古典诗歌里常有"寄托"这一种事实，但我们也不赞成用猜谜索隐的方式去读诗词，例如说"天上宫阙"就是指京城、朝廷，"人间"就是指地方（山东密州）等等。那样，会把作者的感情、思想凝固化、狭隘化起来，那样看起来好像是在探索内容的意义，而实际上将无法真正理解作者和作品的精神世界和艺术天地。

## 洞仙歌

公自序云：仆七岁时见眉山老尼，姓朱，忘其名，年九十余，自言：尝随其师入蜀主孟昶[1]宫中。一日大热，蜀主与花蕊夫人[2]夜起避暑摩诃池上[3]，作一词[4]。朱具能记之。今四十年，朱已死，人无知此词者。但记其起首两句，暇日寻味，岂《洞仙歌令》乎，乃为足之[5]。

冰肌玉骨，自清凉无汗。水殿风来暗香满[6]。绣帘开、一点明月窥人，人未寝、欹枕钗横鬓乱。　起来携素手[7]，庭户无声，时见疏星渡河汉[8]。试问夜如何，夜已三更，金波淡[9]、玉绳低转[10]。但屈指、西风几时来，又不道[11]、流年暗中偷换。

【注释】

[1] 孟昶（chǎng）：五代时后蜀后主，在位31年（935年—965年），知音律，能填词，后为宋所灭。

[2] 花蕊夫人：孟昶的妃子，姓徐，别号花蕊夫人。

[3] 摩诃：梵语。音译为摩诃，意译则兼有大、多、美好等义。摩诃池在孟蜀的宣华苑中。

[4] 作一词：《温叟诗话》认为孟昶曾作《玉楼春》词："冰肌玉骨清无汗，水殿风来暗香满。绣帘一点月窥人，欹枕钗横

云鬟乱。起来琼户启无声，时见疏星渡河汉。屈指西风几时来？只恐流年暗中换。”实际上，小序中所说孟昶所作之词并未流传下来，苏轼说他只记住其首两句。

［5］足之：补足它。

［6］水殿：临水的便殿。王昌龄《西宫夜怨》：“芙蓉不及美人妆，水殿风来珠翠香。”这三句写花蕊夫人及她的住所。

［7］素手：指女子的手。《古诗十九首》：“娥娥红粉妆，纤纤出素手。”

［8］河汉：银河。

［9］金波：月光。《汉书·郊祀歌》：“月穆穆以金波。”淡：言月光不像刚才那么明亮。

［10］玉绳：两星名，是北斗七星中的斗杓，在北斗第五星玉衡之北。常与金波连用。低转：位置低落了一些。

［11］不道：不觉得。

# 却不道流年暗中偷换[①]

## ——苏轼《洞仙歌》

周汝昌

坡公的词，手笔的高超，情思的深婉，使人陶然心醉，使人渊然以思，爽然而又怅然，一时莫明其故安在。继而再思，始觉他于不知不觉中将一个人生的哲理问题，提到了你的面前，使你如梦之冉冉惊觉，如茗之永永回甘，真词家之圣手，文事之神工，他人总无此境。

即如此篇，其写作来由，老坡自家交代得清楚："仆七岁时见眉山老尼姓朱，忘其名，年九十余，自言：尝随其师入蜀主孟昶宫中。一日大热，蜀主与花蕊夫人夜起避暑摩诃池上，作一词。朱具能记之。今四十年，朱已死，人无知此词者。但记其首两句，暇日寻味，岂《洞仙歌令》乎，乃为足之。"这说明一个七岁的孩子，听了这样一段故事，竟是何等深刻地印在了他的心灵上，引起了何等的想象和神往，而四十年后（其时东坡当在谪居黄州），这位文学奇人不但想起了它，而且运用了天才的艺术本领，将只余头两句的一首曲词，补成了完篇，而且补得是那样的超妙，所以要相信古人是有奇才和奇迹出现过的。显然，东坡并不可能"体验"蜀主与花蕊夫人那样的"生活"而后才来创作，但他却"进入了角色"，这种创造的动机和方

① 选自周汝昌《诗词赏会》，广东人民出版社 1987 年版。

法，似乎已然隐约地透露出“代言体”剧曲的胚胎酝酿。

冰肌玉骨，可与“花容月貌”为对，但实有高下之分，雅俗之别。盛夏之时，其人肌骨自凉，全无秽染之气，可想而得。以此之故，东坡乃即接曰：水殿无人暗香满。[①]暗香者，何香？殿里焚焙之香？殿外莲荷之香？冰玉肌骨之人，既自清凉，应亦体自生香？一时俱难“分析”。即此一句，便见东坡文心笔力，何等不凡。学文之士，宜向此等处体会，方不致只看“热闹”耳。

以下写帘开，写月照，写枕，写钗鬓，须知总是为写大热二字，又不可为俗见所牵，去寻什么别的，自家将精神境界降低（或根本未曾能高），却说什么昵蕊甚至坡公只一心在“男女”上摹写，岂不可悲哉。

上片全是交代“背景”。过片方写行止，写感受，写思索，写意境，写哲理。因大热人不能寐，及风来水殿，月到天中，再也不能闭置绣帘之内，于是起身而到中庭。以其无人，乃携手同行。所携者特曰素手，此本旧词，早见古诗，不足为奇，但东坡用来，正为蜀主原语呼应，其为冰玉生凉之手，又不待“刻画”，只一“素”字尽之。所以学文者若只以东坡“用统传词语”视之，便只得到“笺注家”能事，而失却艺术家心眼也。（所以好的笺注家须同时是艺术家，方可。）

既起之后，来至中庭，时已深宵，寂无人迹，闻无虫语，唯有微风时传暗香之夜气。仰而见月，由看月而又看银河天汉。盖时至六七月，河汉明亮，愈显清晰。银河亦如此寂静无哗，忽有疏星一点，掠过其间，似渡明波。此笔写得又何等超妙入神！不禁令人想起孟襄阳写出：“微云渡河汉，疏雨滴梧桐。”当时一座叹为清绝！我则以

① 水殿无人：当作“水殿风来”，疑笔误。——编注。

为，东坡此一句，足抵孟公十字，不是秋夜之清绝，而是夏夜之静绝，大热中之静绝。写清绝之境不难，此境却实难落笔得神也。

“试问”一句，又从容传出二人携手大热中静玩夜空之景已久，已久。及闻已是三更，再观霄汉，果见月色澄辉，便觉减明，北斗玉绳，柄更低垂，真个宵深夜静，已到应该归寝之时了。但是大热不随夜色而稍减，于是又不禁共语：什么时候才得夏尽秋来，暑氛退净呢！

以上一切，皆非老尼朱氏所能传述，全出坡公自家为他二人而设身，而处地，而如觉大热，而如见星河，而如闻共语……。学词者，又必须领会：汉、淡、转三韵，连写天象，时光暗转，是何等谐婉悦人，而又何等如闻微叹！

东坡既叙二人之事毕，乃于收煞处，似代言，似自语，而感慨系之：当大热之际，人为思凉，谁不渴盼秋风早到，送爽驱炎？然而于此之间，谁又遑计夏逐年消，人随秋老乎？嗟嗟，人生不易，常是在现实缺陷中追求想象中的将来的美境；美境纵来，事亦随变；如此循环，永无止息。而流光不待，即在人的想望追求中而偷偷逝尽矣！当朱氏老尼追忆幼年之事，昶蕊早已无存，而当东坡怀思制曲之时，老尼又复安在？当后人读坡词时，坡又何处？……是以东坡之意若曰：人宜把握现在。所以他写中秋词，也说“起舞弄清影，何似在人间？”“……此事古难全，但愿人长久，千里共婵娟！”（此种例句，举之不尽）故东坡一生经历，人事种种，使之深悲；而其学识性质，又使之达观乐道。读东坡词，常使人觉其悲欢交织，喜而又叹者，殆因上述缘故而然欤？

此义既明，强分“婉约”“豪放”，而欲使东坡归于一隅，岂不徒劳而自缚哉！

## 江城子 乙卯正月二十日夜记梦[1]

十年生死两茫茫[2]，不思量，自难忘。千里孤坟[3]，无处话凄凉。纵使相逢应不识：尘满面，鬓如霜。　夜来幽梦忽还乡[4]，小轩窗[5]，正梳妆，相顾无言[6]，惟有泪千行。料得年年肠断处[7]：明月夜，短松冈。

【注释】

[1] 乙卯：宋神宗熙宁八年，即公元1075年。

[2] 茫茫：渺茫难知。

[3] 千里孤坟：指王弗墓在眉州，诗人在密州。

[4] 幽梦：即梦。梦境隐约，故云幽梦。

[5] 小轩窗：即小窗。轩，小房子。

[6] 顾：看。

[7] 料得：料想到。

# 苏轼《江城子·十年生死两茫茫》分析[①]

张燕瑾　杨镰贤

苏轼的《念奴娇·大江东去》、他的《水调歌头·明月几时有》，早已成为脍炙人口的诗篇。这些词，的确是他的代表作。气势豪迈奔放，感情激昂旷达，正如胡寅所说，能"使人登高望远，举首高歌，而逸怀浩气，超乎尘垢之外。"（《题〈酒边词〉》）苏轼当之无愧的是豪放派词人的代表作家。但是，人的感情是复杂的，一个伟大作家，他的创作成就、他的艺术风格，也往往不是单一的。就拿苏轼来说，他的散文、诗歌、词以及书法等等，都足以名家。就他的词来说，也是风格多样，呈现出万紫千红的缤纷色彩。既有上面提到的豪放作品，又有感情深挚、思致委婉的作品。这首《江城子》就是属于后一种类型的作品。

苏轼的原配妻子王弗，性情温顺，善事翁姑，敏静而颇知诗书，对苏轼察言、知人都有很大帮助，婚后伉俪之情甚笃。不幸的是，十六岁与苏轼结婚，到宋英宗治平二年（1065）的五月，年仅二十七

① 张燕瑾（1939— ），首都师范大学教授，古代文学学者，尤长于戏曲研究。著有《唐诗选析》、《唐宋词选析》（与杨镰贤合著）、《中国戏剧史》、《中国戏曲史论集》、《中国俗文学史》、《元曲精粹解读》、《西厢记》（校注）等。杨镰贤（1940— ）古代文字、古典文献及文学学者，曾任天津师范大学教授、天津古籍出版社社长、总编辑。著有《唐诗赏析》、《唐宋词赏析》（均署名木弓）、《唐宋词选析》（与张燕瑾合著）等。本文选自张燕瑾、杨镰贤《唐宋词选析》，天津人民出版社1985年版，标题为编者所加。

岁便于都城汴京溘然长逝。第二年的六月，葬于眉州（今四川省眉山县）东北彭山县安镇乡可龙里，[1] 诗人满怀深情地为她写了墓志铭——《亡妻王氏墓志铭》。共同生活了十一年的相亲相爱的夫妻，就这样幽明分抛，不仅使诗人由衷恸伤，诗人的父亲也为失去这样贤慧的儿媳而惋惜，对苏轼说："妇从汝于艰难，不可忘也。"（《亡妻王氏墓志铭》）此后，诗人的生活发生了很大的变化，南北转徙，漂无定所，虽然没有静下心来对亡妻进行思念的机会，但那对她的一片真情，却深深埋藏在心底。熙宁八年，诗人正在密州（今山东省诸城县）[2] 任知州。王弗的死整整十年了，诗人情真感得入梦来，正月二十日夜，他与王弗在梦中相逢了。诗人用《江城子》这个词牌记述其事，为我们留下了脍炙人口的诗篇。

词的上片写诗人对亡妻的深沉的思念，是写现实。

"十年生死两茫茫"至"无处话凄凉"五句，直叙死生隔绝的思念之情。"十年生死两茫茫，不思量，自难忘"，是从时间角度着眼来写的。"十年"，点明时间之长，十年沧桑，他们是多么迫切地希望得到彼此的消息、希望彼此的音容浮现在眼前呵！然而，失望了，这"茫茫"二字，不仅写出了他们彼此渺茫难详的现实，表现了内心的空虚、怅惘，也反映了他们思念之情的深切、他们心事的浩茫深远。着一"两"字，用这样肯定的语气，说死去的王弗也有着同诗人一样的心境，体现着诗人的判断，体现着诗人对亡妻的了解，蕴涵着无限深情。这个"两"字，虽然是合生者、死者总而言之，实际上却是在突出、在强调生者的思念之深、思念之切。在诗人看来，死

① 眉山县今为眉山市，彭山县今为眉山市彭山区。——编注。

② 诸城县今为诸城市。——编注。

去的妻子也正和自己一样，充满着不尽的思念，生死同心，夫妇感情是很深的。感情如此之深，思念又很殷切，但诗人偏偏把笔一振，写出“不思量”三个字，如异峰突起，警策峭拔；紧接着“自难忘”，逼进一步，即使不想她，也不会忘记的，退一步进两步，把诗人那种深沉的思念，强调得异常鲜明，异常突出。“千里孤坟，无处话凄凉”，是从空间角度着眼写的。“千里”言其远，“孤坟”言其单，“千”与“孤”通过多与寡的对比，创造出一种凄凉冷落的境界。“无处话凄凉”，满腹凄凉一层；无处诉说，又一层；之所以“凄凉”，是因为死生隔绝；“无处话”，则不仅因为死生隔绝，还因为活着的，身在密州，死去的，坟在眉州，山遥水远。诗人在这有限的语言里，容纳了多么丰富的内容！

“纵使相逢应不识：尘满面，鬓如霜”，是通过假设之词写生死离别的思念之情。十年隔绝，生死茫茫，诗人渴求着、幻想着能够与死去的亲人见上一面，于是转念一想，即使见了面，又会是一种什么样子呢？上面笔笔在写不能“相逢”的痛伤，这里用“纵使相逢”一转，别开天地，另创新境。相逢之后，按照常情，他们也许会抱头痛哭吧？然而没有，出人意外，“应不识”，都变得不能相认了。“应”字照应“纵使”二字，进一步表明这是设想之词。亲人相逢却不相识，这种超乎常情之外的表现，大有“别是一般滋味在心头”（李煜《乌夜啼》）的艺术效果，倍增惨凄。共同生活了十一年的夫妻，何以会不相识呢？诗人解释道：“尘满面，鬓如霜”，自己容颜憔悴了，变衰老了。这里又是诗人从自身的感喟中抒发对王弗的无限怀念了。王弗在世的绝大部分时间里，苏轼的生活比较安适。王弗死后，他因为反对王安石的新法而乞外任，先是通判杭州，后又转知密州。官场的失意，奔波的劳顿，已经为刚刚四十岁的诗人增添了华发，他衰老了。所以，在“尘满面，鬓如霜”两句诗里，寄寓着诗人的无限身世感慨。然而，这又决不仅仅是感叹自身的坎坷，它更流露着对亡妻的思念。在《亡妻王氏墓志铭》中，有这样一段记载：

> （王弗）从轼官于凤翔，轼有所为于外，君未尝不问知其详，曰：“子去亲远，不可以不慎。”日以先君之所以戒轼者相语也。轼与客言于外，君立屏间听之，退必反覆其言曰：“某人也，言辄持两端，惟子意之所向，子何用与是人言？”有来求与轼亲厚甚者，君曰：“恐不能久。其与人锐，其去人必速。”已而，果然。将死之岁，其言多可听，类有识者。（《苏东坡集》卷三十九）

现在，困顿的处境，当然会使诗人想起有见有识的妻子。诗人只用了六个字，描绘出自己风尘仆仆的容颜，却也耐人寻思。

词的下片记述梦境。

沈祥龙《论词随笔》云：“词换头处谓之过变，须词意断而仍续，合而仍分，前虚而后实，前实而后虚，过变乃虚实转捩处。”因思成梦，原也极其自然。梦，既是上片思念亡妻这种感情的伸延，与“纵使相逢应不识”三句相呼应，意脉不断，又由写实而入虚，发起别意。用“夜来幽梦忽还乡”一句过渡，引入梦境，极其自然，极其巧妙，正是“词意断而仍续，合而仍分”，“忽”字表现梦境的迷离恍惚，也很生动，换头写得令读者耳目振动。

“小轩窗”至“惟有泪千行”，具体记述梦中的情景。诗人梦到了什么呢？“小轩窗，正梳妆”，刻划王弗的形象，描绘出一帧窗前梳妆的日常生活图画。诗人对亡妻这种形象是非常熟悉的，这种描写显得真实，仿佛诗人又回到了十年前那种和睦融洽的夫妻生活中去了。短短两句话，写出了诗人的理想，平易，却很亲切，充满了生活气息，平淡之中却自有一种动人的魅力。“相顾无言，惟有泪千行”，写梦中相见时的情景。上片的“纵使相逢”几句还只是一种设想，现在，他们真的在梦中相逢了。她该是惊诧他的衰老和憔悴吧？他们该是倾诉一别十年的离肠吧？……然而，诗人都没有写。诗人只是选取了夫妻相见惊定之后的表现进行描写。“相顾无言”，不是无话可说，上片明明在说“无处话凄凉”，有满腹“凄凉”盼望着向亲人倾诉呢!而恰恰是十载离肠，要说的话太多，乍一相逢，惊喜并至，一时反而不知从何说起，又且思绪茫茫，许多话也一时说不清楚，翻到极点，反而“无言”了。是的，世间有许多感情，并不是语言可以表达的。在这种丰富的感情面前，在这种神秘的心灵感应面前，语言显得苍白无力了，显得多余了。诗人正是要通过这种“无言”，让人领会那含意未伸的真意，借用陶渊明的诗句来说，就是：“此中有真意，欲辨已忘言。”（《饮酒·结庐在人境》）所以，这里的“无言”胜似“有言”，它统摄了多种情绪。但是，“无言”却有“泪”，而且泪多到“千行”。泪，是情感的形象，是他们心灵活动的外在表现，泪流“千行”，说明他们内心感情是很丰富的，是很激动的。但此时此刻，语言似乎无能为力，夫妇间的相互了解，使他们无须一言一语，那簌簌滴落的眼泪，便是他们传达感情的最好方式。这是惊喜的眼泪，十年隔绝，“忽”而相遇，日夜思念的亲人意想不到地出现在眼前，怎能不惊喜？这是悲伤的眼泪，千里相隔，十年离索，这满腹哀愁怎能不向亲人表露？正是一霎时翻了五味瓶，各种滋味一齐涌上心头，凝成了这滴滴泪水，诗人抓住了人物在特定情境之下的独特表现，恰到好处地把它表现出来，这是能鞭辟到感情最深处的艺术描写。

词的最后三句，是诗人梦醒后的感慨："料得年年肠断处，明月夜，短松冈。"那短暂的相逢，竟然是一场虚幻的幽梦！由梦幻回到现实，更增加了诗人的思念。但妙在诗人不说自己如何想念妻子，而去猜想妻子如何想念自己。"料得"二字又由现实引入想象；"年年肠断"，说明亡妻思念殷切；一个"处"字，又逗起下文，移情入景，描绘出千里之外王弗葬地的景象："明月夜，短松冈"，那明月照耀之下，长满小松树的山冈。这又照应了上片"千里孤坟，无处话凄凉"二句。要写孤坟的凄凉，诗人没有写凄风苦雨、暗夜萤飞的景象，却着意去描写那照耀着孤坟的明净如水的月色，这是别具匠心的。宋人传说："中秋有月，……虽相去万里，他日会合，相问阴晴，无不同者。"（苏轼《中秋月三首》其三自注）所以人们都借助这万里同阴晴的月色，来表达自己美好的祝愿。苏轼在写这首悼亡词的第二年，在怀念弟弟子由的时候写道："但愿人长久，千里共婵娟"，正是此意。现在，空有明月在，不见故人归，王弗早已离开了人世，幽明异路，再不能共此千里明月了！她怎能不伤心肠断？这里的景，是感情的寄托，它使感情更具体、更形象了，好像那汗漫无垠的月光，就是他们绵绵不尽的哀伤和思念。在这里，诗人又是从自己的伤心肠断来设想王弗的伤心肠断，在这种设想、判断中，表现出诗人对亡妻的体贴，寄寓着诗人执着不舍的深情，情意缠绵，字字血泪。既写了王弗，又写了诗人自己，一笔两用，手法很是巧妙。

苏轼这首为悼念原配妻子王弗而写的悼亡词，表现了诗人深挚的感情。全篇采用白描的手法，出语平淡朴实，处处如家常话语，字字是从肺腑镂出，极自然又极深刻，平淡中寄寓着真淳，能够把诗人的一片真情完全地、不走样子地表现出来。诗人一往情深，词的情调极其哀婉，但却并不板滞。在艺术上，诗人笔墨翻卷，境界层出，波澜叠起，妙绪纷呈。上片写“无处话凄凉”，夫妻生死相隔，不能见面，这是现实，是不能改变的；但“纵使相逢”一转，由实入虚，使词出现了新的境界；在现实生活中既不能相见，退一步讲，纵使相见也不会相识，看来路已走绝，只有如此“无处话凄凉”下去。然而，“山重水复疑无路，柳暗花明又一村”（陆游《游山西村》），在下片，诗人通过“幽梦”使词的境界绝处逢生，偏偏就写现实中实现不了的、纵使相见也不会相识的相见，出人意表。文笔忽而写实，忽而幻想，虚虚实实，如天马行空，令人叹绝，能够振动读者的心弦。晁无咎曾经说苏轼之词“短于情”，由这首《江城子》来看，这种说法是不正确的。陈后山曰：“风韵如东坡，而谓不及于情，可乎？”（王若虚《滹南诗话》引）只是他不喜欢写那些“纤艳淫”之情罢了。

## 念奴娇 赤壁怀古[1]

大江东去，浪淘尽、千古风流人物[2]。故垒西边人道是[3]，三国周郎赤壁[4]。乱石穿空[5]，惊涛拍岸，卷起千堆雪[6]。江山如画，一时多少豪杰。　遥想公瑾当年，小乔初嫁了[7]，雄姿英发[8]。羽扇纶巾谈笑间[9]，樯橹灰飞烟灭[10]。故国神游[11]，多情应笑我早生华发[12]，人生如梦，一尊还酹江月[13]。

【注释】

[1] 赤壁：三国时吴国周瑜大败曹操的地方，即“赤壁之战”的战场。在今湖北赤壁市。赤壁本是山名，峙立于长江南岸的江边，山岩石壁呈赭红色，故名赤壁。苏轼所游的是黄冈城外靠长江北岸的赤鼻矶。他本是借眼前之景，抒怀古之情，不必实指其地。本词上片“人道是三国周郎赤壁”一语，就表明是虚指。作者另外还有《赤壁赋》，也是结合三国史事写成的。

[2] 大江：即长江。浪淘尽：大浪淘沙，使沧海变为桑田。白居易《浪淘沙》词：“白浪茫茫与海连，平沙浩浩四无边；暮去朝来淘不住，遂令东海变桑田。”

[3] 故垒：旧时的营垒。

[4] 周郎：即周瑜，字公瑾，为吴将时年仅二十四岁，吴人称他周郎。他是孙（权）刘（备）联军的东吴主帅，指挥赤壁战

役，获得胜利，所以说是“周郎赤壁”。见《三国志·吴书·周瑜传》。

［5］乱石穿空：指石壁陡峭，插入天空。

［6］千堆雪：浪涛重迭地飞卷而上。李煜《渔父》：“浪花有意千重雪。”

［7］小乔：即小桥，桥玄有两女，大桥嫁孙策，小桥嫁周瑜，事在建安三年。赤壁之战在建安十三年，说“初嫁”，是用以渲染英雄美人的佳话而为全词增色。

［8］英发：英俊勃发。《三国志·吴书·吕蒙传》记孙权与陆逊议论周瑜、鲁肃和吕蒙，他说“公瑾雄烈，胆略兼人。”又说吕蒙“可以次于公瑾，但言议英发，不及之耳。”

［9］纶（guān）巾：丝帛做成的便帽。这句是写周瑜穿便服指挥作战，与下句“谈笑间”起配合作用。

［10］樯橹：此以舟船代指敌人。樯，船帆柱，即桅杆；橹，划船器具，长大而纵。樯橹代指船。这句是说周瑜谈笑风生、出其不意地运用火攻，使敌人溃败，如灰飞烟灭。李白有《赤壁歌》：“二龙争斗决雌雄，赤壁楼船扫地空。烈火初张燕云海，周瑜于此破曹公。”

［11］这句说周瑜神游于三国时的战场。

［12］华发：花白的头发。

［13］尊：通“樽”。酹（lèi）：把酒浇在地上祭奠。

# 略谈苏轼的《念奴娇》①

詹安泰

就词的发展过程看，到北宋中期苏轼（1036—1101）手里有了变革。

在苏轼以前，词的抒写范围多局限于男女情爱、儿女心肠。就是超越这个范围的思想情感，也往往通过男女的关系表现出来。到了苏轼，就把这范围扩大了，不仅用词来抒写男女间的悲欢离合，举凡纪游、怀古、感旧、唱和、谈禅、说理，都运用词。乃至隐括旧文、代人赠别、笑谑、回文等等诗文所能达到的境界，也用词这一形式来抒写。

苏轼以前的词，由于题材和主题的局限，一般以温柔宛转为主。李煜、范仲淹虽然曾经用大开大阖的笔法写出感慨苍凉的情调，而限于“令词”，局势无从开展。柳永多作“慢词”，算是推进了一大步，但是他的特长仍然在于铺叙展衍，曲折深细，正如“娇女步春，旁去扶持，独行芳径，徙倚而前，一步一态，一态一变”②，走的还是温柔宛转一路。到苏轼，词的风格大大地改变了，“一洗绮罗香泽之态，摆脱绸缪宛转之度，使人登高望远，举首高歌，而逸怀浩气，超然乎尘垢之外”③。

---

① 本文选自詹安泰《宋词散论》，广东人民出版社 1980 年版。

② 毛先舒论长调的话，见王又华《古今词论》引。

③ 胡寅《题酒边词》。

由于上述两种情况，以前仅仅作为歌楼舞馆协乐应歌的工具，现在还可以作为士大夫抒写怀抱、议论古今的工具了；以前主要是适合于表达市民阶层的思想情感的东西，现在一样适合于表达士大夫的思想情感了。这么一来，词就和文人的正统文学——诗、骚——同列，词这种体裁也和别的文学形式一样可以用来写社会的各个方面。从此开辟了词的发展的宽广的道路，活跃了词人的多采多姿的创作。

从上面谈的，可以看出苏轼的独创精神在词方面的最突出的表现。

下面谈谈他的代表作品之一《念奴娇·赤壁怀古》。

大江东去，浪淘尽千古风流人物。故垒西边，人道是三国周郎赤壁。乱石穿空，惊涛拍岸，卷起千堆雪。江山如画，一时多少豪杰！　　遥想公瑾当年，小乔初嫁了，雄姿英发。羽扇纶巾谈笑间，樯橹灰飞烟灭。故国神游，多情应笑我早生华发。人生如梦，一樽还酹江月。

这首词是1082年（宋神宗元丰五年）七月在黄州写的，当时他是四十七岁，已经贬谪黄州两年多了[①]。1079年（元丰二年）新党的何大正、舒亶、李定等说苏轼作诗文谤讪朝政，八月间，苏轼就被捕入狱，无辜被牵连的人也不少，造成一次文字狱。幸赖张方平、范镇、吴充等极力营救，才于十二月底出狱，充黄州团练副使，本州安置，不得

① 见傅藻《东坡纪年录》。

签书公事[1]。他被捕的时候，地方官吏还搜取他的著作。他受了这样一次严重的打击，这时的心情是错综复杂的，一时的悲愤和他平日的旷达的胸怀与忠爱的心愿往往交织在一起。

苏轼这首词，为什么这样悲叹“千古风流人物”的一去不复返和颂扬这些人物？为什么这样赞美祖国壮丽的江山？又为什么在自己和古代的风流人物对比之下会产生出“人生如梦”的感叹？这一切，应该从他当时复杂的内心世界体察。他怆怀国事，憎恨坏人，不能不向往过去的“风流人物”和英雄业绩；他热爱祖国，热爱生活，不能不依恋江山，宽解自己。这样的思想情感是有它的一致性又有它的矛盾面的，融合一起抒发出来，就使全词充满豪迈而又沉郁的气氛。我们读了，能体会到作者的豪情激荡和他的不平之气。

开头两句把大江和人物联系起来提，表现着激动的情感，蕴蓄着深广的意义。把自己的沉郁的心情和豪迈的气概与江山人物融成一片来写，不只是写“不尽长江滚滚流”的自然状态，中间还浮现着若干不可一世的但又是不复返的值得赞叹的英雄人物。

“故垒”两句指明赤壁这个地点。说“故垒”，说“三国周郎”，是作为具有历史意义的地点提出的[2]。说“人道是”，表明这

① 见王宗稷《东坡先生年谱》引《乌台诗话》《续通鉴长编》《吴兴备志》等。苏轼对当时政治的不满，往往在诗里表露出来。文同曾以诗劝他，“北客若来休问事，西湖虽好莫吟诗”。他的《次韵答邦直、子由》诗，有“欲吐狂言喙三尺，怕君轻我却须吞”句，自注：“邦直屡以此见戒。”到后来，郭祥正寄诗给他，还有“莫向沙边弄明月，夜间无数采珠人”句。

② “三国周郎赤壁”只是指赤壁——三国吴的主将周瑜在那里打胜仗的赤壁。“三国周郎”是“赤壁”的修饰语。这里专提地点，并不是兼提人物，所以这一句也作“三国孙吴赤壁”（见郑文焯引《容斋续笔》“诗词改字”条）。两种说法，意义是一样的。地点和人物的总提作为全篇的“冒头”，在开头两句已经写了，这里就不必也不会重复。又从接着的只描绘赤壁的形胜，也可以看出这句是专提地点的。

是特别显著为大家所称道的，也见得这是传说如此，不一定是历史上赤壁之战的所在地[1]。

“乱石”三句，承上句，描写赤壁的奇险雄伟。这是江山合写。“乱石穿空”是向上看到的高峭的形象，“惊涛拍岸”是向下看到的仄险的形象，“卷起千堆雪”是远看近看的浩淼的、出奇的形象。全词正面描写赤壁景象的只有这三句，写得概括集中，精神饱满，意态纵横，有声有色。“乱石”句着重写姿势，“惊涛”句着重写声音，“卷起”句着重写色彩，而各自从景物本身的活动中体现出来，和豪迈沉郁的情调又完全一致。这就使读者觉得客观现实是这样，并不仅是作者个人的感受，从而加深了作品的说服力和感染力。这样描写景物，是很出色的。

“江山”两句，一句承上，一句起下。是由地点过渡到人物的提法。“如画”两字不但能包括上面几个方面的描写，连上面没描绘出来的景色也包括了，这才真正是精炼。说“多少豪杰”当然不止一个人物，但指的是“一时”，又不等同于“千古”，和开头的“千古风流人物”有照应也有区别，这主要是引出下面所要提的赤壁之战的两个英雄人物。

下半阕“遥想”到“烟灭”，无论指名的“公瑾”也好，不指名只提出诸葛亮的装束的“羽扇纶巾”也好，都是紧接上半阕末了“一

---

① 王象之《舆地纪胜》卷七十九：“《太平寰宇记》引《江图经》云：‘乌林为赤壁。’《新经》云：‘今江汉间言赤壁者有五：黄州、嘉鱼、江夏、汉阳、汉川。’其说各有所据，惟江夏之说近古而合于史。”并指出汉阳之说出于《荆州记》；汉川之说是以赤壁草市为赤壁；黄州之说出于《齐安拾遗》，以赤鼻山为赤壁；嘉鱼之说出于唐章怀太子《后汉书·刘表传》注。顾祖禹《读史方舆纪要》卷七十六：“当以嘉鱼之赤壁为据。”苏轼博极群书，有不同的说法应该是明白的。郎晔《经进东坡文集事略》卷一《后赤壁赋》注已指出这一点。

时多少豪杰”说的。当时最突出的人物是周瑜和诸葛亮，这里就举出他们两个人。赤壁破曹，主要地当然要归功于周瑜，但在策划过程中，诸葛亮是有很大的劳绩的。从结构说，上半阕末句和下半阕起句的语意紧密联系，是写慢词的一般的规则。张炎在《词源》里这样说过：“作慢词……最是过片不要断了曲意，须要承上接下。如姜白石词云：‘曲曲屏山，夜凉独自甚情绪！’于过片则云：‘西窗又吹暗雨。’[①]此则曲之意脉不断矣。”从苏轼这首词也可以看出这种特点。从内容说，上半阕主要写形胜景物，下半阕主要写人事，这也是写游览怀古的题材的一般的习惯。被苏轼称赞为“野狐精”[②]的王安石的《桂枝香·金陵怀古》，上半阕写金陵的形胜景物，下半阕才写：“念往昔豪华竞逐，叹门外楼头，悲恨相续。……”受苏轼影响最深的辛弃疾的《酹江月·西湖》，上半阕写西湖景物，末了引起下文，下半阕才写“遥想处士风流，鹤随人去，已作飞仙客。……”和苏轼这首词的思想活动的过程大致也是一样的。这样的写法也是符合实际情况的。我们游览，首先得到的总是感性认识，从这种感性认识出发才会联想到什么什么。所以，尽管可以有多种多样的创作思想和表现手法，这样的想法和写法是最自然、最顺适的，是可以肯定的。单从描绘人物方面看，也很恰当、很精炼。写周瑜和诸葛亮都能够抓住他们的个性特征和最突出的表现。本来，按照《三国志·周瑜传》，汉献帝建安三年（198）周瑜二十四岁。后得桥（乔）公两女，孙策自纳大桥，把小桥嫁给周瑜。建安五年（200）孙策死。从叙述次序看，周瑜纳小桥时大约是二十五岁。赤壁之战发生在建安十三年

---

① 姜夔《齐天乐》。

② 《草堂诗余》（陈钟秀校刊）引《古今词话》。

（208），周瑜三十四岁，小桥嫁给周瑜快十年了。作者在这里用“初嫁了”，显然是要增强这位“有姿貌”又善“顾曲”的风流儒将的“雄姿英发”的气氛的。英雄美人，相得益彰，这样结合周瑜生平的个性特征来写，这个英气勃勃的少年英雄的形象便跃然纸上了。写诸葛亮也是同样的写法。“羽扇纶巾”是诸葛亮生平最惯常的装束①，而“谈笑”就可以却敌，又是诸葛亮生平最惊人的事迹的表现②。这样描写，就清楚地刻画出诸葛亮这一人物的形象和性格特征。这样地描绘人物，也是出色的。

“故国”至“华发”，把所怀想的人物和自己融合一起写，趁势引出自己的感想。赤壁大战的时候，周瑜才三十四岁，诸葛亮才二十八岁，而苏轼作这首词时已经是四十七岁了。他想到他们在盛壮之年就作出这样惊天动地的事业，而自己呢，年纪这么大了，还被贬谪在黄州，连“签书公事”的职权都没有，他们如果神游故国（旧地），多情关怀我，该会笑我还没干出什么事业就头发花白了。从这种多情的笑中便为自己对现实社会的不满找到了有力的质证。“故国神游”指的是上面提出的周瑜、诸葛亮，“多情应笑我”指的也是上面提出的周瑜、诸葛亮。说“神游”，不是作者这次的实地游览；说“笑我”，不是“自笑”：语意是很明白的。

---

① 参看《语文教学》1956 年 12 月号所载唐圭璋《论苏轼〈念奴娇〉词里的“羽扇纶巾”》。宋程缜注苏轼《送将官梁左藏赴莫州》诗中的“葛巾羽扇红尘静”句说：“诸葛亮葛巾羽扇，指挥三军。”已经把诸葛亮的个别的形象来解释一般的一切场合可以通用的风流儒将的形象了。

② 如裴松之《三国志 · 诸葛亮传》注引《汉晋春秋》所载生致孟获，七纵七擒事(《北堂书钞》卷一一八《攻战篇》、卷一一九《克捷篇》都引到，可见隋以前的人都肯定这是事实)；《郭冲三事》所载亮屯于阳平，大开四城门，扫地却洒，司马懿引军北趋事；《汉晋春秋》所载死孔明走生仲达事等。

最后两句。有了“早生华发”的感慨，这就很自然地会生出这样一种心情：看到当时的漆黑一团的社会，感到人生如梦，暂且对酒来消受眼前的景色。他这样的对待人生的态度，就当时来说，是消极抵抗，这还是热爱生活的一种表现，我们不可孤立地看成悲观失望的自白。

这首词上半阕主要是写赤壁的形胜，下半阕主要是写人物事迹，到末了才引到自己的感触。上半阕的末了由江山写到人物是一个连锁。作者是以这样的安排来达成这篇作品的完整性的。尽管里面的描述错综复杂，这个艺术构思的完整体系我们还是能够认清楚。

## 卜算子

黄鲁直跋云：东坡道人在黄州时作，语意高妙，似非吃烟火食人语。非胸中有万卷书，笔下无一点尘俗气，孰能至此。

缺月挂疏桐，漏断人初静[1]。时见幽人独往来，缥缈孤鸿影[2]。　惊起却回头，有恨无人省[3]。拣尽寒枝不肯栖[4]，寂寞沙洲冷。

【注释】

[1] 漏：漏壶，古代计时器。用铜壶盛水，水从壶中漏出，水浅而露出箭上度数，从而知道时刻。有时亦以沙代水。夜深壶水已少，听不到滴漏声，故称漏断，也即夜深之意。

[2] 缥缈：隐隐约约，形容孤鸿的影子。

[3] 省（xǐng）：理解。

[4] 这句反映作者不肯轻易随声附和的孤傲品格，南宋胡仔《苕溪渔隐丛话》指出："鸿雁未尝栖宿树枝，唯在田野苇丛间，此亦语病也。"其实这本是作者借雁述志之语，着重在"不肯栖"三字。

# 说苏轼《卜算子》（“缺月挂疏桐”）①

吴小如

这首词原题为“黄州定慧寺寓居作”。“定慧寺”又作“定惠院”，实即一地。故址在今湖北黄冈县② 东南，苏轼曾在这里住过，还写过《游定惠院记》等小品文，据清王文诰《苏诗总案》，此词作于宋神宗元丰五年壬戌冬十二月，按阳历计算，已进入1083年了。当时作者因写了讥讽新法的诗，以谤讪朝廷的罪名系御史台狱，后遇赦被贬至黄州，虽说任团练副使，实际受官府监视管制，很不自由。这首词以孤鸿自喻，抒写自己内心寂寞，本在情理之中。清人黄蓼园评此词云：

> 此东坡自写在黄州之寂寞耳。初从人说起，言如孤鸿之冷落；下专就鸿说，语语双关。格奇而语隽。斯为超诣神品。

其说大体不差。但前人评论此词，颇多谬说。一种说法是承认这首词有政治内容，而解释却穿凿附会，如《类编草堂诗余》卷一引宋代鲖阳居士云：

---

① 本文选自吴小如《古典诗词札丛》，天津古籍出版社 2002 年版。

② 黄冈县，今为黄冈市。——编注。

> “缺月”，刺明微也；“漏断”，暗时也；“幽人”，不得志也；“独往来”，无助也。“惊鸿”，贤人不安也；“回头”，爱君不忘也；“无人省”，君不察也；“拣尽寒枝不肯栖”，不偷安于高位也；“寂寞沙洲冷”，非所安也。此词与《考槃》诗极相似。

同意此说者有张惠言（《词选》）、谭献（《谭评词辨》）；反对者有王士禛（《花草蒙拾》）、谢章铤（《赌棋山庄词话》续篇卷一）。近人沈祖棻先生在《清代词论家的比兴说》一文中指出：

> 这种方法，固然有时可以发明词意，但其弊病也很大。因为对古代作品求之过深，就不免穿凿附会，甚至捕风捉影，曲解前作，厚诬古人，结果自然不免引起异议。（《宋词赏析》页二二八）

这话确有一定道理。

另一种则是用编造故事的方式来讲词，这比前一种讲法更不足取。如吴曾《能改斋漫录》卷十六、王楙《野客丛书》卷十及《古今词话》等，就认为这首词是苏轼为了一个王姓少女（或说为了一个叫温超超的少女，并把写作地点从黄州迁到惠州）而作。今天看来，这样讲词不仅无稽，而且无聊。为了节省篇幅，恕不赘引。

尽管这两种讲法都为我们所不取，却涉及诗词创作的一个传统手法问题，即所谓比兴，或称之为在创作中有寄托。我个人认为，诗词中用比兴手法是习见的，而且是可取的；但“比兴”却不等于“比附”。古人不少谈“比兴”或提倡“比兴”的，其实是“比附”，也就是生拉硬扯，牵强附会。至于作品中有无“寄托”，是指作者的创作意图或指作品的主题思想而言，同“比兴”手法还不属于同一范畴。我以为，作品中有寄托是极自然的事，甚至一首诗或词的抒情主人公完全是第三者，也仍旧可以是有寄托的。而作品之有寄托则往往借助于比兴手法。如果一首作品本无寄托，或虽有寄托而一望可知，而后人却一味用牵强附会的手段去比附，硬说它有什么内容，那就大错特错。苏轼这首词，显然有寄托；以孤鸿自喻，当然属比兴手法。可是上述两种意见却都属于作者本无其意而为后人强加上去的，所以那只是“比附”，故为我们所不取。

这首词共出现三个“人”字。“人”指谁？值得研究，上片第二句说“漏断人初静”，显系泛指，即通常说的夜深人静。既然万籁俱寂，群动阒然，已是悄然无人声了；却又紧接着说“幽人独往来”，可见这个“幽人”不同于一般尘俗扰攘之徒。“谁见”，一本作“时见”，又作“时有”，又作“唯有”。版本不同而理解亦因之而异。有人认为“幽人”喻“孤鸿”，人已静而犹见有个“幽人”独往独来，这并不是真正的人而是“缥缈孤鸿影”（或说这个“幽人”只有天空中的孤鸿才见到了他）。另一种说法则把“幽人”讲成作者自己。在夜静更深之际，人迹已杳，而作者仍踽踽独行，从而见到虚空缥缈之间有孤鸿飞翥。其实这两种讲法并不矛盾。“幽人”与“孤鸿”，正是一而二、二而一，不过下片以鸿喻人，并未说破；上片则人鸿并举，一任读者联想而已。由此可见，词中前后两“人”字与上片第三句的“幽人”，确不是指的同一类型的“人”，而且是彼此对立的。“人”未静时，“幽人”不为世俗之人所见；“幽人”有恨，亦不为世人所知。可见这个“幽人”实即“孤鸿”自己。

鸿雁是喜群居而重配偶的，失群孤雁，不仅比喻作者政治上孤立，而且也隐指世上与己同调的知音稀少。下片写孤鸿之心迹与行踪，道出了两重心事。一是“惊起却回头，有恨无人省”；二是“拣尽寒枝不肯栖”。为什么“惊”？盖反用张九龄《感遇》诗：“孤鸿海上来，池潢不敢顾，……今我游冥冥，弋者何所慕？”而苏轼本人的遭遇，正如孤鸿之唯恐为“弋者”所射中。所“恨”者何？不但自己的政治抱负不能实现，反而落得一个险些送命的下场。“惊起”二句，又是反用五代欧阳炯《南乡子》：“孔雀自怜金翠尾，临水，认得行人惊不起。”欧词写孔雀临水照影，为自身金翠尾羽所炫，竟得意忘形，没有考虑行人走过。及至听到脚步声，便惊起欲飞；待仔细看时，觉得行人似曾相识，便又停下不飞，故词言虽“惊”而并未飞“起”。这里苏轼为了刻画其忧谗畏讥之心理与满腔抑郁之孤愤（即所谓“恨”），既写了憬然自惊而“回头”，又写了因一肚皮不合时宜而希望能有人理解领会。“惊起”句是怕“人”；“有恨”句是想把内心苦闷一吐之为快，又是希望能得到可倾诉之“人”。这种矛盾心情竟用比兴手法以揣摩孤鸿的心迹和行踪来曲曲描绘，真是高人妙手。这一重心事是对待周围客观事物的；下面一句则是反映自己主观思想的；鸿雁本不栖于树上，现在只由于事不遂心，才有意“不肯栖”的，故被人非议为有“语病”（见胡仔《苕溪渔隐丛话》前集卷三十九）。其实前人早已指出，这取“取兴鸟择木之意”（见陈鹄《耆旧续闻》卷二）。这不但有“绕树三匝，何枝可依”的一层意思，而且还有不屑与世俗同流合污这更深一层的意思。用今天的话说，正是以拟人的手法写现实人生的矛盾。既然如此，这只失群亡侣的孤鸿宁可远离尘世，寂寞地独处于冷落的沙洲之上，不愿也不敢同这个可怕而又可憎的处境打交道了。这又是一重心事。可见作者写雁也正是写人，并通过这种艺术手法来刻画自己的内心世界。因此我们说这首词真有寄托，是一点也不牵强的。

剩下来还有头尾两句："缺月挂疏桐"和"寂寞沙洲冷"（据《耆旧续闻》卷二，"洲"一作"汀"两字义本相近）。头一句是写背景，也是写实，点明当时是天寒夜深的时节，并无足奇。但作者不用圆月而说"缺月"，虽不必即如鲖阳居士说的"刺明微也"，而"月如无恨月常圆"，这里面恐怕也多少有点表示遗憾的味道，与下片的"有恨"似相照应，却又在疑似有无之间，写"疏桐"而不说"林丛"或其它树木，盖梧桐本高洁之树，所谓"龙门之桐，高百尺而无枝"；而且只有雏（凤凰一类的鸟）才肯栖息其上。只是因为寒意已深，梧叶凋残，虽高洁而正逢厄运，又与下片"拣尽寒枝"句有若即若离之妙。况且下弦残月挂于疏桐枝梢之上，又是一幅极其淡雅疏朗的水墨写意画。不仅"诗中有画"，而且与"幽人""孤鸿"等所要刻画的抒情主人公有水乳交融、相得益彰之妙。景语原是为抒情服务的，于此可见一斑。

至于最末一句，"寂寞"是孤鸿心境，"沙洲"是其止宿之处；"冷"字则兼把字的内在精神世界和客观上的季节特征结合起来，本亦顺理成章，毋庸饶舌。但我经过反复商量，却决定作一点翻案文章。即我以为元刊本末句作"枫落吴江冷"是有道理的。这句五言诗本是唐人崔信明现成的残句（当然也是名句），却被作者毫不客气地搬到词中。乍看去似与上文毫不衔接，有点不知所云。其实这句写江南由秋入冬之后的景物，真是绝妙好辞。枫叶由丹而黄，由黄而陨，三吴江水，寒意逼人；枯叶随江水流逝，尤增衰飒之感。这不正是处于四面楚歌之境的苏轼周围的现实气氛的真切写照么！相传鸿雁南飞，最远不逾湖南衡山，但吴头楚尾，此时业已冷寂荒凉，非候鸟所宜栖息之地了。作者用这一成句把虚拟的比兴之笔一下子大力兜转，使读者也随着回到现实中来，更足以证明流落在大江之滨的“孤鸿”的处境是如何的寥落悲凉，这不比从表面上毫无假借地直说“寂寞沙洲冷”更显得惝恍含蓄么？只缘后人不知其解，才以“寂寞沙洲冷”之句代之，其实反而显得质实浅露，全无谏果回甘、余音绕梁之趣了。正惟此词末句骤然劈空而下，以唐人成句作结，才更见出作者“语意高妙”，才气纵横，“似非吃烟火食人语”（《苕溪渔隐丛话》前集卷三十九引黄庭坚评此词之语）的特色。如只说“寂寞沙洲冷”，虽似切题而且章法结构皆甚完整，可是“笔下”反倒显得有点“尘俗气”（亦黄庭坚语）了。质之读者，不知意下如何？

# 李之仪

李之仪，字端叔，沧州无棣（今山东庆云县）人。神宗时进士。哲宗时曾任枢密院编修官。徽宗朝因文章得罪，被贬到太平州（今安徽当涂县）。他的词以小令见长，毛晋《姑溪词跋》说他“小令更长于淡语、景语、情语。”有《姑溪居士文集》。

## 卜算子

我住长江头，君住长江尾。日日思君不见君，共饮长江水。

此水几时休，此恨何时已。只愿君心似我心，定不负相思意。

# 释李之仪《卜算子》[1]

周振甫

宋代词人李之仪写的这首词是抒情的，有民歌风味。像《子夜歌》里就有双方对举的话，如："我念欢的的，子行由豫情。雾露隐芙蓉（夫容），见莲（怜）不分明。"即"我"和"子"对举。唐诗里也有这种民歌体的诗，如崔颢《长干曲》："君家住何处？妾住在横塘。"这里的"我住长江头，君住长江尾"，也是"我"和"君"对举。民歌还用复叠的句子，如《公无渡河》："公无渡河，公竟渡河。渡河而死，当奈公何！"第一二句只有一个字不同。这首词的"我住长江头，君住长江尾"，除了"我"和"君"对举外，也只有一个字不同。这样的句子，音节上具有反复唱叹的声情。有的句子还有个别的字重复，像《公无渡河》中，三四句里的"河"和"公"便是。这首词里四个"君"字，两个"我"字，三个"长江"，两个"水"字；还有"几时"和"何时"，"此水"和"此恨"，"君心"和"我心"，有重复和错综。这些构成民歌体的特色。

这首民歌体的小词，它的好处在于音节流美，完全是白描，不用典，跟白话相近。但又富有情味，容易念，容易记住，看似浅近，却不容易做到。这同它具有深厚的感情有关。就开头两句看，上举的

---

① 选自周振甫《诗文浅释》，见《周振甫文集》第九卷，中国青年出版社1999年版。标题为编者所加。

《子夜歌》和《长干曲》，都不如它耐人寻味。《子夜歌》反映女有真情，男怀犹豫。《长干曲》反映男女初步相识。都不如这词开头情味的深厚，极写两人相距遥远，这种遥远的距离，没有减少彼此的感情。逼出后两句，归到“共饮长江水”。联系江水，既极自然，又极深挚。可见民歌体的复叠，是真情的自然流露。“日日思君”两句，又写得非常含蓄，这里含蕴着千言万语，却不说出，让人自己去体会。虽然相距这样遥远，还在日日思君，正由于“共饮长江水”。日日饮江水，所以日日思君。着一“共”字，说明双方共饮江水，应该都在思念，尤有情味。写到这里，好像无话可说了。下片忽然奇峰突起。

下片来个“此水几时休”，长江水几时流尽，真是奇思幻想，怎么会想到长江水流尽了呢？原来日日饮江水，日日想念，要不想念，除非江水枯了，正是说明永远想念的意思。真像《上邪》里说的“江水为竭”。江水既然不会枯，此情也就永不变。忽又引出“此恨何时已”，就是此恨无时止。从上片的“思”转为“恨”，不是我的用情有变化，极写在深切思念中感情的复杂。

“只愿君心似我心，定不负相思意。”这里透露出“恨”的含义。我虽然日日思君，但君心怎样，还不可知。只愿君心似我心，才不至辜负我的想念，加个“定”字来加强这种想法，既然一定不会辜负我的想念，正说明君心似我心，像我日日思念君一样，在日日思念我。这个“定”字是词中的衬字，是极少见的。

《宋六十名家词》毛晋跋《姑溪词》，称赞这首词“真是古乐府俊语矣”。指出它的语言的清新俊逸，这点也是值得赞赏的。这跟这首小词写得含蓄而变化也有关。比方“日日思君不见君”一句话，要是结合长江上的风光来写，写春夏秋冬四季长江上的风光怎样变化，我又怎样结合这种景物的变化来思君，这样写就不会像这首词写得含蓄，情味也就淡了。假如一味写思念，不是由思变恨，由恨又转到定不辜负的相思，没有这样曲折，就显得简单而含蕴不深厚了。

# 时 彦

时彦（？—1107），字邦彦，开封（今河南开封市）人。神宗元丰二年（1079）进士第一。累官至吏部尚书。曾任开封尹。

## 青门饮 寄宠人[1]

胡马嘶风[2]，汉旗翻雪[3]，彤云又吐[4]，一竿残照[5]。古木连空，乱山无数，行尽暮沙衰草。星斗横幽馆[6]，夜无眠、灯花空老[7]。雾浓香鸭[8]，冰凝泪烛，霜天难晓。长记小妆才了[9]，一杯未尽，离怀多少。醉里秋波[10]，梦中朝雨，都是醒时烦恼。料有牵情处，忍思量、耳边曾道[11]。甚时跃马归来[12]，认得迎门轻笑。

【注释】

［1］宠人：指爱妾。

［2］嘶风：迎风嘶叫。

［3］汉旗：指北宋王朝的旗帜。

［4］彤云：红霞。

［5］竿：竹竿。这句是指夕阳距离地面仅一竿之远，即将沉

落于地平线之下。

[6] 幽馆：幽静的客舍。

[7] 这句是说夜间失眠，灯花因没有人剪结了又结。

[8] 香鸭：鸭形的熏香炉子。

[9] 小妆：随意梳妆。

[10] 秋波：美女的眼睛。

[11] 牵情：恋恋不舍。忍思量（liáng）：忍不住想念。

[12] 甚时：何时。

# 时彦《青门饮·寄宠人》赏析[①]

唐圭璋

本词是远役怀人之作，在艺术构思方面有其独特之处，即采用对比、回忆等手法，如上片雄浑的北国风光，与下片的伤离情景，形成鲜明的对比；下片别时依依难舍的回忆和想象中重逢时欣喜欢悦的对比，写来豪放和柔婉兼而有之；在题材的处理方面亦是境界阔大而又有别出心裁的细腻描写，语言的运用极其生动活泼，流利自然，由此给人以十分新颖独特的感觉。

宋初范仲淹写边陲风光的《渔家傲》，历来受人称道，视为豪放词的前驱，其中如“四面边声连角起，千嶂里，长烟落日孤城闭”，本词上片开始几句，手法亦与之相似，在读者面前展开边地的特有风光。作者将亲身经历的旅途情景，用概括而简炼的字句再现出来。“胡马”两句，写风雪交加，在呼啸的北风声中，夹杂着胡马的长嘶，真是“胡马依北风”，使人意识到这里已离边境不远。抬头而望，“汉旗”，也即宋朝的大旗，却正随着纷飞的雪花翻舞，车马就在风雪之中行进。“彤云”两句，写气候变化多端。正行进间，风雪逐渐停息，西天晚霞似火，夕阳即将西沉。“一竿残照”，是形容残

① 唐圭璋（1901—1990），著名词学家、文史学家、教育家。曾任中央大学、金陵大学、南京大学、南京师范大学教授。编著有《全宋词》《全金元词》《唐宋词简释》《宋词纪事》《词话丛编》《宋词四考》《词学论丛》等。本文选自《唐宋词鉴赏集》，人民文学出版社 1983 年版。

日离地平线很近。借着夕阳余晖，只见一片广阔荒寒的景象，老树枯枝纵横，山峦错杂堆叠；行行重行行，暮色沉沉，唯有近处的平沙衰草，尚可辨认。这里写边地气候多变，时而风雪交加，时而晚霞夕照；描写是由远而近，由明亮而朦胧，意味着这天旅程的结束。

“星斗”以下，写投宿以后夜间情景。采用衬托手法，从凝望室外星斗横斜的夜空，到听任室内灯芯延烧聚结似花，还有鸭形熏炉不断散放香雾，烛泪滴凝成冰，都是用来衬托出长夜漫漫，作者沉浸在思念之中，整宵难以入睡的相思之情，由此引出下片内容。

下片以回忆和想象为主，用生活的语言和委婉曲折的笔触勾勒出那位“宠人”的形象。离情别意，本来是词中经常出现的内容，而且以直接描写为多，如“残月出门时？美人和泪辞”（韦庄《菩萨蛮》），“暗垂珠泪，泣送征轮”（韩缜《凤箫吟》）。作者却另辟蹊径，以“宠人”的各种表情和动态来反映或曲折地表达不忍分离的心情。

“长记”三句，写别离前夕，她浅施粉黛、装束淡雅，在饯别宴上想借酒浇愁，却是稍饮即醉。“醉里”三句，写醉后神情，由秋波频盼而终于入梦，然而这却只能增添醒后惜别的烦恼，真可说是“借酒浇愁愁更愁”了。这里刻画因伤离而出现的姿态神情，都是运用白描和口语，显得宛转生动，而人物内心活动却就在这看似平淡的几笔中曲曲道出。

结尾四句，是作者继续回想别时难舍难分的情况，其中最牵惹他的情思而难以忘怀的一幕，就是临行之际，她上前附耳小语的神态。这里不用一般篇末别后思念的写法，如“春欲暮，思无穷，旧欢如梦中”（温庭筠《更漏子》），“落花犹在，香屏空掩，人面知何处”

（晏几道《御街行》），而是曲折地以对方望归的迫切心理和重逢之时的喜悦心情作为结束，这也即是耳语的内容；低声问他何时能跃马归来，是关心和期待，让他想象对方迎接时愉悦的笑容，则是进一层展开一幅重逢之时的欢乐场面。这样，就使这首伤离的怀人之作不以“黯然销魂者，唯别而已矣”的低调结束，而是以充满着期待和喜悦的心情总收全篇。

本词作者时彦是河南开封人，宋神宗元丰二年（1079）进士第一，历官开封尹、兵部员外郎、吏部尚书、河东转运使。这首词不见宋人传本，唯见明人《花草粹编》卷十一，殊属可贵。

# 秦　观

秦观（1049—1100），字太虚，后改字少游。江苏高邮（今江苏高邮市）人。神宗元丰八年（1085年）进士。哲宗元祐初年（1086年）经由苏轼推荐任秘书省正字兼国史院编修官，绍圣初年（1094年），因与苏轼等交往获罪，先后被贬到郴州（今湖南郴州市）、雷州（今广东海康县）等地。元符三年（1100年）受命放还，走到藤州（今广西藤县）去世。有《淮海居士长短句》三卷。

秦观的词，远绍南唐，近受柳永影响；以长调抒写柔情，“语工而入律”（《避暑录话》）。女词人李清照曾指出：“词别是一家，知之者少，后晏叔原、贺方回、秦少游、黄鲁直出，始能知之。”（《词论》）秦观、贺铸被认为属于“当行”的词人。

## 望海潮

梅英疏淡[1]，冰澌溶泄[2]，东风暗换年华[3]。金谷俊游[4]，铜驼巷陌[5]，新晴细履平沙[6]。长记误随车[7]。正絮翻蝶舞，芳思交加[8]。柳下桃蹊[9]，乱分春色到人家。

西园夜饮鸣笳[10]。有华灯碍月[11]，飞盖妨花[12]。兰苑未空[13]，行人渐老[14]，重来是事堪嗟[15]。烟暝酒旗斜。但倚楼极目[16]，时见栖鸦。无奈归心[17]，暗随流水到天涯。

【注释】

［1］梅英：即梅花。疏淡：数量渐少，颜色渐淡。

［2］冰：案“冰”宋本作“水”，此从校本《淮海词》。澌（sī）：流冰。

［3］这句是说初春的东风送走了冰雪的严冬。《礼记·肸》：“东风解冻。”

［4］金谷：即金谷园，在洛阳（今河南洛阳市）城西，晋时石崇所建。这句说金谷园是雅游的胜地。

［5］铜驼：古时在王宫门外放置铜铸骆驼。陆机《洛阳记》：“洛阳有铜驼街。汉铸铜驼二枚，在宫南四会道相对。”（《太平御览》卷一五八《州郡都》四引）巷陌：街道。这句指两旁置有铜驼的街道。徐陵《洛阳道》诗：“东门向金马，南陌接铜驼。”

［6］履：本指鞋子，这里名词作动词，意为行走。这句说初春晴日在郊外绿草未生的平野上散步。

［7］误随车：错跟上别人家女眷的车子。韩愈《嘲少年》：“只知闲信马，不觉误随车。”

［8］芳思：春色引起的情思。交加：杂乱纷多貌。

［9］蹊（xī）：小路。柳下桃蹊，是飞絮落红飘聚之处，也是“春色”之所在。见《史记·季布传》：“桃李不言，下自成蹊。”

［10］西园：曹操在邺都（今河北临漳县）建铜雀园，又名西园，经常在此宴集宾客。见曹植《公宴》诗：“清夜游西园，飞盖

相追随。”本词的西园是指汴京的城西金明池、琼林苑。鸣笳：吹起了胡笳。笳，边地管乐器。

[11]这句是说华美明亮的灯光使月光为之减色。

[12]盖：指车篷。《考工记·轮人》：“轮人为盖。”这里借指为车子。飞盖：形容车子行驶得很快。妨：阻碍。这句是说车子飞快地来往，阻碍了人们欣赏花木的视线。

[13]兰苑：美丽的花园，这里指西园。

[14]行人：作者自指。

[15]是事：事事。嗟：感叹声。

[16]极目：放眼望去。

[17]无奈：无可奈何。

# 释秦观《望海潮》[①]

沈祖棻

这首词，宋本《淮海居士长短句》无题，汲古阁本《淮海词》题为《洛阳怀古》。玩索词意，乃是感旧而非怀古，此题显然是后人所妄加。

有一年早春时节，作者重游洛阳。洛阳这个古代名城，是北宋的西京，也是当时繁华的大都市之一。词人在此前曾经在这里生活过一个时期，保留了对他说来是很难于忘却的记忆。旧地重游，人事有了很大的变迁，于是以“惜往日”的心情，写下了这首词。

这首词的结构有些特别。一般的词，都从换头处改变作意，如上片写景，下片写情，或上片写今，下片写昔等等。这从上面已经分析过的许多作品中都可以看出来。此词也是以今昔对比，但它是先写今，再写昔，然后又归到今。忆昔是全词的重点，这一部分通贯上、下两片，而不从换头处换意。

上片起头三句，写初春景物。梅花渐渐地稀疏，结冰的水流已经溶解，在东风的煦拂之中，冬天悄悄地走了，春天不声不响地来了。“暗换年华”，是全篇主旨所在。它指的当然是眼前自然界的变化，但也暗示了多少年来人事的变化，暗示了词人的今昔之感，直贯结句。

① 选自沈祖棻《宋词赏析》，北京出版社 2003 年版。标题为编者所加。

从“金谷俊游”以下，一直到下片“飞盖妨花”为止，一共十一句，都是写的旧游，而以“长记”两字领起。“误随车”固在“长记”之中，前三句所写在金谷园中、铜驼路上的游赏，也同样在内。但由于格律关系（此词四、五句要实对，如前面的柳永一首亦作“烟柳画桥，风帘翠幕”），就把“长记”这样作为领起的字移后了。所以读时不可误会，以为“金谷”三句，是写今而非忆昔。只要仔细一点，就不难看出，此三句所写，都是欢娱之情，与词中下片后半所写今日的感伤心绪很不和谐，显然不属一时之事。

“长记”之事，可说者甚多，如游赏、登临、爱情、友谊等等。这首词写的只是游赏这一方面，而首先记起的乃是自己游赏洛阳名胜古迹的情形。金谷园是西晋石崇所造的花园，在洛阳西北。铜驼路是西晋宫前一条繁华的街道，以宫前立着铜驼得名。洛阳是西晋的都城，金谷园、铜驼路则是这个古都有代表性的名胜古迹。所以诗人们一说到洛阳，就往往将这两个地方形之于歌咏。如骆宾王《艳情代郭氏答卢照邻》：“铜驼路上柳千条，金谷园中花几色？”刘禹锡《杨柳枝》：“金谷园中莺乱飞，铜驼陌上好风吹。”这里是说当年早春时节，适值新晴，游赏美丽的名园，缓步繁华的街道，其时则春风乍转，碧草未生，脚下只有平沙而已。

由于记起当年在名园、大道“细履平沙”，因而连带想起最令人难忘的“误随车”那件事来。“误随车”出韩愈《游城南十六首》中的《嘲少年》：“直把春偿酒，都将命乞花。只知闲信马，不觉误随车。”而如李白《陌上赠美人》：“白马骄行踏落花，垂鞭直拂五云车。美人一笑搴珠箔，遥指红楼是妾家。”又张泌《浣溪沙》：“晚逐香车入凤城，东风斜揭绣帘轻，慢回娇眼笑盈盈。消息未通何计是？便须佯醉且随行，依稀闻道太狂生。”都可作“随车”的注释。不过一是有意之随，一是无心之误而已（本以为车里坐的是某个人，赶上去一看，才知道错了）。士女倾城，春游极盛，在那种“车如流水马如龙”的盛况之下，“误随车”是完全可能的。尽管当时只是“误随”，但却引起了作者温柔的遐想，使他对之长远地保持着美好的记忆，在心里萦回多年，难以忘怀。

“正絮翻蝶舞”以下四句，写“误随车”时的春景。时间已由初春到了艳阳天气，所以景色也就更其浓丽了。“絮翻蝶舞”“柳下桃蹊”，正面形容浓春。到处洋溢着春天的气息，而人，在这种环境之中，自然也就“芳思交加”，即心情充满着青春的欢乐。而且，这浓丽的春光并非作者所能独占，而是被纷纷地送到了沿着“柳下桃蹊”住着的人家。这个“乱”字下得极好，它将春色无所不在，乱哄哄地呈现着万紫千红的图景出色地表现了出来。

换头“西园”三句，从美妙的景物写到愉快的饮宴。时间则由白天到了夜晚，以见当日的尽情欢乐。西园是建安时代曹丕兄弟和他们的朋友游赏之地。曹植的《公宴》写道：“清夜游西园，飞盖相追随。明月澄清景，列宿正参差。”曹丕《与吴质书》云：“白日既匿，继以朗月。同乘并载，以游后园。舆轮徐动，参从无声；清风夜起，悲笳微吟。”又云：“从者鸣笳以启路，文学托乘于后车。”词借用二曹诗文中意象，写日间在外面游玩之后，晚间又回到花园饮酒、听乐。各种花灯都点亮了，使得明月也失去了她的光辉；许多车子在园中飞驰，也不管车盖擦损了路旁的花枝。写来使人如见灯烛辉煌、车水马龙的盛况。“碍”字和“妨”字，不但写出月朗花繁，而且还写出了灯多而交映、车众而并驰的盛况。

以上十一句写旧游，把过去写得愈热闹，就愈衬出现在的凄凉、寂寞。“兰苑”二句，承上启下，暗中转折，从繁盛到孤寂，逼出“重来是事堪嗟”，点明怀旧之意，与上“东风暗换年华”遥相呼应。（兰苑即指金谷、西园之类。是事，犹言每事。）追忆昔游，是事可念，而“重来”旧地，则“是事堪嗟”，感慨深至。

当年西园夜饮，何等意气，今天酒楼独倚，何等消沉！烟暝旗斜，暮色苍茫，既无飞盖而来的俊侣，也无鸣笳夜饮的豪情，极目所至，已经看不到絮、蝶、桃、柳这样一些春色，只是“时见栖鸦”而已。这时候，青春已逝，欢情衰歇，当然早已没有交加的芳思，而老大无成，羁留异地，就很自然地想到故乡，只剩下一点思归的心，无可奈何地暗中随着流水去到天涯罢了。

这首词的主旨是感旧，由感旧而思归，以今昔对照为其基本表现手段。它用大量的篇幅写旧游之乐，以反衬今日之孤寂、衰老，就显得感染力特强。这也就是周济《宋四家词选》所说的“两两相形”。如酒楼和金谷、铜驼、西园、兰苑，“烟暝酒旗斜”和“华灯碍月、飞盖妨花”，“倚楼”和“随车”，“栖鸦”和“蝶舞”，“归心”和“芳思”，“暗随”和“乱分”，”天涯”和“人家”，无往而非“两两相形”，以见今昔之异，而抒盛衰之感。

## 满庭芳

山抹微云，天粘衰草[1]，画角声断谯门[2]。暂停征棹[3]，聊共引离尊[4]。多少蓬莱旧事，空回首、烟霭纷纷。斜阳外，寒鸦万点，流水绕孤村[5]。　销魂。当此际，香囊暗解[6]，罗带轻分[7]。谩赢得、青楼薄幸名存[8]。此去何时见也，襟袖上，空惹啼痕。伤情处，高城望断，灯火已黄昏[9]。

【注释】

［1］“抹”字、“粘”字，历来称誉其“工”。如《词林纪事》引钮琇云：“少游词‘山抹微云，天粘衰草’，其用意在‘抹’字，‘粘’字；况庾阐赋：‘浪势粘天’。张祜诗：‘草色粘天鹧鸪恨’。俱有来历。”粘，又作“连”。

［2］画角：古军乐器，有用竹木做成，或有用皮革和铜做成，外施彩绘，故名画角。谯门：即谯楼。古代建筑在城门上的高楼，用来瞭望敌人。下为门，上为楼。亦称为鼓楼，曹昭《格古要论》卷五：“世之鼓楼曰谯楼。”

［3］征棹：远行的船。

［4］引：引取。引离尊：指饯别时连续不停地举杯相属。

［5］蓬莱旧事：指过去的恋爱往事。南宋胡仔《苕溪渔隐丛话》引《艺苑雌黄》：“程公辟守会稽（今浙江绍兴市），少游客

焉，馆之蓬莱阁；一日，席上有所悦，自尔眷眷不能忘情，因赋长短句。所谓‘多少蓬莱旧事，空回首、烟霭纷纷’也。”又说：“予在临安，见平江梅知录隋炀帝诗云：‘寒鸦千万点，流水绕孤村’。少游用此语也。”寒鸦：又作归鸦。

[6] 这句是说自己暗暗解下佩戴的香囊作为别后纪念。古代男子有佩戴香囊的风气。繁钦《定情诗》：“何以致叩叩，香囊系肘后。”

[7] 这句是说对方轻轻解开罗带打成的同心结表示分别。林逋《长相思》词：“罗带同心结未成。”

[8] 谩：空，徒然。青楼：即妓院。杜牧《遣怀》诗：“十年一觉扬州梦，赢得青楼薄幸名。”

[9] 三句写回头远望，不见高城，更看不到城中之人。《艇斋诗话》说：“少游词：‘高城望断，灯火已黄昏。’用欧阳詹诗云：‘高城已不见，况复城中人？’（《初发太原途中寄太原所思》）”

# 山抹微云秦学士[①]

## ——秦观《满庭芳》赏析

周汝昌

有不少词调，开头两句八个字，便是一副工致美妙的对联。宋代名家，大抵皆向此等处见工夫，逞文采。诸如“作冷欺花，将烟困柳”，“叠鼓夜寒，垂灯春浅”……一时也举他不尽。这好比名角出台，绣帘揭处，一个亮相，丰采精神，能把全场“笼罩”住。试看那“欺”字“困”字，“叠”字“垂”字……词人的慧性灵心、情肠意匠，早已颖秀葩呈，动人心目。

然而，要论个中高手，我意终推秦郎。比如他的笔下“碧水惊秋，黄云凝暮”，何等神笔！至于这首《满庭芳》的起拍开端：“山抹微云，天连衰草”，更是雅俗共赏，只此一个出场，便博得满堂碰头彩，掌声雷动——真好看煞人！

这两句端的好在何处？

大家先就看上了那“抹”字。好一个“山抹微云”！“抹”得奇，新鲜，别有意趣！

“抹”又为何便如此新奇别致，博得喝彩呢？

须看他字用得妙，有人说是文也而通画理。

① 选自《唐宋词鉴赏集》，人民文学出版社 1983 年版。

抹者何也？就是用别一个颜色，掩去了原来的底色之谓。所以，唐德宗在贞元时阅考卷，遇有词理不通的，他便“浓笔抹之至尾”（煞是痛快）！至于古代女流，则时时要“涂脂抹粉”，罗虬写的“一抹浓红傍脸斜”，老杜说的“晓妆随手抹”，都是佳例，其实亦即用脂红别色以掩素面本容之义。

如此说来，秦郎所指，原即山掩微云，应无误会。

但是如果他写下的真是“山掩微云”四个大字，那就风流顿减，而意致无多了。学词者宜向此处细心体味。同是这位词人，他在一首诗中却说：“林梢一抹青如画，知是淮流转处山。”同样成为名句。看来，他确实是有意地运用绘画的笔法而将它写入了诗词，人说他“通画理”，可增一层印证。他善用“抹”字，一写林外之山痕，一写山间之云迹，手法俱是诗中之画，画中之诗，其致一也。只单看此词开头四个字，宛然一幅“横云断岭”图。

出句如彼，且看他对句用何字相敌？他道是：“天连衰草。”

于此，便有人嫌这“连”字太平易了，觉得还要“特殊”一点才好。想来想去，想出一个“黏”字来。想起“黏”字来的人，起码是南宋人了，他自以为这样才“炼字”警策。大家见他如此写天际四垂，远与地平相“接”，好像“黏合”了一样，用心选辞，都不同俗常，果然也是值得击节赞赏！

我却不敢苟同这个对字法。

何以不取“黏”字呢？盖少游时当北宋，那期间，词的风格还是大方家数一派路子，尚无十分刁钻古怪的炼字法。再者，上文已然着重说明：秦郎所以选用“抹”并且用得好，全在用画入词，看似精巧，实亦信手拈来，自然成趣。他断不肯为了“敌”那个“抹”字，苦思焦虑，最后认上一个“黏”，以为“独得之秘”——那就是自从南宋才有的词风，时代特征是不能错乱的。“黏”字之病在于：太雕琢，——也就显得太穿凿；太用力，——也就显得太吃力。艺术是不以此等为最高境界的。况且，“黏”也与我们的民族画理不相贴切，我们的诗人赋手，可以写出“野旷天低”“水天相接”。这自然也符合西洋透视学；但他们还不致也不肯用一个天和地像是黏合在一起这样的“修辞格”，因为画里没有这样的概念。这其间的分际，是需要仔细审辨体会的：大抵在选字工夫上，北宋词人宁肯失之“出”，而南宋词人则有意失之“入”。后者的末流，就陷入尖新、小巧一路，专门在一二字眼上做扭捏的工夫；如果以这种眼光去认看秦郎，那就南其辕而北其辙了。

以上是从艺术角度上讲根本道理。注释家似乎也无人指出：少游此处是暗用寇准的“倚楼无语欲销魂，长空黯淡连芳草”的那个“连”字。岂能乱改他字乎？

说了半日，难道这个精彩的出场，好就好在一个“抹”字上吗？少游在这个字上享了盛名，那自是当然而且已然，不但他的女婿在大街上遭了点意外事故时，大叫“我乃山抹微云学士之女婿是也！”就连东坡，也要说一句“山抹微云秦学士，露花倒影柳屯田”。可见其脍炙之一斑。然而，这一联八字的好处，却不会“死”在这一两个字眼上。要体会这一首词通体的情景和气氛，上来的这八个字已然起了一个笼罩全局的作用。

山抹微云，非写其高，写其远也。它与“天连衰草”，同是极目天涯的意思——这其实才是为了惜别伤怀的主旨，而摄其神理。懂了此理，也不妨直截就说极目天涯就是主旨。

然而，又须看他一个山被云遮，便勾勒出一片暮霭苍茫的境界；一个衰草连天，便点明了满地秋容惨淡的气象：整个情怀，皆由此八个字里而透发，而“弥漫”。学词者于此不知着眼，翻向一二小字上去玩弄，或把少游说成是一个只解“写景”和“炼字”的浅人，岂不是见小而失大乎。

八字既明，下面全可迎刃而解了：画角一句，加倍点明时间。盖古代傍晚，城楼吹角，所以报时，正如姜白石所谓：“正黄昏，清角吹寒，都在空城。”正写那个时间。暂停两句，才点出赋别、饯送之本事。——词笔至此，能事略尽，——于是无往不收，为文必转，便有回首前尘、低回往事的三句，稍稍控提，微微唱叹。妙在“烟霭纷纷”四字，虚实双关，前后相顾。——何以言虚实？言前后？试看纷纷之烟霭，直承“微云”，脉络晓然，乃实有之物色也，而昨日前欢，此时却忆，则也正如烟云暮霭，分明如在，而又迷茫怅惘，全费追寻了。此则虚也。双关之趣，笔墨之灵，允称一绝。

词笔至此，已臻妙境，而加一推宕，含情欲见，而无用多申，只将极目天涯的情怀，放在眼前景色之间，——就又引出了那三句使千古读者叹为绝唱的“斜阳外，归鸦万点，流水绕孤村”。又全似画境，又觉画境亦所难到。叹为高手名笔，岂虚誉哉。

词人为何要在上片歇拍之处着此“画”笔？有人以为与正文全“不相干”。真的吗？其实“相干”得很。莫把它看作败笔泛墨，凑句闲文。你一定读过元人马致远的名曲《天净沙》：“枯藤老树昏鸦；小桥流水人家；古道西风瘦马，——夕阳西下：断肠人在天涯。”人人称赏击节，果然名不虚传。但是，不一定都悟到马君暗从秦郎脱化而来。少游写此，全在神理，泯其语言：盖谓，天色既暮，归禽思宿，人岂不然？流水孤村，人家是处，歌哭于斯，亦乐生也。而自家一身微官濩落，去国离群，又成游子，临歧帐饮，哪不执手哽咽乎？

我很小时候，初知读词，便被它迷上了！着迷的重要一处，就是这归鸦万点，流水孤村，真是说不出的美！调美，音美，境美，笔美。神驰情往，如入画中。后来才明白，词人此际心情十分痛苦，他不是死死刻画这一痛苦的心情，却将它写成了一种极美的境界，令人称奇叫绝。这大约就是我国大诗人大词人的灵心慧性、绝艳惊才的道理了吧？

我常说：少游这首《满庭芳》，只须着重讲解赏析它的上半阕，后半无须婆婆妈妈，逐句饶舌，那样转为乏味。万事不必“平均对待”，艺术更是如此。倘昧此理，又岂止笨伯之讥而已。如今只有两点该当一说：

一是青楼薄幸。尽人皆知，此是用“杜郎俊赏”的典故：杜牧之，官满十年，弃而自便，一身轻净，亦万分感慨，不屑正笔稍涉宦场一字，只借“闲情”写下了那篇有名的“十年一觉扬州梦，赢得青楼薄幸名”！其词意怨甚，愤甚，亦谑甚矣！而后人不解，竟以小杜为“冶游子”。人之识度，不亦远乎。少游之感慨，又过乎牧之之感慨。少游有一首《梦扬州》，其中正也说是“离情正乱，频梦扬州”，是追忆“殢酒为花，十载因谁淹留？”忘却此义，讲讲“写景”“炼字”以为即是懂了少游词，所失不亦多乎哉。

二是结尾。好一个“高城望断”。“望断”二字是我从一开头就讲了的那个道理，词的上片整个没有离开这两个字。到煞拍处，总收一笔，轻轻点破，颊上三毫，倍添神采。而灯火黄昏，正由山有微云——到“纷纷烟霭”（渐重渐晚）——到满城灯火，一步一步，层次递进，井然不紊，而惜别停杯，留连难舍，维舟不发……也就尽在“不写而写”之中了。

作词不离情景二字，境超而情至，笔高而韵美，涵咏不尽，令人往复低回，方是佳篇。雕绘满眼，意纤笔薄，乍见动目，再寻索然。少游所以为高，盖如此才真是词人之词，而非文人之词、学人之词……所谓当行本色，即此是矣。

有人也曾指出，秦淮海，古之伤心人也。其语良是。他的词，读去乍觉和婉，细按方知情伤，令人有凄然不欢之感。此词结处，点明“伤情处”，又不啻是他一部词集的总括。我在初中时，音乐课教唱一首词，使我十几岁的少小心灵为之动魂摇魄，——

> 西城杨柳弄春柔，动离忧，泪难收。犹记多情，曾为系归舟。碧野朱桥当日事，——人不见，水空流！……

每一吟诵，追忆歌声，辄不胜情，“声音之道，感人深矣”，古人的话，是有体会的。然而今日想来，令秦郎如此长怀不忘、字字伤情的，其即《满庭芳》所咏之人之事乎？

一九八二年春分节，补足去年半成稿

## 鹊桥仙[1]

纤云弄巧[2]，飞星传恨[3]，银汉迢迢暗度[4]。金风玉露一相逢[5]，便胜却、人间无数。　柔情似水，佳期如梦，忍顾鹊桥归路[6]。两情若是久长时，又岂在、朝朝暮暮。

【注释】

[1] 这首词写七夕牛郎织女相会之事。宗懔《荆楚岁时记》："七月七日世谓织女牵牛聚会之日，是夕陈瓜果于庭中，以乞巧。"

[2] 这句说纤薄的云彩，变化多端，做弄出许多细巧的花样。

[3] 飞星：指流星。

[4] 银汉：银河。迢迢：遥远貌。这句说他们渡过迢迢的银河相会。

[5] 金风：秋风，秋天在五行中属金。玉露：秋露。李密《淮阳感秋》："金风初节，玉露凋晚林。"这句是说他们七夕相会。

[6] 忍顾：怎么忍心回顾。鹊桥：传说喜鹊在天河上搭成长桥。这句说相逢匆匆，即将分别，不忍从鹊桥回去。

# 释秦观《鹊桥仙》[1]

沈祖棻

《四库全书总目》在沈端节《克斋词》的《提要》中，曾论及词调和词题的关系。它说："考《花间》诸集，往往调即是题，如《女冠子》则咏女道士，《河渎神》则为送、迎神曲，《虞美人》则咏虞姬之类。唐末、五代诸词，例原如是。后人题咏渐繁，题与调两不相涉。"这就是说，最初的词，调和题是统一的，词调既与音乐有关，也和文辞有关；但后来则分了家，词调只是代表乐曲，不再涉及内容了；如果对内容要有所说明，就得另加题目。宋词绝大多数是属于后者，但这首词却是属于前者。《鹊桥仙》原是为咏牛郎、织女的爱情故事而创作的乐曲，本词的内容，也正是咏此事。

牛郎、织女故事是我国古代人民依据天象所创造的传说。织女星在银河之北，牵牛星在银河之南，隔河相对。农历七月，两星相距最近。因而产生了每年七月七日夜间由乌鹊搭桥让这对夫妇相会的情节。鹊桥仙，即指这对终年分离，只有这一夜才能会合的夫妇。

这个传说产生于汉代，为人民大众所喜爱。历代诗人用它作为素材进行创作，或作为典故写入创作中的都不少，但多半是为这对仙侣的爱情生活受到天帝的无理干涉，致使他们不得不长期分居而感到悲哀。同情他们，为他们代诉相思之苦，成为多数有关这一题材的创

① 选自沈祖棻《宋词赏析》，北京出版社 2003 年版。标题为编者所加。

作的基调。著名的《古诗十九首》中有一篇，可为例证："迢迢牵牛星，皎皎河汉女。纤纤擢素手，札札弄机杼。终日不成章，泣涕零如雨。河汉清且浅，相去复几许？盈盈一水间，脉脉不得语。"但这首词，却是一篇出色的翻案文章。

它上片以两个对句写七夕的景色，景中有情，而且是这个民间佳节特有的景和情。纺织是古代妇女主要的劳动项目，所谓男耕女织。传说中的织女则是织锦的能手，所以在七夕这一天，女孩儿们都要陈设瓜果，向渡河的织女乞巧，希望她赐给她们高度的工艺技巧。而在初秋七月，气候晴朗，空中云彩，纤细清晰，很像是织女显示她的技巧而织出的锦。诗人对色彩鲜艳复杂的云和锦之间产生联想，由来已久，以云状锦或以锦状云而形成的"云锦"一词，也为他们所习用，如李白《庐山谣》的"屏风九叠云锦张"，即是一例。这里说"纤云弄巧"，也就是天空的云锦乃是织女所表现的技巧的意思。这就将初秋的云和织女的巧联系起来，成为特定的情景了。飞星即流星。星既然在飞动，就仿佛能够传递什么似的。而在七夕，那当然应当是给牛郎、织女传递离别之恨了。这就将飞流的星和牛郎、织女的恨联系起来，而使"飞星传恨"一语，同样成为特定的情景。这两句所描写的，只能见之于七夕之夜、银河之边，又只能用之于咏叹牛郎、织女之事，所以不流于一般化。

第三句交代主要的情节。按照天帝的无理规定，牛郎、织女只能在这一夜渡河相会。"暗度"，是指在世人不知不觉之中渡过天河（银汉），因为人们实在也没有看见他或她如何渡河。"迢迢"不但形容相距之遥远，而且同时形容相思之迢递，与下文"柔情似水"相呼应。

第四、五两句，表明了词人对这一对仙侣长年分居、一年一会的看法。一般人都认为他们会少离多，枉自做了仙人，还不如人间的普通夫妇，但词人却认为在这样秋风白露的美好的夜晚，相逢一次，也就不但抵得，而且还胜过人间的无数次了。金风，即秋风或西风。古人以五行、五方和四季相配，秋天于五行属金，五方属西。玉露即白露。古代诗人常以金风、玉露作对，以形容秋天，如唐太宗《秋日》：“菊散金风起，荷疏玉露圆。”

过片也是两个对句，写牛郎、织女相爱之长久与相会之匆促。他们温柔的感情就像天河中的水那样永远长流，无穷无尽。写情而以眼前的河水比喻，就显出本地风光，情中带景。同时，会晤又是如此地短暂，简直像做了一场梦一样。离别，是长的；感情，是深的；会见，是短的。这就逼出下面一句来，怎么忍心去看要往回走的那一条路呢？看都不忍看，那走，不消说，就更不忍走了。不说不忍走，只说不忍看，意思就更为深厚。如果说“忍向鹊桥归路”，那就差多了。

以上三句写这对仙侣离别之苦，还没有什么特别出色的地方，但接着一转，却推陈出新，大放异彩。“朝朝暮暮”，用《高唐赋》，已见前。

这首词上、下片的结句，都表现了词人对于爱情的不同一般的看法。他否定了朝欢暮乐的庸俗生活，歌颂了天长地久的忠贞爱情。这在当时，是难能可贵的。它用笔比较平直，在艺术技巧上不太突出，但内容方面值得肯定。

## 踏莎行

雾失楼台，月迷津渡[1]。桃源望断无寻处[2]。可堪孤馆闭春寒[3]，杜鹃声里斜阳暮。　驿寄梅花[4]，鱼传尺素[5]。砌成此恨无重数[6]。郴江幸自绕郴山，为谁流下潇湘去[7]。

【注释】

[1] 这两句写春夜，楼台在雾中消失了，月色朦胧，渡口也迷失不见了。

[2] 这句是说切盼能生活在“桃源”之中，但苦于无法找到。

[3] 可堪：那堪。

[4] 驿寄梅花：此句用陆凯寄赠梅花事。《荆州记》载：“陆凯与范晔交善，自江南寄梅花一枝诣长安与晔。赠诗曰：‘折花逢驿使，寄与陇头人。江南无所有，聊赠一枝春。’”

[5] 鱼传尺素：古乐府：“客从远方来，遗我双鲤鱼，呼儿烹鲤鱼，中有尺素书”。尺素本指一尺左右的素绸，用来写信，后就称书信为“尺素”。

[6] 砌：堆积。无重数：数不尽。

[7] 郴江：在郴州，下流会耒水，北流入湘江。幸自：本自。为谁：为什么。潇湘：潇水湘水，是湖南二水名。潇水流到零陵县入湘江。《诗人玉屑》卷二十一引《冷斋夜话》云：“东坡绝爱其尾两

句，自书于扇曰：‘少游已矣，虽万人何赎！’”。汲古阁本此词附注：“释天隐注《三体唐诗》，谓此两句实自‘沅湘日夜东流去，不为愁人住少时’变化。”

# 释秦观《踏莎行》①

叶嘉莹

在北宋的词人中，秦观原是以独具善感之“词心”著称的一位作者，冯煦在其《宋六十一家词选例言》中即曾云：“他人之词，词才也；少游，词心也，得之于内，不可以传。”所以在他的词中，往往能写出一种极为纤细幽微的感受，即如其《浣溪沙》（漠漠轻寒上小楼）一首及《画堂春》（落红铺径水平池）一首，便都是极能代表此种锐感之词心的著名的好词。而当他在仕途上遇到挫伤，因新旧党争而被贬逐之后，他也就以其极锐感的词心，体受到了极深重的悲苦。因此在他晚期的词作中，遂由早期的纤柔婉约转入了一种哀苦凄厉的境界。这一首《踏莎行》词，就是他晚年由处州又被贬到郴州以后所写的，最能表现他此种哀苦凄厉之心情的一篇代表作品。

本来秦观既是以独具锐感之词心为其特色，所以他一向的长处原在于能对景物及情思，做出最精确的捕捉和描述，而且更善于将外在之景与内在之情，做出一种微妙的结合。即如其《浣溪沙》（漠漠轻寒）一首，其中的“自在飞花轻似梦，无边丝雨细如愁”两句，表面原只是写“飞花”“丝雨”的外在景物，然而其“似梦”“如愁”的描述形容，却传达出一种极微妙的情思；再如其《画堂春》（落红铺径）一

① 选自唐圭璋主编《唐宋词鉴赏辞典》，安徽文艺出版社 2000 年版。标题为编者所加。

首，其中的“凭栏手捻花枝”及“放花无语对斜晖”诸句，他所要传达的原是伤春的情意，而他所写的却只是外在的形象与动作；其他一些名词之警句，像《减字木兰花》（天涯旧恨）一首中的“欲见回肠，断尽金炉小篆香”两句，是把极抽象的断肠之情，做了极具体的形象化的喻写；而《满庭芳》（山抹微云）一首中的“多少蓬莱旧事，空回首、烟霭纷纷。斜阳外，寒鸦数点，流水绕孤村”，则是将无限怀思感旧之情，都融入了外在的烟霭、斜阳、寒鸦、流水的景色之中了；至于《八六子》（倚危亭）一首中的“夜月一帘幽梦。春风十里柔情”两句，次句虽然用的是杜牧之诗意，但放在此一联中，却因为与前面的“夜月一帘”相映衬且相对偶，于是“春风十里”便也成了一个鲜明的形象，而继之以“幽梦”“柔情”，遂使得抽象之情思，都加上了具象的形容。凡此种种例证，当然都足以说明，秦观在将抽象之情思与具象之景物做互相生发、互相融会或是互相拟比之叙写时，确实有极为出色的成就。但我以为这一首《踏莎行》词之开端的“雾失楼台，月迷津渡，桃源望断无寻处”三句，与其结尾的“郴江幸自绕郴山，为谁流下潇湘去”二句，则较之前述诸例证对形象与情意之叙写安排，尤有值得注意之处。何则？先就“雾失楼台”三句而言，则前举诸例证中所写之景物，乃大多为现实中实有之景物，而“雾失楼台”三句所写者，则是现实中并不实有之景物，此其可注意者一；再就“郴江幸自绕郴山”二句而言，则前举诸例证之景物所映衬或拟比者，尚不过为人间一般共有之情思，而“郴江”二句，却是借景物对宇宙提出了一个无理的究诘，大有《楚辞·天问》之意，此其可注意者二。现在我们先谈“雾失楼台”三句，我之所以认为其所写之景物并非实有者，盖以在此三句之下，作者原来还明明写有“可堪孤馆闭春寒，杜鹃声里斜阳暮”的描述。而这两句所写的独自闭居在客馆春寒之中的人物，和耳中所闻的杜鹃的不如归去的哀啼之音，与眼中所见的斜阳西下的暮色渐深之景，这才是现实中果然实有的情境。至于“雾失楼台”三句，则不过是诗人内心中的深悲极苦所化成的一片幻景的象喻。首句的“楼台”，令人联想到的是一种崇高远大的形象，而加上了“雾失”二字，则是这种崇高远大之境界，已经被茫茫的重雾完全掩没无存；次句的“津渡”，令人联想到的是可以指引和济渡的出路，而加之以“月迷”二字，则是此一可以予人指引和济渡的出路，也已经在朦朦的月色中完全迷失而不可得见；三句的“桃源”，令人联想到的是陶渊明在《桃花源记》中所描述的“黄发垂髫，并怡然自乐”的一片乐土，而继之以“望断无寻处”，则是此一乐土之根本并不存在于人间。由此看来，可见此三句之所叙写者表面虽也是具象之景物，然而却并不同于前举诸例中的现实中之景物，而是进入了一种含有丰富象征意义的幻想中之境界了。这在小词的发展演进中，实在是一件极值得注意的开拓和成就。至于秦观之所以能写出此类作品，最重要的原因，自然是由于其锐敏之心性与悲苦之遭遇的相互结合，于是遂以其锐感深思中之悲苦，凝聚成了如此深刻真切的饱含象征意味的形象。至于触引他产生此种象喻之想的，则我以为其主要之关键，实当在第三句的“桃源”二字。盖因当时秦观正贬居在郴州，在湖南境内，而世传桃花源在武陵，亦在湖南境内。正是这种巧合，引起了这一位锐感之词人的丰富的想象，为我们留下了这几句在词境中特具开创意味的小词，这种成就，实在是极可注意的。而当我们对此三句词所象征的绝望悲苦之情有所了解以后，我们便可以明白作者在此三句象征之语，和下二句之“孤馆闭春寒”及“杜鹃声里斜阳暮”

的写实之语中间，所加入的“可堪”二字的作用了。盖“可堪”者，原为“岂可堪”，也就是“不堪”之意。正因为先有了前三句对绝望悲苦之心情的象征的叙写，“高楼”之希望既“失”，“津渡”之引济亦“迷”，“桃源”在人世之根本“无寻”，然后对身外之“孤馆”“春寒”，“鹃”啼春去，“斜阳”日“暮”之情境，乃弥觉其不可堪也。至于下半阕过片之“驿寄梅花，鱼传尺素，砌成此恨无重数”三句，则是极写远谪之恨。据秦观年谱，就在他写了这首词的第二年，他便又自郴州被迁贬到横州。又次年，又被迁贬到雷州。他在雷州曾写了一篇《自作挽词》，其中曾有“家乡在万里，妻子天一涯”及“奇祸一朝作，飘零至于斯。弱孤未堪事，返骨定何时”之语（《淮海集》卷四十）。可知秦观在迁贬以后，并无家人之伴随，其冤谪飘零之苦，思乡感旧之悲，一直是非常深重的，曰“驿寄梅花，鱼传尺素”便正是极写其思乡怀旧之情。上一句用的是江东之陆凯寄梅花与长安之范晔的故事，据《太平御览》卷十九引《荆州记》云：“陆凯与范晔交善，自江南寄梅花一枝诣长安与晔，并赠诗云：‘折花逢驿使，寄与陇头人，江南无所有，聊赠一枝春。’”下一句用的是古乐府诗《饮马长城窟》的诗意，盖以该诗中曾有“客从远方来，遗我双鲤鱼，呼儿烹鲤鱼，中有尺素书”之句（《昭明文选》卷二十七），故以“鱼传尺素”代表寄书信意。总之，这两句所写的乃是怀旧之多情与远书之难寄，所以乃继之以“砌成此恨无重数”，极写远谪离别之悲，造成了无穷的深恨。而秦观在此处所用的“砌”字，则又是把抽象的“恨”之情意，做了一种具象的“砌”之描述。“砌”者何？砖石之砌筑也；曰“砌成此恨”，则其恨之积累之深重与坚固之不可破除，从而可想见矣。在如此深重坚实之苦恨中，所以乃写出了后二句的“郴江幸自绕郴山，为谁流下潇湘去”的无理问天之语。《苕溪渔隐丛话前集》引《冷斋夜话》谓少游写此词，东坡读之，“绝爱其尾两句，自书于扇，曰：‘少游已矣，虽万人何赎。’”本来一般人所常用的悼念贤才之语，原是“百身莫赎”，而此一传闻之故实，乃曰“万人何赎”，也足可见此二句词的感人之深，以及对秦观的悼念之切了。至于此二句词之感人者何在，则私意以为，其主要之因素盖亦由于此两句词可以提供出写实与象喻两个层次的内含，而其用意则又在可解与不可解之间，因之在表面所写之情景以外，乃更增加了一种神秘而无理性的气氛，也就更增加了它的吸引和感动人的力量。现在我们先谈其第一层写实的意义，则郴江之水源出于湖南省郴县之黄岑山，是所谓“郴江”之“绕郴山”者也。出山以后，乃北流而入耒水，又北经耒阳县，至衡阳而东入于潇湘之水，是所谓“流下潇湘去”者也。此原为天地自然之山川，本无任何情感可言者也。至于就第二层象喻之意义言之，则此一位锐感多情之词人秦观，在其历尽远谪思乡之苦以后，乃竟以自己之心想象为郴江江水之心，于是在“郴江”之“绕郴山”的自然山水中，乃加入了“幸自”两个有情的字样，又在“流下潇湘去”的自然现象前，加上了“为谁”两个诘问的辞语，于是遂使得此二句所叙写的自然山川，平添了一种象喻的意义。因此无情之郴水郴山乃顿时化为有情，而使得郴水竟然流出郴山且直下潇湘不返的造物之天地，乃成为冷酷无情矣。于此我们如果一念及前面所引的秦观《自作挽词》中的“奇祸一朝作，飘零至于斯”的话，我们就可以体会出，他对于离开郴山一去不返的郴江江水，曾经注入了多少他自己的离乡远谪的长恨了。而所谓“为谁流下”者，则正是秦观自己对于无情之天地，乃竟使“奇祸一朝作”的深悲极怨的究诘。像这种深隐幽微，而又苦怨无理的情意，原是极难以理性去解说和欣赏的。因此王国维在其《人间词话》中，虽然也曾赞美秦观这一首《踏莎行》词，谓其“词境”“凄厉”，但王氏所称美者，只是前半阕结尾的“可堪孤馆闭春寒，杜鹃声里斜阳暮”两句，而却认为苏轼之欣赏此词后半阕结尾的这两句词是“犹为皮相”。其原因我以为就正由于在这首词中，实在只有“可堪孤馆闭春寒”两句，是从现实之景物，正面叙写其贬谪之情境，而其他诸句，则多为象喻或用典之语，这与王氏平时所主张的“以自然之眼观物，以自然之舌言情”的欣赏标准，当然不甚相合，何况此词末二句，又写得如此隐曲而无理，因之王氏对于苏轼之欣赏此两句词的心情，乃不能完全理解，所以乃谓之为“皮相”。而苏轼之欣赏此两句词，则很可能是因为苏轼也是一个亲自经历了远贬迁谪之苦的人，所以尽管此二句词写得隐曲而且无理，苏轼读之却自然引起了一种直觉的感动。总之，苏轼与王国维之所赏爱的因素虽然各有不同，却也都不失为各有一得之赏。至于我个人的看法，则以为就词中意境之发展而言，实在当以此词首尾两处所使用的象征的手法，和所蕴含的象喻的意义为最可注意。而且我还以为，秦观早期词作中所表现的纤柔婉约之风格，虽然也有其独具之特色，使人被其敏锐善感之“词心”所感动，但那还只不过是由其天赋之资质所形成的一种特色而已。至如我们现在所讨论的这首《踏莎行》词，则是以其天赋之锐敏善感之心性，更结合了平生苦难之经历，然后透过其多年写词之艺术修养，而凝聚成的一种使词境更为加深了的象喻层次的开拓；这是我们在论秦观词时，所决不该忽视的他的一点重要成就。

# 贺　铸

贺铸（1052—1125），字方回，原籍山阴（今浙江绍兴市），生长于卫州（今河南卫辉市），是北宋王室的外戚。在少年时，他侠气喷薄、慷慨激昂而且留意国事，对于权倾一时的贵要，亦敢于加以抨诋，这种思想，在他词作中有所表露。另一方面，他又博学强记，曾遍读唐人遗集，笔端驱使温（庭筠）、李（商隐），但却没有从科举走入仕途，只是为衣食所迫，担任过一些吏职，还曾做过武弁。后经李清臣等人的推荐，才得转入文官，做过泗州（今安徽泗县）通判。晚年退居苏州横塘，自号庆湖遗老。词集名《东山寓声乐府》。

## 青玉案

凌波不过横塘路。但目送、芳尘去[1]。锦瑟华年谁与度[2]。月桥花院，琐窗朱户[3]。只有春知处。　　飞云冉冉蘅皋暮[4]。彩笔新题断肠句[5]。若问闲情都几许[6]。一川烟草，满城风絮[7]。梅子黄时雨。

【注释】

[1] 凌波：形容女子走路轻盈。曹植《洛神赋》："凌波微步，罗袜生尘。"横塘：在苏州西南十里，上有桥，桥上有亭，景色清幽。南接越来溪，通石湖。尘：本指踪迹。芳尘连用，指美人。

[2] 锦瑟：绘着彩色花纹的瑟。《周礼·乐器图》："饰以宝玉者曰宝瑟，绘文如锦曰锦瑟。"李商隐《锦瑟》诗："锦瑟无端五十弦，一弦一柱思华年。"锦瑟华年：是指美好的青春时代。谁与度：即"与谁度"，和哪个一起度过。

[3] 琐窗：雕绘着连环形花纹的窗子。《后汉书·梁冀传》："窗牖皆有绮疏青琐。"

[4] 冉冉：流动貌。蘅皋：长着香草的沼泽。曹植《洛神赋》："尔乃税驾乎蘅皋。"

[5] 彩笔：南朝江淹曾梦见郭璞向他索取笔，江从怀中取出五色笔还他，后来做诗就无美句。见《南史·江淹传》。

[6] 都几许：共有多少。

[7] 一川：一片平原。风絮：随风飞舞的柳絮。

# 释贺铸《青玉案·凌波不过横塘路》①

沈祖棻

作者晚年退隐苏州，住在横塘附近。此词当是其时其地所作。它表面似写相思之情，实则是发抒悒悒不得志的“闲愁”。上片，情之间阻；下片，愁之纷乱。上是宾，下是主。

起三句用曹植《洛神赋》“凌波微步，罗袜生尘”之语。凌波微步，不过横塘，是其人没有来；面对芳尘，只能目送，是自己也不能去。“但”，犹言仅、只。她没有来，己不能去，则极目远望，只能从所见到的一片芳尘之中，想象其“凌波微步”的美妙姿态而已。

“锦瑟”一句提问，直用李商隐《锦瑟》：“锦瑟无端五十弦，一弦一柱思华年。”问她美好的青春与谁共度，亦即悬揣其无人共度之意。点出盛年不偶，必致“美人迟暮”，暗暗关合到自己的遭际。

“月桥”两句，是想象中其人的住处。“只有”句是说其地无人知，自然也就更无人到。“月桥花院”写环境之幽美，“琐窗朱户”写房室之富丽，由外及内，而结以“只有春知处”，就从绚烂繁华的时间和空间里，显示出其人的寂寞来。这三句，共有两层意思：其一，其人深居独处，虚度华年，非常值得同情和怜惜；其二，深闺邃远，除了一年一年的春光之外，无人能到，自己当然也无从寄与相思、相惜之情。这也完全与词人自己沉沦下僚，一辈子不被人知重的

① 本文选自沈祖棻《宋词赏析》，北京出版社 2003 年版。标题为编者所加。

情况相吻合。

过片“飞云冉冉”，是实写当前景色，同时暗用江淹《休上人怨别》“日暮碧云合，佳人殊未来”，以补足首句“凌波不过”之意。“蘅皋暮”，是说在生长着杜蘅这种香草的泽边，徘徊已久，暮色已临，也是实写，同时又暗用曹植《洛神赋》“尔乃税驾乎蘅皋，秣驷乎芝田”。曹植就是中途在那儿休息，才遇到洛神宓妃的。这就补充了词中没有写出的第一次和其人见面的情节。细针密线，天衣无缝。

“彩笔”一句，承上久立蘅皋，伊人不见而来。由于此情难遣，故虽才情富艳，有如江淹之曾得郭璞在梦中所传的彩笔，而所能题的，也不过是令人伤感的诗句罢了。提起笔来，唯有断肠之句，都是由万种闲愁而起，所以紧接着就描写闲愁。先以“几许”提问，引起注意，然后以十分精警和夸张的比喻作答，突出主旨，结束全篇。

这首词当时非常出名。黄庭坚寄作者诗云：“少游醉卧古藤下，谁与愁眉唱一杯？（秦观《好事近》：“醉卧古藤阴下，了不知南北。”）解作江南断肠句，只今唯有贺方回。”诗作于秦观死后，意思是说，当今词手，就只有他了。而结尾三句，尤其为人传诵，以致作者被称为“贺梅子”（见周紫芝《竹坡诗话》）。

结尾之好，历来批评家多有论及，现加以概括，列举如下：

首先，它们是用具体而生动的景物表现了抽象的、无迹可求和难以捉摸的细致感情，使这种感情转化为可见的、可闻的，因而是可信的事物，使读者可以从闲愁的形象中受到它的感染。本是言情，而作者却借景抒情，而所写之景，又极其鲜明而且多样化，使人觉得此愁简直充塞天地，无所不在。沈谦《填词杂说》所云：“不特善于喻愁，正以琐碎为妙。”正是此意。

其次，这些比喻都不沿袭前人。罗大经《鹤林玉露》云："诗家有以山喻愁者，杜少陵云：'忧端如山来，澒洞不可掇。'赵嘏云：'夕阳楼上山重叠，未抵闲愁一倍多。'是也。有以水喻愁者，李颀云：'请量东海水，看取浅深愁。'李后主云：'问君能有几多愁？恰似一江春水向东流。'秦少游云：'落红万点愁如海。'是也。贺方回云：'试问闲愁都几许？一川烟草，满城风絮，梅子黄时雨。'盖以三者比愁之多也，尤为新奇，兼兴中有比，意味更长。"所谓新奇，即富于创造性。所谓兴中有比，即不仅比闲愁之无尽，亦以兴身世之可悲，因为三者都属于暮春和初夏，即"春去也"的光景，对于词人的晚境欠佳，是有其象征性的。

其三，如罗大经所略举，他人言愁，或以山喻，或以水喻，大都只限于用一个比譬，本词却连设三喻；而且这三个比譬，又都不是单纯的事物如山或水，而是复合的景色。草是烟雾中的草，而且是一望无际的平原上的烟草。（一川即满川，川在这里是平原之意，即杜甫《乐游园歌》中"秦川对酒平如掌"之川。）絮是在空中飞动的絮，而且是韩翃《寒食》中"春城无处不飞花"之花絮。雨是梅子黄时下个不停的、如雾如烟的雨。（《潘子真诗话》尝举寇準"杜鹃啼处血成花，梅子黄时雨如雾"之句，以为是贺词所本。）这都是它们跨越了前人同类句子的地方。所以沈际飞在《〈草堂诗余〉正集》中评为"真绝唱"。

顺便提到，像以多种事物比譬一件事物这样的夸张手法，虽在文人词中少见，写得像本词这样新奇的更是不多，但这却是民间文学中常见的。由汉代民歌一直到清代京戏剧本中都有。如《铙歌》中汉代民间诗人所写的《上邪》："上邪！我欲与君相知，长命无绝衰。

山无陵，江水为竭，冬雷震震，夏雨雪，天地合，乃敢与君绝！”又敦煌卷子中唐代民间词人所写的《菩萨蛮》：“枕前发尽千般愿，要休且待青山烂，水面上秤锤浮，直待黄河彻底枯。白日参辰现，北斗回南面，休即未能休，且待三更见日头。”前者以高山变平、江水变干、冬天打雷、夏天落雪、天地合并等五种绝对不可能发生的事情，后者以青山烂坏、秤锤浮水、黄河干枯、参辰昼见、北斗南回、三更见日等六种绝对不可能发生的事情来比譬爱情之不可能“绝”和“休”，其联想之丰富，比拟之奇特，感情之深沉，风格之浑厚、纯朴、刚健，又把贺铸这三句比下去了。虽然这三句更其工巧，而且仍不失为佳作。

其四，这三句本是虚景实写，目的在于用作比譬，但所写又确系春末夏初横塘一带的景物，它本足以引起纷乱的愁绪，所以写来就显得亦景亦情，亦虚亦实，亦比亦兴，融成一片。先著《词洁》评本词为“工妙之至，无迹可寻”，正是指的这种地方。

作者大概是在横塘附近曾经偶然见到过那么一位女子，既不知其住址，也无缘与之相识，甚至也没有一定想要和她相识，但在她身上，却寄托一些遐想、一些美人迟暮的悲哀。《寥园词选》说此词下片“言幽居肠断，不尽穷愁，惟见烟草、风絮、梅雨如雾，共此旦晚，无非写其境之郁勃岑寂耳。”这一见解是符合词意的。所以，它虽写了相思，却并非以爱情为主题的作品。

# 周邦彦

周邦彦（1056—1121），字美成，自号清真居士，钱塘（今浙江杭州市）人。神宗元丰初年（1078年）曾到汴京献《汴都赋》万余言，因此被召为太学正（国子监学官），此后一直在京师及各地担任官职。徽宗朝曾在“大晟府（音乐机关）”中任提举官。他博览群书，精通音律，当时与万俟咏、田为等一起讨论古音、审定古调、创制新词，被称为“集大成”的词人，所作词集名《片玉词》，有宋人陈元龙的注。

宋词发展到秦观、贺铸、周邦彦等人，能展衍绮丽婉约的小令而作慢词。周词直接从柳永的慢词推进一步，以浑成精工、谐合音律为其主要特点，在内容方面大多不出艳词范围，但在篇章结构上做到严密而有层次，又很讲究用字、使典，还善于融化前人诗句。

自从晚唐温庭筠翻制新曲，注意四声，晏殊、柳永等继之，到周邦彦不仅对字句精雕细琢，更严格注意四声，《宋史·本传》说他“词韵清蔚”，这是与他讲究声律分不开的。这种词风对南宋姜夔、吴文英、周密、张炎、王沂孙诸家影响很大。清代张惠言辑《词选》，倡常州词派，周济继起，他在《宋四家词选目录序论》中指出要以清真词为极则：“问涂碧山（王沂孙）、历梦窗（吴文英）、稼轩（辛弃疾），以还清真之浑化。”直到晚清，精研清真词的人还是不少。

## 满庭芳　夏日溧水无想山作

风老莺雏[1]，雨肥梅子[2]，午阴嘉树清圆[3]。地卑山近，衣润费炉烟[4]。人静乌鸢自乐[5]，小桥外，新绿溅溅[6]。凭栏久，黄芦苦竹，拟泛九江船[7]。　年年。如社燕[8]，飘流瀚海[9]，来寄修椽[10]。且莫思身外[11]，长近尊前。憔悴江南倦客[12]，不堪听、急管繁弦。歌筵畔，先安簟枕，容我醉时眠[13]。

【注释】

［1］风老莺雏：幼莺在春日的和风里长大了。

［2］雨肥梅子：梅子受到雨水滋润而结得硕大。杜甫《陪郑广文游何将军山林》诗：“绿垂风折笋，红绽雨肥梅。”

［3］这句是说中午时，阳光正照下的树影显得清晰圆正。刘禹锡《昼居池上亭独吟》诗：“日午树阴正。”

［4］炉烟：为衣服熏香、去除潮气。

［5］人静乌鸢自乐：《片玉集》陈元龙注：“杜甫诗：‘人静乌鸢乐。’”乌鸢：即乌鸦。

［6］溅溅：流水声。《木兰诗》：“不闻爷娘唤女声，但闻黄河流水鸣溅溅。”

［7］黄芦苦竹：白居易《琵琶行》：“住近湓江地低湿，黄

芦苦竹绕宅生。”这两句是以唐代白居易贬谪江州（今江西九江市）时的处境、心情和自己目前的景况相比。

[8] 社燕：燕子是候鸟，当春社时节往北飞，秋社时节南下，故称候鸟。

[9] 瀚海：指沙漠。

[10] 修椽（chuán）：长椽子。安在梁上支架屋面和瓦片的长木条。这句说燕子在椽子上寄寓（筑巢）。

[11] 莫思身外：杜甫《绝句漫兴九首》之四：“莫思身外无穷事，且尽生前有限杯。”这句是说自己不考虑身外事（指功名利禄）。

[12] 倦客：倦于在他乡作客。

[13] 簟（diàn）：竹席子。这两句接“不堪听”而来，以“醉眠”表示安于目前处境，亦即以含蓄的语言结束。

# 释周邦彦《满庭芳》①

唐圭璋

周邦彦为北宋末期词学大家。由于他深通音律，创制慢词很多，无论写景抒情，都能刻画入微，形容尽致。章法变化多端，疏密相间，笔力奇横。王国维推尊为词中老杜，确非溢美之词。他的《满庭芳》一词，可见一斑。

周邦彦于哲宗元祐八年（1093）任溧水（今江苏溧水）县令，时年三十九岁。无想山在溧水县南十八里，山上无想寺（一名禅寂院）中有韩熙载读书堂。韩曾有赠寺僧诗云："无想景幽远，山屏四面开。凭师领鹤去，待我挂冠来。药为依时采，松宜绕舍栽。林泉自多兴，不是效刘雷。"由此可见无想山之幽僻。郑文焯以为无想山乃邦彦所名，非是。

上片写足江南初夏景色，极其细密；下片即景抒情，曲折回环，章法完全从柳词化出。"风老"三句，是说莺雏已经长成，梅子亦均结实。杜牧有"风蒲燕雏老"之句，杜甫有"红绽雨肥梅"之句，皆含风雨滋长万物之意。两句对仗工整，老字、肥字皆以形容词作动词用，极其生动。时值中午，阳光直射，树荫亭亭如幄，正如刘禹锡所云："日午树荫正，独吟池上亭。""圆"字绘出绿树葱茏的形象。

---

① 选自唐圭璋主编《唐宋词鉴赏辞典》，安徽文艺出版社 2000 年版。标题为编者所加。

本词正是作者在无想山写所闻所见的景物之美。

“地卑”两句承上而来，写溧水地低而近山的特殊环境，雨多树密，此时又正值黄梅季节，所谓“梅子黄时雨”，使得处处湿重而衣物潮润，炉香熏衣，需时较久，“费”字道出衣服之润湿，则地卑久雨的景象不言自明，湿越重，衣越润，费炉烟愈多，一“费”字既具体又概括，形象袅袅，精炼异常。

“人静”句据陈元龙注云：“杜甫诗‘人静乌鸢乐’。”今本杜集无此语。正因为空山人寂，所以才能领略乌鸢逍遥情态。“自”字极灵动传神，画出鸟儿之无拘无束，令人生羡，但也反映出自己的心情苦闷。周词《琐窗寒》云“想东园桃李自春”，用“自”字同样有无穷韵味。“小桥”句仍写静境，水色澄清，水声溅溅，说明雨多，这又与上文“地卑”“衣润”等相互关联。邦彦治溧水时有新绿池、姑射亭、待月轩、萧闲堂诸名胜。

“凭栏久”承上，意谓上述景物，均是凭栏眺望时所见。词意至此，进一步联系到自身。“黄芦苦竹”，用白居易《琵琶行》中“住近湓江地低湿，黄芦苦竹绕宅生”之句，点出自己的处境与贬谪的白居易相类。“疑”字别本作“拟”，当以“疑”字为胜。

换头“年年”，为句中韵。《乐府指迷》云：“词中多有句中韵，人多不晓，不惟读之可听，而歌时最要叶韵应拍，不可以为闲字而不押，……又如《满庭芳》过处‘年年如社燕’，‘年’字是韵，不可不察也。”三句自叹身世，曲折道来。作者在此以社燕自比，社燕每年春社时来，秋社时去，从漠北瀚海飘流来此，于人家屋椽之间暂时栖身，这里暗示出他宦情如逆旅的心情。

“且莫思”两句，劝人一齐放下，开怀行乐，词意从杜甫诗“莫思身外无穷事，且尽尊前有限杯”中化出。“憔悴”两句，又作一转，飘泊不定的江南倦客，虽然强抑悲怀，不思种种烦恼的身外事，但盛宴当前，丝竹纷陈，又令人难以为情而徒增伤感，这种深刻而沉痛的拙笔、重笔、大笔，正是周词的特色。

“歌筵畔”句再转作收。“容我醉时眠”，用陶潜语。“潜若先醉，便语客：‘我醉欲眠卿可去。’”（《南史·陶潜传》）李白亦有“我醉欲眠卿且去”之句，这里用其意而又有所不同，歌筵弦管，客之所乐，而醉眠忘忧，为己之所欲，两者尽可各择所好。“容我”两字，极其宛转，暗示作者愁思无已，唯有借醉眠以了之。

周邦彦自元祐二年离开汴京，先后流宦于庐州、荆南、溧水等僻远之地，故多自伤身世之叹，这种思想在本词中也有所反映。但本词的特色是蕴藉含蓄，词人的内心活动亦多隐约不露。例如上片细写静景，说明作者对四周景物的感受细微，又似极其客观，纯属欣赏；但“凭栏久”三句，以贬居江州的白居易自比，则其内心之矛盾苦痛，亦可概见。不过其表现方式却与《琵琶行》不同。陈廷焯说：“但说得虽哀怨，却不激烈，沉郁顿挫中别饶蕴藉。”（《白雨斋词话》）说明两者风格之不同。下片笔锋一转再转，曲折传出作者流宦他乡的苦况，他自比暂寄修椽的社燕，又想借酒忘愁而苦于不能，但终于只能以醉眠求得内心短暂的宁静。《蓼园词选》指出：“‘且莫思’至句末，写其心之难遣也，末句妙于语言。”这“妙于语言”亦指含蓄而言。

宋陈振孙《直斋书录解题》云：“清真词多用唐人诗语，隐括入律，浑然天成，长调尤善铺叙，富艳精工。”这话是对的。即如这首词就用了杜甫、白居易、刘禹锡、杜牧诸人的诗，而结合真景真情，炼字琢句，运化无痕，气脉不断，实为难能可贵的佳作。

## 兰陵王 柳

柳阴直，烟里丝丝弄碧。隋堤上[1]、曾见几番，拂水飘绵送行色。登临望故国。谁识京华倦客[2]。长亭路，年去岁来，应折柔条过千尺。　闲寻旧踪迹。又酒趁哀弦，灯照离席。梨花榆火催寒食[3]。愁一箭风快，半篙波暖，回头迢递便数驿[4]。望人在天北[5]。　凄恻。恨堆积。渐别浦萦回[6]，津堠岑寂[7]。斜阳冉冉春无极。念月榭携手，露桥闻笛[8]。沈思前事，似梦里[9]。泪暗滴。

【注释】

[1]隋堤：隋代开通济渠，沿渠两岸筑堤，后来就称之为隋堤。

[2]京华：即京城，这里指汴京。杜甫《奉赠韦左丞丈二十二韵》："骑驴十三载，旅食京华春。"倦客：作者三次入京师，先后共留居十余年，所以说是倦客。

[3]梨花：《东京梦华录·清明节》："但一百五日最盛……缓入都门，斜阳御柳，醉归院落，明月梨花。"榆火：旧俗自冬至之后一百五日为寒食节，后二日为清明节。寒食节前后共三日，民间禁火不举炊。清明日取榆柳作柴煮食物，名为换新火。

[4]半篙：指撑船的竹篙经常有一半没入水中。迢递：遥远。这三句是说箭也似的顺风船快得使人发愁，回头望望，一下已驶过了好几个驿站。

“愁一箭风快，半篙波暖，回头迢递便数驿，望人在天北”。周济《宋四家词选》曰：“一愁字代行者设想。”他认定作者是送行的人，所以只好作这样曲折的解释。但细细体会，这四句很有实感，不像设想之辞，应当是作者自己从船上回望岸边的所见所感。“愁一箭风快，半篙波暖，回头迢递便数驿”，风顺船疾，行人本应高兴，词里却用一“愁”字，这是因为有人让他留恋着。回头望去，那人已若远在天边，只见一个难辨的身影。“望人在天北”五字，包含着无限的怅惘与凄婉。

第二叠写乍别之际，第三叠写渐远以后。这两叠的时间是接续的，感情却又有波澜。“凄恻，恨堆积！”“恨”在这里是遗憾的意思。船行愈远，遗憾愈重，一层一层堆积在心上难以排遣，也不想排遣。“渐别浦萦回，津堠（hòu）岑寂。斜阳冉冉春无极。”从词开头的“柳阴直”看来，启程在中午，而这时已到傍晚。“渐”字也表明已经过了一段时间，不是刚刚分别时的情形了。这时望中之人早已不见，所见只有沿途风光。大水有小口旁通叫浦，别浦也就是水流分支的地方，那里水波回旋。“津堠”是渡口附近的守望所。因为已是傍晚，所以渡口冷冷清清的，只有守望所孤零零地立在那里。景物与词人的心情正相吻合。再加上斜阳冉冉西下，春色一望无边，空阔的背景越发衬出自身的孤单。他不禁又想起往事：“念月榭携手，露桥闻笛。沉思前事，似梦里，泪暗滴。”月榭之中，露桥之上，度过的那些夜晚，都留下了难忘的印象，宛如梦境似的，一一浮现在眼前。想到这里，不知不觉滴下了泪水。“暗滴”是背着人独自滴泪，自己的心事和感情无法使旁人理解，也不愿让旁人知道，只好暗自悲伤。

统观全词，萦回曲折，似浅实深，有吐不尽的心事流荡其中。无论景语、情语，都很耐人寻味。

周邦彦字美成，自号清真居士。关于他在词史上的地位，刘永济先生所论颇中肯綮（qìng，筋骨结合处，喻指要害之处）："北宋词至东坡以后，渐与音乐相远，清照所谓'句读不葺之诗耳，又往往不协音律'。至滑稽派作家，复不讲词采，流于俚俗。邦彦既知音，又长于文学，其所作词，音律流美，词采和雅，故一时词体，复归于正，影响南宋词学甚大，……"（《唐五代两宋词简析》）这首《兰陵王》一向被认为是周邦彦的代表作之一，它的特点也恰恰是"音律流美，词采和雅"。宋沈义父《乐府指迷》说他"无一点市井气"，如果拿这首词和柳永同样内容的慢词《夜半乐》（冻云黯淡天气）、《雨霖铃》（寒蝉凄切）相比较，便会感到确实是这样。周邦彦的词是一种诗味很浓的词，或者说是文人气很浓的词。这首词虽不像他的其他许多词那样化用前人诗句，但是那种情调、气氛还是接近于诗的。

## 西河 金陵

佳丽地[1]。南朝盛事谁记[2]。山围故国绕清江，髻鬟对起[3]。怒涛寂寞打孤城，风樯遥度天际[4]。　断崖树，犹倒倚。莫愁艇子曾系[5]。空余旧踪郁苍苍，雾沈半垒[6]。夜深月过女墙来[7]，赏心东望淮水[8]。酒旗戏鼓甚处市[9]。想依稀、王谢邻里[10]。燕子不知何世。入寻常、巷陌人家，相对如说兴亡，斜阳里。

【注释】

［1］佳丽地：即金陵（今江苏南京市）。

［2］南朝：指宋、齐、梁、陈四朝，都在建康（即金陵）建都。

［3］故国：即故都，指金陵。髻鬟：指山峰。

［4］风樯：张着风帆的船。樯本是船上的桅杆。

［5］莫愁本不在金陵，但宋时已有莫愁在金陵的传说，所以本词也说倚在断崖下的倒挂老树曾经系过莫愁的小船。

［6］这句是说夜雾沉沉，遮没了营垒的一半。

［7］女墙：城上带有垛口或射孔的蔽身小墙，俗称城墙垛。

［8］赏心：指赏心亭。《景定建康志》：“赏心亭在（城西）下水门城上，下临秦淮；尽观览之胜。”是宋丁谓所建。淮水：秦淮河。

［9］酒旗：挂有酒招的酒店。戏鼓：演戏场所。甚处：何处。

［10］王谢：指东晋时王姓、谢姓两大望族，都住在乌衣巷。

# 一阕别具匠心的怀古词[①]

## ——读周邦彦的《西河·金陵》

吴调公

怀古诗词在中国诗歌史上是一朵奇葩。历来有不少词人宗匠曾经写过这一类杰出的诗篇。他们面对着“人事有代谢，往来成古今”的胜地，不仅目击到自然界的沧桑，更由此而引起人事兴衰的感触，抒发了他们所能认识到的政治见解和哲理观念。在这种穿插着追念古昔和寄慨当前的诗篇中，往往浮想联翩，表现了诗人深邃的思想，给读者以强烈的感染和深刻的启发。

如果说张衡的“望天帝之旧墟，慨长思而怀古”（《东京赋》），还只是简单地触及了一点思古幽情，那么，鲍照的《芜城赋》就更具体地展开了一个名城的古今盛衰的对比，寄托了借古讽今，告诫政治野心家的深意。宋代以来，曾经先后出现了一些怀古名篇：从王安石的《桂枝香·金陵怀古》到苏轼的《念奴娇·赤壁怀古》，以至周邦彦这首《西河·金陵怀古》；从辛弃疾的《永遇乐·京口北固亭怀古》，到姜夔的《扬州慢》，可以说各有千秋，难以轩轾。这些作品，有的是以突兀见长，有的是以绵密取胜；介于突

① 吴调公(1914—2000)，文艺理论批评家，南京师范大学教授，专于古代文论和美学研究。著有《古代文论今探》《李商隐研究》《古典文论与审美鉴赏》《文学分类的基本知识》等。本文选自《唐宋词鉴赏集》，人民文学出版社 1983 年版。

兀和绵密之间的是周邦彦的《西河》。它具有清越苍凉的音节，但并不锋芒过露；具有细针密线的脉络，但并不陷于晦涩。特别是它与其他怀古之作不同的是，并不正面触及巨大的历史事变，不着丝毫议论，而只是通过有韵味的情景铺写，形象地抒发作者的沧桑之感，使人们触景生情，见微知著。

既然是怀古诗，就总有个如何描写标志着沧桑之变的景物问题。王安石的怀古是从当前的“千里澄江”和“彩舟云淡”，故国的风景宜人，过渡到昔日的“豪华竞逐”。苏轼的怀古则从眼底的“大江东去”，写到古代有关三国赤壁战时的“多少豪杰”，再联想到当前自己的壮志成虚，年华已逝。他们写景的方式都不能说不成功。但这些都不像周邦彦词通篇写景，以景物描绘的逶迤曲折为线索，从头到尾把一切情语完全熔铸于景语之中。当然，我们不是说怀古词写法非得像周邦彦这首不可。词人风格不同，题材不同，而诗人一时兴之所至，采用的手法也不尽相同，都是不应该强求一律的。

周邦彦这首词虽然是檃括刘禹锡《石头城》和《乌衣巷》二诗而成的，但因为他“善融化诗句，如自己出”（张炎《词源》），所以能够做到从通篇景语中见情语，并且能够通过景物描绘的“顿挫”体现怀古之情的“波澜”。上片一开始就突兀横空而出，点明六代故都金陵是一个“佳丽地”，结尾却又言简意赅地描写燕子的呢喃话旧，时间、地点是在“斜阳里”的故都。以繁华始，以萧瑟终，全词情景的基调就这样显示了。至于“佳丽地”如何从繁华转为萧瑟？那就更妙。经过词人运用了峰回路转，若断若续的手法，金陵的一幅沧桑图景刻画得多么深切，诗人感时吊古的怅触又是多么萦回起伏！陈廷焯评周邦彦有云：“美成词有前后若不相蒙者，正是顿挫之妙。”

(《白雨斋词话》)顿挫的特色，在这篇怀古词中，应该说是更为显著了。作者明明是怀古，着眼点明明是事关六朝，可偏偏不提历史兴亡，却反而说是“南朝盛事谁记”。你看，往事成尘，六朝如梦，不是连“风樯”也随着记忆之帆而“遥度天际”了么？这是情境的划然中断。然而，事实又何尝如此？曾经系过莫愁佳丽的游艇，断崖倒树，触目荒凉，这不分明是“空余旧迹”了吗？这不分明是断而复续了吗？接着，诗人伤心东望，淮水苍茫，不禁回想起昔时盛事，如酒帘飘飘，乐鼓咚咚，当时长街的一片喧阗景象，究竟何处寻找呢？于是诗人不得不发出“酒旗戏鼓甚处市”的惊问。这正是续而又断。最后，在一片迷茫中，忽然出现了“燕子”飞来的神到之笔。诗人化用了刘禹锡“旧时王谢堂前燕，飞入寻常百姓家”的诗境，借燕子的诉说兴亡，表现了“盛事”也许仍然可记，“旧迹”也许仍然可凭。这便是断而再续。亦断亦续，断续相间，体现了周词的“顿挫”特长，也更深入细致地揭示了诗人正视现实和沉潜幻想的交织。有人说“美成描写物态，曲尽其妙”(强焕：《清真词集序》)。其实在他的写物背后随处显示的写情之妙，又何尝不是如此？

周邦彦这首怀古的特点，从时间范畴说是如上的断续交织，从空间范畴来说，却又是疏密相间。苏轼的《念奴娇·赤壁怀古》上片，就只是泼墨画似地写了“江山如画”，下片就只是集中地写了周瑜，一气贯注，如同骏马注坡，纯属粗线条的勾勒。姜夔的《扬州慢》，却侧重于主观感受的深微描绘。笔墨之间，隐约可以听到凄清的号角声，和随着号角声传来的寒意；而伴着寒意的角声，偏又是在一个兵荒马乱后的萧条古城中吹彻。这些都说明作者牢牢扣紧了寓有深意的景物，进行密密层层的渲染。至于周邦彦的这首词呢，似乎介于泼墨写意与工笔细描之间。正如朱孝臧所评：“两宋词人正可分为疏、密两派，清真介在疏、密之间。”譬如，词的第一部分以疏为主。词人放眼江山，对作为“佳丽地”的“故国”金陵做了一个全面的鸟瞰，描绘了江上有山峰夹峙和江心有怒涛汹涌的雄伟形势。第二部分以密为主。在前面基础上诗人做了进一步的勾勒：从前面围绕“故国”的山峰，引出了后面的“断崖树”，以至想象中的“莫愁艇子”；从前面的“清江”，引出后面的“淮水”；再从前面的“孤城”，引出后面的雾中“半垒”和月下“女墙”。这就好比电影镜头，冉冉扑来的不再是远景全景，而是中景和近景了。到了第三部分，画面突出的就只是特写镜头：一帧飞入寻常百姓家的燕子呢喃图。小小飞禽的对话，可以说刻画入微，密而又密。“相对”，可能指燕子与燕子相对，也可能指诗人与燕子相对，完全可以听凭读者用想象来补充。尽管它们的呢喃本无深意，然而在诗人听来看来，却为它们的“不知何世”而倍增兴亡之感。“疏”利于“写大景”（王夫之：《薑斋诗话》卷二），写出高情远意；“密”利于画龙点睛，写出“小景”，写出事物的不同一般的特征。原来杰出的怀古词一般都是能做到“大”“小”结合、“疏”“密”相兼的，可是《西河》在这一点上似乎更为突出。“入乎其内，故能写之。出乎其外，故能观之。”（王国维《人间词话》）作为一个杰出的怀古词人，就需要卓具这种“入”而能“出”的本领。

总的来说，周邦彦这首怀古词，艺术技巧是极其精湛的。比起他的大量送别，怀人之作，确使人感到别具一格，特别是寓悲壮情怀于空旷境界之中，并使壮美和优美相结合。从这一点说，这首词确是怀古词中一篇别具匠心的佳作，值得我们借鉴。

但是，这首词也存在着一个显著的缺陷。我们前面说过，这首词的通篇蕴情语于景语之中，固然是好的，但作者究竟为什么要怀古？而与怀古同时的感今，其内容又如何？在词中却不免含糊带过，显得词意为词采所掩。其实这首词是有其一定的时代背景的。关于这首词的写作年代，有人认为可能是作于宋哲宗元祐八年（1093）至绍圣三年（1096）间，即词人任江宁溧水令时所作。溧水距金陵甚近，诗人趁便往游确有可能（《凤凰台》诗即可证明）。不过从这阕词着眼于六朝兴亡来说，写作时期却应该和北宋末年危机四伏有关。由于词人蒿目时艰，所以才萌发了这种感慨。因此我认为应是周邦彦在徽宗宣和三年（1121）卒于南京鸿庆宫之前不久的作品。宣和二年，他在浙江做官，适值方腊起义，当时曾经亲身经历了一次生平从未遭遇过的社会大动荡，一度饥不得食，间关道路，好容易历经杭州、扬州、天长，才抵达南京。这个天翻地覆的时代，不仅使他认识到来自金的初步威胁，更切身体会到农民起义对宋王朝的巨大冲击，从而在词中迸发了吊古伤今之情。特别是由六朝兴亡，想起宋朝危局，正如李商隐在晚唐时所深感的“三百年间同晓梦”（《咏史》）那样的可资殷鉴的往事。如果按照周邦彦早期所作之说，那么这首词比起在溧水时的其他词作（如咏无想山之作）的闲适心情，就很不协调了。应该肯定，这阕词是存在着晚年饱经忧患之感的。然而可惜的是这一种感情并没有能画龙点睛地抒发出来。尽管含蓄有余，但其中意蕴的脉络却不够醒豁。我想，这可能正是钟嵘所说的“专用比兴，患在意深，意深则词踬”（《诗品序》）的缘故吧。

## 夜飞鹊 别情

河桥送人处，良夜何其[1]！斜月远堕余晖。铜盘烛泪已流尽，霏霏凉露沾衣。相将散离会[2]，探风前津鼓[3]，树杪参旗[4]。花骢会意[5]，纵扬鞭，亦自行迟。

迢递路回清野，人语渐无闻，空带愁归。何意重红满地，遗钿不见，斜径都迷[6]。兔葵燕麦[7]，向残阳影与人齐。但徘徊班草，欷歔酹酒[8]，极望天西。

【注释】

[1]良夜何其：即“夜未央”，意为夜已深但尚未到天明。《诗·小雅·庭燎》：“夜如何其？夜未央。”孔颖达疏：“言夜未央者，谓夜未至旦……未旦，夜半是也。”

[2]相将：相随。离会：分别前饯行的聚会。

[3]探：注意。津鼓：渡头击鼓，这是开船的信号。

[4]杪（miǎo）：树木的末梢。参（shēn）旗：参是星名，参旗即天旗。

[5]花骢（cōng）：花马。李贺《代崔家送客》：“恐随行处尽，何忍重扬鞭。”

[6]重红：形容落花之多。钿：女子所戴的首饰。这三句写归途经过清晨饯别之地，只见斜阳凄迷，照着满地落花，把遗落下来的首饰等物都掩盖住了。

［7］兔葵燕麦：路旁的野葵、野麦。《古歌》："田中兔丝，如何可络；道旁燕麦，如何可获。"

［8］班草：将草铺开，坐在地上。《后汉书·陈留老父传》"陈留张升去官归乡里，道逢友人，共班草而言。"注曰："班，布也。"欷歔（xīxū）：悲叹声。

# 试说周邦彦的《夜飞鹊·别情》①

陈迩冬　陈　初

周邦彦这首词，就其内容来讲，是个被历代文人诗客写滥了的题材，没有什么值得称道的。然而，九百年来，它一直被词的爱好者们传诵不衰，目为名篇，则确因它具有独到的艺术特色。

这首词艺术上的独到之处表现在哪些方面呢？我们都是读者，让我们在品味中共同寻求吧！——当然可以“求同存异”。

词中的主人公，似为一个男子。送别之人，则是他的情人。全词便紧扣住这一特定情节展开铺叙，谱写了这首动人的歌。

起始三句：“河桥”“良夜”，交代了地点、时间，“送人”，点明事件，开门见山。“良夜何其”，是用了《诗经·小雅·庭燎》的“夜如何其”，这里加了一个“良”字，意即“夜何其良”。美好的夜色固是眼前实景，或许是因为与情人在一起的缘故而显得更美！然而上旬（不可能是下旬）的一勾明月已“远堕馀辉”了，这“良夜”又能维持多久，两情的依恋又能维持多长呢？于是这“良夜”越发使人难堪，一种凄楚的别情益觉袭人心头，即所谓“以乐景写哀，以哀景写乐，一倍增其哀乐”（王夫之语）。这里已为下文哀情先作了暗示。

① 陈迩冬（1913—1990），著名学者、诗人、古典文学评论家。20 世纪三四十年代曾从事文学创作，后致力于学术研究和古籍整理。编有《苏轼诗选》《苏轼词选》《苏东坡诗词选》《史记选注》《韩愈诗选》及《宋词纵谈》《它山室诗话》等。陈初，陈迩冬先生之女。本文选自《唐宋词鉴赏集》，人民文学出版社 1983 年版。

“铜盘烛泪已流尽”，使人很容易忆起唐代诗人杜牧“蜡烛有心还惜别，替人垂泪到天明”；李商隐“春蚕到死丝方尽，蜡炬成灰泪始干”等名句，他们的取意是一样的。善于熔铸前人的诗句为自己的语言，又不露斧凿之痕，正是周词的一个特点。沈义父《乐府指迷》说周词“下字运意，皆有法度，往往自唐宋诸贤诗句中来”。您也许会说，这可称是个特点。但这不是周邦彦所独有，比如王安石的《桂枝香·金陵怀古》，通首融化前人诗句，不也是一绝吗？好，我们姑且不把这点作为周词的独到之处。下边露而“凉”，而“霏霏”，从词法角度讲是会“刷色”，为离别罩上了一层冷清、灰暗的气氛。这两句在结构上与“斜月”句并列，却又不是多余的。作者选取了斜月馀辉，烛泪流尽，凉露沾衣一连三个物象，一方面以景物烘托出这对情人惜别的凄苦心境，一方面又与下文的“津鼓”“参旗”，示出时间的推移。这对情人在河桥驿店从入夜，到深更，又到黎明，缠绵之情，溢于言外。这种非刻画的刻画语，我们觉得确系这首词的独到之处。作者只把事物的表象摊出，让读者自己去寻找内在的联系，内在的蕴藉，这种达情的手段比平铺直叙要高明得多，不知您可认为是否。同时我也想再提一句，这首词句与句之间勾连得极为紧凑，细针密线，缝合无间，也可称独到处之一吧？

“相将”的“将”，是扶、携的意思。“探”，即探听、探望，是个“领字”，领起下面两句。按句意，应是“探风前津鼓、树杪参旗，相将散离会”，这里句法上作了变换。“津鼓”，前应开头的“河桥”。“参旗”，星名，《史记·天官书》张守节《正义》：“参旗九星，在参西，天旗也。”就是指参宿，古人常用观测参星的位置来估计时间，《诗经》中“三星在天”，“三星在隅”的“三星”原是指参宿，属猎户星座。此处用“参旗”，与上句对仗严。这里还有个时令问题，从“凉露”来看，当为秋季。参星在冬天出没于夜空，初秋参星出现于东方之时，则天色已近黎明。故而“参旗”在时间上承接着前边的凉露。

读到这里，我们认为作者在这首词中又有一独到之处，不知您注意到了没有。黎明前的秋风送来渡头的更鼓之声，声声都敲在这对情人的心上。如果说，这津鼓声尚是无意中听到的，那么，“树杪参旗”当是有意的窥探。作者透过这种似无意似有意的动态，巧妙地揭示了此时此境此中人难分难舍的情怀。这种入微的心理刻画在词中您会觉得不多见吧。

分手的时刻终于到来了，送行的也不得不乘上坐骑，相随首途。“花骢会意，纵扬鞭亦自行迟”，马犹如此，人何以堪？这是正面衬托，也是熔铸前人的诗意而成。远在屈原的《离骚》中便有“仆夫悲余马怀兮，蜷局顾而不行”（郭沫若移“马”字于下句“蜷局”上，意更显）的名句，唐李贺“恐随行处尽，何忍重扬鞭”（《代崔家送客》）也为人熟知。以此结束上阕，严整而留有余情。这一句也似乎可以确定词中的主人公是个男子。女的是“车儿快快行”，男的是“马儿迍迍随”吧？

下阕“换头”三句，作者没有按成法“换笔”“换意”，而是紧承上阕，一意贯下。这种结构上的特点，最后还要谈到。“迢递”有两层含意：一是相送之远，一是“意自行迟”之迟。情人渐远，语声无闻，空着一怀“愁”绪而独归了。这个“愁”字，便是全词的基调。这三句是过渡，承上而启下。到“何意重红满地”之句才换笔、换意，另开一境。

您也许会问，现在一般选注本，“何意”下多作“重经前地”，你何以偏要选用“重红满地”的异文呢？对此，我们曾作过一番探索。我们都知道，周邦彦深通音律，对词调审定精严。此调前人未有，是他的新制。按此句的格律应是“仄仄平平仄仄”，若作“何意重经前地”，“前”为平声，便不合了。这一点有后于周邦彦的吴梦窗与陈君衡的和清真词为证：此句吴词是“浑似飞仙入梦”，陈词为“不信秋江睡稳”，第五字皆为仄声。须知他们对周的词律是亦步亦趋，绝不走样的，可作有力的证据。再有南宋人选的词集《草堂诗余》，明人陈耀文的《花草粹编》，近人朱彊村校的《宋四家词选》杭州刻本，以及杨易霖的《周词订律》，都作“重红满地”，似更近周词原意。

“重经前地”与下文连接，意思明朗，却没有“重红满地”来得意厚。作者将这浓重的一笔，将前边送别的往事宕开了。“遗钿不见，斜径都迷”，却仍留有旧地重游之意。“钿”是古代妇女的首饰，这里实指情人旧物，是行时掉落的。“径”，当指送别的道路。既然连“斜径”都已模糊，“遗钿”当然找不着了。可见分别已久，经春历冬，如今又已春事阑珊。但仍要寻觅“遗钿”，可见相忆之深。句法并列，感情却递增，这种情又隐藏在平淡的叙述中，正是前面所说周词的蕴藉处。

“兔葵”两句，梁启超认为与柳永的“杨柳岸，晓风残月”是咏别词中的“双绝”。绝在哪里？这是景语。但残春又残阳，正是勾起离人情怀的恼人时刻；“兔葵燕麦”，语本刘禹锡《再游玄都观绝句诗序》，具有一种悲怆意味，又长得如此繁茂，像萋萋别情，溢满天涯；“影与人齐”，斜阳已是很低了，简直是“夕阳西下，断肠人在天涯”，使人觉得主人公的思念已到了迷离恍惚的程度。所以这两句又完全是情语。它的“绝”就在于融情入景这一点。这是否也算本词艺术上的独到之处呢?

最后三句收得好，使主人公那种望之、思之，而又无可奈何的情态跃然纸上。“班草”，即披草而坐，近承“兔葵燕麦”；“酹酒”，即饮酒，远承“离会”。“极望天西”，意欲何如?自然是想起自己的情人，想起了分别时那撩人肺腑的一幕。说它收得好，也在于它收拢了全篇。

全词从开头到下阕的“空带愁归”，全是主人公的回忆。起首采用的是“逆入”手法。结构上的这种巧妙安排，连同在过片时已经谈到的一意贯下，使这首词始而未始，终而未终，首尾相衔，两片相连，形成了一个密扣完好的“环”。这样的结构安排，又恰与词中低徊往复的情调相统一。把这说成是本词手法上的独到之处，您总不会有异议吧?

当我们对这首词作了以上的探讨之后，重读了胡云翼先生在《宋词选·前言》中一段话，他把周词与柳词作了一个对照，说：“柳永的词以平铺直叙为主，结构还不免比较简单；周则在铺叙的基础上进一步讲求曲折、回环，变化较多。”这话极是。试以柳永的代表作《雨霖铃》（“寒蝉凄切”）与这首周词参读，题材完全相同，柳词是把“执手相看泪眼，竟无语凝咽”的惜别之情和盘托出，周词则是把这种感情隐含在物象之内。这种低徊往复的风格，是周词的特色，也是婉约词派的特色。由此我们也可以窥知宋词发展的一斑。

# 赵　佶

赵佶（1082—1135），即宋徽宗。在1100年即位后，任用蔡京、童贯、朱勔等奸臣，并创“花石纲”，以寻找奇花异石为名，大肆搜刮骚扰，弄得民不聊生，国力衰微。当金兵南侵时，他又只知苟安求和而不思振作抗御，致使中原沦陷，王朝覆亡。徽、钦二宗及后妃、宗室全被俘北去。赵佶本人擅长书画，词亦有名。近人曹元忠辑有《宋徽宗词》。

## 燕山亭　北行见杏花

裁剪冰绡，轻叠数重，淡著胭脂匀注[1]。新样靓妆，艳溢香融，羞杀蕊珠宫女[2]。易得凋零，更多少、无情风雨。愁苦。问院落凄凉，几番春暮。　凭寄离恨重重，这双燕，何曾会人言语[3]。天遥地远，万水千山，知他故宫何处。怎不思量，除梦里有时曾去。无据。和梦也新来不做[4]。

【注释】

［1］绡：似缣而较疏的薄绸。冰绡：洁白的绸。王勃《七夕赋》：“引鸳杼兮割冰绡。”这三句形容杏花像是那白绸经过裁剪

成瓣状而迭成数重，又淡淡地施上胭脂。

[2] 靓（jìng）妆：粉黛妆饰。司马相如《上林赋》：“靓妆刻饰。”蕊珠：道家称天上宫阙为“蕊珠”。《十洲记》：“玉晨大道君治蕊珠贝阙。”这三句描写杏花妆饰时新、色丽香浓，连天上仙女都自愧弗如。

[3] 这三句指双燕不懂言语，不能托它带去万重离恨。

[4] 和：连。

# 亡国之音哀以思[1]

## ——赵佶《燕山亭·北行见杏花》赏析

唐圭璋

宋徽宗赵佶因荒淫失国，在公元一一二七年与其子钦宗赵桓被金兵掳往北方五国城，囚禁至死。在北行途中，忽见如火的杏花，不禁万感交集，写下了这首词。这是他生活遭遇最悲惨的实录，也可以说是一篇血书。他不仅工书善画，而且知乐能词，足以与南唐李后主媲美。

这首词上片描绘杏花，运笔极其细腻，好似在作工笔画，由杏花的外形到它的神态，勾勒出一幅绚烂的画面，接着突然一转，描写杏花遭到风雨摧残以后的黯淡场景，从它的极盛到衰败暗示作者自身的境遇，不仅是写花，也在写人，从中表达出内心的无限苦痛，这也就是他在流徙途中见到艳丽无比的杏花时的感触，由此过渡到下片对自身遭遇沉痛的哀诉。

首三句近写、细写杏花，是对一朵朵杏花的形态、色泽的具体形容。杏花的瓣儿好似一叠叠冰清玉洁的缣绸，经过巧手裁剪出重重花瓣，又逐步匀称地晕染上浅淡的胭脂。朵朵花儿都是那样精美绝伦地

① 选自《唐宋词鉴赏辞典》，上海辞书出版社 1988 年版。标题据《唐宋词鉴赏集》，人民文学出版社 1983 年版。

呈现在人们眼前。“新样”三句，先以杏花比拟为装束入时而匀施粉黛的美人，她容颜光艳照人，散发出阵阵暖香，胜过天上蕊珠宫里的仙女。“羞杀”两字，是说连天上仙女看见她都要自愧不如，由此进一步衬托出杏花的形态、色泽和芳香都是不同于凡俗之花，也充分表现了杏花盛放时的动人景象。

“易得飘零”以下词意陡转，极写杏花由盛而衰。春日绚丽非常，正如柳永《木兰花慢》中所云：“正艳杏烧林，缃桃绣野，芳景如屏。”但为时不久就逐渐凋谢，又经受不住料峭春寒和无情风雨的摧残，终于花落枝空；更可叹的是暮春之时，庭院无人，美景已随春光逝去，显得那样凄凉冷寂。这里不仅是在怜惜杏花，而且也兼以自怜。试想作者以帝王之尊，降为阶下之囚，流徙至千里之外，其心情之愁苦非笔墨所能形容，杏花的烂漫和易得凋零，引起他的种种感慨和联想，往事和现实交杂在一起，使他感到杏花凋零，犹有人怜，而自身沦落，却只空有“故国不堪回首月明中”的无穷慨恨。“愁苦”之下接一“问”字，其含意与李后主的“问君能有几多愁，恰似一江春水向东流”亦相仿佛。

换头从上片杏花的凋零转到自己的哀感离恨，层层深入，愈转愈深，愈深愈痛。第一层写一路行来，忽见燕儿双双，从南方飞回寻觅旧巢，不禁有所触发，本想托付燕儿寄去重重离恨，再一想它们又怎么能够领会和传达自己的千言万语？但除此以外又将凭谁传递音讯呢？冯延巳《鹊踏枝》亦说：“泪眼倚楼频独语。双燕飞来，陌上相逢否？”由于问燕而燕儿不会作答，因此也就难解相思之意：“撩乱春愁如柳絮，悠悠梦里无寻处。”两位作者都是借着问燕表露出音讯断绝以后的思念之情。

第二层叹息自己父子降为臣虏，与宗室臣僚三千余人被驱赶着向北行去，路途是那样的遥远，艰辛地跋涉了无数山山水水，“天遥地远，万水千山”这八个字，概括出他在被押解途中所受的种种折磨。回首南望，再也见不到汴京故宫，真可以说是“别时容易见时难”了。

第三层紧接上句，以反诘说明怀念故国之情，然而，“故宫何处”点出连望见都不可能，只能求之于梦寐之间了。梦中几度重临旧地，带来了片刻的慰安。第四层用层深之法，写绝望之情。晏几道《阮郎归》末两句“梦魂纵有也成虚，那堪和梦无”，秦观《阮郎归》结尾“衡阳犹有雁传书，郴阳和雁无”，都是同样意思。梦中的一切，本来是虚无空幻的，但近来连梦都不做，真是一点希望也没有了，反映出内心百折千回，可说是哀痛已极，肝肠断绝之音。

况蕙风云：“‘真’字是词骨，若此词及后主之作，皆以‘真’胜者。”下片借燕与梦道出从期望到失望、由失望而绝望的内心活动。先是写因思念而企盼能通音讯，再写由期望之不可能达到而转为失望，而几度“故国梦重归”又使沉重的思念和失望得到片刻慰安；但近来连梦也没有，使自己的心情终于由失望而陷入绝望，这样的心理刻画，在且问且叹、如泣如诉的低调下流露真情。也就是这一“真”字，使本词产生较大的艺术效果。

# 朱敦儒

朱敦儒（1081—1159），字希真，洛阳（今河南洛阳）人。少年时代以“清都山水郎”自命，过着插花醉歌、逍遥林下的生活。北宋末年，战乱频仍，他转辗流离，从江西跋涉到岭南。高宗绍兴五年（1135年）赐进士出身，曾任秘书省正字兼兵部郎官等职。后被劾，罪名是“专立异论，与李光交通。”因而罢任。李光是反对秦桧而被黜的大臣，朱敦儒与他往来，说明两人政治主张有相近之处。晚年因畏避窜逐而应秦桧征召任鸿胪少卿，这也反映出他思想已逐步趋向于消极。

朱敦儒“以词章擅名，天资旷远”（黄升《绝妙词选》）。他的作品中婉丽清畅的小词所占的比重很大。有词三卷，名《樵歌》。

## 临江仙

直自凤凰城破后[1]，擘钗破镜分飞[2]。天涯海角信音稀。梦回辽海北，魂断玉关西[3]。　月解重圆星解聚，如何不见人归。今春还听杜鹃啼。年年看塞雁，一十四番回。

## 【注释】

［1］直：当。直自：自从。凤凰城：指汴京。这句写北宋钦宗靖康二年（1127）汴京陷落。

［2］擘（bò）钗：分钗。爱人离别时分钗作为纪念，白居易《长恨歌》："钗留一股合一扇，钗擘黄金合分钿。"破镜：指南朝陈后主妹乐昌公主与丈夫徐德言在陈亡后打破一镜，各取其半，约他日（正月望日）卖于都市。后公主为隋杨素所得。德言在约定时间到京，见老仆卖半镜，就出所藏半镜相合，题《破镜诗》。公主见诗悲泣不食。杨素知此事后，召徐至，使夫妻重聚。见孟棨《本事诗》。这句借分钗破镜说明多少夫妻在乱离中被迫分散。

［3］辽海北：泛指东北海边。玉关：玉门关。泛指西北地区。这两句泛写离散后天各一方音书难通的相思之情。

# 释朱敦儒《临江仙》[①]

程千帆　张宏生

一个作家，不管怎样着意地选择或开拓自己的创作道路，他总要自觉或不自觉地将自己纳入时代的轨道，伴着时代的脉搏而歌唱。生活在北宋南渡前后的朱敦儒，生活态度和艺术旨趣一向以超脱现实为宗旨，曾被后世诩之为“天资旷远”（杨慎《词品》卷四）。他的作品常给人以不食人间烟火的印象，所谓“相望尘世，梦想都销歇”（朱敦儒《念奴娇·垂虹亭》），正见出他那时时寄心物外的气度。然而，这位以一介布衣而誉满东都的名士，在金兵南下，汴京陷落之后，面对着国破家亡的悲惨现实，不得不从天上回到了人间，在时代的熔炉里重新铸造自己的诗心。于是，就像与他同时的许多词人一样，也深沉地唱出一曲曲时代的哀歌。

如本词所示，这首《临江仙》大约作于靖康之难后十四年。它开门见山，从金兵攻陷汴京写起。“直自凤凰城破后”，指1127年北宋都城汴京被金兵攻占。凤凰城，汉唐长安的美称，以汉长安城中有凤

---

① 程千帆（1913—2000），著名文史学家、教育家，在校雠学、历史学、古代文学特别是唐宋文学研究领域均有杰出成就。著有《校雠广义》《史通笺记》《文论十笺》《程氏汉语文学通史》《两宋文学史》《古诗考索》《被开拓的诗世界》等。有《程千帆全集》（河北教育出版社）十五卷行世。张宏生（1957—　），南京大学中文系教授，从事中国文学史、词学和海外汉学等方面的研究。著有《感情的多元选择》《江湖诗派研究》《清代词学的建构》等。本文选自《唐宋词鉴赏辞典》，安徽文艺出版社 2004 年版。标题为编者所加。

凰阙得名（见《三辅黄图》），这里借指宋都。“擘钗破镜分飞”，喻夫妻离散。“擘钗”，出自白居易《长恨歌》：“钗留一股合一扇，钗擘黄金合分钿。”而“破镜”一事，则见孟棨《本事诗·情感》：“陈太子舍人徐德言之妻，后主叔宝之妹，封乐昌公主，才色冠绝。时陈政方乱，德言知不相保，谓其妻曰：‘以君之才容，国亡必入权豪之家，斯永绝矣。倘情缘未断，犹冀相见，宜有以信之。’乃破一镜，人执其半……。”以“直自”句起，一上来就暗示汴京陷落之前，主人公生活平静，家庭团聚，十分美满。但作者又把这一切都推到幕后，只从美好事物的消失写起，便极大地调动了每一位读者的想象力，使他们不能自已地去寻味那些没有写出来的、与现实形成强烈对照的往事。这就是前辈词论家所说的“扫处即生”之法，使全词从开头便抓住了读者。同时，就前后的关系而言，这首句词又明确交待了次句“擘钗破镜”的缘由。“擘”与“破”，都是使动词，这就是说，钗非自擘，镜也非自破。显然，作者已侧面点出了这场悲剧的导演者——女真贵族侵略者，而“分飞”二字，又递进一层，暗示着这场离散的程度，并为下文埋下伏笔。从用典上来看，唐玄宗与杨贵妃之“擘钗”，徐德言与乐昌公主之“破镜”，皆因战乱所致，作者用来反映主人公在靖康之难中的遭遇，也是非常确切的。

如果离散之后，很快就能重逢，那也算不了什么大悲剧了，可是，命运并不是这样安排的，于是就出现了“天涯海角信音稀”这一非常残酷的事实。这句对分飞作进一步的阐发。亲人离散，究在何处？天涯海角，无由寻觅。金兵攻下汴京后，许多人抛妻别子，流落江南，这位主人公也是如此。那一江之隔，竟在他心中引起天涯海角的感受，其中所包含的历史内容是很丰富的。正是侵略者的铁蹄，蹂蹦着北方的大好河山，才生生将亲人拆散，那么，这条江不是有着万水千山的分量么？更何况南北交兵，形势险恶，就是插翅也飞不回去啊！因此，“天涯海角”虽是极言之，却蕴涵着相当的历史真实。“信音稀”，实际上是说音讯全无。的确，在当时那种形势下，怎么可能得到亲人的消息呢？所以，主人公紧接着便对亲人之所在进行揣测。

“梦回辽海北，魂断玉关西”。辽海，泛指辽东滨海之地，亦即上句的海角。玉关，即玉门关，在今甘肃敦煌县[①] 西北，亦即上句的天涯。这两句虽都是借辽远的边关，表现主人公对亲人流落的焦虑，其中却又有宾主在。金兵攻宋是从辽海（海角）而来，他们常把所掳掠的宋朝臣民带回去为奴。因此，作者的重点是指辽海，玉关不过是陪衬而已。这种手法，使我们想起了薛道衡《昔昔盐》中“前年过代北，今岁往辽西”两句诗。隋时，在北方经常和突厥等族作战，在东北经常和高丽作战。薛诗描写了一位思妇对征战在外的行人的思念，虚写代北，实写辽西，显然对朱词有着直接的影响。但是比起薛诗，朱敦儒的这两句词是青出于蓝。他将乐府诗简质的交待性描写，转化为一种带有浓厚浪漫色彩的梦境，超越了时间与空间，超越了主体与客体，在一个更高的层次上，展现了主人公爱情的真挚和执著。同时，这两句也使作品的思想意蕴升华。因为，在现实生活中，主人公回不到北方，更找不到亲人的踪迹，而这一切，他都借助梦境加以实现，这是对现实的一种多么深沉的抗议！再者，“魂断”的描写也有着很深的涵义。作为凝聚度很高的抒情词，作者不可能对主人公所牵挂的情事作详细的交待，但是，他却暗示了主人公对亲人处境的深深忧虑。这中间显然省略了一连串的心理活动，需要读者用想象加以补

① 今为敦煌市。——编注。

充。在话本《杨思温燕山逢故人》中，我们可以看到抒情诗难以表现的另外一些场景。故事叙述了杨思温流落燕山，巧遇嫂嫂郑意娘，听她哭诉说：“妾自靖康之冬，与兄赁舟下淮楚，将至盱眙，不幸箭穿驾手，刀中艄公，妾有乐昌破镜之忧，汝兄被缧绁缠身之苦。为虏所掠。其酋撒八太尉相逼，我义不受辱，为其执虏至燕山。撒八太尉恨妾不从，见妾骨瘦如柴，遂鬻妾身于祖氏之家，后知是娼户。自思是品官妻，命官女，生如苏小卿何荣？死如孟姜女何辱？暗抽裙带自缢梁间。……”郑意娘夫妻的悲惨遭遇，在那种形势下，是有一定的普遍性的。因此，这一段描写可以帮助我们想象词中主人公与其所思离散后流落辽海一方的处境，而主人公的“魂断”就更能得到读者的深切同情了。

上片写离别的痛苦，下片则写对重逢的向往。

相思，为的是盼望团聚，这是感情的自然发展。十四年了，多少次看到月缺月圆，星散星聚！大自然的每一次富有象征的变化，都深深牵动着他敏感的心灵。因此，他询问道：“月解重圆星解聚，如何不见人归？”这里的星，显然是指牵牛和织女。那传说中的牛郎、织女的一年一度的天河会，虽然算不得美满，可比起自己，却是强过百倍。对比之下，主人公当然会更加体会到这漫长的十四年，是多么坚固，多么难以消磨。盼来盼去，望穿双眼，仍是“不见人归”。那么，“人归”二字，究竟属谁？是指亲人来到自己身边呢，还是指自己归回北方，与亲人团聚？显然是后者。因为主人公明白，大河有水，小河不干，只有收复了失地，彼此才能结束流离生活，回到故乡，重新团聚。而以“如何”领起的这一问句，浸透着他个人的失望，也浸透着一个民族的失望。这忧愤是深广的。

年年希望，年年失望，十三年了。那么，今年怎么样呢？对于这一问题，他是从侧面回答的。宋室南渡后，小朝廷一味偏安，不思恢复失地，这一切对他不会没有触动，因此，“今春还听杜鹃啼”一句饱含着他的无限辛酸。新的一年，笼罩在他心头的阴影仍是那样沉重。那凄切悲苦的杜鹃啼声，以其在中国古典诗词的传统意象中所特有的含义，宣告了主人公所遭受的又一次打击。那么，所谓杜鹃啼血，不就是他的自我形象吗？一个“还”字，贯穿了过去与现在，交织着年年期望中的等待和等待中的失望，又对以后的状况作了一定的暗示。这句词粗看似觉平常，实则出笔极为沉重，力透纸背。

作为全词的结尾，也作为对作品整体感情的概括，作者最后写下了“年年看塞雁，一十四番回”二句。“塞”字，承上辽海和玉关。“塞雁”的意象，在这里有两层含义：第一，作为一种年年准时经过的候鸟，它能克服一切大自然的障碍，勇敢地向目的地进发，相形之下，主人公由衷地感到人不如雁。第二，中国古代传统上有着鱼雁传书的传说，因此，雁就又带有双关意味，暗承前“天涯海角信音稀”一句。十四年来，他一次次地关注着那边塞飞来的大雁，焦急地等待着亲人的消息，而时光不断地飞逝过去，结果仍是“信音稀”。大雁果真能传书吗？写到这里，连这美丽的幻想也不复存在了，现实对他是何等的残酷。在词人看来，人的重逢固然最好，即便能够“信音”相通也聊可慰藉，而现在，二者都成了泡影，那么，主人公的心情不得不较之过去任何时候更为沉重了。但是，虽然失望，却还没有完全绝望。在过去的十四年中，主人公曾以极大的热情在等待着，那么，今后的第十五年乃至永远，他是否还会一如既往地等待呢？从词中反映的感情看，答案是肯定的。因为，主人公对祖国的感情是真挚的，他热爱祖国，痛悼国家的沦亡，而对亲人的思念，又与这种感情息息相通。所以，他的心中将会永远闪烁着希望的火花，虽九死而不悔。

朱敦儒这首《临江仙》有着强烈的时代性。作者将这十四年间自身经历的漂泊流离略去，而集中描写那一巨大的事变对一个普通家庭的毁灭以及当事者在这种毁灭中所产生的心灵感受。这种表现手法，与杜甫的《佳人》一样，是对当时战乱中的大量事实的概括。由于作者所描写的，是在汴京失守后，每一个家庭都可能有，而且为无数家庭所已有的悲剧，因此，就富有典型性。由于作者在个人身世中寄托着亡国之悲，也就拓展了词的境界，使它突破对一己感情的抒发，反映了整个时代的大悲剧，从而赋予了它爱国主义意蕴。一百多年后，面对着南宋政权完全崩溃的悲惨现实，爱国词人刘辰翁写下了一首《夜飞鹊・七夕》："何曾见飞渡？年又年痴，今古相望犹疑。朱颜一去似流水，断桥魂梦参差。何堪更嗟迟暮，听旁人说与，此夕佳期。深深代籍，盼悠悠，北地胭脂。谁寄扬州破镜？遍海角天涯，空待人归。自小秦楼望巧，吴机回锦，歌舞为谁？星泮耿耿，算欢娱、未省流离。但秋衾梦浅，云闲曲远，薄命同时。"这首词，无论在主题上，还是在意象、格调上，都与朱词相似，这两位词人，都以自己的悲惨经历，感受了亡国的痛苦。他们的词作，以小见大，写出了时代的悲哀。而在这个意义上，我们看到，朱敦儒的词是较早地以词这种形式来表现普通人的生活是如何在激烈的民族矛盾中发生变故的，他这首词也说明这样一个事实：一位真正的诗人，在时代的熔炉里能够重新铸造自己的诗心。

# 李清照

李清照（1084—？），号易安居士，济南（今山东济南市）人，出生于一个注重文学艺术的士大夫家庭，从小受到熏陶。她的丈夫赵明诚历任知州一类的地方官。他们两人都喜欢收藏和研究金石书画，著有《金石录》。在她的《金石录后序》里，记述了她的婚后生活和她大半生的重要经历。

李清照在我国文学史上是一个很重要的女作家，诗和散文都有较高成就，而主要的成就是词。她的创作生活，以1127年金统治者占领汴京为界，分为前后两个时期。前期的作品多是写她在赵明诚离家外出时所感受的离愁别恨，以及一些描写闺中生活和咏物之作，一般都是局限在个人生活的狭小天地里。

她在后期避难到南方，经历了社会的大变乱，国破家亡，许多痛苦涌上心头，写了一些反映那个时代某些面貌的作品。和她的诗比起来，词中写得委婉一些，意义也显得狭小一些。

李清照词的成就主要表现在语言艺术方面。她的词用典不多，不追求词藻，而是用朴素清新的语言表现她对周围事物的感触和刻画细腻的心情，常常写得鲜明生动，感情色彩很浓。有时还采用口语入词，如“守着窗儿，独自怎生得黑”“如今憔悴，风鬟霜鬓，怕见夜间出去”。过去有人称赞她的词“用浅俗之语，发清新之思”（清邹祇谟：《远志斋词衷》），或者说“以寻常语度入音律”（宋张端义：《贵耳集》），这都说出了李清照词语言的特色。

有《李清照集》《漱玉词》辑本，存词四十七首。

## 渔家傲

天接云涛连晓雾，星河欲转千帆舞[1]。仿佛梦魂归帝所[2]，闻天语[3]，殷勤问我归何处？　我报路长嗟日暮，学诗谩有惊人句[4]。九万里风鹏正举[5]，风休住，蓬舟吹取三山去[6]！

【注释】

[1] 星河：银河。以上两句，写梦中经历，是天将晓时天河中的景象。

[2] 帝所：天帝的住所。

[3] 天：指天帝。

[4] 报：这里是回答天帝的意思。路长日暮：屈原《离骚》：“路漫漫其修远兮，吾将上下而求索。”嗟：嗟叹。谩：徒、空。

[5] 九万里风鹏正举：《庄子·逍遥游》里说大鹏乘风飞上九万里高空。举，鸟飞翔的意思。

[6] 蓬舟：蓬草一般的轻舟，指飘流无定的船。三山：《史记·封禅书》说渤海中有三座神山：蓬莱、方丈、瀛洲。

# 李清照的豪放词《渔家傲》[1]

夏承焘

《花间集》里两位大作家温庭筠和韦庄，他们的风格是不同的：温密丽而韦疏宕。这两种风格就是后来婉约派与豪放派的苗头。如周邦彦等是婉约派，辛弃疾等是豪放派。但是这两派作家作品风格往往是不能截然分开的。豪放派作家像辛弃疾有许多婉约的作品、婉约派作家也有豪放的作品。现在举李清照来谈谈。

李清照是一位可以代表婉约派的女作家，她的《声声慢》《醉花阴》等是大家熟悉的名作。这些词多半写闺情幽怨，它的风格是含蓄、委婉的。但是在她的词作中也有一首风格特殊的《渔家傲》。这是一首豪放的词，她用《离骚》《远游》的感情来写小令，不但是五代词中所没有的，就是北宋词中也很少见。一位婉约派的女词人，而能写出这样有气魄的作品，确实值得我们注意。

天接云涛连晓雾，星河欲转千帆舞。仿佛梦魂归帝所，闻天语，殷勤问我归何处。　我报路长嗟日暮，学诗谩有惊人句。九万里风鹏正举，风休住，蓬舟吹取三山去！

整首词都是描写梦境。开头两句写拂晓时候海上的景象。在李清照以

① 选自夏承焘《唐宋词欣赏》，北京出版社 2002 年版。

前还没有人在词里描写过大海。“天接云涛”两句用“接”“转”“舞”三个动词，来写海天动宕的境界。“星河欲转”，点出时间已近拂晓。“千帆舞”写大风，这不是江河中的景象。可能是因为李清照是山东人，对海的见闻比较多，所以写得出这样的境界。上片第三句“仿佛梦魂归帝所”，意思是说：我原来就是天帝那儿来的人，现在又回到了天帝处所。这和苏轼《水调歌头》中秋词：“我欲乘风归去”之“归”字意义相同。“归何处”句，着“殷勤”二字，写出天帝的好意，引起下片换头“我报路长嗟日暮”二句的感慨。《离骚》：“欲少留此灵琐兮，日忽忽其将暮。……路漫漫其修远兮，吾将上下而求索。”这就是李清照“路长日暮”句的出处。这句子的意思是说人世间不自由，尤其是封建时代的妇女，纵使学诗有惊人之句（“谩有”是“空有”的意思），也依然是“路长日暮”，找不到她理想的境界。末了几句说，看大鹏已经高翔于九万里风之上；大风呵，不住地吹吧，把我的帆船吹送到蓬莱三岛去吧（“九万里风”句用《庄子·逍遥游》，说大鹏“抟扶摇而上者九万里”，扶摇，旋风；九是虚数）！

李清照是婉约派的女作家，何以能写出这样豪放的作品来呢？我们知道，在封建社会中，女子生活于种种束缚之下，即使像李清照那样有高度修养和才华的女作家也不能摆脱这种命运，这无疑会使她感到烦闷和窒息。她作了两首《临江仙》词，都用欧阳修的成语“庭院深深深几许”作为起句，这很可能是借它表达她的烦闷的心情。她要求解脱，要求有广阔的精神境界。这首词中就充分表示她对自由的渴望，对光明的追求。但这种愿望在她生活的时代的现实生活中是不可能实现的，因此她只有把它寄托于梦中虚无缥缈的神仙境界，在这境界中寻求出路。然而在那个时代，一个女子而能不安于社会给她安排的命运，大胆地提出冲破束缚、向往自由的要求，确实是很难得的。在历史上，在封建社会的妇女群中是很少见的。

这首风格豪放的词，意境阔大，想象丰富，确实是一首浪漫主义的好作品。出之于一位婉约派作家之手，那就是更其突出了。其所以有此成就，无疑是决定于作者的实际生活遭遇和她那种渴求冲决这种生活的思想感情；这绝不是没有真实生活感情而故作豪语的人所能写得出的。

## 醉花阴

薄雾浓云愁永昼[1]，瑞脑消金兽[2]。佳节又重阳[3]，玉枕纱厨[4]，半夜凉初透。　东篱把酒黄昏后[5]，有暗香盈袖[6]。莫道不消魂[7]，帘卷西风，人比黄花瘦[8]。

【注释】

[1] 愁永昼：整天在愁。永昼，漫长的白天。

[2] 瑞脑：香料，一称龙脑。金兽：兽形铜香炉。

[3] 重阳：古时以阴历九月初九为重阳节。

[4] 玉枕：枕的美称。纱厨：即碧纱厨，用木头作架子，蒙上轻纱，中间可安放床位，夏天用来避蚊蝇。

[5] 东篱：陶渊明《饮酒》诗：“采菊东篱下。”

[6] 暗香：幽香，这里指菊花的香气。

[7] 消魂：感触很深，好像魂魄要离开躯体一样。

[8] 黄花：指菊花。

# 评李清照《醉花阴》[1]

叶嘉莹

这首词可能写于夫妇分开两地时，是她思念丈夫所写下的，表现了闺阁中女子寄怨之感。为什么别人赞扬她那最后三句呢？这还得看全首，从全首的气氛来了解，不能只看一两句。为了要说明整体的重要，现在我们先讲个故事。古代有位勇士荆轲，燕国太子为秦所欺，想找一人使秦替他复仇，只有荆轲肯去。燕太子因有求于荆轲，所以对荆轲可以说是有求必应。一天荆轲说一位弹琴的女子手美，燕太子即砍下那双美手用金盘盛来给荆轲。可是手一离开人就不美了，甚至相当可怕了。好词有生命，是从头到尾贯串下来的。李清照这首词没有什么深刻的思想，也没有什么悲痛的感情，但却把她寂寞孤独的女子的感情表现出来了。“薄雾浓云愁永昼，瑞脑消金兽”，把闺房中的生活情调，特别是当日如李清照身份的女子的寂寞的感情表现得很好。香烟袅袅消磨了长昼，说明了白天的寂寞。“佳节又重阳，玉枕纱厨，半夜凉初透”，说明了晚上夜间的孤独。“佳节又重阳”，点出了季节。美好的事情总是与人共享才最快乐。孟子说：“独乐乐与众乐乐，孰乐？”陶渊明说：“奇文共欣赏，疑义相与析。”听音乐甚至读书都是最好有人一起欣赏。春暖花开、秋高气爽，清明、重

---

① 节选自叶嘉莹《漱玉词欣赏》，见叶嘉莹《古典诗词讲演集》，河北教育出版社 2000 年版。标题为编者所加。

阳都是佳节。用佳节重阳为反衬，这句“佳节”前是白天的寂寞，以后是晚间的寂寞，赵明诚不在，不能一起饮酒吟诗，佳节对她是孤独寂寞的。前半首已把寂寞气氛培养得很好，后半首进一步渲染寂寞之感。以前我们谈到《声声慢》开始的十四个叠字到后来让人丧失了鲜锐感，这儿却表现得恰到好处。有时诗人一句话出人意外而入人意中，有时我们都没有想到要用这种方法表达感情，诗人一用似乎出人意外，但我们一想果然如此，入人意中。这是诗里了不起的成就。如果不能出人意外，只能入人意中就没什么希奇，太俗气了，你我都会。如果只能出人意外，而不能入人意中又太生硬了。这首词中“东篱把酒黄昏后，有暗香盈袖”中的“东篱”二字，乃用陶渊明“采菊东篱下，悠然见南山”的典故。东篱的典故就暗示着菊花，说自己在种满菊花的地方拿着酒杯，一直看花看到黄昏后。“把酒”的“把”字用得很好，这一个字就表现了不同的味道。这使我想到陶渊明《停云》诗，“静寄东轩，春醪独抚”，也是写自己的寂寞，无人共酒。《停云》诗前小序说，“思亲友也”。一个人安静地靠在东边的窗下，手中抚摸着盛着春酒的酒杯。“抚”有把玩的意思，他拿着酒杯在手中把玩了良久，他写“独抚”没有说“独饮”，“抚”字写得很有味道。李清照的“把”字也好，“把酒”表现的是有一种思念的情调，如果一饮而尽，就了无余味了。又说“黄昏后”，这正是最寂寞的时候，“黄昏后”，可见她在菊花前把玩酒杯已经许久许久，当然有一番思念。“有暗香盈袖”，隐隐之间有阵阵菊花香气飘到衣袖之中。《古诗十九首》说：“庭中有奇树，绿叶发华滋。……馨香盈怀袖，路远莫致之。”在树前赏花，花香充满了衣袖之间，看到花，闻到花香想起了自己怀念的人，真想与他一起共同欣赏。可是怀念的人不在身边，道路遥远，采花送去又办不到。李清照的词与这首诗情意境界颇近，委婉细腻，需要仔细体会。

“莫道不消魂，帘卷西风，人比黄花瘦”这几句也是出人意外，入人意中。前面写的思念寂寞之情已经不少，再写相思怀念就太多了，她突然从相思怀念之中跳出来了，不再直接说相思怀念，而说不要以为我在这种情景下心里没有感动，当一阵秋风吹来，吹起屋中的帘子，那时候便知帘外的菊花清瘦，帘内的人也一样清瘦。现在我们就要讲到花给人的不同感受。《古文观止》中选有一篇宋周敦颐的《爱莲说》，里面写各种不同的花说：“牡丹，花之富贵者也。”这是牡丹花给人的感受。而菊花则给人以幽静清瘦之感，很少有大红大紫的颜色，比较朴素。在这句词里菊花与人的情意有一种应合，李清照集子里有一张画像，画的是李清照，上有赵明诚题词“清丽其词，端庄其品，归去来兮，真堪偕隐”。从题字年代看来，当时李清照三十一岁，画像很清秀，赵明诚说有这么一位才学高、品格高的女子，也不必再求什么人间的名利富贵，跟她一起隐居去吧。可见她的形态品格都像菊花。这种突然、鲜锐、敏捷的联想的结合，把帘外的菊花与帘内的人打成一片了。这两句让我想到杜甫的《秋雨叹》一首诗：

雨中百草秋烂死，阶下决明颜色鲜。
著叶满枝翠羽盖，开花无数黄金钱。
凉风萧萧吹汝急，恐汝后时难独立。
堂上书生空白头，临风三嗅馨香泣。

在风雨吹打之下，各种草木在这样的秋天都被雨水泡烂了，只有种在台阶下的决明花颜色依然鲜艳，满枝翠绿的叶子，像绿色羽毛的伞盖；开着金黄色的花，像黄金钱那样光彩闪烁。这样美好的植物应该好好保全才是，但是秋风却毫不怜悯同情它，风还在吹，雨还在下，杜甫感慨地对决明说：“你曾经比别的花都坚强，但你还能坚持多久呢？”到这里为止写得很好，但不算非常好，还在意中。这首诗最好的部分是最后两句，忽然跳出去了。写出“堂上书生空白头，临风三嗅馨香泣”。这两句真是出人意外，入人意中，我不在阶下，我是堂上的书生，你是阶下的决明。但你我都在风雨中，在艰难困苦中奋斗。现在我已衰老不知还能支持到哪一天，面对着秋天的风雨，屡屡闻到你的香气，不知你还能支持多久，忍不住流下泪来。后两句真是神来之笔，全诗精神为之振起，把外界的环境与内心的感情打成一片了。李清照词《醉花阴》的最后两句就有这种精神和作用，把黄花与人结合起来。

## 声声慢

寻寻觅觅，冷冷清清，凄凄惨惨戚戚[1]。乍暖还寒时候，最难将息[2]。三杯两盏淡酒，怎敌他，晓来风急[3]！雁过也，正伤心，却是旧时相识。　　满地黄花堆积，憔悴损，如今有谁堪摘[4]？守着窗儿，独自怎生得黑[5]！梧桐更兼细雨，到黄昏点点滴滴。这次第[6]，怎一个愁字了得！

【注释】

［1］戚戚：忧愁的样子。

［2］将息：保养、调养的意思。

［3］晓，一作“晚”。

［4］黄花：指菊花。堪，一作“忺（xiān）”，欲、想要的意思。

［5］怎生：怎样。生，语助词。这句说，独自一个人，怎么挨到天黑。

［6］次第：光景、情况。

# 说李清照《声声慢》①

吴小如

在谈正文以前先要交代两点。第一，古人以词为诗余，这当然不完全对。即使承认词为“诗之余”，那也应该只限于小令。至于慢词，光论字数，也比律诗和绝句多出一倍到几倍，怎么能说是“诗之余”呢？我认为，词中的慢调实是赋之余。赋的特点是铺叙，慢词的特点亦正复相同。汉代的赋，“铺采摛文”有余，“体物写志”不足；进而为六朝小赋，逐渐向写志方面发展，却又转化为“律赋”，形成了新的条条框框，虽匀整而失之死板。唐宋古文家以散文为赋，而倚声家实以慢词为赋。夫慢调讲格律，能配以乐调，有律赋匀整之长，却更有着律赋所没有的蕴藉与流利的特色；且较律赋篇幅短，变化多，称之为“赋之余”，是一点也不为过的。因此，不熟读六朝小赋，填慢词必不易工。退一步说，至少亦须工于作骈文，始能工于为慢调。两宋词人以慢词擅胜场者，南渡后的史达祖、吴文英、张炎、周密、王沂孙辈专以咏物为工者固无论矣，即使是抒情写景之作，如北宋之柳永、苏轼、秦观、周邦彦，南宋的李清照、辛弃疾、姜夔诸家，其慢词亦多以能近似赋体者为工。即如李清照这首《声声慢》，脍炙人口数百年，就其内容实质而言，简直是一篇悲秋赋。亦唯有以赋体读之，乃得其旨。

① 选自吴小如《古典诗词札丛》，天津古籍出版社 2002 年版。

第二，李清照的这首词在作法上是有创造性的。原来的《声声慢》的曲调，韵脚押平声字，调子相应地也比较徐缓。而这首词却改押入声韵，并屡用叠字和双声字，这就变舒缓为急促，变哀惋为凄厉。我不同意把李清照划归婉约派词人，至少，一定不能够把这首词列入婉约体。因为此词以豪放纵恣之笔写激动悲怆之怀，既不委婉，也不隐约。如果连这样直往直来，了无假借的作品也称之为“婉约”，那恐怕再也找不到非婉约体的词了。

前人评此词，对开端三句以用一连串叠字为特色。当然，这与乐调音节是有关的；但只注意这一层，仍不免失之皮相。词中写主人公一整天的愁苦心情，却从“寻寻觅觅”开始，可见她从一起床便百无聊赖，恍如有失，于是东张西望，仿佛飘流在海洋中的人要抓到点儿什么才能得救似的，希望找到点儿什么来寄托自己的空虚寂寞。所以这一句应用分号（；）点断。下文“冷冷清清”，是“寻寻觅觅”的结果，不但无所获，反被一种孤寂清冷的气氛袭来，使自己感到凄惨忧戚。于是紧接着再写了一句“凄凄惨惨戚戚”。仅此三句，一种由愁惨而凄厉的氛围已笼罩全篇，使读者不禁为之屏息凝神。这乃是百感迸发于中，不得不吐之为快，所谓“欲罢不能”的结果。

“乍暖还寒时候”这一句，也是此词的难点之一。“乍……还……”的句式正如现代汉语中“刚……又……”的说法。“乍暖还寒”如译成口语，当作“刚觉得有点儿暖和却又冷了起来”，这是什么样的天气呢？此词作于秋天，自无疑问；但秋天的气候应该说“乍寒还暖”，只有早春天气才用得上“乍暖还寒”。我以为，这是写一日之晨，而非写一季之候。秋日清晨，朝阳初出，故言“乍暖”；但晓寒犹重，秋风砭骨，故言“还寒”。至于“时候”二字，有人以为在古汉语中应解为“节候”。但柳永《永遇乐》云：“薰风解愠，昼景清和，新霁时候。”由阴雨而新霁，自属较短暂的时间，可见“时候”一词在两宋时代已与现代汉语无殊了。“最难将息”句则与上文“寻寻觅觅”句相呼应，说明从一清早自己就不知如何是好。

下面的“三杯两盏淡酒，怎敌他晓来风急”，“晓”，通行本作“晚”，这又是一个可争论的焦点。俞平伯先生《唐宋词选释》注云：

> “晓来”，各本多作“晚来”，殆因下文“黄昏”云云。其实词写一整天，非一晚的事。若云“晚来风急”，则反而重复。上文“三杯两盏淡酒”是早酒，即……《念奴娇》词所谓“扶头酒醒”；下文“雁过也”，即彼词“征鸿过尽”。今从《草堂诗余》别集、《词综》、张氏《词选》等各本，作“晓来”。

这个说法是对的。说“晓来风急”，正与上文“乍暖还寒”相合。古人晨起于卯时饮酒，又称“扶头卯酒”。这里说用酒消愁是不抵事的。至于下文“雁过也”三句，却与作者前期所作的《念奴娇》里的“征鸿过尽”云云略有差别。盖《念奴娇》作于春日，是清明前夕，所以有“宠柳娇花寒食近”之句；那么彼词的“征鸿过尽”乃指南雁北飞。当时李的丈夫赵明诚在汴京，作者居南，所以说“万千心事难寄”。而《声声慢》是南渡后之作，秋日北雁南飞，作者所指，正是往昔在北方见到的“征鸿”，所以说“正伤心，却是旧时相识”了。俞《选》说：“雁未必相识，却云‘旧时相识’者，寄怀乡之意。赵嘏

# 评李清照《声声慢》[①]

叶嘉莹

《词林记事》引许蒿卢的批评说："易安此词颇带伧气，昔人极口称之，殆不可解。"郑骞先生也说，"此语的是确评。"又说："易安词佳处不在此等。"可见所谓"真赏"是很难得的。前些时我们讲朱敦儒的《樵歌词》。曾经提到胡适之在他编的《词选》，选登朱敦儒的作品，介绍作者时说，如果把朱敦儒比作陶渊明，则是最恰当的比喻。但据我看全不恰当。胡适也写旧体诗词，写得也有修养训练，但他不会欣赏词，没有"真赏"。朱敦儒与陶渊明是非常不同的，今天来不及谈，只谈李清照。李清照的这首词，每个选本都有，可见是有人欣赏她的，只是选来选去都是像《声声慢》这样的词就不是"真赏"。许蒿卢说此词带伧气，有点粗俗的意思。但是不是粗俗就不好呢？那又不然，总之欣赏诗歌，不能先固定一个死板的标准，我的老师顾羡季先生就说过，凡要依靠别的东西为凭借，而不从自己的感受来批评，那就像盲人靠明杖一般。应当放下明杖，自己睁开眼睛看看。他又曾经引《金刚经》的一段话说："若以色见我，以音声求我，是人行邪道，不能见如来。"换言之，如果只从外表形象来看我，从我的声音来追求我，那就是走上了邪道，不能见到最高最真实

① 节选自叶嘉莹《漱玉词欣赏》，见叶嘉莹《古典诗词讲演集》，河北教育出版社 2000 年版。标题为编者所加。

的境界。但一般人却只能从外表来欣赏，像这首《声声慢》之所以那么有名，原因大约有两个，其一是此词用叠字甚多，极不平常，非但在女词人中不多见，在男词人中亦不多见；其二是此词在末尾部分用了白话的口吻。先说叠字，叠字是可以用的，但要用得好。杜甫《曲江》诗中有两句，“穿花蛱蝶深深见，点水蜻蜓款款飞”。用了两组叠字。仇兆鳌注解中曾引了另外两句诗与杜诗作对比。“鱼跃练川抛玉尺，莺穿丝柳织金梭”。上句写白鱼跳出像缎子似的水面，像把玉尺；下句写黄莺在细柳中穿梭就像织布的金梭，应该是很美的景象，可是景物虽是美丽的，却缺少了诗人的感动。我的老师说，诗人对外界的事物，既得格物，又是物格。“格物”二字语出《大学》，据朱子解，“格物”就是彻底追求事物的道理。莺飞草长，花落水流，都是仔细观察。就像徐志摩说的，“春天来了，一天有一天的消息”。“关心天上的云影，关心石上的苔痕……”可见诗人对物的观察这样细腻，而且所谓“格物”还不仅是指观赏大自然而已，也得仔细观察人间的悲欢离合的感情，这才有写作材料。而只是“格物”还不够，还要“物格”。“物格”就是让物感动你，让你不只是死板的照相机，得有生命和感情，有引发的感动，叠字如果很好地传达了感动，那就是好的。为什么杜诗好，而另外两句诗不好呢？难道杜诗就好在他的叠字吗？不是的。是因为“深深”“款款”表达了感动，传达了蛱蝶采花酿蜜的生命以及它给予诗人的感动，表现了诗人对蛱蝶蜻蜓的欣赏爱惜。此外这两句之所以好，也是与全诗有不可分割的关系的。《曲江》这首诗开端、结尾都好，把这种感情完整地传达了出来。杜甫《曲江》全诗如下：

朝回日日典春衣，每向江头尽醉归。
酒债寻常行处有，人生七十古来稀。
穿花蛱蝶深深见，点水蜻蜓款款飞。
传语风光共流转，暂时相赏莫相违。

这首诗写在安禄山之乱以后，肃宗回到长安，杜甫也回到了长安任左拾遗（谏官）。他一心想为国家做事，这段时间写了很多诗表达他对国家的关怀。但谏官总是谏正朝廷的缺点，讲坏话的，所以不怎么受欢迎。他一度天天下了班还赶写谏表，但上谏书后不但朝廷不接受，还引起别人的嫉恨，要把他贬官出京。所以他失望灰心之余，上朝回来就把春衣典当了买酒喝。他没有直接抒写心里的感触失望，只说上朝回来就去喝酒，想把在朝廷里经常看到不顺眼的事抛诸脑后，买醉消愁，这就自然地反映了他内心的不平、悲哀、愤慨。每天总来到曲江边，不醉无归，欠下的酒债不少。寻是八尺，常是十尺，行不多远就碰到欠债的地方。想到自古以来活到七十岁的人很少有，所以人生苦短，譬如朝露，还不如及时行乐。喝酒之际看见江边风景美丽，春意盎然，万花深处但见蛱蝶翻飞，蜻蜓多情而有姿态地飞翔，大自然的美好的景色和生命与自己的悲哀失意成了强烈的对比。自己深有所感，但是又有谁能把我的话传给美丽的大自然，让风景、光影、蛱蝶、蜻蜓、暖日、和风都停下来，让美丽的春光不断在宇宙中运行，使自己能好好欣赏这一切？恳切地希望它们不要离开。有了感情，叠字就用得好。“深深”“款款”之中有一种感受，不但表达了春天的情景，也表达了他对蝴蝶、蜻蜓的赏爱，更反衬了他自己内心的失意悲慨。所以这两句的“深深”“款款”的叠字才可以说是用得好。

叠字用得好并非自杜甫始，最早用叠字的是《诗经》，“杨柳依依”，用“依依”来形容杨柳柔软的长条披拂下来随风飘动的姿态，写得非常好。此外，《诗经》还有多处使用叠字的。李清照喜欢用叠字，她的另一首词《临江仙》序有云：“欧阳公作《蝶恋花》，有‘庭院深深深几许’之句，余酷爱之，用其语作‘庭院深深’数阕。”所以可见她是有心在《声声慢》开始处用十四个叠字的。但凡事应恰到好处，适可而止。苏东坡说：“作文如行云流水，但当行乎其所当行，止乎其所不可不止。”文学创作亦如是。有什么情意，就用恰好的形式来予以表现，人为的造作一多，往往破坏了诗词天然的美。这当然也不是说作诗填词就没有人为的成分。杜甫说“语不惊人死不休”，一副要拼命的样子。所以人为的修辞也是需要的，但得配合得恰到好处，如词句不足以表达情意，就需要修辞。因此，首先还是要看你有没有真正的感受，如果有，则应尽最大的努力表现出来。写得不好，心里不舒服，是对不起自己，还不是对不起别人。表达能令自己满意就是修辞，有意造作不是修辞。李清照的《声声慢》一词开头“寻寻觅觅，冷冷清清”八个字不错，写出了孤单寂寞之感。李清照晚年相当孤寂，无所依靠。在这种情况下，想寻找一个可以寄托情感的对象，但是找来找去都不见人的声音、人的脚步、人的气息，四周冷冷清清的。可是后面六个字“凄凄惨惨戚戚”就不免给人以叠床架屋的感觉了。

至于《声声慢》后面的白话和俗语的口吻，也可以讨论一下。李后主《乌夜啼》一词好处之一就在于他用了白话。“林花谢了春红，太匆匆”。“谢了”的“了”字，“太匆匆”的“太”字都是白话。杜甫诗“麻鞋见天子，衣袖露两肘”，用的也是白话，也写得很好。

描写自己经过安禄山之乱，逃难去见皇帝的情景。古时见天子总得穿朝服，戴朝冠，系腰带才行，但他因逃难之故穿着麻鞋就去了，不但没有朝服，连衣袖都破了，一弯就露出胳膊肘，这两句不是又俗又丑的句子吗？但却把逃难的艰难困苦都写出来了。杜甫另外还有“群鸡正乱叫”的诗句，是说乡村经过战乱，原以为妻子儿女都死于贼手了，但回来后却发现他们不但无恙，而且还养了鸡，客人来了鸡就乱叫，写得很生动活泼。可见修辞造句并不在乎表面字句的伧俗与否。李清照《声声慢》词的最后一句“这次第，怎一个愁字了得”，虽是白话，但却犯了一个毛病，那就是说明的成分太多了，因为文学是要“表现”而不是“说明”的。忧愁是不需明说的，表现出来就好了。杜甫想在朝廷有一番作为，一番事业，见到缺点想谏劝，但朝廷不但不听反而要把他贬出去。可是杜甫却并没有说自己满腹牢骚，十二万分难过等等，只说“朝回日日典春衣”。上朝原是件大事，但上朝回来却典当春衣去江边尽醉而归，他心中的牢骚不平、悲愁怨愤都没有直说，可是却都表现出来了，所以诗词的好坏并无绝对标准。用叠字、白话究竟好不好就要看是否用得恰到好处了。

# 陈与义

陈与义（1090—1138），字去非，号简斋，洛阳（今河南洛阳市）人。徽宗时曾任太学博士等官。金兵陷汴京，陈与义避乱湖北、湖南，南逾五岭，经广东、福建，于高宗绍兴元年（1131）到达当时朝廷所在地的绍兴府（在今浙江绍兴市）。历官吏部侍郎、参知政事等。

陈与义是宋代著名诗人。他的诗学杜甫，风格清婉。一些感时念乱之作，有悲壮苍凉之音。虽然受过黄庭坚、陈师道的影响，却不同于江西诗派。有《简斋诗集》。

宋黄《花庵词选》说他的词“可摩坡仙之垒”，词中豪爽处近似苏轼。宋胡仔《苕溪渔隐丛话》又称赞他的词“清婉奇丽”。词中不写艳情，意境和诗一致。

有《无住词》，共存词十八首。

## 临江仙 夜登小阁，忆洛中旧游[1]

忆昔午桥桥上饮[2]，坐中多是豪英。长沟流月去无声[3]，杏花疏影里，吹笛到天明。　二十余年如一梦，此身虽在堪惊。闲登小阁看新晴，古今多少事，渔唱起三更。

【注释】

［1］洛中：指今河南洛阳，北宋时的西京。洛中，一作“吴中”，误。

［2］午桥：桥名，在洛阳城南。

［3］这句说，沟水带着水中的月影悄悄地流逝。

# 释陈与义《临江仙》①

缪 钺

陈与义，字去非（1090—1138），是北宋末南宋初的著名诗人，也善于填词。他生平致力于诗，所作甚多，约六百余首，而其词作则仅有《无住词》十八首，不及其诗的二十分之一，可见他是以余事填词的。他的《无住词》十八首，其中绝大部分都是在他晚年奉祠退居湖州青墩镇寿圣院僧舍时所作，青墩僧舍有“无住庵”，陈与义曾在这里住过，故遂以“无住”名词。

这首《临江仙》词大概是在高宗绍兴五年（1135）或六年陈与义退居青墩镇僧舍时所作，时年四十六或四十七岁。陈与义是洛阳人，他追忆二十多年前的洛中旧游，那时是徽宗政和年间，天下还承平无事，可以有游赏之乐。其后金兵南下，北宋灭亡，陈与义流离逃难，艰苦备尝，而南宋朝廷在播迁之后，仅能自立，回忆二十多年的往事，真是百感交集。但是当他作词以发抒此种悲慨之时，并不直写事实，而是用空灵的笔法以唱叹出之（这正是作词的要诀）。上片是追忆洛中旧游。午桥在洛阳南，唐裴度有别墅在此。“杏花疏影里，吹笛到天明”二句，的确是造语“奇丽”（胡仔评语，见《苕溪渔隐丛话后集》卷三十四），一种良辰美景，赏心乐事，宛然出现于心目中。但是这并非当前实境，而是二十多年前渺如云烟的往事在回忆中

① 选自《唐宋词鉴赏辞典》，上海辞书出版社 1988 年版。标题为编者所知。

的再现。刘熙载说得好，“陈去非……《临江仙》：‘杏花疏影里，吹笛到天明’，此因仰承‘忆昔’，俯注‘一梦’，故此二句不觉豪酣转成怅悒，所谓好在句外者也。”（《艺概》卷四）下片起句“二十余年如一梦，此身虽在堪惊。”一下子说到当前，两句中包含了南北宋之间二十年中无限的国事沧桑、知交零落之感，内容极充实，而用笔极空灵。“闲登小阁”三句，不再接上文之意进一步发抒悲叹，而是宕开去写，想到盛衰兴亡，古今同慨，于是看新晴，听渔唱，将沉挚的悲感化为旷达。这首词疏快明亮，浑成自然，如水到渠成，不见矜心作意之迹。张炎称此词“真是自然而然”（《词源》卷下）。然“自然”并不等于粗率浅露，这就要求作者有更高的文学素养。彭孙遹说得好，“词以自然为宗，但自然不从追琢中来，亦率易无味。如所云绚烂之极仍归于平淡。……若《无住词》之‘杏花疏影里，吹笛到天明’，自然而然者也。”（《金粟词话》）

陈与义作词虽少，但很受后世推重，而且认为其特点很像苏东坡。南宋黄说，陈与义“词虽不多，语意超绝，识者谓其可摩坡仙之垒也。”（《中兴以来绝妙词选》卷一）清陈廷焯也说，陈词如《临江仙》，“笔意超旷，逼近大苏。”（《白雨斋词话》卷一）陈与义填词是否有意要学苏东坡呢？不见得。陈与义作诗，近法黄（庭坚）、陈（师道），远宗杜甫，不受苏诗影响。至于填词，乃是他晚岁退居时的遣兴之作，他以前既非一向专业作词，所以不很留心当时的词坛风气，也未受其影响。譬如，自从柳永、周邦彦以来，慢词盛行，而陈与义独未作过一首慢词；词至北宋末年，趋于雕饰，周邦彦是以“富艳精工”见称，贺铸亦复如是，而陈与义的词独是疏快自然，不假雕饰；可见陈与义填词是独往独来，自行其是，自然也不会有意学苏的。不过，他既然擅长作诗，晚岁填词，运以诗法，自然也就会不谋而合，与苏相近了。以诗法入词，固然可以开拓内容，创新风格，但是仍必须保持词体特质之美，而不可以流于质直粗疏，失去词意。苏东坡是最先“以诗为词”的，但是苏词的佳作，如《卜算子》（缺月挂疏桐）、《水调歌头》（明月几时有）、《永遇乐》（明月如霜）、《洞仙歌》（冰肌玉骨）、《八声甘州》（有情风万里卷潮来）、《贺新郎》（乳燕飞华屋）诸作，都是“如春花散空，不著迹象，使柳枝歌之，正如天风海涛之曲，中多幽咽怨断之音”（夏敬观手批《东坡词》，转引自龙榆生《唐宋名家词选》）。论词者不可不知此意也。

# 张元幹

张元幹（1091—1170？），字仲宗，号芦川居士、真隐山人，永福（今福建永泰县）人。

他在北宋宣和元年（1119）出仕，曾为李纲行营属官，官至将作监丞。靖康元年（1126）因罪落职南归。南宋绍兴年间，又因赠胡铨诗词而受到削籍除名的处分。晚年寓居福州。

张元幹的词主要分为两类：一类具有慷慨悲凉的艺术风格，另一类则以清丽婉转为特色。从词的发展历史上看，他生活在北宋末年和南宋初年，是一位承前启后的作家。

著有《芦川归来集》。词集名《芦川词》，存词一百八十余首。

## 贺新郎　送胡邦衡待制赴新州[1]

梦绕神州路[2]，怅秋风连营画角[3]，故宫离黍[4]。底事昆仑倾砥柱，九地黄流乱注[5]？聚万落千村狐兔[6]。天意从来高难问，况人情老易悲难诉[7]。更南浦，送君去[8]。

凉生岸柳催残暑，耿斜河[9]，疏星淡月，断云微度。万里江山知何处[10]？回首对床夜语[11]。雁不到，书成谁与[12]？目尽青天怀今古，肯儿曹恩怨相尔汝[13]！举大白[14]，听金缕[15]。

【注释】

[1] 胡邦衡：胡铨（1102—1180），字邦衡。新州：治所在今广东新兴县。词题一作《送胡邦衡待制》。

[2] 神州：古时称中国为赤县神州。见《史记·孟子荀卿列传》。这里指中原沦陷地区。

[3] 画角：军中所用的号角，上面饰有彩绘。

[4] 故宫：这里指北宋故都汴京的宫殿。离黍：语出《诗经·王风·黍离》首句：“彼黍离离。”黍，小米。离离，形容行列整齐的样子。《毛诗·序》说，周平王东迁后，有一个大夫经过西周故都，见宗庙宫室已平为田地，长满了黍稷，他忧伤彷徨，“悯周室之颠覆”，因而写了这首诗。这句表示对中原故土的怀念。

[5] 底事：为什么。倾：倒塌。《神异经》：“昆仑之山，有铜柱焉。其高入天，所谓天柱也。”《淮南子·天文训》：“昔者共工与颛顼争为帝，怒而触不周之山，天柱折，地维绝。”九地：遍地。九，泛指多数。黄流乱注：黄河水乱流，泛滥成灾。九地，一作“九陌”。

[6] 落：聚居的地方。狐兔：比喻金兵。

[7] 以上两句，对南宋统治集团推行投降主义路线，逐渐丧失抗敌热情表示不满。杜甫《暮春江陵送马大卿公恩命追赴阙下》诗：“天意高难问，人情老易悲。”这里化用其意。人情，一作“人生”。老易，一作“易感”“易老”。难诉，一作“如许”。

[8] 南浦：泛指送别的地方。浦，水滨。屈原《九歌·河伯》：

“送美人兮南浦。”江淹《别赋》：“送君南浦，伤如之何！”去，一作“路”。

［9］耿：明亮。斜河：银河斜转，表示夜深。

［10］江山，一作“家山”。这句写胡铨的远谪。

［11］对床夜语：指知己朋友深夜谈心。白居易《雨中招张司业宿》诗：“能来同宿否，听雨对床眠。”

［12］以上两句写书信难通。相传雁能传书，但北雁南飞，止于衡阳。胡铨所去的新州远在衡阳之南，正是雁所不到之处。

［13］肯：岂肯。儿曹：小儿女辈。尔汝：彼此以你我相称，表示亲密，叫作尔汝交。韩愈《听颖师弹琴》诗：“昵昵儿女语，恩怨相尔汝。”这句兼有临歧不作儿女惜别之态和感慨不是由于私人交情两意。

［14］大白：酒杯。

［15］金缕：即《贺新郎》。《贺新郎》词调又名《金缕曲》《金缕衣》《金缕词》《金缕歌》。

# 梦绕神州路[①]

## ——张元幹《贺新郎》

周汝昌

当北宋覆亡，士大夫南渡的这个时期，悲愤慷慨的忧国爱国的词家们，名篇叠出；张芦川则有《贺新郎》之作，先以“曳杖危楼去”寄怀李纲，后以“梦绕神州路”送别胡铨，两词尤为忠愤悲慨，感人肺腑。高宗绍兴十二年，因反对“和议”而遭贬在福州的胡铨（请斩秦桧等！），再获重谴，编管新州（在今广东境），芦川作此词相送。

“梦绕神州路”，言我辈魂梦皆不离那已归陷金的中原故土。“怅秋风”三句，写值此素秋，金风声里，一方面听此处吹角连营，似乎武备军容，十分雄武，而一方面想那故都汴州，已是禾黍离离，一片荒残，已是亡国景象。此一起即将南宋局势，缩摄于尺幅之中。以下便由此严词质问，绝似屈子《天问》之体格。

首问：为何一似昆仑雄莽的中流砥柱，却自家倾毁，以致浊流泛滥，使九州之土全归沉陆！？又因何而使衣冠礼乐的文明乐土，一旦变成狐兔盘踞横行的惨境！？须知狐兔者，既实指人民流析，村落空虚，唯馀野兽，又虚指每当国家不幸陷于敌手之时，必然群凶肆虐，宵小得志，古今无异。郑所南所谓“地走人形兽，春开鬼面花”，自国亡家破之人而视之，真有此情此景，笔者亲历抗战时期华北沦陷之

① 选自周汝昌《诗词赏会》，广东人民出版社 1987 年版。

境，故而深领之。

下言天高难问，人间又无可共语者，只得如胡公者一人同在福（胡铨贬官之所），而公又遽别，悲可知矣！上片一气写来，全为逼出“更南浦，送君去”两句，笔力盘旋飞动，字字沉实，作掷地金石之响。

过片便预想别后情怀，盖饯别在水畔，征帆既远，犹不忍离去，伫立以至岸柳凉生，夜空星见。“耿斜河”三句，亦如孟襄阳、苏东坡写“微云渡河汉”，写“疏星渡河汉”“金波淡，玉绳低转”，何其神理之相似！而在芦川，悲愤激昂之怀，忽着此一二句，益见其感情之深挚，伫立之久。如以“闲笔”视之，即如只知大嚼为食，而不晓细品为饮者，浅人难得深味矣。

下言此别之后，不知胡公流落之地，竟在何所，想象也觉难及其荒远之状毕竟何似；相去万里，更欲对床夜话，如兄弟之故事，如手足之情长，岂复可得？语云雁之南飞，不逾衡阳，而今新州更去衡阳几许？宾鸿不至，书信将凭谁寄付？不但问天之意，直连前片，而且痛别之情，古今所罕。以此方接极目乾坤，纵怀今古，沉思宇宙人生，所关切者绝非个人命运得失穷达，而乃邦国大事，岂肯为区区私家恩怨而费计较哉。相尔汝，谓对面指名詈斥争吵也。

情怀若此，何以为词？所谓辞意俱尽，遂尔引杯长吸，且听笙歌。此姑以豪迈之言聊遣摧心之痛，总是笔致夭矫如龙，切莫以陈言落套为比。

凡填《贺新郎》，上下片有两个仄起七字句，不得误为与律句全同“高难问”“怀今古”，难、今二字，皆须平声（与上二字连成四平声）方为协律。又两歇拍“送君去”“听（tìng）金缕”，头一字必须去声，此为定格。然至明清后世，解此者已少，合律者百无一二。故拈举于此，以示学人。

# 岳　飞

岳飞（1103—1142），字鹏举，相州汤阴（今河南汤阴县）人。南宋初抗金名将，屡破金兵，以恢复中原为己任。历官荆湖东路安抚都总、河南北诸路招讨使等职。绍兴十一年（1141），大败金兀术，进军至朱仙镇，距汴京四十五里。大河南北闻风响应。在金兵面临全面溃退的大好形势下，被宋高宗赵构用秦桧计以一日十二道金牌召回，诬陷至死。

他的作品不多，其孙岳珂编《金陀萃编》，收入他的遗文。又有《岳武穆集》。另外还有墨迹流传。词仅存三首，却广为传诵。

## 满江红　写怀

怒发冲冠，凭栏处、潇潇雨歇[1]。抬望眼[2]，仰天长啸，壮怀激烈。三十功名尘与土，八千里路云和月[3]。莫等闲[4]、白了少年头，空悲切。　　靖康耻[5]，犹未雪。臣子恨，何时灭！驾长车，踏破贺兰山缺[6]。壮志饥餐胡虏肉，笑谈渴饮匈奴血。待从头，收拾旧山河，朝天阙[7]。

【注释】

［1］怒发冲冠：形容大怒时头发竖立，上冲冠帽。凭：倚靠。处：时，际。潇潇：急骤的雨声。

［2］抬望眼：抬头遥望。

［3］尘与土：指到处奔走。云和月：指阴晴。以上两句说，为了抗金报国，建立功名，长途跋涉，转战南北。

［4］等闲：轻易。

［5］靖康耻：指北宋灭亡的耻辱。靖康是宋钦宗的年号。靖康元年（1126），金兵攻破汴京，次年掳徽、钦二帝北去。

［6］长车：指战车。贺兰山：在今宁夏回族自治区。宋程大昌《北边备对》："贺兰山，在灵州保静县，山里林木青白，望如骏马。北人呼驼马为贺兰。"缺：指山口。以上两句说，我要驾着战车，长驱北上，把敌人赶到沙漠中去。

［7］朝天阙：指朝见皇帝。天阙，指皇帝的宫殿。

# 莫等闲、白了少年头[①]

## ——岳飞《满江红》

周汝昌

岳将军此词，激励着千古中华民族的爱国心。当我二十多岁时，正值国破家亡，华北沦陷，豁着性命设法偷听那微弱的无线电传自千万里外的抗敌卫国之声，那低沉而雄壮的歌音，唱的正是这首词曲，我从此才更领受到它的伟大的感染力量。

上来一句四个字，即用太史公写蔺相如“怒发上冲冠”的奇语，表明这是不共戴天的深仇大恨。此仇此恨，因何愈思愈不可忍？正缘高楼独上，阑干自倚，纵目乾坤，俯仰六合，不禁满怀热血、激荡沸腾。而当此之时，愁霖乍止，风烟澄净，光景自佳，翻助郁勃之怀，于是仰天长啸，以抒此万斛英雄壮气。着“潇潇雨歇”四字，笔致不肯一泻直下，方见气度渊静，便知有异于狂夫叫嚣之浮词矣。

开头凌云壮志，气盖山河，写来已尽其势。且看他下面如何接得去？倘是庸手，有意耸听，必定搜索剑拔弩张之文辞，以引动浮光掠影之耳目——而乃于是却道出“三十功名尘与土，八千里路云和月”十四个字，真个令人迥出意表，怎不为之拍案叫绝！此十四字，微微唱叹，如见将军抚膺自理半生悲绪，九曲刚肠，英雄正是多情人物，可为见证。功名是我所期，岂与尘土同轻；驰驱何足言苦，堪随云月

① 选自周汝昌《诗词赏会》，广东人民出版社 1987 年版。

共赏。（注意，此功名即勋业义，因音律而用，宋词屡见。）试看此是何等胸襟，何等识见！今之考证家，动辄敢断此词不见宋人称引，至明始出于世，则伪作何疑，云云。不思作伪者大抵浅薄妄人，笔下能有如许高怀远致乎？

词到过片，一片壮怀，喷薄倾吐。靖康之耻，实指徽钦蒙难，犹不得还；故下联接言臣子抱恨无穷，此是古代君臣观念之必然反映，莫以今日之国家概念解释千年往事。此恨何时得解？尘土功名，三十已过，至此，将军自将上片歇拍处“莫等闲、白了少年头，空悲切”之痛语，说与天下人体会，沉痛之笔，字字掷地有声！

以下出奇语，寄壮怀，英雄忠愤之气概，凛凛犹若神明。盖金人猖獗，荼毒中原，只畏岳爷爷，不啻闻风丧胆。故自将军而言，匈奴实不难灭，踏破“贺兰”，黄龙直捣，并非夸饰自欺之大言也。“饥餐”“渴饮”一联，微嫌合掌；然不如此亦不足以畅其情，尽其势，未至有复沓之感者，以其中有真气在。

论者又说：贺兰山在西北，与东北之黄龙府，千里万里，有何交涉？即此亦足证明词乃伪作云。我不禁再拜请教：那克敌制胜的抗金名臣赵鼎，他作《花心动》词，就说：“西北欃枪未灭，千万乡关，梦遥吴越。”那忠义慷慨寄敬胡铨的张元幹，他作《贺新郎》词，也说：“要斩楼兰三尺剑，遗恨琵琶旧语。”这都是南宋初期的爱国词人，他们说到敌人金兵时，能用“西北”“楼兰”（汉之西域鄯善国，付介子计斩楼兰王，《汉书》典报），怎么一到岳飞，就用不得“贺兰山”（在今宁夏以北阿拉普旗区），用不得“匈奴”了？我自然不敢“保证”此词必定真是岳将军手笔，但用那样的逻辑去断言此词必伪，怎敢欣然而同意呢？

“待从头，收拾旧山河，朝天阙！”一腔忠愤，碧血丹心，肺腑倾出，即以文章家眼光论之，收拾全篇，神完气足，复无毫发遗憾，诵之令人神旺，令人起舞！

然而岳将军头未及白，敌人已陷困境之时，遭奸人谗害，使宋朝自坏长城，“莫须有”千古冤狱，闻者发指，岂复可望眼见他率领十万貔貅，与中原父老，齐来朝拜天阙哉？悲夫。

此种词原不应以文字论短长，然即以文字论，亦当击赏其笔力之沉雄，脉络之条鬯，情致之深婉，皆不同于凡响，倚声而歌之，亦振兴中华之必修音乐文学课也。

# 陆　游

陆游（1125—1210），字务观，号放翁，越州山阴（今浙江绍兴）人。他早年考进士，遭秦桧忌恨，被除名。秦桧死后始被起用，曾任镇江府、隆兴府通判。适逢抗金战事失利，又以“鼓唱是非，力说张浚用兵”，被劾罢职。四十六岁入蜀，曾任四川宣抚使司幕僚，在南郑过了半年军旅生活，积极主张收复长安。五十四岁离蜀，任福建、江西常平茶盐公事，两年后退居山阴。六十五岁一度起用为朝议大夫、礼部郎中兼实录院检讨官，数月即被劾罢官，以后长期退居山阴。

陆游是南宋杰出的诗人。诗作今存九千余首，主要抒写抗敌御侮、恢复中原的激越情怀和有志难伸的忧愤，气势雄浑，感情奔放，笔意流走，辞旨明快，在文学史上独树一帜，影响深远。

他的词同样富于政治激情，或写恢复之志，或抒压抑之感，风格以沉郁雄放为主要特色，而兼有柔婉清逸之美。过去人们说他的词在苏轼、秦观之间，然而他一扫纤艳，和秦观很有区别。词中有时流露出消沉闲适的情调。

有《渭南文集》《剑南诗稿》，后人辑有《放翁词》。存词一百三十余首。

## 钗头凤

红酥手，黄縢酒，满城春色宫墙柳[1]。东风恶，欢情薄，一怀愁绪，几年离索[2]。错，错，错！　春如旧，人空瘦。泪痕红浥鲛绡透[3]。桃花落，闲池阁。山盟虽在，锦书难托[4]。莫，莫，莫[5]！

【注释】

［1］酥：酥油，这里形容皮肤滋润细腻。黄縢（téng）酒：即黄封酒。当时官酿的酒以黄纸封口。陆游《酒诗》：“一壶花露拆黄。”，一作“藤”。以上三句追忆昔日夫妻间和谐美满生活的一个场面：妻子劝酒，共赏春色。

［2］离索：“离群索居”的略语，这里指离散。《礼记·檀弓上》：“吾离群而索居，亦已久矣。”郑玄注：“索，犹散也。”

［3］红：指泪水浸胭脂而染红。浥（yì）：沾湿。鲛绡：神话中的人鱼（鲛人）所织的纱绢，见梁任《述异记》。这里指手帕。

［4］山盟：指坚定不移的爱情盟约。古人盟约，多指山河为誓。锦书：前秦窦滔妻苏氏曾织锦为回文诗赠其夫，后人遂以锦书指夫妻间表达爱情的书信。

［5］莫，莫，莫：罢，罢，罢的意思。唐词空图《耐辱居士歌》：“休休休，莫莫莫。”

# 释陆游《钗头凤》[①]

杨锺贤　张燕瑾

这首词写的是陆游自己的爱情悲剧。

陆游的原配夫人是同郡唐氏士族的一个大家闺秀，结缡以后，他们“伉俪相得”“琴瑟甚和”，是一对情意相投的恩爱夫妻。不料，作为婚姻包办人之一的陆母却对儿媳产生了恶感，逼令陆游休弃唐氏。在陆游百般劝谏、哀求而无效的情势下，二人终于被迫仳离，唐氏改适“同郡宗子”赵士程，彼此音息也就隔绝无闻了。几年以后的一个春日，陆游在家乡山阴（今绍兴市）城南禹迹寺附近的沈园，与偕夫同游的唐氏邂逅相遇。唐氏遣致酒肴，聊表对陆游的抚慰之情。陆游见人感事，百虑翻腾，遂乘醉吟赋是词，信笔题于园壁之上。词中记述了词人与唐氏的这次相遇，表达了他们眷恋之深和相思之切，也抒发了词人怨恨愁苦而又难以言状的凄楚心情。

词的上片通过追忆往昔美满的爱情生活，感叹被迫离异的痛苦，分两层。

起首三句为上片第一层，回忆往昔与唐氏偕游沈园的美好情景：“红酥手，黄縢酒。满城春色宫墙柳。”虽说是回忆，但因为是填词，而不是写散文或回忆录之类，不可能全写，所以只选取了一个场面来写，而这个场面，又只选取了一两个最富代表性和特征性的情事

① 选自《唐宋词鉴赏辞典》，上海辞书出版社 1983 年版。标题为编者所加。

细节。“红酥手”，不仅写出了唐氏为词人殷勤把盏时的美丽姿致，同时还有概括唐氏全人之美（包括她的内心美）的作用。然而，更重要的是，它具体而形象地表现出这对恩爱夫妻之间的柔情蜜意以及他们婚后生活的美满和幸福。第三句又为这幅春园夫妻把酒图勾勒出一个广阔而深远的背景，点明了他们是在共赏春色。而唐氏手臂的红润、酒的黄封以及柳色的碧绿，又使这幅图画有了明丽而和谐的色彩感。

“东风恶”数句为第二层，写词人被迫与唐氏离异后的痛苦。上一层写春景春情，无限美好，至此突然一转，激愤的感情潮水突地冲破词人心灵的闸门，无可遏止地宣泄下来。“东风恶”三字，一语双关，含蕴很丰富，是全词的关键所在，也是造成词人爱情悲剧的症结所在。本来，东风可以使大地复苏，给万物带来勃勃的生机，但是，如果它狂吹乱扫，也会破坏春容春态，下片所云“桃花落，闲池阁”，就正是它狂吹乱扫所带来的一种严重后果，故说它“恶”。然而，它主要是一种象喻，象喻造成词人爱情悲剧的“恶”势力。至于陆母是否也在其列，答案应该是肯定的，只是由于不便明言，而又不能不言，才不得不以这种含蓄的表达方式出之。下面一连三句，又进一步把词人怨恨“东风”的心理抒写出来，并补足一个“恶”字：“欢情薄。一怀愁绪，几年离索。”美满姻缘被拆散，恩爱夫妻被迫分离，使他们感情上蒙受巨大的折磨，几年来生活带给他们的只是满怀愁怨。这不正如烂漫的春花被无情的东风摧残，而凋谢飘零吗？接下来，“错，错，错”，一连三个“错”字，奔迸而出，感情极为沉痛。但是，到底谁错了？是对自己当初“不敢逆尊者意”而终“与妇诀”的否定吗？是对“尊者”的压迫行为的否定吗？是对不合理的婚姻制度的否定吗？词人没有明说，也不便于明说，这枚“千斤重的橄榄”（《红楼梦》语）留给了我们读者来噙，来品味。这一层虽直抒胸臆，激愤的感情如江河奔泻，一气贯注；但又不是一泻无余，其中“东风恶”和“错，错，错”云云，就很有味外之味。

词的下片，由感慨往事回到现实，进一步抒写夫妻被迫离异的深哀巨痛，也分两层。

换头三句为第一层，写沈园重逢时唐氏的表现。“春如旧”承上片“满城春色”句而来，这又是此番相逢的背景。依然是从前那样的春日，但是，人却今非昔比了。以前的唐氏，肌肤是那样的红润，焕发着青春的活力；如今，经过“东风”的无情摧残，她憔悴了，消瘦了。“人空瘦”句，虽说写的只是唐氏容颜方面的变化，但分明表现出“几年离索”给她带来的巨大痛苦。像词人一样，她也为“一怀愁绪”折磨着；像词人一样，她也是旧情不断，相思不舍啊！不然，何至于瘦呢？写容颜形貌的变化以表现内心世界的变化，原是文学作品中的一种常用手法，但瘦则瘦矣，句间何以著一“空”字？“使君自有妇，罗敷自有夫。”（《古诗·陌上桑》）从婚姻关系说，两人早已各不相干了，事已至此，不是白白为相思而折磨自己吗？著此一字，就把词人那种怜惜之情，抚慰之意、痛伤之感等等，全都表现出来。“泪痕”句通过刻画唐氏的表情动作，进一步表现出此次相逢时她的心情状态。旧园重逢，念及往事，她能不哭、能不泪流满面吗？但词人没直接写泪流满面，而是用白描的手法，写她“泪痕红浥鲛绡透”，显得更委婉，更沉着，也更形象可感。而一个“透”字，不仅见其流泪之多，亦且见她伤心之甚。上片第二层写词人自己，用了直抒胸臆的手法；这里写唐氏却改变了手法，只写了她容颜体态的变化和她的痛苦情状。由于这一层所写都从词人眼里看出，所以又具有了“一时双情俱至”的艺术效果。可见词人，不仅深于情，亦且深于言情。

词的最后几句，是下片第二层，写词人与唐氏相遇以后的痛苦心情。“桃花落”两句与上片的“东风恶”句遥相照应，又突入景语。虽系景语，但也是一笔管二的词句。不是么？桃花凋谢，园林冷落，这只是物事的变化，而人事的变化却更甚于斯。像桃花一样美丽姣好的唐氏，不是也被无情的“东风”摧残折磨得憔悴消瘦了么？从词人自己的心境来说，不也像“闲池阁”一样凄寂冷落么？一笔而兼有二意，却又不着痕迹，很巧妙，也很自然。下面又转入直接赋情：“山盟虽在，锦书难托。”这两句虽只寥寥八字，却实从千回万转中来。虽说自己情如山石，永永如斯，但是，这样一片赤诚的心意，又如何表达呢？明明在爱，却又不能去爱；明明不能去爱，却又割不断这爱缕情丝。刹那间，有爱，有恨，有痛，有怨，再加上看到唐氏的憔悴容颜和悲戚情状所产生的怜惜之情、抚慰之意，真是百感交集，万箭簇心，一种难以名状的悲哀，再一次冲胸破喉而出：“莫，莫，莫！”事已至此，再也无可补救、难以挽回了，这万千感慨还想它做什么，说它做什么？于是快刀斩乱麻：罢了，罢了，罢了！明明言犹未尽，意犹未了，情犹未终，却偏偏这么不了了之，而全词也就在这极其沉痛的喟叹声中结束了。

这首词始终围绕着沈园这个特定的空间来安排自己的笔墨，上片由追昔到抚今，而以“东风恶”转捩；过片回到现实，以“春如旧”与上片“满城春色”句相呼应，以“桃花落，闲池阁”与上片“东风恶”句相照应，把同一空间不同时间的情事和场景历历如绘地“叠映”出来。全词多用对比手法，如上片，越是把往昔夫妻共同生活时的美好情景写得逼切如见，就越使得他们被迫离异后的凄楚心境深切可感，也就越显出“东风”的无情和可憎，从而形成强烈的感情对比。再如上片写“红酥手”，下片写“人空瘦”，在鲜明的形象对比中，充分地展示出“几年离索”给唐氏带来的巨大的精神折磨和痛苦。全词节奏急促，声情凄紧，再加上“错，错，错”和“莫，莫，莫”先后两次感叹，荡气回肠，大有恸不忍言、恸不能言的情致。总之，这首词达到了内容和形式的完美统一，是一首别开生面、催人泪下的作品。

〔附记〕千百年来，前哲时贤多以为陆游和他的原配夫人唐氏是姑表关系，事实并非如此。最早记述《钗头凤》词本事的是南宋陈鹄的《耆旧续闻》，之后，有刘克庄的《后村诗话》，但陈、刘二氏在其著录中均未言及陆、唐是姑表关系。直到宋元之际的周密才在其《齐东野语》中说：“陆务观初娶唐氏，闳之女也，于其母为姑侄。”此后，“姑表说”遂被视为“恒言”。其实综考有关历史文献和资料，陆游的外家乃江陵唐氏，其曾外祖父是历仕仁宗、英宗、神宗三朝的北宋名臣唐介，唐介诸孙男皆以下半从“心”之字命名，即懋、愿、恕、意、愚、凭，而无以从“门”之字命名的唐闳其人，也就是说，在陆游的舅父行中并无唐闳其人（据陆游《渭南文集·跋唐修撰手简》、《宋史·唐介传》、王珪《华阳集·唐质肃公介墓志铭》考定）；而陆游原配夫人的母家乃山阴唐氏，其父唐闳是宣和年间有政绩政声的鸿胪少卿唐翊之子，唐闳之昆仲亦皆以“门”字框字命名，即闶、阅（据《嘉泰会稽志》、《宝庆续会稽志》、阮元《两浙金石录·宋绍兴府进士题名碑》考定）。由此可知，陆游和他的原配夫人唐氏根本不存在什么姑表关系。那么，周密的“姑表说”就毫无来由，完全出于他的杜撰吗？不。刘克庄在其《后村诗话》中虽然未曾言及陆、唐是姑表关系，但却说过这样的话："某氏改适某官，与陆氏有中外。"某氏，即指唐氏；某官，即指"同郡宗子"赵士程。刘克庄这两句话的意思是说：唐氏改嫁给赵士程，赵士程与陆氏有姻娅关系。事实正是如此，陆游的姨母瀛国夫人唐氏乃吴越王钱俶的后人钱忱的嫡妻、宋仁宗第十女秦鲁国大长公主的儿媳，而陆游原配夫人唐氏的后夫赵士程乃秦鲁国大长公主的侄孙，亦即陆游的姨父钱忱的表侄行，恰与陆游为同一辈人（据陆游《渭南文集·跋唐昭宗赐钱武肃王铁券文》，王明清《挥麈后录》及《宋史·宗室世系、宗室列传、公主列传》等考定）。作为刘克庄的晚辈词人的周密很可能看到过刘克庄的记述或听到过这样的传闻，但他错会了刘克庄的意思，以致造成了千古讹传。本文不可能将所据考证材料详列备举，只把近年来有关学者、专家和我们考证的结果附识于此，聊供参考。

## 夜游宫 记梦寄师伯浑[1]

雪晓清笳乱起[2]，梦游处不知何地。铁骑无声望似水[3]。想关河，雁门西，青海际[4]。　睡觉寒灯里[5]，漏声断[6]，月斜窗纸。自许封侯在万里[7]，有谁知，鬓虽残，心未死！

【注释】

［1］师伯浑：名浑甫，四川眉山人，作者的朋友，没有做官，长于书法。作者《师伯浑文集序》说："乾道癸巳（1173）予自成都适犍为（今四川省犍为县），识隐士师伯浑于眉山，一见知其天下伟人。"

［2］清：凄清。笳：胡笳，我国古代北方少数民族的一种吹奏乐器。这里指笳声。

［3］铁骑（jì）：指骑兵。

［4］关河：关塞与河防。雁门：雁门关，在山西代县，是内长城著名关口之一。青海：青海湖，在青海省东北部。

［5］觉：醒来。

［6］漏声断：夜将尽。断，停。

［7］封侯在万里：用班超事。班为东汉名将，投笔从戎，后出使西域立功，被封为定远侯。

# 陆游的《夜游宫·记梦寄师伯浑》①

夏承焘

陆游是南宋的一位大诗人，他的词数量上虽然比诗少得多，但是有不少感慨国事的作品，风格与辛弃疾相近。他是苏辛词派中一位重要的作家。

陆游集里有许多记梦的诗，这些诗未必真是记梦，大都是咏怀之作。诗里写他有时梦到国防边境："夜阑卧听风吹雨，铁马冰河入梦来"（《十一月四日风雨大作》）。有时梦见战场上敌人投降的情形："三更穷虏送降款，天明积甲如丘陵"（《胡无人》），等等。这些诗都充分表现他的爱国主义精神。因为壮志不酬，只得托之梦寐，所以这些作品又具有浓厚的浪漫色彩。在他的词里，也有这类作品，这首《夜游宫》就是其中之一：

雪晓清笳乱起，梦游处不知何地。铁骑无声望似水。想关河，雁门西，青海际。　睡觉寒灯里，漏声断，月斜窗纸。自许封侯在万里，有谁知，鬓虽残，心未死！

这首词是他寄给朋友师伯浑的，师伯浑也是一位有雄心壮志的作家，陆游曾写了许多诗寄给他。

① 选自夏承焘《唐宋词欣赏》，北京出版社2003年版。

这首词开头三句，“雪晓清笳乱起”是所闻，“铁骑无声望似水”是所见。中间插入“梦游处不知何地”一句，点出是梦中。把第一与第三原来应该连在一起的两句拆开安排，这样做并不是因为押韵的缘故，而是使词的声情起顿挫作用。“铁骑无声望似水”七个字，写出了军容的整齐严肃，看去好像一条无声的河流，形象性很强。下面“想关河，雁门西，青海际”，是回答上面的“梦游处不知何地”句，是猜想之辞，也是写梦境。这几句通过景语，点出他自己念念不忘沙场杀敌的雄心壮志。

下片是写梦醒后失望的感情。所写的景象与上片恰成为相反的映衬。“寒灯”“漏声”和“月斜窗纸”，都是衬托失望和怅惘。“自许封侯在万里”一句，语气振起，而接下来是“鬓虽残，心未死”两句，中间插入“有谁知”三个字，也是顿挫作势，使末二语——人虽然老了，而杀敌雄心依然未死——更显郁郁不平。若去掉这三个字，语意虽也连属，而究竟要相形减色。

北宋的周邦彦也有一首《夜游宫》词，它的下片是：“古屋寒窗底，听几片井桐飞坠。不恋单衾再三起。有谁知，为萧娘，书一纸。”末三句也用“有谁知”三个字。陆游这首词可能是受周邦彦的影响，因为周词是当时一首传诵的名作。但周词只是写儿女恋情，而陆游拿它表达爱国思想，字面形式虽同，而内容的思想性大大提高了。并且由于内容不同，在陆游词中的“有谁知”三个字，分量也就不同了。这可以说明文字的形式和内容的关系，也可以说明大作家是怎样善于学习前人的遗作，并从而发展它，提高它。

## 卜算子 咏梅

驿外断桥边[1]，寂寞开无主[2]。已是黄昏独自愁，更着风和雨[3]。　　无意苦争春，一任群芳妒[4]。零落成泥碾作尘[5]，只有香如故。

【注释】

[1] 驿：驿站。

[2] 无主：意思是无人培护、无人欣赏。

[3] 更着（zhuó）：又遭到、又加上。

[4] 群芳：群花。

[5] 碾（niǎn）：这里指被车轮轧碎。

# 释陆游《卜算子》[①]

钱仲联

被誉为傲骨奇干的梅花，向来以洁白孤高的化身，出现在古代文人的诗作中。爱国诗人陆游是咏梅的能手，在《剑南诗稿》中，保存着为数极多的梅花诗。

陆游笔下的梅花，和一般文人所写颇异其趣。它不是“雪满山中高士卧”（高启《梅花》句）的象征，而是“精神每遇雪月见，气力苦战冰霜开；羁臣放士耿独立，淑姬静女知谁媒？摧伤虽多气愈厉，直与天地争春回”（《故蜀别苑……》咏梅诗句）那样地富有坚强的战斗性格。当然，在他词中的梅花形象，也正是诗人“十年走万里”（《雪后苦寒……》句）受投降派排挤的身世和“思为君王扫河洛”（《弋阳道中遇大雪》）壮志未就的心境的鲜明写照。《卜算子》就是这样。

乾道二年（1166），陆游因“力说张浚用兵”的罪名，被罢免了隆兴通判的官职。在山阴寂寞地度过了四个年头，便开始了西行万里的远游。这首词的上片，以梅花独放于饕风冷雨的寒冬昏夜，寂处于驿外断桥边，隐喻词人的不幸遭遇和不得志的心情。词人饱经忧患，可敬的是始终保持着他的爱国情操，不屑跟排挤他的官僚们争夺荣华。

---

① 钱仲联（1908—2003），著名诗人、词人、古典文学专家，尤长于明清诗文研究，苏州大学终身教授。著有《人境庐诗草笺注》《韩昌黎诗系年集释》《剑南诗稿校注》《鲍参军集注》《近代诗钞》等。本文选自《唐宋词鉴赏辞典》，安徽文艺出版社 2000 年版。标题为编者所加。

词的下片，便以“春”“群芳”隐喻当时的官场，并表现词人不愿同流合污的品格，更有力地表现了词人在黑暗的环境里坚持战斗，虽粉身碎骨而此志不移的精神。正因为如此，词中尽管有“寂寞”和“愁”等字面出现，而总的意义却不是消极的。产生这种“寂寞”和“愁”的根源，是罪恶的封建政治。我们现在读它，认识旧时代诗人的不幸，对照开放在东风世界里的梅花，加强生活的幸福感和建设新社会的意志，是有好处的。

咏物词，能抒写作者的主观情思，做到词中有人，不同于单纯写物的试帖诗，这固然是主要的，但如果只是单纯写个人主观情思，而不能做到词中有物，主客观统一，情寄于物，物因情见，并体现出客观对象的特殊性，也就不能算是咏物的上乘。这首词的特色，正在于物我融浃，突出梅花的特性。桥边驿外，黄昏风雨的背景，无意争春，俯视群芳的标格，切定梅花，移用于他花不得。通首不出现梅花字面，却不脱不粘地传出了梅花之神。特别是末二句，更是言简意深，给读者留下了非常广阔的想象余地。

# 张孝祥

张孝祥（1132—1170），字安国，号于湖居士，历阳乌江（今安徽和县乌江镇）人。绍兴二十四年（1154）中进士第一。秦桧的儿子失去了第一名，秦桧怀恨在心，张孝祥因此被诬陷下狱。秦桧死，才出任秘书正字。孝宗隆兴元年（1163），经张浚举荐，任中书舍人，直学士院兼都督府参赞军事，继又代张浚为建康留守。他积极支持张浚收复中原的主张，反对屈辱的“隆兴和议”。曾两度被朝廷中投降派弹劾落职。最后任荆南知州、湖北路安抚使，筑守金堤，免除荆州水患。

张孝祥的词，气势豪迈，直抒胸臆，不事雕琢。同时代人汤衡在他的《紫薇雅词》序里指出他的词和苏轼词“同一关键”，并且说，自从苏轼死后，“能继其轨者”是张孝祥。他的词在生前就广泛流传，同时代人陈应行在《于湖先生雅词序》里说它“散落人间，今不知其几”。词集名《于湖词》，存词一百七十余首。

## 念奴娇 过洞庭

洞庭青草[1]，近中秋、更无一点风色[2]。玉界琼田三万顷[3]，着我扁舟一叶。素月分辉[4]，明河共影[5]，表里俱澄澈。悠然心会[6]，妙处难与君说。　　应念岭海经年[7]，孤光自照，肝胆皆冰雪[8]。短发萧疏襟袖冷[9]，稳泛沧溟空阔[10]。尽挹西江[11]，细斟北斗[12]，万象为宾客[13]。扣舷独啸[14]，不知今夕何夕[15]！

【注释】

[1] 洞庭青草：湖南洞庭湖和青草湖，两湖相连，自古并称。

[2] 风色：风势。唐韩偓《江行》诗："舟人偶语忧风色。"

[3] 玉界：像玉一般洁净的境界。琼田：美玉般的田野。界，一作"鉴"。

[4] 素月：白色的月亮。

[5] 明河：银河。

[6] 悠然：闲适的样子。

[7] 岭海：两广北靠五岭（大庾、始安、临贺、桂阳、揭阳），南临大海，故称岭海。经年：一年或一年以上。作者曾任广南西路经略安抚使，因罢官离开桂林。岭海，一作"岭表"。

[8] 孤光：月光。沈约《咏湖中雁》诗："群浮动轻浪，单泛逐孤光。"以上两句说，自己襟怀坦白，洁白无瑕。胆，一作"肺"。

[9] 萧疏：稀稀落落。疏，一作"骚"。

[10] 沧溟：茫茫大水。溟，一作"浪"。

[11] 尽挹西江：宋代道原《景德传灯录》卷八："待汝一口吸尽西江水，即向汝道。"西江，西来的大江。挹，一作"吸"。

[12] 细斟北斗：屈原《九歌·东君》："援北斗兮酌桂浆。"北斗是天上由七颗星组成的星座，状如长柄勺。这里作者想

象将它拿来作舀酒的酒斗。

［13］万象：宇宙间万物。

［14］扣舷：拍打船旁。啸，一作“笑”。

［15］今夕何夕：常用以赞叹良辰美景。《诗经·绸缪》：“今夕何夕，见此良人。”苏轼《念奴娇·中秋》：“起舞徘徊风露下，今夕不知何夕。”

# 光明澄澈之美[①]

## ——读张孝祥《念奴娇·过洞庭》

袁行霈

张孝祥（1132—1169年）是南宋前期著名的爱国词人，字安国，号于湖居士，历阳乌江（今安徽和县）人。宋高宗绍兴年间举进士第一，随后在朝中和地方上做官。他曾极力赞助张浚的北伐计划，他的一些政治和经济措施也得到人民的欢迎。他在广南西路任经略安抚使时，因遭谗言罢官，于宋孝宗乾道二年（公元1166年）从桂林北归，经过洞庭湖时写了这首《念奴娇》。此后又过了三年就去世了，只活了三十八岁。

这首词上片先写洞庭湖月下的景色，突出写它的澄澈。“洞庭青草，近中秋、更无一点风色。”青草是和洞庭相连的另一个湖。这几句表现秋高气爽、玉宇澄清的景色，是纵目洞庭总的印象。“风色”二字很容易忽略过去，其实是很值得玩味的。风有方向之别、强弱之分，难道还有颜色的不同吗？也许可以说没有。但是敏感的诗人从风云变幻之中是可以感觉到风色的。李白《庐山谣》：“登高壮观天地间，大江茫茫去不还。黄云万里动风色，白波九道流雪山。”那万里黄云使风都为之变色了。张孝祥在这里说“更无一点风色”，表现洞

① 选自《阅读和欣赏——唐宋词选粹》，中国广播电视出版社1999年版。

庭湖上万里无云，水波不兴，读之泠然、洒然，令人向往不已。

“玉鉴琼田三万顷，著我扁（piān）舟一叶。”玉鉴就是玉镜。琼是美玉，琼田就是玉田。“玉鉴琼田”，形容湖水的明净光洁。“三万顷”，说明湖面的广阔。著，犹着，或释为附着。船行湖上，是飘浮着、流动着，怎么可以说附着呢？著者，安也，置也，容也。陈与义《和王东卿》：“何时着我扁舟尾，满袖西风信所之。”陆游《题斋壁》：“稽山千载翠依然，着我山前一钓船。”都是这个意思。张孝祥说：“玉鉴琼田三万顷，著我扁舟一叶。”在三万顷的湖面上，安置我的一叶扁舟，颇有自然造化全都供我所用的意味，有力地衬托出诗人的豪迈气概。

“素月分辉，明河共影，表里俱澄澈。”这三句写水天辉映一片晶莹。“素月分辉”，是说皎洁的月亮照在湖上，湖水的反光十分明亮，好像素月把自己的光辉分了一些给湖水。“明河共影”，是说天上的银河投影到湖中，十分清晰，上下两道银河同样地明亮。“素月分辉，明河共影”这两句明点月华星辉，暗写波光水色，表现了上下通明的境地，仿佛是一片琉璃世界。所以接下来说：“表里俱澄澈。”这一句是全词的主旨所在。说来说去，洞庭秋色美在哪里呢？词人在这一句里点了出来，美就美在“澄澈”上。这是表里如一的美，是光洁透明的美，是最上一等的境界了。“表里俱澄澈”这五个字，描写周围的一切，从天空到湖水，洞庭湖上上下下都是透明的，没有一丝儿污浊。这已不仅仅是写景，还寄寓了深意。这五个字标示了一种极其高尚的思想境界，诸如光明磊落、胸怀坦荡、言行一致、表里如一，这些意思都包含在里面了。杜甫有一句诗：“心迹喜双清”（《屏迹》三首其一），心是内心，也就是里，迹是行迹，也就是表，心迹双清也就是表里澄澈。“表里俱澄澈，心迹喜双清”，恰好可以集成一联，给我们树立一个为人处世的准则，我们不妨拿来当做自己的座右铭。当张孝祥泛舟洞庭之际，一边欣赏着自然景色，同时也在大自然中寄托着他的美学理想。他笔下的美好风光，处处让我们感觉到有他自己的人格在里面。诗人的美学理想高尚，心地纯洁，他的笔墨才能这样干净。

上片最后说：“悠然心会，妙处难与君说。”洞庭湖是澄澈的，诗人的内心也是澄澈的，物境与心境悠然相会，这妙处难以用语言表达出来。悠然，闲适自得的样子，形容心与物的相会是很自然的一种状态，不是勉强得来的。妙处，表面看来似乎是指洞庭风光之妙，其实不然。洞庭风光之妙，上边已经说出来了。这难说的妙处应当是心物融合的美妙体验，只有这种美妙的体验才是难以诉诸言语的。

下片着重抒情，写自己内心的澄澈。“应念岭表经年，孤光自照，肝胆皆冰雪。”岭表，指五岭以外，今两广一带。岭表经年，指作者在广南西路任经略安抚使的时期。“应”字平常表示推度猜测的意思，这里讲的是自己当时的思想，无所谓推度猜测。这“应”字语气比较肯定，接近“因”的意思。杜甫《旅夜书怀》：“名岂文章著，官应老病休。”犹言“官因老病休”，“应”也是肯定的语气。“应念岭表经年”，是由上片所写洞庭湖的景色，因而想起在岭南一年的生活，那是同样的光明磊落。孤光，指月光。苏轼《西江月》：“中秋谁与共孤光，把盏凄然北望。”就曾用孤光来指月光。“孤光自照”，是说以孤月为伴，引清光相照，表现了既不为人所了解，也无须别人了解的孤高心情。“肝胆皆冰雪”，冰雪都是洁白晶莹的东西，用来比喻自己襟怀的坦白。南朝诗人鲍照在《白头吟》里说："直如朱丝绳，清如玉壶冰。"南朝另一个诗人江总《入摄山栖霞寺》说："净心抱冰雪。"唐代诗人王昌龄《芙蓉楼送辛渐》说："洛阳亲友如相问，一片冰心在玉壶。"这些都是以冰雪比喻心地的纯洁。张孝祥在这首词里说："应念岭表经年，孤光自照，肝胆皆冰雪。"结合他被谗免职的经历来看，还有表示自己问心无愧的意思。在岭南的那段时间里，自问是光明磊落，肝胆照人，恰如那三万顷玉鉴琼田在素月之下表里澄澈。在诗人的这番表白里，所包含的愤慨是很容易体会的。

"短发萧骚襟袖冷，稳泛沧溟空阔。"这两句又转回来写当前。萧骚，形容头发的稀疏短少，好像秋天的草木。结合后面的"冷"字来体会，这萧骚恐怕是一种心理作用，因为夜气清冷，所以觉得头发稀疏。"短发萧骚襟袖冷"，如今被免职了，不免带有几分萧条与冷落。但诗人的气概却丝毫不减："稳泛沧溟空阔。"不管处境如何，自己是拿得稳的。沧溟，本指海水，这里指洞庭湖水的浩淼。这句是说，自己安稳地泛舟于浩淼的洞庭之上，心神没有一点动摇。不但如此，诗人还有更加雄伟的气魄：

"尽挹（yì）西江，细斟北斗，万象为宾客。"这是全词感情的高潮。西江，西来的长江。挹，汲取。"尽挹西江"，是说汲尽西江之水以为酒。"细斟北斗"，是说举北斗星当酒器慢慢斟酒来喝。这里暗用了《九歌·东君》中"援北斗兮酌桂浆"的意思，诗人的自我形象极其宏伟。"万象"，天地间的万物。这几句是设想自己作主人，请万象作宾客，陪伴我纵情豪饮。一个被谗罢官的人，竟有这样的气派，须是多么的自信才能做到啊！

词的最后两句更显出作者艺术手法的高超："扣舷独啸，不知今夕何夕！”舷，船边。扣舷，敲着船舷，也就是打拍子。苏轼《赤壁赋》：“扣舷而歌之。”啸，蹙口发出长而清脆的声音。张孝祥说“扣舷独啸”，或许有啸咏、啸歌的意思。“不知今夕何夕”，用苏轼《念奴娇·中秋》的成句：“起舞徘徊风露下，今夕不知何夕！”张孝祥稍加变化，说自己已经完全沉醉，忘记这是一个什么日子了。这两句作全词的结尾，收得很轻松，很有余味。从那么博大的形象收拢来，又回到一开头“近中秋”三字所点出的时间上来。首尾呼应，结束了全词。

张孝祥在南宋前期的词坛上享有很高的地位，是伟大词人辛弃疾的先驱。他为人真率坦荡，气魄豪迈，作词时笔酣兴健，顷刻即成。他的词风最接近苏东坡的豪放，就拿这首《念奴娇》来说吧，它和苏东坡的《水调歌头》风格就很近似。《水调歌头》写于中秋之夜，一开头就问：“明月几时有？把酒问青天。不知天上宫阙，今夕是何年。”将时空观念引入词里，在抒情写景之中含有哲理意味。末尾说：“但愿人长久，千里共婵娟。”欲打破时间的局限和空间的阻隔，在人间建立起美好的生活。整首词写得豪放旷达，出神入化。张孝祥这首《念奴娇》写的是接近中秋的一个夜晚。他把自己放在澄澈空阔的湖光月色之中，那湖水与月色是透明的，自己的心地肝胆也是透明的，他觉得自己同大自然融为一体了。他以主人自居，请万象为宾客，与大自然交朋友，同样豪放旷达，出神入化。苏东坡的《水调歌头》仿佛是与明月对话，在对话中探讨人生的哲理。张孝祥的《念奴娇》则是将自身化为那月光，化为那湖水，一起飞向理想的澄澈之境。两首词的写法不同，角度不同，那种豪放的精神与气概，却是很接近的。

黄蓼园评此词说：“写景不能绘情，必少佳致。此题咏洞庭，若只就洞庭落想，纵写得壮观，亦觉寡味。此词开首从洞庭说至玉界琼田三万顷，题已说完，即引入扁舟一叶。以下从舟中人心迹与湖光映带写，隐现离合，不可端倪，镜花水月，是二是一。自尔神采高骞，兴会洋溢。”（《蓼园词选》）这首词在情与景的交融上的确有独到之处。天光与水色，物境与心境，昨日与今夕，全都和谐地融会在一起，光明澄澈，给人以美的感受与教育。

# 辛弃疾

辛弃疾（1140—1207），原字坦夫，改字幼安，后自号稼轩居士。山东济南人。二十一岁时（1161），金兵南侵，他组织了一支两千多人的队伍，在济南以南举起义旗，不久加入以耿京为首的农民起义军，担任“掌书记”之职。

在完颜亮被部下所杀，金兵北还后，辛弃疾向耿京建议与南宋取得联系，以便配合作战。高宗绍兴三十二年（1162）正月，耿京派贾瑞、辛弃疾等南下。在他们离开后，起义军中发生了变故：叛将张安国暗害了耿京，投降于金，起义军大都被遣散。辛弃疾等在北还途中（海州），得知张安国叛变及已被金政府任命为济州（今山东巨野）知州的消息，率五十多人骑马驰至济州，闯入张安国营中，把他绑在马背上，并宣称大军即将来到，劝大家起而反正，当场响应的有万余人。辛弃疾带了这上万人马南下。

辛弃疾回南方后，南宋朝廷任他为江阴签判。1165年辛弃疾上《美芹十论》，建议朝廷积极备战，待机收复失地，但未被重视。1168年被授以建康府通判。1170年辛弃疾曾向南宋抗金名相虞允文上《九议》，提出有关恢复中原的建议。这以后，他曾在江西、湖北、湖南等地任地方官。1203年夏，辛弃疾被起用为浙东安抚使，次年春初又改命他在镇江知府。这时正值韩侂胄执政，想借伐金以巩固自己的地位。辛弃疾一方面断言金国必乱必亡，另外也指出不能草率从事，而是要加强准备。韩侂胄等对此非但不予采纳，反而在不久后就把辛弃疾罢免。以后虽又几次派他其他官职，他都力辞了。1207年夏，他在铅山得病，延至9月10日逝世。据说他临死时，还大呼“杀贼”。

辛弃疾是一位杰出的爱国词人。在词坛上，辛弃疾一向与苏轼并称。他们的词风都以豪放见长，能够打破一切拘束，自由地运用多种多样的手法表达自己真实的思想情感。辛弃疾在中原沦丧、人民水深火热之时，毅然投身起义军队伍，在南归以后他也时刻不忘恢复中原。他词作中的主要内容是感慨国事、指斥奸邪、自伤身世和怀念沦陷区人民。以后的陈亮、刘过、刘克庄等，词作也多豪迈的爱国之音，被称为“辛派词人”。

现存辛词共六百多首，有《稼轩词》四卷本及十二卷本传世。

## 水龙吟 登建康赏心亭[1]

楚天千里清秋，水随天去秋无际[2]。遥岑远目，献愁供恨，玉簪螺髻[3]。落日楼头，断鸿声里，江南游子[4]。把吴钩看了[5]，栏杆拍遍，无人会，登临意。　休说鲈鱼堪脍，尽西风，季鹰归未[6]？求田问舍，怕应羞见，刘郎才气[7]。可惜流年[8]，忧愁风雨，树犹如此[9]！倩何人唤取[10]，红巾翠袖[11]，揾英雄泪[12]！

【注释】

［1］赏心亭：北宋丁谓重建。在当时建康下水门的城上，下临秦淮河。见《景定建康志》卷二十二。遗址在今南京水西门。

［2］秋无际：一片秋光，无边无际。

［3］遥岑（cén）：远山。目：眺望。动词。玉簪螺髻：谓山形如玉簪和螺髻。

［4］江南游子：辛弃疾是山东济南人，作词时在建康，所以自称客居江南的游子。

［5］吴钩：刀名。据说这是吴王阖闾时的一对金钩（宝刀）见《吴越春秋·阖闾内传》。

［6］脍（kuài）：把鱼、肉切细叫脍。动词。尽：尽管。归未：归来没有。季鹰：西晋时人张翰的字。他是苏州人，在京城洛阳做官时，因见西风吹起而想到家乡的菰菜（即茭白、莼菜羹和鲈鱼脍）正好上市，他说道："人生所贵在于能舒适如意，怎能为了求得名望和爵禄而羁绊在千里之外做官呢？"便弃官而归。事见刘义庆《世说新语·识鉴》。"休说"两字，是表明不同意张翰弃官退隐的做法。

［7］刘郎：指刘备。

［8］流年：岁月匆匆过去，如同逝去的流水。

［9］树犹如此：《世说新语·言语》："桓公北征，经金城，见前为琅玡时种柳已皆十围，慨然曰：'木犹如此，人何以堪！'攀枝折条，泫然流泪。"桓公，即东晋桓温，庾信《枯树赋》作"树犹如此"。

［10］倩（qiàn）：请。

［11］红巾翠袖：原指女子妆束，这里指歌伎。

［12］揾（wèn）：揩拭。

# 辛弃疾的《水龙吟·登建康赏心亭》[①]

夏承焘　吴无闻

《水龙吟·登建康赏心亭》是我国文学史上的著名词篇。作者辛弃疾是我国南宋杰出的爱国词人。辛弃疾，字幼安，号稼轩，1140年（绍兴十年）出生于山东济南历城县。他的幼年和青年时代，都是在女真族奴隶主贵族金政权的统治下度过的。残酷的民族压迫，劳动人民的英勇抗战，历代爱国志士的斗争业绩，给了他深刻的教育和影响。1161年，女真族奴隶主贵族大举南犯，二十一岁的辛弃疾率领群众两千人在家乡起义，并参加了以耿京为首的农民抗金起义军，担任了“掌书记”的职务。在起义军队伍几个月里，他表现出非凡的勇敢和坚定，干了两件非常出色的事。一件是，一个叫义端的和尚叛变投敌，辛弃疾亲往追捕，当场斩了这个叛徒；另一件是，亲自率领五十骑兵，直闯驻有五万大军的金营，活捉了杀害耿京、瓦解起义军的叛徒、内奸张安国，渡过淮水，到达建康，把他交给南宋朝廷处决。辛弃疾在抗金斗争中所表现的这些英雄行为，受到当时人民的景仰和称赞。

辛弃疾到了南方，这时耿京的起义军已经失败，他便留在南宋。

① 吴无闻（1917—1990），《文汇报》记者，擅诗词书法，夏承焘先生夫人。与夏承焘先生一起编注《姜白石词集校注》《金元明清词选》等，编注《瞿髯论词绝句》《夏承焘教授纪念集》《天风阁诗集》《天风阁词集》等。本文选自夏承焘《唐宋词欣赏》，北京出版社 2002 年版。

从此以后，他继续坚持爱国主义立场，用他的饱含激情的词和文章，宣传北伐抗金、收复中原、统一全国的主张。但是以宋高宗赵构为首的南宋政府，从汴京（今河南开封）逃到临安（今浙江杭州）以后，偏安江南。他们对金统治者屈辱求和，置沦陷区广大人民于不顾，自己则在杭州的西湖游宴玩乐。他们对起义军一直是害怕的。辛弃疾渡江南来之后，首先被解除了武装，后来才被派往江阴军作签判，签判是“签书判官厅公事”的简称，是帮助地方官处理政务的小官。

尽管南宋政府对辛弃疾大材小用，不予重视，他还是不顾自己职位的低微，针对南宋政府中主和派所谓“南北有定势，吴楚之脆弱不足以争衡于中原”的谬论，独抒己见，写成《美芹十论》，上奏皇帝。在这篇奏章中，辛弃疾分析了宋金形势、和战前途、民心向背，指出金统治者外强中干的情况，不是无隙可乘。他不仅痛斥了主和派的投降主义谬论，而且还详细论述了南宋应采取的自强之策和收复中原的具体部署。《美芹十论》集中表达了辛弃疾的一片忠贞爱国之心，充分显示了他的深邃智谋和复国韬略。他怀着满腔热切的希望，于乾道元年（1165）上奏朝廷，结果奉行投降主义路线的南宋政府以“讲和方定”（见《宋史》本传）为理由而不予理睬。辛弃疾回顾自己渡江南来以后，曾经尽了最大的努力，把自己心中想说的忠贞爱国的肺腑之言都陈奏给皇帝了。可是南宋统治集团好比是一个患恐敌病的重病人，任凭你怎样想法去鼓舞他们，把他们拔出于消沉畏缩的气氛之中，都是徒劳无功。正如陆游在一首诗中所说：“诸君尚守和戎策，志士虚捐少壮年。”报国无门，壮志难申，辛弃疾这时心中的悲愤是可想而知的。这一切，就是他登建康赏心亭时写下这首传诵千古的《水龙吟》词的背景。

楚天千里清秋，水随天去秋无际。遥岑远目，献愁供恨，玉簪螺髻。落日楼头，断鸿声里，江南游子。把吴钩看了，栏干拍遍，无人会，登临意。　　休说鲈鱼堪脍，尽西风，季鹰归未？求田问舍，怕应羞见，刘郎才气。可惜流年，忧愁风雨，树犹如此！倩何人唤取，红巾翠袖，揾英雄泪！

先从题目说起。建康，又名金陵，即今江苏省南京市。建康在历史上是有名的城市，它是东吴、东晋、宋、齐、梁、陈六个朝代的都城。赏心亭是南宋建康城上的亭子。据《景定建康志》记载：“赏心亭在（城西）下水门城上，下临秦淮，尽观赏之胜。”

这首《水龙吟》词，上片大段是写景：由水写到山，由无情之景写到有情之景，很有层次。开头两句，“楚天千里清秋，水随天去秋无际”，是作者在赏心亭上所见的江景。写得气象阔大，笔力遒劲。意思说，楚天千里，辽远空阔，秋色无边无际。大江流向天边，也不知何处是它的尽头。“楚天”的“楚”，泛指长江中下游一带，这里战国时曾属楚国。“水随天去”的“水”，指浩浩荡荡奔流不息的长江，也就是苏轼《念奴娇》词中“大江东去”的大江。“千里清秋”和“秋无际”，写出江南秋季的特点。南方常年多雨多雾，只有秋季，天高气爽，才可能极目远望，看见大江向无穷无尽的天边流去。

下面“遥岑远目，献愁供恨，玉簪螺髻”三句，是写山。意思说，放眼望去，那一层层、一叠叠的远山，有的很像美人头上插戴的玉簪，有的很像美人头上螺旋形的发髻，可是这些都只能引起我对丧失国土的忧愁和愤恨。“玉簪螺髻”一句中的“玉簪”，是古代妇女的一种首饰；“螺髻”，指古代妇女一种螺旋形发髻。韩愈有“水作青罗带，山如碧玉篸”的诗句（篸即簪）。“遥岑”，即远山，指长江以北沦陷区的山，所以说它“献愁供恨”。这里，作者一方面极写远山的美丽——远山愈美，它引起作者的愁和恨，也就愈加深重；另一方面又采取了移情及物的手法，写远山“献愁供恨”。实际上是作者自己看见沦陷区的山，想到沦陷的父老姊妹而痛苦发愁。但是作者不肯直写，偏要说山向人献愁供恨。山本来是无情之物，连山也懂得献愁供恨，人的愁恨就可想而知了。这样写，意思就深入一层。

“楚天千里清秋，水随天去秋无际”两句，是纯粹写景，至“献愁供恨”三句，已进了一步，点出“愁、恨”两字，由纯粹写景而开始抒情，由客观而及主观，感情也由平淡而渐趋强烈。作者接着写道：“落日楼头，断鸿声里，江南游子。把吴钩看了，栏干拍遍，无人会，登临意。”意思说，夕阳快要西沉，孤雁的声声哀鸣不时传到赏心亭上，更加引起了作者对沦陷的故乡的思念。他看着腰间佩带的不能用来杀敌卫国的宝刀，悲愤地拍打着亭子上的栏干。可是又有谁能领会他这时的心情呢?

这里“落日楼头，断鸿声里，江南游子”三句，虽然仍是写景，但同时也是喻情。落日，本是自然景物，辛弃疾用“落日”二字，含有比喻南宋朝廷日薄西山、国势危殆的意思。原来宋孝宗继位后，一度起用主战派的张浚主持军政。张浚在隆兴元年（1163）对金发动军事攻势，不幸在符离（今属安徽宿州）被金军打败。于是主和派的势力和舆论又在南宋政府中占上风。辛弃疾这时登上建康赏心亭，面对着衔山的落日，想起南宋君臣在符离战败后又陷入一片消沉气氛之中，这同诸葛亮《前出师表》中所描写的“此诚危急存亡之秋也”的情景是一样的。“断鸿”，是失群的孤雁。辛弃疾用这一自然景物来比喻自己飘零的身世和孤寂的心境。“游子”，是辛弃疾直指自己。一般地说，凡是远游的人都可称为游子，辛弃疾是从山东来到江南的，当然是游子了。但是辛弃疾渡江淮归南宋，原是以南宋为自己的故国，以江南为自己的家乡的。可是南宋统治集团不把辛弃疾看作自己人，对他一直采取猜忌排挤的态度，致使辛弃疾觉得他在江南真的成了游子了。

如果说上面“落日楼头，断鸿声里，江南游子”三句是写景寓情的话，那么“把吴钩看了，栏干拍遍，无人会，登临意”三句，就是直抒胸臆了。但这里，作者又不是直接用语言来渲染，而是选用具有典型意义的动作，淋漓尽致地抒发自己报国无路、壮志难酬的悲愤之情。作者写的第一个动作是“把吴钩看了”（“吴钩”是吴王阖闾所造的钩形刀）。杜甫《后出塞》诗中就有“少年别有赠，含笑看吴钩”的句子。“吴钩”，本是战场上杀敌的锐利武器，但现在却闲置身旁，无处用武，这就把作者空有沙场杀敌的雄心壮志，却是英雄无用武之地的苦闷也烘托出来了。以物比人，这怎能不引起辛弃疾的无限感慨呀!“把吴钩看了”，这一个动作却把作者此时此地的思想感情全部表现出来了。然而作者还嫌不足，接着又写了第二个动作“栏干拍遍”。据《渑水燕谈录》记载，一个“与世龃龉”的刘孟节，他常常“凭阑静立，怀想世事，吁嘘独语，或以手拍阑干，尝有诗曰：‘读书误我四十年，几回醉把栏干拍。’”栏干拍遍是表示胸中那说不出来的抑郁苦闷之气，借拍打栏干来发泄的意思，用在这里，就把作者徒有杀敌报国的雄心壮志而又无处施展的急切悲愤的情态宛然显现在读者面前。另外，“把吴钩看了，栏干拍遍”，除了典型的动作描写外，还由于采用了运密入疏的手法，把强烈的思想感情寓于平淡的笔墨之中，因而这两句看似寻常无奇，但内涵却非常丰厚，十分耐人寻味。

辛弃疾一腔热忱，满腹悲愤，但是不被南宋当权者理解，所以他接着写道："无人会，登临意"，慨叹自己空有恢复中原的抱负，而南宋统治集团中没有人是他的知音。

到这里，词的上片已经完了。如果说上片主要是写景抒情的话，那么下片就是直接言志了，也就是具体申说无人理会的登临之意了。

下片十二句，分四层意思：

"休说鲈鱼堪脍，尽西风，季鹰归未？"尽是尽管、纵然。意思是说：尽管西风起来了，季鹰归来没有呢？这里引用一个典故：晋朝人张季鹰，在洛阳作官，见秋风起，想到家乡的味美的鲈鱼，便弃官回乡（见《晋书·张翰传》）。这意思是说，现在"尽西风"的深秋时令又到了，连大雁都知道寻踪飞回旧地，何况我这个漂泊江南的游子呢？然而自己的家乡如今还在敌人的铁蹄蹂躏之下，想回去也回去不了呀！"尽西风，季鹰归未？"既写了有家难归的乡思，又抒发了对异族入侵的仇恨和对不思复国的南宋朝廷的激愤，确实收到了一石三鸟的效果。乡思，与前面的"游子"呼应，是"落日""断鸿"背景里"游子"的真情流露；对敌人的仇恨和对朝廷的激愤，又呼应"遥岑远目，献愁供恨"，并为它作了最好的注脚。

"求田问舍，怕应羞见，刘郎才气"，是第二层意思。求田问舍就是买地置屋。刘郎，指三国时刘备，这里泛指有大志之人。这也是用了一个典故。三国时许汜去看望陈登，陈登对他很冷淡，独自睡在大床上，叫他睡下床。后来许汜把这事告诉刘备，刘备说："天下大乱，你忘怀国事，求田问舍，陈登当然瞧不起你。如果碰上我，我将睡在百尺高楼，叫你睡地下，岂止相差上下床呢？”（《三国志·陈登传》）紧接前面，这里大意是说，既不学为吃鲈鱼脍而还乡的张季鹰，也不学求田问舍的许汜。许汜因求田问舍，而被刘备和陈登看不起，也被辛弃疾看不起。“怕应羞见”的“怕应”二字，是辛弃疾为许汜设想，表示怀疑，意思是说：像你（指许汜）那样的琐屑小人，自己有何面目去见像刘备那样的英雄人物？

“可惜流年，忧愁风雨，树犹如此”，是第三层意思。流年，即年光如流；风雨，指国家在风雨飘摇之中；“树犹如此”也有一个典故，据《世说新语》记载：桓温北征，经过金城，见自己过去种的柳树已长到几围粗，便感叹地说：“木犹如此，人何以堪！”意思说，树已长得这么高大了，人怎么能不老大呢！辛弃疾这三句包含的意思是：我所忧惧的，只是国事飘摇，时光流逝，北伐无期，恢复中原的宿愿不能实现，辜负了平生的雄心壮志，如此而已。这里，控诉南宋统治集团不能任用人才，使爱国志士无所作为，虚掷年华，已经淋漓尽致，它使我们仿佛又一次看到了作者“栏干拍遍”、悲愤欲绝的情状。“可惜流年，忧愁风雨，树犹如此”三句，是全首《水龙吟》词的核心。上面“鲈鱼堪脍”和“求田问舍”两例，都不是主，而是宾。至“可惜流年”三句，才是全词的最主要的部分。可以说，前面引过的陆游的“志士虚捐少壮年”的诗句，正是体现了辛弃疾这首《水龙吟》词的主题思想。到这里，作者的感情经过层层推进，已经发展到最高点，等于是一出戏中的高潮。

下面就自然地过渡到词的结尾了，也就是作者抒发的“登临意”的第四层意思：“倩何人唤取，红巾翠袖，揾英雄泪。”倩，在这里是“请”、央求的意思。“红巾翠袖”，是少女的装束，这里就是少女的代名词。在宋代，一般游宴娱乐的场合，都有歌妓在旁唱歌侑酒，所以，“红巾翠袖，揾英雄泪”，可以理解为这是当时一般生活现象和辛弃疾个人生活现象在这首词中留下的痕迹。这三句是写辛弃疾自伤抱负不能实现，时无知己，得不到同情与慰藉的悲叹。亦与上片“无人会，登临意”相呼应。

昆曲《夜奔》中有这样的唱句：“丈夫有泪不轻弹，只因未到伤心处。”英雄而至于流泪，这说明辛弃疾当时心中是多么苦闷和伤心！

辛弃疾是南宋词坛上豪放派的代表作家。他的词纵横挥洒，慷慨激昂，有的抒写恢复中原的雄心，有的倾诉壮志未酬的悲愤，有的歌颂祖国河山的壮丽，爱国思想是他一生创作的基调。他与北宋的苏轼并称“苏辛词派”，但他的思想感情远较苏轼丰富。他融会经、史、子、集创作出多种多样风格的词篇，其成就是极其突出的。这首《水龙吟》词，风格属于豪放一类。它不仅对辛弃疾生活着的那个时代的矛盾有所反映，有比较深厚的现实内容，而且，运用圆熟精到的艺术手法把内容完美地表达出来，直到今天，仍然具有极其强烈的感染力量，使我们百读不厌。

## 念奴娇 登建康赏心亭[1]，呈史致道留守[2]

我来吊古，上危楼[3]、赢得闲愁千斛[4]。虎踞龙蟠何处是[5]，只有兴亡满目。柳外斜阳，水边归鸟，陇上吹乔木[6]。片帆西去，一声谁喷霜竹[7]。　却忆安石风流，东山岁晚，泪落哀筝曲。儿辈功名都付与，长日惟消棋局[8]。宝镜难寻，碧云将暮，谁劝杯中绿[9]。江头风怒，朝来波浪翻屋[10]。

【注释】

[1] 赏心亭：见前《水龙吟》注。

[2] 史致道：名正志。高宗绍兴二十一年（1151）进士。曾向高宗上《恢复要览》五篇。又建议高宗“无事则都钱塘，有事则幸建康”，反对苟安怯敌。

[3] 危楼：高楼。

[4] 赢得：落得。闲愁：指家国之恨。斛（hú）：古代以十斗为一斛。

[5] 虎踞龙蟠：《金陵图经》：“石头城在建康府上元县西五里。诸葛亮谓吴大帝曰：‘秣陵地形，钟山龙蟠，石城虎踞，真帝王之都也。’”李商隐《咏史》诗：“北湖南埭水漫漫，一片降旗百尺竿；三百年间同晓梦，钟山何处有龙蟠。”

[6] 陇上：泛指中原一带。乔木：高大的树木。《孟子·梁惠王下》：“孟子见齐宣王，曰：‘所谓故国者，非谓有乔木之谓

也。'"后来往往以故国乔木并称。或以乔木代表故国。

[7]喷霜竹：吹笛。霜竹：寒笛。马融《长笛赋》："近世双笛从羌起，羌人伐竹未及已。"

[8]安石：即东晋谢安。哀筝曲：东晋孝武帝嫉谢安功高。桓伊在宴会上歌怨诗："为君既不易，为臣良独难，忠信事不显，乃有见疑患……"谢安听后泣下，孝武帝则甚有愧色。见《晋书·桓伊传》。

[9]杯中绿：指杯中绿酒。

[10]这两句用杜甫《观李固请司马弟山水图诗》："高浪垂翻屋，崩崖欲压床"。以怒浪翻屋比喻世途险恶。

# 柳外斜阳　水边归鸟[①]

## ——辛弃疾《念奴娇》

周汝昌

顾随教授在讲词时说过几句话，只记得大意是："千古英雄志士，定是登高望远不得；登了望了，那满腔经济学问，见识抱负，便要一起'发作'，弄得不可开交。"这断语下得对不对？南宋辛稼轩的这首《念奴娇》，倒确是一个好例证。

稼轩名弃疾（公元1104—1207），字幼安。他的词，慷慨纵横，不可一世。爱国思想是他一生创作的基调。他不仅在填词方面有卓绝的成就，而且文经武纬，满腔经济学问，见识抱负。然而由于一生都处在不得意的政治环境中，所以当他登高望远之际，自然就流露出无限的感慨，满怀的愁绪。

他这首《念奴娇》，是乾道五、六年间（公元1169年前后）之作，其时稼轩才不过三十岁，正做建康府（今南京）的通判。他的上司长官是知建康府事、兼行宫留守、兼沿江水军制置使史正志。这位史留守字致道，扬州人士，也是一位主张积极抗战卫国而厄于时世的有义气的志士。那建康府又是何等之地呢？所谓"南朝佳丽地""金陵自古帝王州"，是历史上的形胜名城，也是南宋国防上的"北门锁

① 选自周汝昌《诗词赏会》，广东人民出版社 1987 年版。

钥”，无比重要。在此名城要地的“下水门”之城上，有一座楼亭，名曰赏心亭，下临秦淮，登高纵目，最尽观览之胜致。

这首《念奴娇》，就是稼轩在建康府任上，登上赏心亭，写给史留守致道的。

论词者好以苏、辛并举，已成老生之常谈。也有人不尽同意此说，以为两家未可同日而语。自然，苏、辛二家，无论性情、风格、气质、才调……都不一样，大家习惯地笼统地称之为“豪放派”，原是并不尽妥的。不过有一点也是分明的，辛稼轩（至少早期创作）之学坡词，是不可否认的事。稼轩集中有一首《霜天晓角》，咏的表面是“赤壁”，而写的实际是他和东坡的“关系”，试看：

雪堂迁客，不得文章力。赋写曹刘兴废，千古事，泯陈迹。望中矶岸赤，直下江涛白，半夜一声长啸，悲天地，为予窄！

读此可见“雪堂迁客”（苏东坡于元丰二年贬黄州，寓居临皋亭，筑雪堂，即“东坡”所在地）及其作品（以“赤壁赋”“赤壁词”为代表）给他的影响之深巨。然而论者却很少指出。上引《念奴娇》，其实也是受了东坡的影响才写成的。

东坡有一首《渔家傲》，其题是：“金陵赏心亭送王胜之龙图。王守金陵，视事一日移南郡。”其词前半云：

千古龙蟠并虎踞，从公一吊兴亡处。渺渺斜风吹细雨。芳草渡，江南父老留公住。

稼轩正是登上了东坡登临作词的那同一个赏心亭，而同样对着那“龙蟠虎踞”的江山形胜，凭吊那“三国六朝”的兴亡往事，就连他眼前所见的“柳外斜阳，水边归鸟，陇上吹乔木”的风物，也仿佛有东坡词中“渺渺斜风吹细雨”的神情在内。更为重要的是（笺注家们从来还未指出）：稼轩此时的“呈史留守致道”，也正是和东坡“送王胜之龙图，王……移南郡”有着相类似的“情节”联系。

不过，虽然“小创作背景”，一时的写作条件略有相似，而“大创作背景”，整个的历史时代却是大不相同了。东坡所吊的兴亡，那真的只是历史上的渺渺茫茫的兴亡陈迹而已；而稼轩所吊的兴亡（尽管他表明是“吊古”），却是当前的活生生的无情现实！

稼轩自幼勤学，文学造诣很高；又自幼深受祖父辛赞的爱国思想的教养，尝两次亲至金都燕山，实地考察，是以深晓敌我情实以及兵家利害。而且，他投抗金义军首领耿京后虽然是为耿京“掌记室”，可是他却不同于只会“纸上谈兵”的那种书生，他能赤手缚取敌人于五万众中，如挟麂兔，衔枚疾驰，至通昼夜不进粒食！他的这种英声壮慨，震动远近，使懦夫亦为之兴起，称得起是一位才兼文武、能说能行，而且精明智略，磊落英姿的真英雄。

可以想见，这样的一个青年，一旦得遂夙愿，重入祖国的怀抱，该是如何地满腔兴奋，无限激励，以为“靖康耻”的仇愤，指日即可雪纾，国家民族的前景，正是如朝阳乍升，秋潮再起。可是，没有多久，只不过七八年间，稼轩就领受尽了南宋朝廷的腐败不堪的真情实况，尝尽了那个社会里令人难以忍受的滋味。

实际上，稼轩在南宋所“得”的是，他所率领的义军多归遣散，朝廷只给他一个江阴签判之职，以为敷衍，实际等于置散投闲。更令他伤心的是，他归来的第二年，孝宗嗣位，伐金不利，自撤长城，竞尔与金人“议和”——投降——了，南宋以“侄国”自居，投降派重新用事。在此以后的期间，稼轩居无用之地，一度并曾流落为“江南游子”！不难想见，这位爱国志士的心情当是多么失望和难过。

他由乾道四年（1168），二十九岁时来做建康通判，在此遇到了具有“英雄表”的史正志。他觉得史留守还是一位有为而可与之谈的人士，因此他几次作词，都对史留守致其景仰兼寓勉励之意，要他“袖里珍奇光五色（谓五色石），他年要补天西北（谓恢复河山）！”，即作应酬寿词时，也不忘记祝他“从容帷幄去，整顿乾坤了！”这，总还是两人初会，词气犹豪，心情未减。及至日时稍久，当他看到史留守虽然锁钥北门，而朝廷掣肘，也只能坐困职曹，一筹莫展，并且史留守即将任满，恐要迁调，于是他的满怀郁结再也隐藏不住，便借着登上赏心亭的题目，整个在这首《念奴娇》中抒写出来。

此词上片临近歇拍之处，写出了“片帆西去，一声谁喷（喷字要读去声）霜竹（笛子）”的句子，此仍是承上文斜阳归鸟（日暮群生，各寻归宿）而来，续写即景所见，然而已微微道出心绪。到得下片，遂由笛声而引到筝曲，一笔就过渡到史留守身上。他写道：“却忆安石风流，东山岁晚，泪落哀筝曲。”这里用的典故是东晋名相谢安的事：谢安先是屡违朝旨，高卧东山，放情丘壑；及后仕进，值苻坚侵晋，诸将败退，谢安乃遣弟侄谢石、谢玄等征讨强敌，应机克捷——就是历史上极有名的淝水之战。谢安大功虽就，而东山高隐之志始终不渝；孝武帝末年酒色昏溺，小人又以谢安功名盛，极加以谗构，君相之间，嫌隙遂成。有一天，孝武帝召桓伊饮宴（桓曾与谢玄同破苻坚有功，善音乐，为江左第一），谢安侍坐，孝武帝命桓伊吹笛，笛罢，桓伊又自请弹筝，于是抚筝而歌怨诗，那词句是：“为君既不易，为臣良独难！忠信事不显，乃有见疑患（平声）！周旦佐文武，金縢功不刊；推心辅王政，二叔反流言！”声节慷慨，俯仰可观。谢安对景伤情，泣下沾襟，至于越席而捋桓之须曰：“使君于此不凡！”孝武帝因此甚有愧色（我看孝武还知自愧，倒有“可取”，那不知愧的正多呢！）。稼轩用了这一故实，寥寥数语，才不过一两笔点染，便不仅说到史留守的心上去，而且也概括地道尽了南宋朝廷打击一切爱国有为之士的事实本质。

下面接着说：“儿辈功名都付与，长日惟消棋局。”表面仍是运用谢安下棋的故事，而主旨却实是说，国家大事乃凭小人之辈去倒行逆施，自己只好以弈棋消遣时日（兼用《幽闲鼓吹》所载唐宣宗之言：比闻李远诗云：‘长日唯销一局棋’。岂可以临郡？”）充分道出了当时仁人志士不获其用的深痛！

“宝镜”以下三句，意思是假拟与一位女性的情事来比喻“相投”“遇合”之难，宝镜是佳人所用，碧云是用六朝名句“日暮碧云合，佳人殊未来”；而劝酒（杯中酒）在唐宋时都是指歌伎。但我想词人的联想也许还与杜诗“勋业频看镜，行藏独倚楼”的句意有一定的关系，切合登楼，说明流光不待，国计因循，英雄坐老，终恐强敌益张，大仇难复。“谁劝杯中绿？”不要真的以为稼轩是“叹息”无人劝酒，那意思十分曲折，实在是说：愁来唯有饮酒，有酒亦怎能消此沉忧？更何况连一个情投意合的劝酒之人也难得遇到呢！

一结“江头风怒，朝来波浪翻屋！”全篇振起，天地变色。词人惯在“棋”“酒”等貌似“闲适”“暇豫”的掩盖下抒写他的内心深处的郁怒，而蓄其笔势到饱满时，一声振响，响揭云霄，有雷霆万钧之势。笺注者或引陆游《南唐书》“史虚白传”所记虚白以“风雨揭却屋，浑家醉不知”的诗句来警讽南唐皇帝的事，其意盖以为稼轩此处乃是譬喻南宋的处于危亡而不知自云。然而若依我个人的看法，稼轩这两句，实是写出了他的满腔爱国激情之盘郁檣结，当其面对江山形势，中怀不觉心绪之如潮，心潮随江波而怒愤翻倒！要细细体会为何“风”下用一“怒”字？假如稼轩原来是“江头风‘恶’”，那么解者引“史虚白传”的意思或许才稍能符合；稼轩一生心事，是抗金救国，他怎么能把危及宋国的势力说成“怒”呢？读者不妨参看陆放翁谒少陵祠堂诗：“夜归沙头雨如注，北风吹船横半渡；亦知此老愤未平，万窍争号泄悲怒？”两处诗词，正可互为印证。

这篇《念奴娇》，是辛词编年中的最早的一首正式抒怀的作品。然而，它的内容、气势已然笼罩了全部辛词，代表了他的平生胸怀，也概括了那个历史时代。理解稼轩的词曲，就要这样地去体会；如果想在辛词中去发现“杀敌”“灭虏”的口号字眼，而且只从这等字眼去寻求爱国思想的表现，那肯定是会失望的。事实上，稼轩词连陆放翁那种“欲请迁都泪已流”“欲报天家九世仇”式的表现方法也绝不肯用。稼轩词是极曲折、极深婉、极沉着而又极鲜明地反映时代问题和爱国意志，却并不是一种肤浅显露、剑拔弩张的寻常笔墨。

稼轩另有一首“登建康赏心亭”的《水龙吟》，内容思想感情，以至结尾想唤取佳人，都差不多。其词云：

楚天千里清秋，水随天去秋无际。遥岑远目，献愁供恨，玉簪螺髻。落日楼头，断鸿声里，江南游子。把吴钩看了，栏干拍遍，无人会，登临意。　休说鲈鱼堪脍，尽西风，季鹰归未？求田问舍，怕应羞见，刘郎才气。可惜流年，忧愁风雨，树犹如此！倩何人唤取，红巾翠袖，揾英雄泪？

这首词，一般选本大都不肯忘掉，可说是大家公认的一篇名作了。然而鄙意以为，它实在不及《念奴娇》。可是选家们多取此而舍彼，此亦见解难同之例。我觉得，《念奴娇》虽然是辛词开卷的一首，却是字字有斤两，语语见情性，并无一点浮声泛响存乎其间，也没有“作态”“自赏”的习气，有其代表性，必须先读懂它。因此不惮辞费，先就此词从各种关系上试为浅说如上。

# 摸鱼儿

淳熙己亥[1]，自湖北漕移湖南[2]，同官王正之置酒小山亭[3]，为赋：

更能消几番风雨。匆匆春又归去。惜春长恨花开早，何况落红无数。春且住。见说道、天涯芳草迷归路[4]。怨春不语。算只有殷勤，画檐蛛网，尽日惹飞絮。　长门事[5]，准拟佳期又误。蛾眉曾有人妒[6]。千金纵买相如赋，脉脉此情谁诉。君莫舞。君不见、玉环飞燕皆尘土[7]。闲愁最苦。休去倚危楼[8]，斜阳正在，烟柳断肠处。

【注释】

［1］淳熙己亥：宋孝宗淳熙六年（1179）。

［2］漕：转运使的省称。这句指作者从湖北转运副使改任湖南转运副使。

［3］同官：同僚。小山亭：在湖北转运使官衙之内。

［4］见说道：听说。这两句是留春之语。不希望春归，所以说天边长满芳草，春去已无归路。

［5］长门：汉代宫名。长门事，是指汉武帝陈皇后，失宠后住在长门宫。曾送黄金百斤给司马相如，请他代写一篇赋送给武帝，陈皇后因而重新得宠。见司马相如《长门赋序》（这篇序文系

后人假托）。后世就把“长门”作为失宠后妃居处的专用名词。

[6]蛾眉：本为飞蛾的触须，借以指美人的眉。屈原《离骚》：“众女嫉余之蛾眉兮，谣诼谓余以善淫。”

[7]玉环：唐玄宗贵妃杨氏的小字。飞燕：姓赵，汉成帝的皇后。两人都得宠且善妒。

[8]危楼：高楼。

# 释辛弃疾《摸鱼儿》①

邓广铭　辛更儒

淳熙六年己亥（1179），作者以湖北转运副使改任湖南转运副使。作者的同事、湖北转运判官王正之（名正己）在鄂州（今湖北武昌）的小山亭饯别，席间作者写了这首《摸鱼儿》。

整个上片是写暮春的景物：风雨接二连三而至，经不住风雨的吹打，春天就又匆匆归去了。这个意思，作者是用设问开头的。“更能消”三字，表达了词人对春光的留恋和爱惜之情，非常恰当准确，是词人的传神之语。紧承此意，作者写道：因为惜春，总怕百花提前开放，何况而今已经满地落红！听说天边芳草丛生，归路已断，春天最好就此留步。白居易曾有咏草诗，其中“远芳侵古道”一句，也是说古道生草。本篇就是用这个意思，抒写对春光的挽留之情。但是，春归已成定局，并不理会词人的深情厚意。春意阑珊，词人也为之扫兴。眼下还能看到的，就只有画檐下的蜘蛛网，整天招惹些杨花柳絮罢了！苏轼有《虚飘飘》诗：“虚飘飘，画檐蛛结网，银汉鹊成

① 邓广铭（1907—1998），历史学家，古典文学学者，北京大学历史系教授，精于中国古代史特别是唐宋辽金史的研究及古籍整理。著有《辛稼轩诗文钞存》《辛稼轩年谱》《辛弃疾传》《北宋政治改革家王安石》《岳飞传》等，主编有《中国大百科全书（中国历史）》等。辛更儒（1944—），师从邓广铭先生研究宋史，曾任黑龙江大学文学院教授。著有《辛弃疾研究》《宋金人物丛考》《辛稼轩诗文笺注》《杨万里集笺校》《刘克庄集笺校》等。本文选自《唐宋词鉴赏辞典》，安徽文艺出版社2000年版。标题为编者所加。

桥。”比喻不坚牢的事物。辛词也用此为喻，其用意却显然不同。

过片为抒情。词人援引汉武帝陈皇后的故事作比拟，来表达他的失意愁苦心情。当年陈皇后曾因宫中姬妾的嫉妒，一度失宠，别居于长门宫，但她终以千金买得了司马相如的《长门赋》，靠它感动了皇帝而复受宠幸。这个故事见载于《文选·长门赋序》。然而词人自己呢？“准拟佳期又误”，希望总是落空。纵有相如的感人词赋，因受冷遇而产生的凄苦心情，又能够向谁倾诉呢？词中的“蛾眉”指美色。用《离骚》“众女嫉予之蛾眉”这句成语。词人对宫中宠妇的行为十分愤恨，不禁要发出警告说：你们且不要得意忘形，试看那骄恣一时的杨玉环、赵飞燕，不是都没有好下场吗？杨玉环是唐明皇的妃子，赵飞燕是汉成帝的皇后，都是历史上有名的美女，都专宠惑主，最后皆因此而败亡。作者用这两个人来比拟他心目中那些当权得势的小人。词人最后又因眼前景物而抒发感慨：“闲愁”已够令人痛苦，不要再去凭栏远望了，夕阳正沉没在令人伤感的烟雾凄迷的杨柳之间！

这首词具有深刻的政治背景：宋孝宗即位后曾一度对金采取攻势，只因任用了徒具虚名的张浚，轻敌冒进，结果经符离一战，毁坏了大有希望的恢复局面。“惜春长怕花开早”二句，正是对草草用兵的批判。符离战后，孝宗为失败情绪支配，虽曾表示要整军备战，而朝中却常常被主和派把持，孝宗徘徊于和战间难以一决，正如天涯芳草欲归无路。主战的虞允文当政，却也只能向金遣使求地，表现了政治和外交上的软弱，而对金采取的这些举措在作者看来，不过是杨柳飞絮，似花非花，仅仅装点春光而已。及至淳熙改元（1174）之后，南宋内部阶级矛盾加剧，农民起义迭起，南宋政府的注意力更集中在巩固统治方面，无暇顾及恢复大业了。作者这时由湖北调往湖南，他对南宋面临的严重局势分外担心，整个上片的词意，都与此有关，也全相吻合。下片是作者的自述。他充分认识到自己的险恶处境，曾在他抵达湖南后所上《论盗贼札子》中有所披露：“臣孤危一身久矣，荷陛下保全，杀身不顾。”又说：“生平则刚拙自信，年来不为众人所容，顾恐言未脱口而祸不旋踵。”可知词中“蛾眉曾有人妒”“脉脉此情谁诉”当确有实际事例。他为求实现恢复中原的理想，不顾个人安危，大声疾呼，警告那些误国奸邪；通过对斜阳烟柳的惨淡景象的描绘，更使人感到作者对南宋国家前途和命运的关切。本词的艺术特色是：一，比兴手法的运用。作者继承了《离骚》以“香草美人”为比喻的传统技巧，塑造了一个屡遭迫害打击的宫女形象，写她在春归之后的苦闷，以及悲恨难诉的情感。这个形象其实是作者坚持理想而又孤立无援的化身，在当时是具有典型的时代意义的。其次是语言的艺术感染力很强。宋人罗大经说这首词“词意殊怨”，清人黄蓼园说它“辞意似过于激切”，近人梁启超说它“回肠荡气，至于此极。前无古人，后无来者”，即都指这首词语句的哀婉缠绵，深切感人。这首词可以称为稼轩词中具有“情致缠绵”而“词意激切”风格的代表作。

## 贺新郎

邑中园亭，仆皆为赋此词。一日，独坐停云[1]，水声山色，竞来相娱，意溪山欲援例者，遂作数语，庶几仿佛渊明思亲友之意云。

甚矣吾衰矣[2]。恨平生、交游零落[3]，只今余几。白发空垂三千丈，一笑人间万事。问何物、能令公喜[4]。我见青山多妩媚[5]，料青山、见我应如是。情与貌[6]，略相似。

一尊搔首东窗里。想渊明、停云诗就，此时风味[7]。江左沉酣求名者，岂识浊醪妙理[8]。回首叫、云飞风起。不恨古人吾不见，恨古人、不见吾狂耳[9]。知我者，二三子。

【注释】

[1]邑中：指铅山县东二十里期思渡。停云：亭名。陶渊明《停云》诗说："停云，思亲友也。"作者用以为亭名。

[2]甚矣吾衰矣：《论语·述而》："子曰：'甚矣吾衰矣，久矣吾不复梦见周公。'"

[3]恨：一作"怅"。

[4]白发：李白《秋浦歌》："白发三千丈，缘愁似个长。"能令公喜：王珣、郗超有奇才，为大司马桓温所赏识。当时荆州人说："髯参军（郗超）、短主簿（王恂），能令公喜，能令公

怒。”见《世说新语·宠礼》。公，这里是作者自称。

［5］《新唐节·魏徵传》：“帝曰：‘人言徵举动疏慢，我但见其妩媚耳。’”妩媚：姿态自然可爱。

［6］情：指感情。貌：外表。

［7］尊：同樽，酒杯。陶渊明《停云》诗：“有酒有酒，闲饮东窗。”这两句是写自己此时的心情犹如陶渊明写了《停云》诗后，一杯在手，搔首东窗，悠然自得。

［8］江左：指江东。沉酣：沉缅于饮酒。醪：酒酿。引申为浊酒。苏轼《和陶渊明饮酒》诗：“江左风流人，醉中亦求名。渊明独清真，谈笑得此生。”杜甫《晦日寻崔戢李封》诗：“浊醪有妙理，庶用慰沉浮。”

［9］《南史·张融传》：“融常叹曰：‘不恨我不见古人，所恨古人不见我。”

# 说辛弃疾《贺新郎》（“甚矣吾衰矣”）[①]

吴小如

我尝谓宋词之有苏、辛，犹唐诗之有李、杜。李与杜诗风迥不相侔，前人并无异议；但近人却把苏、辛同归为豪放一派，虽大体不差，实未尽贴切。就我个人体会，窃以为苏近于李而辛近于杜。然刘熙载《艺概》有云：“东坡词颇似老杜诗，以其无意不可入，无事不可言也。若其豪放之致，则时与太白为近。”其实细绎刘说，即就《艺概》中其它各条而论。亦足以证成鄙见。其一则云：“太白《忆秦娥》声情悲壮。晚唐五代惟趋婉丽，至东坡始能复古”。又一则云：“东坡词具神仙出世之姿”；再一则云：“东坡词雄姿逸气，高轶古人。”这些评语，实际上都更可说明苏词确近于太白的诗风。至于辛之似杜，我们也可援引一则《艺概》的话：“辛稼轩风节建竖，卓绝一时；惜每有成功，辄为议者所沮。观其《踏莎行·和赵兴国》有云：‘吾道悠悠，忧心悄悄。’其志与遇概可知矣。”其与老杜之志与遇亦何其相似乃尔！从辛词的思想内容看，确与杜诗之以忧国忧民为心相近。若就苏辛两家词风言之，则苏大笔濡染，“如天风海雨逼人”，而辛沈郁顿挫，千回百转，笔力如椽；苏词大而辛词深；苏豪迈而辛遒劲；苏骏快无拘束而辛沉着有丘壑；苏韶秀而辛老辣；苏纵横驰骋而辛盘根错节；特别是辛词用典，如数家珍，以文为词

① 选自吴小如《古典诗词札丛》，天津古籍出版社 2002 年版。

的特点格外突出，则真承少陵法乳，浑与太白殊途。当然，李、杜在前，苏、辛在后，不论为苏为辛，都不能不兼受李杜两人的影响。我不过就其侧重的情况而言，并非强画畛域，认为彼此间不得互越雷池一步也。

我曾说，词中小令盖诗之余，而慢词长调乃赋之余。北宋词乃诗余，南宋词确是赋或骈文之余，而南宋小令又往往似散曲。风气使然，非人力所能强而致。故词中大量用典，显然受赋和骈文的影响为多，虽稼轩亦不例外。中国的文学作家在诗词歌赋和文章戏曲中用典，是有其深远的民族传统的。借典故可以表达十分繁复曲折的思想感情，可以概括自己多方面要说的话。凡前人已塑造成功的艺术形象或已表达透彻的逻辑思维，后人都可以信手拈来，加以灵活运用，或引申或发展，或袭其貌或传其神，然后成为自己作品的血肉组成部分。这样不论寓意达情，都可通过典故来委曲表现，既简约、含蓄、深刻，又使读者感到余味无穷。这当然是指用典的成功一面。如就其失败的一面而言，则时有饾饤堆砌、烦琐冗赘、晦涩迂曲之病。贤如稼轩，亦在所不免。盖事物总有两面，这也是用典故必然发展的结果。至于从读者的角度说，则希望能确切掌握作者用典的动机和目的，不仅明察其出处，还要默会其涵义，这才谈得到正确地理解作品本身。因此读者对笺注家不仅要求弄通字面的讲法，还希望把典故和作品主题的内在联系也注释出来。

我之所以不嫌絮聒地大谈诗词的用典，正缘稼轩词具有这方面的特点，而且十分突出。这首《贺新郎》就是一个极明显的例子。此词载邓广铭先生《稼轩词编年笺注》卷四"瓢泉之什"，系年于南宋宁宗庆元中。盖稼轩自闽中罢归，隐居瓢泉，修葺园亭，以山水自娱。

更筑停云堂于山上，地势高爽，为稼轩所喜，故词中赋“停云”者独多。这首《贺新郎》前有小序云：

> 邑中园亭，仆皆为赋此词。一日，独坐停云，水声山色，竞来相娱，意溪山欲援例者，遂作数语，庶几仿佛渊明“思亲友”之意云。

因此，在分疏词中其它典故之先，必须弄清陶渊明的《停云》诗是怎么回事。兹录其全篇于下：

> 停云，思亲友也。樽湛新醪，园列初荣，愿言不从，叹息弥襟。
>
> 霭霭停云，濛濛时雨，八表同昏，平路伊阻。静寄东轩，春醪独抚；良朋悠邈，搔首延伫。
>
> 停云霭霭，时雨濛濛，八表同昏，平陆成江。有酒有酒，闲饮东窗；愿言怀人，舟车靡从。
>
> 东园之树，枝条载荣，竞用新好，以招余情。人亦有言，日月于征。安得促席，说彼平生！
>
> 翩翩飞鸟，自我庭柯，敛翮闲止，好声相和。岂无他人，念子实多；愿言不获，抱恨如何！

古人对这一篇陶诗的理解也是其说不一的。一种认为义兼比兴，或谓悲愤为怀，或言寓意讥刺，甚至有人以为此诗“取比《离骚》”“深远广大”。如刘履《选诗补注》、黄文焕《陶诗析义》以及王夫之、查初白诸人之说皆然；另一种则认为诗意只是“思亲友”而已，无须扯得太远。我则以为有三点值得注意：一、陶诗所谓“八表同昏，平陆成江”云云，确不似单纯描述客观景物或环境，而有隐喻世衰道微之意，否则措词不会如此严重；准此，则末章“岂无他人，念子实多，愿言不获，抱恨如何”诸语，也就不光是泛泛地只想找个朋友来闲饮春醪，消遣消遣；作者的知音难遇、孤怀难倾和壮志难酬的心情还是一览而知的。二、辛弃疾以“停云”名其堂，特别是他写的这首《贺新郎》，并没有描写“水声山色”，而是一肚皮抑郁牢骚跃然纸上，显然他对《停云》原诗的理解也并非单纯地停留在“思亲友”这一层表面的意义上面。三、此词所谓“怅平生交游零落，只今余几”，以及“江左沉酣求名者，岂识浊醪妙理”云云，其慨叹知音难觅、孤怀难倾和壮志难酬的起伏心潮固已表露无遗，而结尾数句，盖谓当今之世既无知己，只好尚友古人，引前贤以为同调了。可见辛弃疾对《停云》一诗如此重视，甚至揣摩陶渊明作此诗时的感情和“风味”，正是由于他认为《停云》确有政治涵义，而非一般的思念亲友。有了这个基本理解，则于稼轩此词之主旨何在，亦可以“思过半矣”。

下面就根据各家注本，略参己意，把这首词逐句地加以诠析。除指出作者所用各个典故外，也兼释其用典之旨和表现手法的特点。

甚矣吾衰矣。

此袭《论语·述而》孔子“甚矣吾衰矣，久矣吾不复梦见周公”之言而仅用其上句。何晏《集解》引孔安国说：“梦见周公，欲行其道。”胡云翼先生《宋词选》谓：“这里只引用上句，实含有‘吾道不行’的意思。”其说是也。

**怅平生交游零落，只今余几？**

此暗用孔融《论盛孝章书》“海内知识，零落殆尽”语意，言外指志同道合的朋友日见稀少，亦即在政治上主张一致、可以同进退共患难的人越来越少。上一句从自己说，这两句从朋友说，一再感叹，可见作者所谓的“思亲友”确非单纯想叙叙家常，“悦亲戚之情话”而已。

**白发空垂三千丈，一笑人间万事。**

李白《秋浦歌》之十五：“白发三千丈，缘愁似个长？”作者意思是说，自己对人间万事本来是“愁”的，始而愁如何解决“人间万事”，其愁在于煞费苦心；后来则愁到“白发三千丈”也于事无补（故着一“空”字），只能归之一笑。夫“事”而言“万”，极言其多且繁：这里面包括了个人的功名事业，宋朝的前途安危，偏安的政局，执政集团的尔虞我诈，人与人之间的世态炎凉，……却以最简单的办法“一笑”置之。这“一笑”是由多愁转化而来，不仅有静观世变之意，而且有愤慨，有感叹，是无可奈何的苦笑，又是袖手旁观的冷笑。这说明他对人生似冷漠而实执着，对自己似解嘲而实郁闷。

**问何物能令公喜？**

《世说新语·宠礼篇》：“王珣、郗超并有奇才，为大司马（桓温）所眷，拔为主簿，超为记室参军。超为人多须，状短小，于是荆州为之语曰：‘髯参军，短主簿：能令公喜，能令公怒。’”“公”在此处是借用，为作者自称。这是一个过渡句，也可以说是关键句，与下片“回首叫云飞风起”句的性质相同。但这里有一问题值得研究，即这个句子是连上文还是启下句？文研所编选的《唐宋词选》（1981年人民文学出版社出版）在注释时是连上文，三句一并讲解的。这当然也可以。不过从语气上看，如连上文，则是说对人间万事只能都付诸一笑，再无一物可以使自己高兴的了。但作者本意实际是说万物虽不称心，“青山”却还使自己生妩媚之感，因而对山有喜悦之情。这从序文中“水声山色，竞来相娱”的话中可得到佐证。下文还说到青山是人的知音，看到作者的“情与貌”与它“略相似”，也感到了人的妩媚。另外，作者尚有一首《蝶恋花》，开头写道：“何物能令公怒喜？山要人来，人要山无意。”与此词意境相近。可见这里的“问何物能令公喜”也与下面的“青山”有联系，“何物”的“物”即指下文的“青山”。故鄙意以为此句应属下而不宜连上。至于作者袭《世说》成句，虽似借用字面，亦略有寓意。盖世之可喜的人与事实在太少了（相反，使人怒的事自然就多了），只有青山妩媚足以娱慰寸心，而自己的心志也只有毫无知觉的“青山”才能理解，感慨万端，尽在言外。

我见青山多妩媚，料青山见我应如是：情与貌，略相似。

《新唐书·魏徵传》引唐太宗语：“人言徵举动疏慢，我但见其妩媚耳。”邓《注》引《冷斋夜话》：“东坡曰：世间之物未有无对者。太宗曰‘我见魏徵常妩媚’，则德宗乃曰‘人言卢杞是奸邪’。”胡《选》引稼轩《沁园春》云：“青山意气峥嵘，似为我归来妩媚生。”因知以“妩媚”状山，稼轩屡用之。自“我见”以下至上片结束，窃谓都应是上文“喜”的内容。即不仅青山妩媚令人可喜，连“青山见我”也感到妩媚，且认为我同青山从形貌到神情都有共同之点，也是使自己心里高兴的事。盖自己屡受谤讥，立朝遭忌，有谁能如唐太宗之识魏徵、感到自己还是个有用之材呢！胡《选》谓“这里作者隐以魏徵自比”，诚未始无见也。在这样的社会里，一个人只能向青山去寻找共鸣，其为孤愤，可以想见。

一尊搔首东窗里。想渊明《停云》诗就，此时风味。

此径用陶诗《停云》句意，“搔首”“东窗”皆见前。但我以为作者此处还兼用杜诗。《春日忆李白》云：“何时一尊酒，重与细论文。”又《梦李白》之二：“出门搔白首，若负平生志。”而《春望》则云：“白头搔更短，浑欲不胜簪。”正以李杜之深情挚谊扣紧“思亲友”之旨，而作者之抑郁不平，亦尽从“一尊”句中流露出来。所以推想“渊明《停云》诗就”“风味”与己正同也。

江左沉酣求名者，岂识浊醪妙理。

苏轼《和陶饮酒》：“江左风流人，醉中亦求名。”苏轼笔下的“江左”本指陶渊明时代的东晋偏安局面，到辛弃疾引用时则借古喻今之意已极明显，直把笔锋指向南宋小朝廷上一班追名逐利之徒。

又，陶渊明《己酉岁九月九日》：“何以称我情，浊酒且自陶。”杜甫《晦日寻崔戢李封》：“浊醪有妙理，庶用慰沉浮。”这里是反用而直说，步步逼紧下文“狂”字。

回首叫云飞风起。

这句涵义很多，是下片的关键句，其重要性尤甚于上片的“问何物能令公喜”。第一，这句中的“云飞风起”可以是写实，写溪山间的风云变幻，如《停云》一开首的“霭霭停云”四句；但也如“八表同昏”两句的义兼比兴，象征着南宋政局的变幻莫测。第二，全词无一景语，只用此一句振起下文，起到关键句的作用。第三，在“云飞风起”前面加上“回首叫”三字，既有作者人物性格在，又刻画了诗人的“狂”态。盖搔首东窗，手持尊酒，意似从容闲适；但客观景物一时骤变，作者内心的“情”再也无法掩饰，一下子爆发出来，锋芒毕露，把“金刚怒目”式的本色又不由自主地呈现于外，“狂”态复萌。第四，此句仍系用典，上三字用杜甫《同诸公登慈恩寺塔》：“回首叫虞舜，苍梧云正愁。”下四字用刘邦《大风歌》：“大风起兮云飞扬，威加海内兮归故乡，安得猛士兮守四方！”可见这里不仅借用字面，而实含有杜的忧时思治（杜此诗作于安史之乱前夕，已预见到唐室将危，诗中的“虞舜”隐指唐太宗李世民）和刘邦的于暂时承平中思猛士以卫疆土之意。然而这些都成为泡影，留下来的只是“白发空垂三千丈，一笑人间万事”，所以下文便不得不缅思古人了。

不恨古人吾不见，恨古人不见吾狂耳。

《南史·张融传》："融常叹云：'不恨我不见古人，所恨古人不见我。'"这里作者却更拈出一个"狂"字，而这个"狂"是要打引号的，是指自己被时人曲解、误解，甚至根本不被人理解，或竟受到小人的谗毁和诬陷，而目之为"狂"。这种内心的郁闷痛苦，恐怕只有古人见到时才能予以理解和同情。而这也正是孔子、陶渊明和杜甫、李白诸人在他们各自的当时所具有的同样的苦闷，所以说"不恨古人吾不见""所恨古人不见我"了。下文的"知我者"两句，便是自然而然得出的结论。

**知我者，二三子！**

俞平伯先生《唐宋词选释》："合用《论语·宪问》'知我者其天乎'、《述而》'二三子以我为隐乎'两句。全篇借《论语》作起结。""二三子"，《论语》屡见，大抵皆指孔门弟子。此处似引《八佾》所载仪封人语"二三子何患于丧乎？天下之无道也久矣，天将以夫子为木铎"为更合适。这里显然也是以孔子的遭遇比喻天下失道而知音者少的意思。

归纳全词及其所用典故，有几点值得注意：一、起结用《论语》，说明作者对孔子思用世之志是向往的，对孔子的不得行其道也是表示感慨和同情的。二、由于典故中涉及的人物，全词所展示出来的社会背景是春秋末期、东晋和唐代安史之乱前后，这就使读者对辛弃疾当时所处的南宋的偏安局面自然产生联想。这样的手法比直接点明作者所生活的社会和时代就更富有暗示性和启发性。三、作者在词中所涉及的历史人物形象，主要有孔子、陶渊明和杜甫，而对于杜甫，又强调他对李白的深挚友情。这就紧扣“思亲友”（实际是对知音难遇的感慨和愤激）这一中心内容。四、“思亲友”是《停云》和这首词的共同主题，但它不过是个“纲”；围绕这个内容，作者情不自禁地写出了他的感慨万千和心潮起伏，而这种无穷感慨和万千思绪又始终是围绕着自己忧时思治、自伤“吾道不行”、既不甘心与青山为邻又不得不与青山为友的矛盾心情来抒发的，揭示了稼轩的忠爱国家却又横遭冷遇的不平命运。五、基于以上的分析，我以为，词的结尾处所说的知己的“二三子”，乃是他所恨的“不见”其“狂”的“古人”，即孔子、陶渊明、李白和杜甫诸人，而非实指辛弃疾当时所交往的朋友。实际上也只有尚友古人，才能排遣作者的一腔悲愤和抑郁，才能获得心灵上的慰藉。

最后还想附带讨论一个问题。历来评论此词，多举岳珂《桯史》“稼轩论词”之说，以为美中不足之处。今摘录其言如下：

> ……稼轩有词名，每燕（宴）必命侍姬歌其所作。特好歌《贺新郎》一词，自诵其警句曰：“我见青山多妩媚，料青山见我应如是。”又曰：“不恨古人吾不见，恨古人不见吾狂耳。”每至此，辄拊髀自笑，顾问坐客何如，皆叹誉如出一口。既而又作一《永遇乐》，序北府事，……特置酒召数客，使妓迭歌，益自击节。遍问客，必使摘其疵。……余率然对曰：……“前篇豪视一世，独首尾二腔警语差相似；新作（小如按：指《永遇乐》）微觉用事多耳。”（稼轩）于是大喜，酌酒而谓坐中曰：“夫君实中予痼。”乃味改其语，日数十易，累月犹未竟。其刻意如此。……

其实这首《贺新郎》也几乎句句用典，不过所用乃古语而非古事，故岳珂不觉耳。至于说“我见”二句和“不恨”二句，虽为警语而病重复，辛本人也同意了，但改来改去却终未改成。其所以难改，我曾反复揣摩，认为不好改，一也；然亦不必改，二也；甚且可以说不应改，三也。不必改者，一词前后本可互相照应，可以从相反方面照应，也可用相同手法照应，所谓“照花前后镜，花面交相映”，本不害其一而二，二而一。不应改者，句法近似不过表面现象，内容意义却并不雷同。盖青山，物也；古人，人也；山无情，人有情，但此词山似有情，而古人往矣，却已无情。这是主要的区别。所谓青山爱己之妩媚，无情而似有情矣，关键却在“情与貌，略相似”二句。人所以似青山，是从风度、气韵、精神面貌和道德品质上去比较。如己抱负之宏伟，胸襟之开阔，脚根站得稳，抗金复国之心志坚定不移，浩气之亘古长存等等，皆稼轩所具有的与山相似之点。既有共性，故相喜爱慕悦。孔子说“仁者乐山”，陶渊明“悠然见南山”，虽说对山有情，实亦视山为有情之物。而“山要人来”，则体现自己有远离世俗隐居山林的打算。这实是不得已而为之，亦辛与陶在这一点上所以是共同的。至于古人之于今人，己之“狂”与不狂，则是从人的思想水平、理想见解上有无共通之处来进行比较，思古人，正是对今人的抗议和不满；由于胸怀大志而不为今人所知所容，故被以“狂”名。古人如见己之“狂”则将爱自己，所以“恨古人不见吾狂”；而今人则对己之“狂”只有谤讥和憎恨，最终作者只能与古人为邻，“知我者”惟古之“二三子”而已。上片写自己在百无聊赖中却被青山引为知音，故“喜”；下片则转喜为恨，慨叹人间知音寥落，故直抒胸中愤懑不平。句型虽相似，却给人以层层递进的感受，是涵义的愈益深入。岳珂徒以形貌雷同而提出意见，犹未为得也。

## 永遇乐 京口北固亭怀古[1]

千古江山，英雄无觅，孙仲谋处[2]。舞榭歌台[3]，风流总被、雨打风吹去[4]。斜阳草树，寻常巷陌[5]，人道寄奴曾住。想当年，金戈铁马，气吞万里如虎[6]。　元嘉草草，封狼居胥，赢得仓皇北顾[7]。四十三年，望中犹记，烽火扬州路[8]。可堪回首，佛狸祠下，一片神鸦社鼓[9]。凭谁问，廉颇老矣，尚能饭否[10]。

【注释】

[1] 京口：今江苏镇江市。北固亭：在镇江城北的北固山上，下临长江。南朝梁武帝时曾改名为北顾亭。

[2] 孙权：字仲谋，曾在丹徒（后改名为京口）建立吴国首都。

[3] 舞榭歌台：歌舞的台榭。榭指台上的屋子。

[4] 风流：这里指英雄的业绩。

[5] 斜阳草树，寻常巷陌：指刘裕故居是在草木丛生的普通街巷里。

[6] 气吞万里如虎：形容气壮如虎，足以吞灭万里之外的强敌。东晋安帝时刘裕曾两次北伐，先后灭掉南燕、后秦、收复洛阳、长安等地。

[7] 元嘉：宋文帝年号。封狼居胥：指汉代霍去病战胜匈奴，追击至狼居胥（今内蒙古自治区西北部），封山而还（见《史

记·卫将军骠骑列传》)。仓皇北顾：元嘉二十七年（450），王玄谟北伐失败，北魏太武帝拓跋焘（小名佛狸）乘胜南侵到瓜步（今江苏南京市六合区东南），扬言要渡江。宋文帝登烽火楼，因畏敌而否定了这次北伐。见《南史·宋文帝纪》。又早在元嘉八年（431），宋文帝因滑台失守作诗有“北顾涕交流”之句。这三句是指南朝宋文帝刘义隆（刘裕之子）北伐，因草率从事而招致失败。

［8］高宗绍兴三十二年（1162）正月，辛弃疾奉耿京之命南来联系，经过扬州时，正值完颜亮南侵失败身死，抗金烽火弥漫，至作者作此词时已历四十三年。

［9］可堪：感叹语，较“那堪”深刻些。佛狸祠：在今南京市六合区瓜步山上。陆游《入蜀记》：“瓜步山蜿蜒蟠伏，临江起小峰，颇峣峻，绝顶有元魏太武庙。”神鸦：祭神时飞来吃祭品的乌鸦。社鼓：社日祭神时的鼓声。

［10］廉颇：战国时赵国大将，被人陷害而出奔到魏国。后来赵王想再起用他，派使者去察看情况。廉颇的仇人郭开贿赂了使者，要他回赵后说廉颇的坏话。使者回去后就捏造说廉颇虽然年老，饭量还很大，但一刻工夫就拉了三次屎。赵王听后认为廉颇已经不中用了，便不再召他回赵。见《史记·廉颇蔺相如列传》。

# 释辛弃疾《永遇乐》①

周振甫

《永遇乐》，据岳珂《桯史·稼轩论词》中说，这首词是“辛稼轩守南徐”时作的。南徐即镇江，辛弃疾在宋宁宗嘉泰四年（1204）任镇江知府，这首词是那年作的。当时，政权掌握在韩侂胄手里，他想建立盖世功名来巩固自己的地位，于是提出恢复失地，准备北伐。但他信任的是一批轻躁虚夸的人，想借辛弃疾的名望来替自己装门面，让宋宁宗召见辛弃疾征询意见。辛弃疾认为金国必乱必亡，愿把恢复的事交给元老大臣，预先做好应变的计划。他主张要做二十年的准备。韩侂胄准备亲自领导北伐，立即进兵，辛弃疾却要由元老大臣来做准备，要准备二十年，要等金国有内乱时才进攻。他看到南宋在投降路线的腐蚀下，军队腐败不能用，韩侂胄信任的人不可靠，所以提出这样建议。韩侂胄因此不信任他，为了利用他的声望，只派他做镇江知府，并不让他参与北伐的规划。

辛弃疾看到韩侂胄要急于北伐，预见到这样北伐一定要失败，因此很感慨地写了这首词。结句说：“凭谁问：廉颇老矣，尚能饭否？”辛弃疾当时已六十五岁，所以借廉颇来自比。廉颇为战国时的赵国名将，被罢黜奔魏。赵王怀念他，想再起用他，派人去探望。使

---

① 选自周振甫《诗文浅释》，见《周振甫文集》第九卷，中国青年出版社1999年版。标题为编者所加。

人受了谗臣的金子，回报赵王说："廉颇还能吃饭，但和我坐了一会儿，就拉了三次屎。"这是使人的诳话，使赵王不召用他。这是说，凭谁来问：我是老了，还能用吗？这里含有韩侂胄并不能真的任用他的意思。他看到韩侂胄用他做镇江知府，只是装门面，并不真正信任他，因此那样感叹。果然，到第二年他就被撤职了。

他看到掌权的韩侂胄一帮人的无能误国，感叹当时没有英雄，所以说"英雄无觅孙仲谋处"。《三国志·吴主传》引《吴历》说曹操看到孙权"舟船器仗，军伍整肃，喟然叹曰：'生子当如孙仲谋！'"他用这个典故，还有批评当时宋军的腐败在内。韩侂胄既没有做好准备，又要挑起战争，结果连小朝廷的歌舞升平也难保了，所以说"舞榭歌台，风流总被雨打风吹去"。于是怀念英雄，又想到刘裕，"寻常巷陌，人道寄奴曾住"。东晋的刘裕，小名寄奴。他生长在京口，曾经住在普通街巷里。他在东晋末年起兵北伐，灭南燕和后秦，"气吞万里如虎"。在这怀念里，当也跟自己"四十三年"前率领义军南归的事相联系。辛弃疾在1162年南归，到这时已是四十三年。今天登山遥望扬州一带当年抗金烽火，还能记得。他在《鹧鸪天》里写"少年时事"："壮岁旌旗拥万夫，锦襜突骑渡江初。"气焰很盛。他在《水调歌头·寿赵漕介庵》里说："闻道清都帝所（上帝居处），要挽银河仙浪，西北洗胡沙。"他也有刘裕那样平定西北，"气吞万里如虎"的志愿。

"元嘉草草，封狼居胥，赢得仓皇北顾。"刘裕的儿子宋文帝刘义隆在元嘉二十七年（450）草草出兵北伐。宋文帝听了王玄谟讲北伐，说"使人有封狼居胥意"。汉朝霍去病追击匈奴，到了狼居胥山（在今内蒙古自治区北部），筑坛祭天称"封"。宋文帝北伐，结果大败而归。赢得，剩得。仓皇北顾，匆忙败退。宋文帝诗："北顾涕交流。"在这里想到韩侂胄的北伐，会像刘宋文帝元嘉时的草草出兵，想建立大功，弄到一败涂地，招致敌军大举南侵，在扬州一带建立佛狸祠，暗示韩侂胄的草草北伐会溃败，会引来敌人的大举入侵。"可堪回首，佛狸祠下，一片神鸦社鼓。"宋文帝北伐败退时，北魏太武帝拓跋焘（小名佛狸）追到瓜步山（在江苏南京六合东南），在山上建立行宫，后称佛狸祠。人们于社日在祠内击鼓祀神，用祭品供养乌鸦，已经忘记屈辱的历史，不堪回首。对于这首词，岳珂《桯史》认为"微觉用事多"。这首词的用事是多了，但这首词的内容这样丰富，用这样少的篇幅，来表达这样丰富的内容，不多用事是无法表达的。

## 鹧鸪天 代人赋

陌上柔条初破芽。东邻蚕种已生些[1]。平冈细草鸣黄犊，斜日寒林点暮鸦。　山远近，路横斜。青旗沽酒有人家。城中桃李愁风雨，春在溪头荠菜花。

【注释】

［1］些（sā）：句末语气助词。

## 西江月 夜行黄沙道中

明月别枝惊鹊[1]，清风半夜鸣蝉。稻花香里说丰年。听取蛙声一片[2]。　　七八个星天外，两三点雨山前。旧时茅店社林边。路转溪桥忽见[3]。

【注释】

［1］苏轼《杭州牡丹诗》："月明惊鹊未安枝。"周邦彦《蝶恋花》词："月皎惊乌栖不定。"都是说月明则惊鹊，要离枝飞去。

［2］听取：听着。两句说蛙声一片，似乎在告诉人们丰收在望。

［3］社林：土地庙附近的树林子。这两句是说转弯过桥，忽然看见了在土地庙边上的那家熟悉的小店。

# 谈辛弃疾的词两首[①]

朱光潜

辛弃疾的词本以沉雄豪放见长，这里选的两首却都很清丽，足见伟大的作家是不拘一格的。《鹧鸪天》写的是早春乡村景象。上半阕“嫩芽”“蚕种”“细草”“寒林”都是渲染早春，“斜日”句点明是早春的傍晚。可以暗示早春的形象很多，作者选择了桑、蚕、黄犊等，是要写农事正在开始的情形。这四句如果拆开，就是一首七言绝句，只是平铺直叙地在写景。词的下半阕最难写，因为它一方面接着上半阕发展，一方面又要转入一层新的意思，另起波澜，还要吻合上半阕来作个结束。所以下半阕对于全首的成功与失败有很大的关系。从表面看，这首词的下半阕好像仍然接着上半阕在写景。如果真是这样，那就不免堆砌，不免平板了。这里下半阕的写景是不同于上半阕的，是有波澜的。首先它是推远一层看，由平冈看到远山，看到横斜的路所通到的酒店，还由乡村推远到城里。“青旗沽酒有人家”一句看来很平常，其实是重要的。全词都在写自然风景，只有这句才写到

① 朱光潜（1897—1986），中国现代美学奠基人、文艺理论家、教育家、翻译家。1946年后在北京大学讲授美学与西方文学。著有《悲剧心理学》《文艺心理学》《西方美学史》《谈美》《给青年的十二封信》等。译著有黑格尔的《美学》、柏拉图的《文艺对话集》、莱辛的《拉奥孔》及《歌德谈话录》等。有《朱光潜全集》（安徽教育出版社）二十卷、《朱光潜全集（新编增订本）》（中华书局）三十卷行世。本文节选自朱光潜《谈白居易和辛弃疾的词四首》（略去谈白居易两首，标题亦相应作了改动），见《朱光潜全集》第十卷，安徽教育出版社1993版。

人的活动，这样就打破了一味写景的单调。这是写景诗的一个诀窍。尽管是在写景，却不能一味渲染景致，必须掺进一点人的情调，人的活动，诗才显得有生气。读者不妨找一些写景的五七言绝句来看看，参证一下这里所说的道理。“城中桃李愁风雨，春在溪头荠菜花”两句是全词的画龙点睛，它又像是在写景，又像是在发议论。这两句决定全词的情调。如果单从头三句及“青旗沽酒”句看，这首词的情调好像是很愉快的。它是否愉快呢？要懂得诗词，一定要会知人论世。孤立地看一首诗词，有时就很难把它懂透。这首词就是这样。原来辛弃疾是一位忠义之士，处在南宋偏安杭州，北方金兵虏去了徽、钦二帝，还在节节进逼的情势之下，他想图恢复，而朝中大半是些昏愦无能、苟且偷安者，叫他一筹莫展，心里十分痛恨。就是这种心情成了他的许多词的基本情调。这首词实际上也还是愁苦之音。“斜日寒林点暮鸦”句已透露了一点消息，到了“桃李愁风雨”句便把大好锦绣河山竟然如此残缺不全的感慨完全表现出来了。从前诗人词人每逢有难言之隐，总是假托自然界事物，把它象征地说出来。辛词凡是说到风雨打落春花的地方，大都是暗射南宋被金兵进逼的局面。最著名的是《摸鱼儿》里的“更能消、几番风雨，匆匆春又归去。惜春长怕花开早，何况落红无数。”以及《祝英台近》里的“怕上层楼，十日九风雨。断肠片片飞红，都无人管，更谁劝、啼莺声住。”这里的“城中桃李愁风雨”也还是慨叹南宋受金兵的欺侮。从此我们也可以见出诗词中反衬的道理，反衬就是欲擒先纵，从愉快的景象说起，转到悲苦的心境，这样互相衬托，悲苦的就更显得悲苦。前人谈辛词往往用“沉痛”两字，他的沉痛就在这种地方。但是沉痛不等于失望，“春在溪头荠菜花”句可以见出辛弃疾对南宋偏安局面还寄托很大的希望。这希望是由作者在乡村中看到的劳动人民从事农桑的景象所引起的。上句说明“诗可以怨”（诉苦），下句说明“诗可以兴”（鼓舞兴起）。把这两句诗的滋味细嚼出来了，就会体会到诗词里含蓄是什么意思，言有尽而意无穷是什么意思。

《西江月》原题是《夜行黄沙道中》，记作者深夜在乡村中行路所见到的景物和所感到的情绪。读前半阕，须体会到寂静中的热闹。“明月别枝惊鹊”句的“别”字是动词，就是说月亮落了，离别了树枝，把枝上的乌鹊惊动起来。这句话是一种很细致的写实，只有在深夜里见过这种景象的人才懂得这句诗的妙处。乌鹊对光线的感觉是极灵敏的，日蚀时它们就惊动起来，乱飞乱啼，月落时也是这样。这句话实际上就是“月落乌啼”[①]的意思，但是比“月落乌啼”说得更生动，关键全在“别”字，它暗示鹊和枝对明月有依依不舍的意味，鹊惊时常啼，这里不说啼而啼自见，在字面上也可以避免与“鸣蝉”造成堆砌呆板的结果[②]。“稻花”二句说明季节是在夏天。在全首中这两句产生的印象最为鲜明深刻，它把农村夏夜里热闹气氛和欢乐心情都写活了。这可以说就是典型环境。这四句里每句都有声音（鹊声、蝉声、人声、蛙声），却也每句都有深更半夜的悄静。这两种风味都反映在夜行人的感觉里，他的心情是很愉快的。下半阕的局面有些变动了。天外稀星表示时间已有进展，分明是下半夜，快到天亮了。山前疏雨对夜行人却是一个威胁，这是一个平地波澜，可想见夜行人的焦急。有这一波澜，便把收尾两句衬托得更有力。“旧时茅店社林边，路转溪桥忽见”是个倒装句，倒装便把“忽见”的惊喜表现出

---

① 张继《枫桥夜泊》。

② 这样解释或与一般解释不同，提出来谨供参考。

来。正在愁雨，走过溪桥，路转了方向，就忽然见到社林边从前歇过的那所茅店。这时的快乐可以比得上“山重水复疑无路，柳暗花明又一村”[①]那两句诗所说的。词题原为《夜行黄沙道中》，通首八句中前六句都在写景物，只有最后两句才见出有人在夜行。这两句对全首便起了返照的作用，因此每句都是在写夜行了。先藏锋不露，到最后才一针见血，收尾便有画龙点睛之妙。这种技巧是值得学习的。

总看这四首词[②]，可见每一首都有一个生动具体的气氛（通常叫做景），都表达出一种亲切感受到的情趣（通常简称情）。这种情景交融的整体就是一个艺术的形象。艺术的形象有力无力，并不在采用的情节多寡，而在那些情节是否有典型性，是否能作为触类旁通的据点，四面伸张，伸入现实生活的最深微的地方。如果能做到这一点，它就会是言有尽而意无穷了。我们说中国的诗词运用语言精炼，指的就是这种广博的代表性和丰富的暗示性。

诗词的语言还要有丰富的音乐性。音律是区别诗和散文的一个重要的标志。这不仅是形式问题。情发于声，是怎样的情调就需要怎样的音调。在诗词中，词对音律是讲究最严的。在这里不能对这四首词作音律的分析，因为它不是在一篇短文里谈得清楚的。读者把这几首词懂透了，不妨反复吟诵。这样，就会感觉到这四首词在音律上都是很和谐的。这和谐的效果是怎样造成的，读者最好自己去仔细分析。多分析，就会逐渐懂得音乐性对诗词的语言有多么重要。

1957年

（载《语文学习》第二期，1957年2月）

---

① 陆游《游山西村》，《剑南诗稿》卷一。

② 参见本篇题注。

# 陈　亮

陈亮（1143—1194），字同甫，永康（今浙江永康市）人。光宗绍熙四年（1193）考取进士第一名。授签书建康府判官厅公事，未到任就去世了。由于陈亮力主抗金，倡恢复中原、统一南北之议，触怒了主和议的权贵，屡遭迫害。他是辛派词人，与辛弃疾交谊亦很深。所作爱国壮词豪气磅礴。有《龙川文集》三十卷，现存词七十四首。

## 水调歌头　送章德茂大卿使虏[1]

不见南师久，谩说北群空[2]。当场只手，毕竟还我万夫雄[3]。自笑堂堂汉使，得似洋洋河水[4]，依旧只流东。且复穹庐拜，会向藁街逢[5]。　　尧之都，舜之壤，禹之封[6]。于中应有，一个半个耻臣戎[7]。万里腥膻如许[8]，千古英灵安在[9]，磅礴几时通[10]？胡运何须问，赫日自当中[11]。

【注释】

［1］章德茂：名森。他在淳熙十二年（1185）十二月以“试

户部尚书”的名义再次使金贺万春节。大卿：魏、晋以后，朝廷各部的尚书相当于秦、汉时的九卿，这里就尊称为大卿。

［2］南师：南宋的军队。作者《上孝宗皇帝第一书》：“南师之不出，于今几年矣。”谩说：随便说。北群空：据说古代伯乐善于相马，他经过冀北，这里的良马就被他选光了。借喻没有人才。

［3］当场只手：独当一面。这两句称赞章森是能够独当一面的杰出人物。

［4］堂堂：庄严正大。得似：哪得似，哪能像。洋洋：形容水很浩大。

［5］且复：暂且。穹（qióng）庐：北方少数民族居住的圆形毡帐。藁（gǎo）街：汉代长安城内专供外族人居住的地方。这两句是要章森暂且向金廷低头，将来总有一天会把他们俘获，然后送到京师。

［6］尧、舜、禹都是传说中古代贤君。壮：土地。封：疆域。三句指中原地区是尧、舜、禹传下来的疆土。

［7］耻臣戎：耻于向敌人称臣。

［8］腥膻（shān）：腥臊的臭味。这里借指金人。

［9］千古英灵：以前抗敌的英雄人物。安在：何在。

［10］磅礴：浩然正气。通：此处意为伸张。

［11］胡运：敌人的国运。赫：火赤貌。两句是说敌人的国运何须细问（指必然覆亡），南宋国运如同红日当空，前程万里。

# 释陈亮《水调歌头》[①]

姜书阁　姜逸波

这首词是陈亮淳熙十二年（1185）十一月写的。当时，宋朝南渡已近六十年，南宋向北方女真贵族金王朝称侄求和也已二十余年。北伐大计，早已无人提及。满朝文武大抵苟且偷安，无复恢复之志。面对这种现状，陈亮忧心忡忡，焦虑万分。他虽身为匹夫，而胸怀天下，无时不关心国家兴亡大事。他的友人章森，字德茂，这时是大理少卿，试户部尚书。陈亮对这位年长于自己约二十岁的忘年之交十分敬重，听说他奉命使金，贺金主完颜雍生辰（万春节），就写了这首词赠别，以壮其行，而寓己心志。

开篇首句“不见南师久”，开门见山，点出龟缩于江南久不发兵的南宋现状，为下文铺路。接下一句“漫说北群空”，是对当时普遍存在的错误观点的反驳。这里引用了“伯乐一过冀北之野而马群遂空”（韩愈《送温处士赴河阳军序》）的典故，反其意而用之，以骏马为比，强调当今南宋并不乏人才。再以“当场只手，毕竟还我万夫雄”对上句加以补充，使之具体化。这两句既是赞扬也是属望于章森，预祝他能

---

① 姜书阁（1907—2000），古典文学学者。毕业于清华大学政治学专业，1979 年任湘潭大学中文系教授。著有《桐城文派评述》《中国治外法权史》《陈亮龙川词笺注》《诗学广论》《中国文学史四十讲》《先秦辞赋原论》《中国文学史纲要》《骈文史论》等。姜逸波（1946— ），湘潭大学教授，从事古典文学教研。注释出版有《汉魏六朝诗三百首》《中华名赋集成・先秦两汉卷》等。本文选自唐圭璋主编《唐宋词鉴赏辞典》，安徽文艺出版社 2000 年版。标题为编者所加。

以万夫莫当的英雄气概，只身出入金庭，完成使命，不辱国家。接下来“自笑堂堂汉使，得似洋洋河水，依旧只流东”，已不是送别之辞，而是借机阐发自己对国家形势的忧愤和对当权者的怒斥了。自绍兴九年（1139）秦桧与金签订有宋以来最屈辱的“和议”之后，南宋开始向金称“臣”，迄今数十年未变。作者认为，“堂堂汉使”岂能如河水永远向东流那样长此屈辱地俯伏跪拜在金庭阶墀之下？在这里，他以两个对立的事物，一边是万夫之精英的堂堂汉使，一边是派出这汉使的积弱的国家，两相对比，十分矛盾，映衬出南宋可悲的社会现状，提醒人们警觉。因此，前句句首所用“自笑”二字，不是讥笑汉使，而是对上述矛盾现象发出来自内心的愤怒苦笑。“且复穹庐拜”，写的是严酷的现实。“穹庐”，是北方少数民族居住的圆顶毡房。这里既指章森此行代表宋朝皇帝为金主拜寿一事，又影射南宋向金屈膝求和的权宜之计。“会向藁街逢”则是写理想。作者指出一个胜利歼敌的必然前景。汉代京都长安有一条专供外国使臣居住的街道藁街。《汉书·陈汤传》曾载陈汤斩匈奴郅支单于后奏请“悬头藁街”“以示万里明犯强汉者，虽远必诛”。用这个典故，作者借以表达自己抗敌必胜的决心和信心。这两句话一反一正，一虚一实，恰好写出作者的现实生活和他梦寐以求的政治理想之间无法调和的矛盾。试想，面对无情的现实，能坚持这种理想是多么不容易！

那么，作者是否在不切实际地幻想？在下片中，“尧之都，舜之壤，禹之封。于中应有，一个半个耻臣戎”，回答的就是这个问题。“耻臣戎”指以向金称“臣”为耻的人。这里所说的“一个半个”并非言其少，主要在于说“于中应有”，以示肯定相信其必有这种人之意。而其所以如此坚信，则是因为北方领土为古代圣帝明王所治理，在他们哺育下的后代人民定会继承其光辉业绩，而不肯沦为戎狄奴隶。既然南有“万夫雄”，北有“耻臣戎”，光复祖国应该是指日可待了。然而事情并非这样简单。陈亮深知最大阻力来自统治集团。他曾不止一次地进谏孝宗皇帝“不可苟安以玩岁月”，可见他对统治者并未抱什么幻想。不过，无论现实多么严峻，他抗战的决心和恢复之志始终未动摇过。虽然他也有愤怒和失望，却从未颓废过。就在这种复杂的情感中，他执著地追求了一生。“万里腥膻如许，千古英灵安在，磅礴几时通？”道出作者发自内心的、饱含忧患却又不无希望的呼声。江山沦陷，而千古英雄如今何在？浩然正气何时才能内外贯通？心中的怅惘和感愤，不言而喻。因金人尚处于游牧社会，“膻肉酪浆，以充饥渴”，故作者用“腥膻”指代对方。结尾二句“胡运何须问，赫日自当中”，是作者对自己和友人的鼓励。这不是浮夸之辞，而是他周密分析形势后得出的结论。在《中兴论》里，他就曾以金朝统治集团存在的“庸懒”“政令日弛”“日趋怠惰”等腐败迹象说明其对中原的统治不会久长。因此，作者最后以斩钉截铁的语气断言：金朝失败的命运毋须再问，宋朝定会红日当空，国运中兴！

这首词语言率直、朴素无华，既抒发了作者对现实的忧愤之思，也表达了他一贯的抗战必胜的信念。它“精警奇肆，几于握拳透爪，可作中兴露布读”（陈廷焯《白雨斋词话》语），不仅为《龙川词》的代表作，也是南宋爱国词中特出的篇章。如果用“词以婉约为主”的传统观点来衡量，它当然会被评为“非高调”。但是，词既为诗之一体，何事不可入？何情不可言？此词慷慨激昂，既言恢复之志，复抒爱国之情，充分体现了词人的性格形象，确实是情辞俱壮的优秀作品，比之其好友辛弃疾，亦未多让，不可用旖旎香泽的艳词标准来妄加评价。

# 姜 夔

姜夔（约1155—约1221），字尧章，自号白石道人。鄱阳（今江西鄱阳县）人。他早年随父居汉阳（今湖北武汉市），父死依姊而居。以后漫游湘、鄂、苏、杭等地，一生落拓困顿，在贫病交迫中死于西湖之畔。

姜夔少年时就以擅长诗词著称，且又深通音律，能自创新声；他还工于翰墨、精于赏鉴。在南宋词坛，姜夔是与辛弃疾、吴文英鼎足而三，成为“清空”词派的代表作家。他的词作不仅影响了宋末的王沂孙、张炎等人，而且还下开朱彝尊等浙派词人，在宋词发展史中具有重要的地位。有《白石词》，其中有十七首词附有旁谱，这是宋词中仅存的乐谱。

## 扬州慢

淳熙丙申至日[1]，予过维扬[2]，夜雪初霁，荠麦弥望[3]，入其城，则四顾萧条，寒水自碧，暮色渐起，戍角悲吟。予怀怆然，感慨今昔，因自度此曲[4]。千岩老人以为有黍离之悲也[5]。

淮左名都[6]，竹西佳处[7]，解鞍少驻初程[8]。过春风十里，尽荠麦青青[9]。自胡马窥江去后[10]，废池乔木，犹厌言兵[11]。渐黄昏，清角吹寒[12]，都在空城。　杜郎俊赏[13]，算而今、重到须惊。纵豆蔻词工，青楼梦好，难赋深情[14]。二十四桥仍在[15]，波心荡、冷月无声[16]。念桥边红药[17]，年年知为谁生？

【注释】

［1］至日：即冬至日。

［2］予过维扬：姜夔二十多岁时沿长江东下，路过扬州，这时（1176）距金主完颜亮南侵（1161）、扬州受到敌骑蹂躏已有十六年。维扬即扬州。

［3］荠麦弥望：野草满眼，即望出去只见遍地野草。一说荠即荠菜。《淮南子·地形训》："麦秋生夏死，荠冬生中夏死。"

［4］自度此曲：自己创制了《扬州慢》这支词调。

［5］千岩老人：即南宋名诗人萧德藻，他的侄女是作者之妻。黍离之悲：《诗经·王风》有《黍离》篇，头一句就是"彼黍离离"。诗中感慨故宫荒废，长满禾黍，进而吊念西周王朝的倾覆，后来就以"黍离之悲"表示家国残破之痛。

［6］淮左：即淮东。方位以东方为左，扬州一带，在宋时属淮东路，故称"淮左"。

［7］竹西：地名兼亭名。苏轼《广陵逢同舍刘贡父》诗："竹西已挥手，湾口犹屡送。"自注："竹西、湾口，皆扬州之地。"扬州旧有竹西亭，在北门外五里，今废。

［8］解鞍：解开马鞍。程：里程。这句是指作者长途旅行的第一阶段已经结束，可以稍事休息。

［9］春风十里：形容扬州的繁华。杜牧《赠别》诗："春风十里扬州路，卷上珠帘总不如。"这两句是说作者所经过之处本是扬州昔日繁华之区，如今野草遍地、满目荒凉。

［10］胡马窥江：指高宗绍兴三十一年（1161），金兵南犯至长江边的采石。到孝宗隆兴二年（1164），金兵又复渡淮河南侵。

［11］这两句用拟人法，是说连荒废的池沼和高大的树木也对敌人的侵略残杀感到十分厌恨。

［12］清角吹寒：寒风送来了清亮的号角声。

［13］杜郎：指唐代诗人杜牧。俊赏：风流逸兴。

［14］纵：即使。杜牧《赠别》诗："娉娉袅袅十三余，豆蔻梢头二月初。"又《遣怀》诗："十年一觉扬州梦，赢得青楼薄幸名。"这三句是说即使杜牧再来此地，想重续豆蔻梢头之诗，薄幸青楼之梦，亦将由于这里人迹寥落而无此逸兴歌咏儿女缠绵之情。

［15］二十四桥：扬州在唐时极为富盛，城内可纪的桥共二十四座，北宋时还存七座。见沈括《梦溪笔谈·补笔谈》卷三。

［16］这句是说唯见一丸冷月，摇荡波心，寂然无箫声可听。杜牧《寄扬州韩绰判官》："二十四桥明月夜，玉人何处教吹箫。"

［17］红药：芍药。北宋初年，扬州始以芍药著名。见《能改斋漫录·芍药谱条》卷十五。

# “黍离之悲”的“余味”①

## ——读姜夔的《扬州慢》

吴调公

姜夔这首震今烁古的名词，刚写出不久，就被他的叔岳肖德藻（即千岩老人）称为有“黍离之悲”；而抒发这一悲感的词作，恰恰充分地体现了他认为诗歌要“贵含蓄”和“句中有余味，篇中有馀意”（《白石诗说》）的主张。它可以说是姜夔词论的杰出实践，也是历代词人抒发“黍离之悲”而富有余味的罕有佳作。

南宋时期，由于外族统治者相继入侵，苟安旦夕的小朝廷一贯采取屈辱求和的政策，在此基础上，一方面是出现了辛弃疾、陆游一派标志着力主恢复中原的慷慨豪放的作品；另一方面在一些思想消极和刻意讲究词法一派的词人中，虽说不免脱离现实，但却也往往通过委婉曲折的笔调，反映了他们低回幽怨的身世和一些家国残破甚或沦亡的哀愁。“黍离之悲”不仅只是在姜夔笔下才有，后于他的词人，触及这一种低回掩抑的感情的也为数不少；然而一般说来，都没有这首词写得饶有“余味”。比方蒋捷的《贺新郎·寓吴》是一篇描绘元兵占领京城临安后，他流寓在苏州时所经历的漂泊生涯的好词。如下片换头：“相看只有山如旧，叹浮云，本是无心，也成苍狗。明

① 选自《唐宋词鉴赏集》，人民文学出版社 1983 年版。

日枯荷包冷饭，又过前头小阜。趁未发，且尝村酒。”词人的真情实感是具备的，笔锋也跌宕利落，可是总难以耐人寻味。执南宋末期词坛牛耳的周密，写过一首《一萼红·登蓬莱阁有感》，是他生平的压卷之作，也是充满了剩水残山之思的。如下片有这么几句，特别显得百感苍茫：“故国山川，故园心眼，还似王粲登楼，最负他秦鬟妆镜，好江山何事此时游！”江山虽好，但游时却偏在这国事不可收拾的年头。构思不算不深辟，但比起《扬州慢》的“意中有景，景中有意”来，就不免有点空泛、浮浅了。再如王沂孙的《眉妩·新月》一词也是写“黍离之悲”的。如下片的开始：“千古盈亏休问，叹慢磨玉斧，难补金镜。太液池犹在，凄凉处，何人重赋清景？”用“难补金镜”说明国家的残破难补，用“太液池”的昔日繁华衬垫当前亡国前夕的凄凉满眼，都不能说没有精巧的构思。然而问题在于他能含蓄而不能自然，雕琢过甚，流于晦涩，已不成其为含蓄，不像姜词能把含蓄与自然两者结合，如后人所盛称的“清气盘空”之美：“野云孤飞，去留无迹。”（戈载《七家词选》）

姜夔的这首名篇之所以能运用创作实践，很好地印证他的“余味”的主张，首先表现为善于化实为虚，即从即事写景中移情于境，将早经凝聚的感情，借着当前事物的触发，使之注入物境之中，并通过景物的描绘加以抒发。不仅使每一景物气韵生动，更使景物与景物的相互之间和景物的前后变化的图景，体现了词人意象的波澜起伏。正如范晞文《对床夜话》（卷二）所云：“《四虚序》云：不以虚为虚，而以实为虚，化景物为情思，从首至尾，自然如行云流水，此其难也。”试看《扬州慢》上片，词人刚点明抵达扬州“稍驻初程”后，就一系列地展开了实景描绘。茫茫郊野是一片“荠麦青青”，经过“胡马”破坏后的残痕，到处是“废池乔木”，无限沉寂中悠然而起的声音是“渐黄昏，清角吹寒”。总的说来，词人解鞍之时，是完颜亮南侵（1161）后十五年，符离之败（1163）后十三年。词人解鞍之地是迭经铁蹄蹂躏、景物萧条的扬州，是一座“空城”。然而作者决不曾为写空城实景而写空城，而是为了抒发“黍离之悲”的情思。如“荠麦青青”使人联想到古代诗人反复咏叹的“彼黍离离”的诗句，并从“青青”所特有的一种凄艳色彩，增加青山故国之情。“废池”极见蹂躏之深，“乔木”寄托故国之恋。当日落黄昏时，听到清角低吟，分外引起萧条的意绪。“空城”，表面看来是实物，但正因为着一“空”字，就已经成为范晞文说的“化景物为情思”了：写出了为金兵破坏后留下这一座空城所引起的愤慨；写出了对宋王朝不思恢复，竟然把这一个名城轻轻断送掉的痛心；也写出了宋王朝就凭这样的一座“空城”防边，如何不引起人们的忧心忡忡，哀深恨彻。

下片换头，调转笔锋，专写杜牧史事。杜牧这个才华横溢的诗人，写了“春风十里扬州路，卷上珠帘总不如”（《赠别》），写了“十年一觉扬州梦，赢得青楼薄幸名”（《遣怀》），也写了“二十四桥明月夜，玉人何处教吹箫”（《寄扬州韩绰判官》）。总而言之，姜夔到了扬州，不能不想起前人杜牧。然而很显然，词人的主要目的不在于评论和怀念杜牧，而仍然是通过“化实为虚”的手段，点明这样一种“情思”：即使杜牧那样的风流俊赏，“豆蔻词工”，可是如果他而今重到扬州的话，也定然会惊讶河山之异了。“算”字“纵”字，一先一后的虚拟手法，表达了词人的沉痛之情。更重要的是借“杜郎”史实，逗出和反衬了“难赋”之苦。这说明故国劫后之景所引起的悲戚，实在复杂，实在深长，难以描绘；也说明自己即使具有杜牧的才华，但因为处于感时伤乱的环境，心情萧索，也很难有他那样倜傥风流的意绪了。这样，所谓“难赋深情”，就从反面衬垫，自然而然地引出了下文的“桥边红药”，借“年年”花开之景，抒发了“知为谁生”之情。由此可见，词人尽管说“难赋”，但实际也还是赋出了而且深化了深情的。

“知为谁生”的铸境艺术在诗歌中原是常见的。杜甫的“江头宫殿锁千门，细柳新蒲为谁绿”，岑参的“庭树不知人去尽，春来还发旧时花”，陆游的“驿外断桥边，寂寞开无主”，手法大体相近，都是用花开依旧，反衬出人事已非；但姜夔的词境却能翻出新意。雪后春寒，本无所谓红药花开，不同于杜、岑、陆三作所写的确是花已开放。这里只不过是从桥边有着红芍药而展开这样的联想：纵使来日花开，怕也只是徒然增添空城的感伤而已。花愈绚烂，人愈哀愁。尽管这时花还未开，但花的命运可知，二十四桥的乱后景象可知，由空城引起的“黍离之悲”可知。整篇词作就是竭尽全力，勾勒和渲染这一个“空城”的“景”，点染了词人“黍离之悲”的“意”。

其次，“黍离之悲”的反实入虚，还表现为善于体现情景的历史特色。这对于怀古和纪游一类诗词抒发感时抚昔的情怀是大有必要的。这正因为，从当前可以联系往昔。尽管往昔的史迹一般不作正面描绘，而只是通过伤今和怀古的笔墨轻轻带出，作为陪衬，但不妨让懂得史迹的读者自己去展开联想，进行对照，从而丰富他们对当前的认识。如张元幹寄李纲的《贺新郎》词中有这么一句：“十年一梦扬州路。”话虽寥寥，但却显得有雷霆万钧之力。这里面不但包含着建炎元年（1127）宋高宗在南京称帝曾进驻扬州这一段十年前的往事，还寄寓了当时李纲为相，人民对他的引领在望之情，也包含着当前为扬州成为金兵焚毁后的劫后空城而痛心。就是这寥寥的七个字，写尽了扬州沧桑，并引起下文的“愁中故国”。包含感时，也包含抚昔。与此类似的辛弃疾的《菩萨蛮》，突出了江西造口壁的沧桑，以“郁孤台下清江水”起兴，不但写出历史上的“多少行人泪”，更写出当前的“江晚正愁予，山深闻鹧鸪”。感时和抚昔在怀古词中原来是相辅相成，不可缺一的，不过对《扬州慢》来说，更有两个特点：一是二者的交织更为融成一气；一是在交织中运用了多种有力的反衬，加强为词人所感受的特定的扬州萧条气氛的渲染。

先说交织。词一开始就点明往昔扬州是历史上的“名都”和“佳处”，是一个繁华胜地。可是笔锋一转，展示了现实的扬州，却又分外残破凄凉，显得“空城”一片。下片从现实再回溯到历史，表明这种难以形诸笔墨的“黍离之悲”的深情，即使像诗人杜牧那样的才华，恐怕也难以描绘。至于究竟这“深情”又是如何？词人并未作正面的回答，而只是别有会心地展示了一幅饱经沧桑的二十四桥和桥边红药的画境。这就不只是凝视当前，还涉及春天花开时空城景象的悬想。总的说来，今昔的交织不但体现在今昔的过渡之中，更卓越地表现了写今之中寓有写昔、写昔之中寓有写今的艺术特点，铸而为深镌着“胡马窥江后”扬州这一个特定“空城”史迹的艺术境界。

再说反衬。由于感时与抚昔交织，反衬就成为决不可少的因素。如以历史“名都”反衬今日“空城”，以昔时的“杜郎俊赏”“豆蔻词工”，反衬“难赋深情”；以二十四桥的“波心荡”之动，反衬“冷月无声”之静；以“桥边红药”的年年花开，衬出“知为谁生”的花开无主，凄凉欲绝。昔日繁华写足，今日的萧条可见。这正是王夫之说的“以乐景写哀，以哀景写乐，一倍增其哀乐”（《姜斋诗话》）。由于二者的互为促进，开拓了人们想象的领域，丰富了感情对比的色彩。这样，词中的余味就更深了。

再次，透过小景的精微刻画，着意渲染“空城”的特定氛围，也是这首词饶有馀味的因素之一。如果说“空城”是大景、全景，“过春风十里，尽荠麦青青”，以及“废池乔木”等等，都是鸟瞰式的行云流水一类的描绘，那么，在上、下片的结穴处，经过作者分别安排的两个类似特写的镜头，那就属于小景了。词中的两幅小景，不侧重景物状貌的具体刻画，而只是着意渲染两个小小的事物在一定时间、地点、条件中特有的氛围、空气和给人们的情绪感染。

上片结穴“渐黄昏，清角吹寒，都在空城”，主要是渲染出角声所引起的空城的凄清之感。这一种角声是表现为特定氛围的具体的角声。它既不是范仲淹在西北边防前线所听到的“四面边声连角起”（《渔家傲》）的声音，更不同于柳永在秋夜苦念离人时所听到的“渐呜咽，画角数声残”（《戚氏》）的声音。这角声是雪后芜城中响起的，是暮色渐浓时响起的。它不但加深苍茫和寒意，引起人们萧条凄厉的感觉，更使词人怆怀到当时的一切景物都带来“黍离之悲”，也就是上片结穴中四个字所说的——“都在空城”。由视觉所见的“黄昏”，由听觉所闻的“清角”，由触觉所感的“寒”意，这些多种感觉的因素，本身既有鲜明的个性，而它们相互之间，又有一定的内在联系，的确如词人所说的“都在空城”的“都在”二字。所谓“都在”正是表明若干引起“黍离之悲”的景物和感觉在词作中浑然一体了，“妙合无垠”（王夫之《姜斋诗话》）了，汇成一种融特殊之情与特殊之景的氛围、空气了。

下片的结穴也是全词的结穴，“念桥边红药，年年知为谁生”，就更是描写芜城的画龙点睛之笔。词人首先从那个标志着昔日扬州风流韵事的二十四桥的“仍在”写起，暗暗点出景物依旧，人事已非。但词人并不直接描写人事沧桑，而只是从桥下之波和波心之月着手，写出纵使湖波动荡，但投射在水上的凄冷月影，却始终是悄然无声。甚至也还可以引起读者这样的另一种遐想：湖波纵然荡漾，但毕竟因为被冷月幽辉笼罩，即使涟漪浮动，也不免显得无声无息，万籁俱寂了吧。红药的年年开花，不是正如二十四桥至今仍在么？桥下的“冷月”已经是悄无声息，那么红芍药呢？它来日开花时，怕也将因为无人过问而黯然无色了。从桥到花，从波到月，都可以说只突出少许景物；而在少许景物中又仅仅是抓住其少许特征，以少许胜多许，“以数言而统万物”（方东树《昭昧詹言》），终于使境界全出。这正是宋人司马池所说的“赖得丹青无画处，画成应遣一生愁”（《行色》）的妙处。

## 齐天乐

丙辰岁与张功父会饮张达可之堂[1]，闻屋壁间蟋蟀有声，功父约予同赋，以授歌者。功父先成，辞甚美。予裴回末利花间[2]，仰见秋月，顿起幽思，寻亦得此[3]。蟋蟀，中都呼为促织[4]，善斗。好事者或以三二十万钱致一枚，镂象齿为楼观以贮之[5]。

庾郎先自吟愁赋[6]。凄凄更闻私语。露湿铜铺[7]，苔侵石井，都是曾听伊处[8]。哀音似诉。正思妇无眠，起寻机杼。曲曲屏山，夜凉独自甚情绪。　西窗又吹暗雨。为谁频断续，相和砧杵[9]。候馆迎秋，离宫吊月[10]，别有伤心无数。豳诗漫与[11]。笑篱落呼灯，世间儿女[12]。写入琴丝[13]，一声声更苦。

【注释】

[1] 丙辰：宁宗庆元二年（1196）。张功父：即张镃，张俊之孙。有《南湖集》。张达可可能是张镃的兄弟辈。

[2] 裴回：即徘徊。末利花：即茉莉花。

[3] 寻：不久。

[4] 中都：指北宋汴京。促织：即蟋蟀。《汉书·王褒传》："蟋蟀俟秋吟。"师古注："蟋蟀，今之促织也。"

[5] 象齿：象牙。这句是说将象牙雕镂成楼台来贮放蟋蟀。

[6] 庾郎：指庾信。《愁赋》：庾信所作。宋人有记载。刘辰翁《须溪词》中《兰陵王》（送春）："更江令恨别，庾信愁赋。"此赋今已不传。

[7] 铜铺：铜制的铺首（装在门上用以衔住门环）。铜铺、石井都是借以泛指人家的庭院篱落。

[8] 伊：即蟋蟀。这句是说屋外院落中，处处能听到蟋蟀的鸣声。

[9] 砧杵：捣衣用具。这两句是说蟋蟀的鸣声为什么经常断断续续地和捣衣声唱和呢？

[10] 候馆：郊外的宾馆。离宫：帝王行宫。

[11] 豳（bīn）诗：指《诗经·豳风·七月》："七月在野，八月在宇，九月在户，十月蟋蟀入我床下。"漫与：随意成篇。这句说将蟋蟀写入了诗篇。

[12] 这两句描写儿童夜里点了灯到篱边井旁去捉蟋蟀时的情态。

[13] 琴丝：指乐曲。

# 读姜夔词《齐天乐》[①]

钱仲联　徐永端

姜夔此词，前有小序云："丙辰岁，与张功甫会饮张达可之堂。闻屋壁间蟋蟀有声，功甫约余同赋，以授歌者。功甫先成，词甚美。余徘徊茉莉（末利）花间，仰见秋月，顿起幽思，寻亦得此。蟋蟀，中都呼为促织，善斗；好事者或以三二十万钱致一枚，镂象齿为楼观以贮之。"词后有注云："宣政间有士大夫制《蟋蟀吟》。"

丙辰是宋宁宗庆元二年（1196），张功甫即张镃。他先赋的《满庭芳·促织儿》，确如姜夔所评："词甚美。"例如开头几句云："月洗高梧，露溥幽草，宝钗楼外秋深。土花沿翠，萤火坠墙阴。"如水的月光透过高梧的身影泻到地上，照见清幽的小草上闪烁着晶莹的露珠儿，这地方正是蟋蟀出没的场所。其间作者还点缀一只低飞于蔓延着青绿色土花的墙角边的萤火虫用以陪衬，更是逼真入妙。接下又回忆儿时捕捉蟋蟀的情趣："任满身花影，犹自追寻。"到此，画面更美而生动：光影摇曳中，一个在月下花丛里捕虫的孩子活泼轻灵的形象跳到读者眼前来了。

已有这样"清隽幽美"的佳什在先，聪明的赓和者姜夔自然懂得

① 徐永端（1937— ），古代文学学者、苏州大学中文系教授，善吟诵。父徐澄宇、母陈家庆均为古代文学专家，善诗词。1988 年退休后移居美国。著有《吟边梦忆》《黄遵宪》等。本文选自《唐宋词鉴赏集》，人民文学出版社 1983 年版。

是不能再采用与前者相类似的表现手法的。他需要另辟蹊径，别创新调。一如他的前辈苏轼，用“似花还似非花”的写法，在咏杨花上与章质夫争胜，他的咏蟋蟀也用了不同于寻常的写法与张竞美。

通常的咏物总是基于物，重点在写物，写得曲尽形容之妙的就是上乘之作，张词就是这样。只有到结束时，着重一笔，抒写了人的感情：“今休说，从渠床下，凉夜伴孤吟。”姜词咏蟋蟀则基于人，重点在抒写听者的心情，张词的结束却仿佛正是姜词的开头，两者意境相通却又迥然有异。

一开始，姜词中就出现了抒情诗人自己的身影。这个“自己”也包括和自己处境心情相近的人。他便用“庾郎”来作代表。“庾信生平最萧瑟，暮年诗赋动江关。”（杜甫《咏怀古迹五首》其一）庾信后期有不少抒发乱离身世之悲、国破家亡之痛的作品，《愁赋》今存逸句，宋时可能见到全篇，此处亦可作为泛指看。而后来的处在乱离时代的知识分子也是容易想到庾信的。姜夔处于河山半壁的南宋，以庾信比喻自己以及与自己相近似的愁人，也不为无因。这发端的一声为全篇定下基调。

就在那蟋蟀鸣叫的凉夜，早已有似庾信般清愁满腹的人儿在孤吟。蟋蟀的鸣声出乎自然，本无所谓悲哀，那悲哀的感觉全在于听者的心情使然。所以，人已愁，更何况闻此“愁”声。“先自”与“更闻”，相呼应，语意加强一倍。

打个比方说，张词仿佛让人看到一幅幅生动美好的画面；姜词则仿佛让人听到一组交响乐的鸣奏声。后者给我们的艺术感染力往往更大些。

在这支交响乐中，如果说人和人的活动是主旋律，蟋蟀声则是和声。

蟋蟀声本来很单调，但人的感情却赋予它浓郁的抒情韵味。出于人的想象，蟋蟀已通人性，它竟能伴愁人“私语”，并且是“凄凄”然地“私语”。这体会，这形容，真够深刻和细腻的了。

这只蟋蟀出没之处，不在花草丛中，也许是因为秋已深了吧，它要躲到人家的屋宇之下去：先在那装有铜铺首衔环的大门边唱着，听，又到院子里来了，“唧唧”之声从那布满青苔的石井栏边发出来。

当蟋蟀凄凄私语离得更近、调子更高时，在另一位听者耳中，又像是悲哀的倾诉声。这位听者是一位不眠的思妇，她正有无限悲伤没处倾吐。想必不待“促织”鸣时，她寄征夫的寒衣早已制成，如今起来织布是因为实在睡不着啊！当她燃灯夜织时，望见屏风上画了些曲曲折折的远水遥山，逗起她的想象和思念，那魂牵梦萦之地也正是离得那么遥远，“唉！在这样清凉的夜间，她是触发了什么样的心绪呢？”诗人设问，为她叹息。

下片首句“西窗又吹暗雨”，是被前人激赏的，张炎《词源》认为有此句则“曲之意脉不断矣”，是说它能承上启下使脉络分明。上片中写思妇在凉夜闻声起织时，室内有灯，是明亮的，窗外昏暗中飘洒着小雨，从室中望去，故称“暗雨”，夜雨孤灯，给人一种凄寂之感，表现得很真切。用一“又”字传神，此时此际，更是情何以堪。

接下去，作者又来一设问，让蟋蟀的悲鸣声，随着夜色来临，在更广阔的空间响着，它不独伴孤独的思妇夜织，还应和着千家万户的捣衣声。蟋蟀啊蟋蟀，它那凄恻之声像一缕剪不断的愁绪牵动着无数愁人的心。它似私语，如悲诉，频频断续；它与孤吟声、机杼声、砧杵声交织成一片。在这样的秋夜里，在作者心中，这就是山河破碎，故土沦亡的祖国大地上最悲凉的音乐啊！

写至此，作者把感情的抒发推向更高潮，他想象着，四十年前的同样的秋夜里，被掳到北方去的宋室君臣，他们在囚禁中迎秋吊月，闻蟋蟀之声，那心境又当如何？作者说“别有伤心无数”，这“别有”二字点明其伤心处是与众不同的。

“豳诗漫与”句巧妙地将上文一齐收拢。用“豳诗”是指《诗经·豳风·七月》曾对蟋蟀作过有趣的描写：“七月在野，八月在宇，九月在户，十月蟋蟀入我床下。”豳地是北方周民族的发祥地，作者也许是特意要重提一下这早已沦亡了的古老的土地吧，但又用“漫与”二字轻轻带过，不过分落痕迹。“漫与”是“诗篇浑漫兴”中“漫兴”之谓。

“笑篱落呼灯，世间儿女”，照陈焯的说法是“以无知儿女之乐，反衬有心人之苦”，此说中肯。冠以“笑”字，其实是苦笑。“一声声更苦”，结语余音袅袅。

姜词小序说到他的艺术构思过程：倾听蟋蟀，徘徊花间，“仰见秋月，顿起幽思”，可见他当时是确有所感，有所触发的。他的词题材虽极小，立意却比较高，意境也深沉开阔得多。前人也指出它“托寄遥深”，说：“‘候馆吟秋’三句，音响一何悲！”（许昂霄：《词综偶评》）试想，一只小小的蟋蟀的鸣声何以能引起这么深沉的悲哀呢？无疑的，那是因为作者让它牵动了“故国之思”。

“将蟋蟀与听蟋蟀者层层夹写，如环无端，真化工之笔也。”（《词综偶评》）就姜词的艺术特点来看，这也是的评。

所以，张的“画工”之笔虽美，姜夔却以他的“化工”之笔而后来居上了。

## 疏影

苔枝缀玉[1]。有翠禽小小，枝上同宿。客里相逢[2]，篱角黄昏，无言自倚修竹[3]。昭君不惯胡沙远，但暗忆、江南江北。想佩环、月夜归来，化作此花幽独[4]。　犹记深宫旧事，那人正睡里，飞近蛾绿[5]。莫似春风，不管盈盈[6]，早与安排金屋[7]。还教一片随波去，又却怨、玉龙哀曲[8]。等恁时[9]、重觅幽香，已入小窗横幅[10]。

【注释】

［1］苔枝缀玉：梅花像玉一般地点缀在长满苔须的梅枝上。《武林旧事》说苔梅有两种：一种苔藓特厚，花很香；一种苔如细丝，长尺余。

［2］客里相逢：隋代赵师雄在罗浮松林酒店旁遇一淡装素服的女子，时天寒日暮，残雪对月，两人到酒店同饮，稍待有一绿衣童来笑歌戏舞，久而醉寝。天明起视，则身在大梅树下，上有翠鸟。见《龙城录》。这故事中说淡妆女子是梅花所化，绿衣童即翠羽鸟。“客里相逢”用的就是赵师雄与淡妆女（梅花）相逢的这一典故。

［3］这句以梅比孤洁的佳人，明用杜甫《佳人》诗：“天寒翠袖薄，日暮倚修竹。”暗用苏轼诗：“竹外一枝斜更好。”

［4］佩环：即环佩，女子饰物。这里借指王昭君。杜甫《咏怀

古迹》之三："画图省识春风面，环佩空归夜月魂。"这四句用王昭君事。说她远嫁匈奴，怀念家国，只能魂归故乡，化作月下素梅。

[5]深宫旧事：指寿阳公主梅花妆事。"宋武帝女寿阳公主人日卧于含章殿檐下。梅花落公主额上，成五出花，拂之不去，……宫女奇其异，竞效之。今梅花妆是也。"（《太平御览·时序部》引《杂五行书》）。那人：即公主。蛾绿：即眉黛。

[6]盈盈：《古诗》："盈盈楼上女。"盈盈本为容态美好之意，借指美女。这两句是说不要像春风那样不爱惜名花美女。

[7]金屋：汉武帝为胶东王时对他姑母说："若得阿娇，当作金屋贮之。"见《汉武故事》。

[8]玉龙：笛名。韩偓《梅花》："龙笛远吹胡地月，梅花初试汉宫妆。"上用昭君事，下用寿阳事。

[9]恁时：何时。

[10]横幅：画幅。唐崔橹《梅花》诗："初开已入雕梁画，未落先愁玉笛吹。"这两句写画里的梅花。

# 释姜夔《疏影》[①]

沈祖棻

此词“昭君不惯胡沙远”之语，前人多谓乃指靖康之祸，徽、钦二帝及后宫北徙。张惠言《词选》云：“以二帝之愤发之。”邓廷桢《双砚斋词话》云：“乃为北庭后宫言之。”郑文焯校本云：“此盖伤二帝蒙尘，诸后妃相从北辕，沦落胡地，故以昭君托喻，发言哀断。考唐王建《塞上咏梅》诗曰：‘天山路边一株梅，年年花发黄云下。昭君已没汉使回，前后征人谁系马？’白石词意当本此。”刘弘度丈则举徽宗北行道中闻番人吹笳笛声口占《眼儿媚》词中“春梦绕胡沙。家山何处？忍听羌笛，吹彻《梅花》”诸句，其中分明有“胡沙”“梅花”之语，以为即姜词所指，其说尤为可信。靖康之祸，创巨痛深，故直至南宋末年，如刘克庄、高观国诸人之词，仍有追踪此作，托梅发愤者。此咏物之作，而忽及二帝之愤者，则亦犹有人登栖霞、赏红叶，而忽忆及庚子之乱，珍妃投井，晚清词流多假咏落叶以吊之，于作词时，因亦阑入其事。意者，白石既止石湖弥月，酒边纵谈，或及靖康之事，逮其索句，遂亦涉笔及之。《文心雕龙·神思篇》云：“寂然凝虑，思接千载；悄焉动容，视通万里。”此之谓也。

首句，写梅之姿色；“翠禽”二句，写翠禽安适之状。此宴安鼎盛之时。“客里”三句，言客中相见，时值日暮天寒，虽缀玉枝头，

① 选自沈祖棻《宋词赏析》，北京出版社 2003 年版。标题为编者所加。

而横枝篱角，无言倚竹，已自凄凉。“客里”，有播迁意；“篱角”，有江山一角意；“倚修竹”，有翠袖单寒，伶俜可怜意。此南渡偏安之局。“昭君”二句，发二帝之愤，以“胡沙”及“江南江北”对照点出。用“暗忆”字，尤见去国之悲乃所不敢明言，唯暗忆耳。“想佩环”二句，谓故国难归，惟有“环佩空归月下魂”而已。昭君之魂，化作梅花，亦犹望帝之魂，化作杜宇，再次将眼前梅花与徽宗词中“吹彻《梅花》”绾合。四句已极伤感。

换头“深宫”，谓汴京之宫，“旧事”，谓靖康二年以前之事。“那人”二句，以前沉酣睡梦之情。“莫似”三句，惜花之心，即忠爱之意。“还教”二句，谓虽有惜花之意，而终事与愿违，落花终自随波，护花心事亦唯同付东流而已。谭献《复堂词话》谓此二句“跌宕昭彰”，因其已将心事和盘托出。周济则谓“莫似”以下五句，乃谓“不能挽留，听其自为盛衰”，所见亦是。花已随波，护花无计，然闻笛声之哀，又不能不怨，极吞吐难言之苦。结句谓虽欲重觅幽香，而徒余画幅。盛时难再，陈迹空存。行文至止，戛然而止，所谓“发言哀断”也。此词善用虚字，周济谓“以‘相逢’‘化作’‘莫似’六字作骨”，是也。他如“还教”“又却”“已入”，亦转折翻腾，莫不入妙。

《暗香》《疏影》虽同时所作，然前者多写身世之感，后者则属兴亡之悲，用意小别，而其托物喻志则同。

# 刘克庄

刘克庄（1187—1269），字潜夫，号后村，莆田（今福建莆田市）人。理宗淳祐六年（1246）赐进士出身，官龙图阁直学士。早年曾写《落梅》诗，被言官指为讪谤，因而贬官。有《后村大全集》，词名《后村长短句》。

冯煦说：“后村词与放翁、稼轩犹鼎三足，其生丁南渡，拳拳君国，似放翁；志在有为，不欲以词人自域，似稼轩。”（《六十一家词选例言》）张炎指出他“负一代时名”，但他的词却是“直致近俗，效稼轩而不及者。”（《词源》）

## 清平乐 五月十五夜玩月

风高浪快，万里骑蟾背[1]。曾识姮娥真体态，素面原无粉黛[2]。　身游银阙珠宫[3]，俯看积气濛濛[4]。醉里偶摇桂树，人间唤作凉风。

【注释】

[1] 此句写万里飞行，前往月宫。蟾背：蟾蜍之背。蟾蜍是月亮的代称。《淮南子·精神》：“月中有蟾蜍。”《后汉书·天

文志》刘昭注："姮娥遂托身于月，是为蟾蜍。"

［2］姮娥：即嫦娥。因避汉文帝（刘恒）讳改称常娥，通作嫦娥。素面用杨玉环姊虢国夫人素面朝天事（事见宋乐史《杨太真外传》）。

［3］银阙珠宫形容月宫之皎洁。

［4］积气：指天。《列子·天瑞篇》，杞人有忧天者，有人告诉他说："天，积气耳。"

# 刘克庄的《清平乐·五月十五夜玩月》①

夏承焘

刘克庄这首《清平乐》，是充满浪漫主义色彩的作品。他运用丰富的想象，描写遨游月宫的情景。开头“风高浪快，万里骑蟾背”二句，是写万里飞行，前往月宫。“风高浪快”，形容飞行之速。“蟾背”点出月宫。《后汉书·天文志》刘昭注引张衡《灵宪浑仪》：“羿请无死之药于西王母，姮娥窃之以奔月……是为蟾蜍。”后人就以蟾蜍为月的代称。

“曾识姮娥真体态”，“曾”字好。意思是说，我原是从天上来的，与姮娥本来相识。这与苏轼《水调歌头》“我欲乘风归去”的“归”字同妙。

“素面原无粉黛”，暗用唐人“却嫌脂粉污颜色”诗意。这句是写月光皎洁，用美人的素面比月，形象性特强。

下片写身到月宫。“俯看积气濛濛”句，用《列子·天瑞篇》故事：杞国有人担心天会掉下来，有人告诉他说：“天积气耳。”从“俯看积气濛濛”句，表示他离开人间已很遥远。

末了“醉里偶摇桂树，人间唤作凉风”二句，是全首词的命意所在。用“醉”字、“偶”字好。这里所描写的只是醉中偶然摇动月中的桂树，便对人间产生意外的好影响。这意思是说，一个人到了天

① 选自夏承焘《唐宋词欣赏》，北京出版社 2002 年版。

上，一举一动都对人间产生或好或坏的影响，既可造福人间，也能贻害人间。

北宋王令有一首《暑旱苦热》诗，末二句说："不能手提天下往，何忍身去游其间。"全诗都是费气力写的。刘克庄这首《清平乐》则写的轻松明快，与王令的《暑旱苦热》诗比较，用意相近而表现风格不同。

刘克庄有不少作品表现忧国忧民思想，如《运粮行》《苦寒行》《筑城行》等。他写租税、写征役，为民请命，都很沉痛。这首词"人间唤作凉风"，该也是流露作者对清平世界的向往。全首词虽然有浓厚的浪漫主义色彩，但是作者的思想感情却不是超尘出世的。他写身到月宫远离人间的时候，还是忘不了下界人民的炎热，希望为他们起一阵凉风。联系作者其他关心民生疾苦的作品，可以说这首词也可能是寄托这种思想的，并不只是描写遨游月宫的幻想而已。

# 蒋　捷

蒋捷，字胜欲，阳羡（今江苏宜兴市）人。度宗咸淳十年（1274）进士。自号竹山。入山后隐居不仕。有《竹山词》。

蒋捷在宋亡以后所写的词作中，充满故国之思，特别是写兵乱以后国亡家破、自己到处流浪的苦况，思想意义较为深刻。另外他也有一些倩妍秀逸的小词，用白描手法写景抒情，亦别具一格。刘熙载说他的词“洗炼缜密，语多创获。”（《艺概》）这是指他善于炼字炼句，语言方面亦多创新之处。

## 虞美人　听雨

少年听雨歌楼上。红烛昏罗帐[1]。壮年听雨客舟中。江阔云低、断雁叫西风[2]。　　而今听雨僧庐下[3]。鬓已星星也[4]。悲欢离合总无情。一任阶前、点滴到天明。

【注释】

[1] 昏：指烛光昏暗。

[2] 断雁：离群的孤雁。薛道衡《出塞曲》：“寒夜哀笳

曲，霜天断雁声。”

[3]僧庐：僧人住的房子。

[4]星星：指白发很多。

# 读蒋捷《虞美人·听雨》词[①]

陈邦炎

这首词，层次清楚，脉络分明。从上、下阕看，上阕是感怀已逝的岁月，下阕是慨叹目前的境遇。从通篇看，它按时间顺序，由少年写到壮年，再写到老年，写了三个不同时期的不同环境、不同生活和不同心情，而以“听雨”作为一条贯串始终的线索。

蒋捷生当宋、元易代之际，大约在宋度宗咸淳十年（1274）成进士，而四年后，宋朝就亡了。他的一生是在战乱年代中颠沛流离、饱经忧患的一生。这首词正是他忧患余生的自述。他还写了一首《贺新郎·兵后寓吴》词：

深阁帘垂绣，记家人、软语灯边，笑涡红透。万叠城头哀怨角，吹落霜花满袖。影厮伴、东奔西走。望断乡关知何处？羡寒鸦、到着黄昏后，一点点，归杨柳。　　相看只有山如旧。叹浮云、本是无心，也成苍狗。明日枯荷包冷饭，又过前头小阜。趁未发、且尝村酒。醉探枵囊毛锥在，问邻

① 陈邦炎（1920—2016）古典文学学者、出版家，上海古籍出版社编审，精于文史诗词研究。著有《临浦楼论诗词存稿》《说词百篇》《说诗百篇》等。曾策划出版俞平伯、程千帆、唐圭璋、龙榆生、刘永济、叶嘉莹、缪钺等学者的著作，极大地推动了词学研究。本文选自《唐宋词鉴赏集》，人民文学出版社 1983 年版。

翁要写《牛经》否？翁不应，但摇首。

词中所写情事，可以与这首《听雨》词互相印证。两首词，可能都写于宋亡以后。不妨想象：作者执笔写词时，抚今思昔，百感茫茫；伤时感事，万念潮生。身世之哀和亡国之恨，纷至沓来，涌集心头。这里，有个人一生的离合悲欢，又有整个世局的风云变幻。要把这一切写进词中，不是一件轻而易举的事。比较而言，《兵后寓吴》词选用的是长调，还有铺叙回旋余地；这首《听雨》词所用的词牌《虞美人》，只有五十六个字，而竟然容纳了这么长的时间跨度和这么大的人事起伏，其概括本领是极其高明的。

其高明之处在于：作者没有用抽象的叙述来进行概括，而是从自己漫长的一生和曲折的经历中，截取了三幅富有暗示性和象征性的画面，通过它们，形象地概括了从少到老在环境、生活、心情各方面所发生的巨大变化。

作者首先选择了一幅歌楼上听雨的画面。画中展现的只是一时一地的片断场景，但却启人想象、耐人寻味，具有很大的艺术容量，使读者从一滴水尝知大海滋味，从这样一个以红烛、罗帐组合的画面中产生青春与欢乐的联想，进而想见身在其中的人，并推知他的“少年不知愁滋味”的情怀。但从作者一生看，这个阶段是短暂的，好景是不长的。如果把整首词看作连续的画卷，那么，这一画面只居衬托地位。它是对后面的画面起反衬作用的。俗语说：“若要甜，加点盐。”有了这样一个显示青春与欢乐的画面，才使后面的画面更显得凄凉、萧索。

这后面就紧接着出现了一个客舟中听雨的画面。从取景角度上看，前一幅摄取的是楼内近景；这一幅摄取的是舟外远景。它是从客舟中望出去的一幅水天辽阔、风急云低的江上秋雨图，而一只风雨中失群孤飞的大雁，正是作为作者自己的影子出现的。他进入壮年后，失去了“软语灯边，笑涡红透”的家庭温暖，在兵荒马乱、“万叠城头哀怨角”的大环境中，所过的是“东奔西走”、漂泊四方的生活，所怀的是“望断乡关”、孤零凄寂的心情。但他没有直接抒写那些痛苦的遭遇和感受，只展示了这样一幅江雨图，而他的一腔旅恨、万种离愁却都已包孕其中了。不过，就全词而言，这还不是作者要展示的主要画面，也只是起陪衬作用的。

在谋篇行文方面，这首词是从旧日之我写到今日之我，在时间上是顺叙下来的；但它的写作触发点却应当是从今日之我想到旧日之我，在时间上是逆推上去的。词中居主要地位的应当是今我，而非旧我。因此，继以上两幅一起反衬作用、一起陪衬作用的画面后，作者接着又让读者看到一幅显示他的当前处境的自我画像。画中没有景物的烘染，只有一个白发老人独自在僧庐下倾听着夜雨。这样一个极其单调的画面，正表现出画中人处境的极端孤寂和心境的极端萧索。他在尝遍悲欢离合的滋味、又经历江山易主的巨大变故之后，不但埋葬了少年的欢乐，也埋葬了壮年的愁恨，一切皆空，万念俱灰，此时此地再听到点点滴滴的雨声，虽然感到雨声的无情，但自己却已木然无动于衷了。词的结尾，就以“悲欢离合总无情，一任阶前、点滴到天明”这样两句无可奈何的话，总结了他“听雨”的一生。

温庭筠有一首《更漏子》词，下阕也写听雨：“梧桐树，三更雨，不道离情正苦。一叶叶，一声声，空阶滴到明。”万俟咏也有一首以《雨》为题的《长相思》：“一声声，一更更。窗外芭蕉窗里灯，此时无限情。梦难成，恨难平。不道愁人不喜听，空阶滴到明。”乍看之下，两词所写，与这首《虞美人》词的结尾两句有相似之处。但温词和万俟词的辞意比较浅露，词中人只是为离情所苦而已；蒋捷的这首词，内容包涵较广，感情蕴藏较深。作者写他一生的遭遇，最后写到寄居僧庐，鬓发星星，已经写到了痛苦的顶点，而结尾两句更越过这一顶点，展现了一个新的感情境界。温词与万俟词的“空阶滴到明”句，只作了客观的叙述，而蒋捷在这五个字前加上“一任”两个字，就表达了听雨人的心情。这种心情，看似冷漠，近乎决绝，但并不是痛苦的解脱，却是痛苦的深化。这两个字，在感情上有千斤分量，而其中蕴涵的味外之味是在终篇处留待读者仔细咀嚼的。

# 张　炎

张炎（1248—1320？），字叔夏，号玉田，又号乐笑翁。是南宋初大将张俊六世孙。先世凤翔（今陕西凤翔县）人，寓居临安（今浙江杭州市）。宋亡后，落拓浪游，曾北上元京大都，失意而回。词集名《山中白云》。

张炎著有《词源》一书，其中除讨论词乐外，还有“句法”“字面”“用字”“咏物”等有关形式方面的论述。另外他又提出“词要清空，不要质实；清空则古雅峭拔，质实则凝涩晦昧。”并以姜夔词为“清空”的代表，而对吴文英词的“质实”表示不满。他自己作词是宗尚白石而偏重形式。周济说“叔夏所以不及前人处，只在字句上着功夫，不肯换意。”（《介存斋论词杂著》）指出张词的弊病是内容方面较少变动。

## 高阳台　西湖春感

接叶巢莺[1]，平波卷絮[2]，断桥斜日归船[3]。能几番游，看花又是明年。东风且伴蔷薇住，到蔷薇、春已堪怜。更凄然。万绿西泠，一抹荒烟[4]。　当年燕子知何处，但苔深韦曲，草暗斜川[5]。见说新愁，如今也到鸥边[6]。无心再续笙歌梦，掩重门、浅醉闲眠。莫开帘。怕见飞花，怕听啼鹃[7]。

【注释】

[1]接叶巢莺：莺儿将巢筑在密集的叶丛里。杜甫《陪郑广文游何将军山林》诗："卑枝低结子，接叶暗巢莺。"

[2]平波卷絮：轻絮飞落湖上，被微波缓缓地卷入水中。

[3]断桥：在孤山侧面白沙堤东，里湖和外湖之间。

[4]西泠（líng）：桥名，在孤山下，将里湖和后湖分开。这两句写西泠一带冷落荒芜的景象。

[5]韦曲：在陕西长安城南皇子陂西，唐时韦氏世居此地，故名韦曲。斜川：在江西九江市、宜丰县新昌镇之间。陶渊明有《游斜川》诗写斜川的风景。此处以韦曲、斜川的景致叙写西湖苔深草盛的冷落景象。

[6]见说：听说。鸥边：即白鸥。

[7]飞花：落花。啼鹃：鹃即杜鹃，相传为蜀帝魂魄所化，啼声凄哀。这里隐有故国之思。

# 释张炎《高阳台·西湖春感》[①]

沈祖棻

起二句写出春深，美景良辰，韶华秾丽。“接叶”，叠韵；“平波”，双声。以叠对双。自杜甫律诗每以双、叠互对或自对，诗人多效之者，然于词不多觏，盖文辞之声律与音乐之声律，不尽相同，词供歌唱，不但因双、叠而美听也。“断桥”句，谓春游尽日，薄晚归来。当兹湖山信美，景物争妍，似应无所愁苦矣，而接以“能几番”二句，文情陡变，转念芳时之难留、烟景之不再，悲从中来，不可断绝。虽极感慨，却仍以蕴藉出之。谭献谓为“运掉虚浑”（《复堂词话》），盖指其命意虽有变迁，而用笔则空灵而不露圭角也。“东风”二句，由赋而比，字字凄咽，不辨是墨，是泪，是血，其当帝昰、帝昺之时乎？既明知春已不可留，而苦留之，其间若有甚不得已者。此甚不得已者，即至深之情，而至妙之文所由生也。留之固不可得，即万一东风且住，而花事开到蔷薇，亦近尾声，况未必住乎？因春到蔷薇，芳时已晚，而有春尽之感；因有春尽之感，故留东风且住；而即使东风竟住，春光亦觉堪怜。低徊往复，如环无端，此真无可奈何之境，万不得已之情矣。“更凄然”三句，与起笔遥应。杜诗所谓“国破山河在，城春草木深”（《春望》）也。着一“更”字，则“堪

① 选自沈祖棻《宋词赏析》，北京出版社 2003 年版。标题为编者所加。

怜”之意，更进一层。

换头假燕子之失故居，以见山河之改变，暗用刘禹锡《乌衣巷》诗意。“韦曲”，唐长安胜地，诸韦所世居；“斜川”，则晋陶潜所尝游而为之赋诗者。盖一指贵游之所栖宅，一指隐沦之所盘桓，而今则苔深草暗，一例荒芜，虽燕子重来，更无定巢之处。夫燕本依人，故屋毁则燕亦不知何处，若鸥则托迹烟波，忘机世外，而亦不得不为新愁所苦，益见天翻地覆，至此皆无所逃矣。燕乃一般泛说，兼赅贵贱仕隐，鸥则自喻，以见兴亡盛衰之感，无不相同。“无心”以下，复由比而赋，谓虽有笙歌，何心再续旧梦，亦惟有独掩重门，付之醉眠而已。然此浅醉闲眠，亦出于万不得已，岂真能漠然忘情哉？故重帘不卷，以帘卷则飞花入目，鹃啼盈耳，又复引人愁思，不如不闻不见之为愈。然虽不闻不见，愁岂真忘？则此帘亦姑妄垂之而已。层层逼人，又层层翻出。《白雨斋词话》云，此词“凄凉幽怨，郁之至，厚之至”，固的评也。《艺蘅馆词选》引麦孺博云：“亡国之音哀以思。”亦确。

## 版权说明

收入本书文章多数已获著作权人授权，但仍有少部分作者一时无法取得联系。敬请作者和著作权人予以谅解，并与我们联系，以便我们奉致稿酬和样书。

联 系 人：文 雯

联系电话：010-62376499

电子邮箱：chuanwx2016@126.com